장호 장편소설

저스티스

1

장호 장편소설

저스티스
JUSTICE

1

해냄

차례

저스티스 1
JUSTICE

"진실이 전진하고 있고,
　그 무엇도 그 발걸음을 멈추게 하지 못하리라."

—에밀 졸라

뒷맛도 최악이고, 몸에도 나쁘지만 떼지 못하는 불량 식품이
있다.

입에 넣는 순간의 자극.

나쁜지 알면서도 계속 손이 간다.

맛 들린 거다.

한 달째 포털 연예면을 도배하고 있는 그 재판.

모두가 맛 들여 있었다.

톱스타, 어리고 예쁜 여자 팬, 스캔들, 여자의 신체 사이즈, 선
팅 된 차, 밀폐된 곳에서의 술자리, 혼자 사는 집, 침대, 은밀한
사생활.

뇌까지 파고드는 그 짜릿하고 자극적인 언어.

중독되는 그 맛.

눈이 가요, 눈이 가. 자꾸만.

서울중앙지법 형사 15 단독재판정.

"팬들이 직접 SNS 메시지를 보내는 경우가 많겠죠?"

"그런 편입니다."

"그런 메시지에 일일이 대답할 수는 없겠죠? 워낙 많을 테니까?"

"네."

"그렇다면 특별히 유선희에게만 연락한 이유는 뭡니까?"

"그건……."

"인스타그램 사진…… 때문이었겠죠? 깜짝 놀랄 만한 미인이었으니까요."

"꼭 그런 건 아닙니다. 메시지가 마음에 들었습니다."

"어떤 메시지였나요?"

"제가 신인 시절에 출연했던 단막극에 대해서 언급했습니다. 사람들은 잘 모르는 작품이죠."

"아 그래서 술까지 사준 겁니까?"

"그건!!"

"초기 단막극을 기억하고 있다면 술도 사주고 그런 건가요? 근데 그 팬이 하필이면 아름답고 젊은 여성이었다?"

"그런 게 아니라니까요!!"

"네 그렇죠. 운명이었겠죠?"

방청객들과 배심원들이 웃었다. '운명이야'는 장준일의 유명한 영화 대사였다.

장준일은 점점 더 코너에 몰리고 있었다. 하지만 그의 변호사는 미동조차 하지 않은 채 가만히 앉아 있었다. 마치 모든 것을 포기한 듯이.

승률 99.9퍼센트의 변호사.

절대 지지 않는 변호사.

스타 변호사.

이태경.

눈앞에서 의뢰인이 짓밟히고 있었지만 그는 움직이지 않았다.

도대체 무엇을 기다리는 것일까?

6개월 전 21세의 대학생 유선희가 장준일로부터 성폭행을 당했다고 주장하면서 이번 사건은 시작되었다. 장소는 장준일의 집.

사건 당일, 둘은 청담동의 일식당에서 식사와 함께 정종 한 병을 나눠 마셨고, 이후 매니저가 운전하는 차를 타고 부근 와인바로 이동해 그곳에서 함께 와인 한 병을 더 비웠다. 여기까지는 두 사람의 진술이 일치한다.

이후 두 사람은 매니저가 운전하는 차를 타고 장준일의 도곡동 집으로 이동했다. 장준일과 그의 매니저는 유선희가 집을 구경하고 싶다고 해서 데려갔다고 증언했다. 하지만 유선희는 취해서 메스껍고 어지러워 자신의 집까지 데려다달라고 말했지만 받아들여지지 않았다고 진술했다. 여기서부터 둘의 진술은 어긋나기 시작했다.

이후 두 사람은 장준일의 도곡동 주상복합아파트 43층으로 이동했다. 여기서부터 두 사람의 주장은 더욱 극명하게 엇갈린다. 장준일은 유선희가 집 안으로 들어서자마자 먼저 키스를 했고, 두 사람은 연인처럼 자연스럽게 관계를 가졌다고 주장했다. 유선희가 먼저 벗겨달라는 말까지 했다는 것이다.

유선희 측의 주장은 완전히 달랐다. 그전까지는 매너를 지키며 신사답던 장준일이 집으로 들어서자마자 돌변했다고 말했다. 갑자기 유선희의 신체 특정 부위를 움켜쥐었다. 유선희가 거절하자 머리를 움켜쥔 채 끌고 자신의 침실로 이동했다. 그리고 옷을 찢었다. 속옷만 입은 채 달아나는 유선희를 구타하고, 속옷마저 찢어버렸다는 것이다. 그 후 강력하게 거부했지만 성폭행당했다는 것이 유선희의 주장이었다.

이틀이 지난 후 유선희는 장준일을 성폭행 혐의로 강남경찰서에 고발했다. 그때부터 이 사건은 포털의 연예면을 도배하며 블랙홀처럼 모두 이슈들을 빨아들였다.

장준일은 최고의 스타였다. 그의 드라마는 중국에서 5억 명이 넘는 사람들이 시청했다. 일본에서도 기존의 한류 스타들보다 더 광범위하게 먹혀들었다. 태국과 인도네시아, 인도, 중동까지 장준일의 드라마는 엄청나게 소비되었다. 장준일의 주가는 끝을 모르게 치솟고 있었다. 중국에서는 광고 한 편에 백억이 넘는 개런티를 지불했고, 예능 출연을 위해 따로 전세기를 보낼 정도였다. 꽃 같은 외모와 쭉 뻗은 키. 순수한 얼굴은 아시아 여성들의 마음을 흔들었다.

걸어 다니는 기업이었고, 한류의 얼굴이었다. 그런 그가 성폭행 스캔들에 말려든 것이다.

장준일의 소속사 송엔터테인먼트는 긴급회의를 열었다. 막아야 한다. 아니 막아야만 했다. 다른 라이징 스타들이 존재하기는 하지만 장준일은 회사 매출의 절대적 비중을 차지하고 있었다. 그런 장준일이 만약 유죄로 확정된다면 회사 매출이 급감할 뿐 아니라 아시아 전역을 상대로 소송을 벌여야 한다. 계약 해지와 막대한 위약금.

송대기 대표가 직원들을 소집했다. 지금 가장 중요한 문제는 언론 대응과 변호사 선임이었다.

"언론 대응은 일단 기다리는 수밖에 없습니다. 지금 상황에서 하는 한마디 한마디가 전부 기사화되고 새로운 이슈를 만들어낼 뿐입니다. 불타는 데 기름 붓는 격이죠."

회사가 커지고 나서 들어온 마케팅 담당 이사 오미정이 전략적이고 객관적인 입장을 이야기했다.

"그렇다고 이렇게 당하기만 하고 가만있자는 말이야?"

조폭 출신이라는 소문이 업계에 파다한 송대기 대표가 과격한 태도로 이야기를 꺼낸다.

"이런 경우 일일이 대응하는 것 자체가 더 문제를 키우게 됩니다."

"개 같은 것들…… 언제는 그렇게 치켜세우고 빨아대더니 단숨에 돌변해서 하이에나같이 물어뜯어?"

"그게 쇼 비지니스입니다."

"알아! 안다고!! ……가르치듯 말하지 마. 열 받으니까!!"

"그것보다 중요한 건 변호사 선임입니다. 인창이나 대서양 같은 대형 로펌 쪽하고 빨리 연락해서……."

송 대표가 코웃음을 치며 오미정을 비웃는다.

"걔들? 안 돼. 그런 책상물림들이 이 바닥을 알겠어?"

"하지만 무죄를 이끌어내려면 법률적으로 가장 앞서 있는……."

"이봐요. 아줌마! 법률적 무죄가 중요한 게 아니야!! 시발, 앞뒤도 모르고 설치고 있어. 그래 무죄 받아서 뭐 어쩌게? 이미지 다 망가져서 무죄 받으면 뭐 하냐고!!"

무식한 깡패 새끼. 그 말을 가까스로 참아낸다. 명문대를 졸업한 엘리트인 오미정은 이 무식한 송 대표가 도무지 익숙해지지 않았다.

"대표님, 말을 가려서 해주세요!"

"뭘 가려서 해? 우쭈쭈 해달라는 거야? 내가 니 모시려고 돈 주나? 내 돈 받지? 그러니까 당신 기분 내세우기 전에 내 말을 들어!!"

오미정이 본능적으로 움츠렸다. 송대기를 중심으로 조폭 조직처럼 굴러간다는 이곳 송엔터테인먼트. 매니저들 사이에서는 구타도 수시로 일어난다는 소문이 있다. 하지만 이곳은 지난 10년간 가장 비약적인 성장을 이뤄낸 매니지먼트사였다. 대표의 능력에 비해서는 과분한 성장이었다. 정체를 알 수 없는 자금이 늘 넘쳐났고, 그 돈은 방송국 간부들에게 빠르게 흘러들어갔다. 그것은 곧 캐스팅과 직결되었다.

상장이 코앞이었다. 아시아 전체를 주름잡는 대형 엔터테인먼트 회사로 거듭나기 직전이었다. 그런데 이런 중요한 시점에서 이번 사건이 터져버린 것이다.

"인창이나 대서양 같은 대형 로펌이 아니면 대체 누굴 선임하겠다는 겁니까?"

"잘 들어. 이번 사건은 법으로 무죄를 받는 게 중요한 게 아니야. 법? 그따위 꺼? 까라 그래!! 우리한테 중요한 건 말이야……. 대중의 재판이야……. 대중의 마음을 움직여야 해……."

맞는 말이다. 하지만 이 상황에서 대중의 마음까지 뒤집는다는 건 불가능하다. 그렇게 할 수 있는 변호사가 있을까? 그래서 누구냐고?

"지금 이 상황에서 그럴 수 있는 사람이 있을까요?"

"있지."

송대기의 눈이 움직인다.

"이 바닥의 생리를 가장 잘 아는 그놈. 가장 지저분한 싸움을 즐길 줄 아는 바로 그놈. 지 스스로가 카메라 마사지를 좋아하고, 대중의 관심을 타고 분위기를 몰아갈 수 있는 바로 그놈."

"그놈이라면?"

"이태경 변호사한테 연락해."

태경은 변호를 맡으면서 준일에게 한 가지만 물었다.

"정말 성폭행하지 않았나?"

준일이 눈물이 그렁그렁한 눈으로 태경을 바라본다.

"변호사님, 절대로 그런 일 없었습니다! 믿어주세요."

"그래. 그럼 이제부터 나만 믿어. 그리고 형이라고 불러."

하지만 태경은 재판이 끝에 몰린 지금까지도 움직이지 않고 있었다. 심지어 그는 손가락으로 리듬까지 타면서 검사가 준일을 쪼아대는 것을 즐기듯 바라보고 있었다. 준일은 속이 까맣게 타들어갔다.

한류 스타에서 범죄자로 전락할 위기였다. 돈과 인기 그 다디단 것들이 눈앞에서 모두 사라질 위험한 순간에 서 있었다. 사랑받은만큼 돌아온 증오도 컸다.

반면 평범한 여대생이었던 유선희는 연예인 이상의 유명세를 치르고 있었다. 특히 그녀의 얼굴이 SNS에 공개되자마자 이번 재판은 더욱 뜨거워졌다.

아름다운 그녀.

아름다운 희생자.

그것보다 더 대중을 열광시키는 것이 있을까?

대중은 가냘프고 아름다운 피해자에게 감정 이입하며 열광하기 시작했다. 그만큼 재판은 점점 더 장준일에게 불리한 상황으로 가고 있었다. 검사는 장준일을 집요하게 몰아붙였다.

"원래 처음 만난 여성들을 그렇게 집으로 데려가시나요?"

"아닙니다. 그리고 유선희 씨가 먼저 가자고 했다니까요?"

"드라마에선 그렇게 하더라도 집 앞까지 안전하게 바래다주시더니 역시 현실과는 다른 모양이군요."

방청석에서 웃음이 터졌다. 검사는 그렇게 조롱하며 유들유들하게 신문을 이어간다. 장준일은 모욕감에 주먹을 꽉 쥐었다. 그리고 태경을 바라보았다. 같이 웃고 있다. 분노가 치밀어 오른다.

'대체 뭐 하고 있는 거야?'

검사는 다시 집요하게 감겨들었다.

"정종에 와인까지 섞어 마시고……. 피해자는 꽤 취했겠군요. 그렇죠?"

"멀쩡했어요."

"섞어 마시면 더 취하지 않나요? 두 곳을 따로 예약했던데…… 노린 건가요?"

기자들의 키보드 자판 치는 소리가 재판정 안에 묘한 리듬감을 안긴다. 이 모든 것이 실시간으로 알려질 것이다. 또 기사마다 수만 개의 댓글이 달릴 것이다. 그 댓글은 또 댓글을 낳고, 또 댓글은 또 다른 댓글을. 그렇게 번식해 나갈 것이다.

준일은 처참했다. 재판 기간 내내 이랬다. 일방적으로 당하기만 했다. 아무런 대응도 하지 않고 검사가 쪼는 대로 그저 쪼이기만 했다. 그사이 너덜너덜해졌다. 더 이상 비참할 수 있을까?

정말 끝인가?

한류 스타로서의 꿈같은 3년이 그냥 이대로 거품처럼 사라져버리는 걸까?

"상식적으로 정종에 와인까지 먹고 취한 21살의 여대생을 집으로 데려간다는 것은 성숙한 성인이자 공인으로서, 부적절한 태도 아닙니까?"

검사는 약점을 파고들었다. 명백한 여론전. 장준일의 꾸며진 이미지가 실제와 얼마나 다른지를 공략하면서 배심원들의 감정을 자극하고 있었다. 사람들은 위선자를 싫어한다. 로맨틱한 귀공자였던 장준일이 취한 여자를 집으로 데려갔다. 위선자. 배심원들은 장준일을 그렇게 보고 있었다.

장준일은 태경을 보았다. 이럴 거면 대체 왜 국민 참여 재판을 신청했던 것일까? 태경은 여전히 답이 없었다.

"21살의 여대생이 성폭행을 당했습니다. 그녀는 장준일의 순수한 팬이었고, SNS 쪽지를 통해 장준일을 만난다는 생각에 들떠 있었고, 기꺼이 그와 술을 마셨습니다. 그녀가 원한 건 거기까지였습니다. 순수한 만남을 원한 것이지 그의 집에서 강간당하는 것을 원했던 것은 아닙니다."

검사는 잠시 침묵을 지킴으로써 사실을 강조했다.

"하지만 그녀는 장준일에게 전치 2주에 해당하는 부상을 입을 정도로 구타당했고 결국 강간까지 당했습니다. 피고 장준일은 한류 스타로서 최고의 인기를 누리는 만큼 어린 대학생을 보호해야 할 사회적 책임을 가지고 있음에도 불구하고 그녀를 강제로 폭행하고 성관계를 가졌습니다. 그것이 옳은 일입니까? 재판장님과 배심원 여러분의 현명한 판단을 바랍니다."

재판은 이미 끝난 분위기였다. 태경은 여전히 차분하게 자리에 앉아 있었다. 포기한 것일까? 장준일은 태경을 가만두지 않겠다고 생각했다.

하지만 검사는 불안했다.

'왜 저렇게 조용하지. 지금까지 계속 침묵을 지키는 이유가 뭘까?'

"변호인 최후 변론 하시겠습니까?"

태경이 천천히 고개를 들고 판사를 바라본다. 잠시 침묵. 그리고 씨익 웃더니 일어선다.

"네, 재판장님."

태경은 자리에서 일어나 앞으로 나아간다.

그의 무대. 그의 법정. 그는 그곳에 있다.

쇼 타임이 시작되었다.

재판은 이미 끝났다. 아니 모두가 그렇다고 생각했다. 다만 변호사의 최후 변론만이 남아 있었다. 그 누구도 이 상황을 역전할 수는 없었다. 하지만 태경은 이상하리만치 차분했다. 다들 재판을 포기했기 때문이라고 생각했다.

거리의 변호사.

뒷골목의 변호사.

스타 변호사.

그를 부르는 이름은 여러 가지지만 확실한 한 가지. 승률 99.9퍼센트의 변호사라는 것.

하지만 이제 그 전설도 막이 내릴 것처럼 보였다.

태경이 천천히 무대로 나갔다. 그리고 배심원단과 방청객을 바라본다. 그는 잠시 서 있었다. 시선이 완전히 그에게 집중된다. 다들 태경만을 바라보고 있었다. 하지만 긴장하지 않는다. 오히려 그걸 즐기는 듯하다. 태경은 고개를 돌려 천천히 증인석에 서 있는 유선희 쪽으로 다가갔다. 신문이 시작되었다.

"어릴 적부터 장준일 씨의 팬이었죠?"

"네."

"장준일 씨를 신인 시절부터 좋아했었죠?"

"네."

"아주 무명일 때부터 그렇죠?"

"네."

"보통 그런 경우에 아주 특별한 감정을 가지게 되지 않나요? 저 배우와 내가 뭔가 통할 것이라는 뭐 그런?"

"팬들이라면 누구나 그런 마음을 가지죠."

"유선희 씨 역시 그러했군요."

"네."

검사가 일어서서 소리쳤다.

"재판장님. 이미 반복적으로 확인한 사실입니다."

"인정합니다. 변호인, 핵심으로 들어가세요."

"네. 이제 핵심입니다."

태경은 유선희를 바라본다.

"처음에 배우 장준일과 SNS 연결이 되었을 때 어떤 기분이었습니까?"

"……좋았습니다."

"어느 정도 자신을 열어 보일 마음도 있었겠죠?"

검사가 소리친다.

"재판장님! 교묘하게 부정적인 언어를 사용하고 있습니다."

유선희도 흥분한다.

"그게 무슨 말씀이시죠?"

태경이 왜들 그러냐는 포즈로 주변을 둘러본다.

"얼마나 마음을 열었느냐고 물은 겁니다. 한국어에 함의가 풍부한 것이 제 잘못은 아니죠."

검사 측이 다소 초조해 보일 만큼 성급하게 소리치고 있었다.

"재판장님!! 불필요한 상상을 유도하고 있습니다!"

"그니까 세종대왕 잘못인가? 한국어가 풍부한 게?"

태경이 다시 유선희를 치고 들어간다.

"거부감이 없었죠? 그래서 바로 만날 약속을 한 거구요!"

"재판장님!!"

검사가 소리치지만 무시하고 말을 자른다. 몰아쳐야 한다.

"먼저 메시지를 보내서 만나자고 이야기를 꺼냈죠?"

"재판장님!!!"

검사가 더욱 거세게 반응해 온다. 하지만 무시해야 한다.

"만나서 뭐 할 거라고 생각했나요? 쎄쎄쎄?"

방청객에서 웃음이 터진다. 판사가 제지한다.

"변호인! 불필요한 용어를 자제해 주세요!"

"네. 재판장님. 하지만 저는 궁금하군요. 만나서 그러니까……
뭐 하려고 했는지? 왜 권하는 술을 전혀 거부하지 않고 마셨는지
요? 그건 쎄쎄쎄는 아니잖아요."

"재판장님!! 변호인은 지금 사실을 왜곡하려고 합니다!"

검사는 이제야 태경의 의도가 보였다. 배심원과 방청객 아니 그
너머에 있는 수많은 대중들은 이미 이 사건에 조금씩 질려가고 있
었다. 한동안 새로운 사실이 없었다.

태경은 그런 대중의 마음을 파고들려는 것이다. 새로운 시각. 대

중이 열광하는 이 유선희란 여자한테 새로운 프레임을 씌우려는 것이다. 낙인을 찍으려는 것이다.

위험하다. 사람들은 한 명을 높은 곳으로 올렸다 끌어내리는 것에 쾌감을 느낀다. 처음에는 장준일이었고, 이번에는 유선희다. 태경이 지금 유선희에게 씌우려는 프레임. 그것은 위험하다. 막아야한다.

재판이 과열되자 판사가 검사와 태경을 부른다. 판사와 태경은 사법연수원 동기 사이다. 하지만 나이는 태경이 훨씬 위다. 검사는 그들보다 연수원 기수가 까마득히 아래인 후배다. 그들은 다른 쪽에 들리지 않도록 조용히 밀담을 나눈다.

판사가 태경에게 따져 묻는다.

"형, 작작 좀 해. 다 아는 얘길 왜 다시 끄집어내는 거야."

태경이 검사를 보며 은근 빈정거린다.

"아니 검찰이 사사건건 걸고 드니까 뭐 말을 할 수가 있어야지……."

검사가 태경을 노려보며 말한다.

"내가 당신 의도 모를 것 같아? 당신이 그러고도 법조인이라고할 수 있어?"

"뭐 당신? 아무리 그래도 선후배 사이에 너무하는 거 아냐?"

"내가 왜 당신 후배야!"

"야, 서울대 안 나왔다 이거지? 서러워 살겠나?"

"그만! 그만해!"

판사가 소리친다.

"둘 다 그만해요. 지금 너무 과열됐어. 형 좋아……. 발언 보장할 테니까 적당히 끝내. 그리고 검사 측도 너무 걸고넘어지면…… 이거 보기에도 안 좋아. 잠시 기다려줍시다. 심하다 싶으면 내가 막을게."

검사가 어쩔 수 없이 수긍을 하면서도 경멸 어린 표정으로 태경을 노려본다. 태경은 검사와 판사를 번갈아 보며 어깨를 으쓱한다. 태경은 어린 검사를 더욱 도발해야겠다고 생각한다. 뜨거운 피를 주체하지 못하도록. 흥분하는 쪽은 무조건 지게 되어 있다. 특히 재판에서는.

태경은 다시 자기의 무대로 돌아가 유선희를 바라본다.

"유선희 씨."

유선희가 태경을 노려본다.

"이전에 남자 친구를 사귄 적이 있습니까?"

검사가 바로 소리친다.

"재판장님! 사건의 본질을 흐리는 질문입니다!!"

"피해자가 사건 당시 어떤 마음가짐이었는가를 정확하게 보여주기 위한 질문입니다!!!"

"비열한 말장난입니다!"

태경이 종이로 책상을 내리친다. 그리고 분노를 토해 낸다.

"잘나가던 한 남자의 인생이 완전히 망가졌습니다!! 성폭행을 했다는 것이 그 이유입니다! 증거? 없습니다! 저 여성분의 증언과 떼어 온 전치 2주의 진단서가 전부입니다. 스치기만 해도 2주는 나옵니다!! 근데 그 말이, 그 종이 한 장이!! 장준일 씨의 모든 인생을 까뒤집어버렸습니다. 지금 대중들은 장준일 씨의 여자관계, 성적 취향까지 모두 이 잡듯 파헤치며 공유하고 있습니다. 마녀사냥입니다. 그런데 피해자 측은 그 남자관계에 대해 묻는 것까지 사사건 건 따지고 있습니다. 스물한 살 여성에게 남자 친구가 있냐고 물어 보는 그것이 그렇게 불쾌한 질문입니까?"

태경의 분노가 법정 구석구석으로 전해진다. 그의 주특기다. 분 노를 통해 상황을 휘어잡는다. 그것이 정확한 타이밍에 터지는 분 노의 힘이다. 기다린다. 기다린다. 궁지에 몰릴 때까지······. 그리고 기회가 왔을 때 모든 것을 쏟아붓는다. 분노의 힘은 컸다. 상대를 압도하는 것이다. 상황이 조금씩 움직이고 있었다. 사람들이 점점 더 태경에게 집중하고 있었다. 태경이 제대로 실력을 발휘할 시간 인 것이다.

"다시 묻습니다. 남자 친구가 있었습니까?"
"네. 21살이니까요."
"남자 친구와 성적 관계나 스킨십을 나눈 적이 있겠군요. 21살이 시니까."
"······네."
"그렇다면 그날 밤 장준일 씨와의 성적 관계 혹은 스킨십을 전 혀 예상하지 못했습니까?"
검사가 다시 치고 든다. 하지만 허락하지 않는다.
"재판장님!"
"전혀 조금도? 쎄쎄쎄만 할 거라고 생각했나요?"
"재판장님!!"
태경이 검사의 말투를 따라하며 소리친다.
"재판장님! 재판장님! 재판장님!!"

방청객이 웃음을 터트린다. 순식간에 검사는 재밌는 공연을 방해하는 진상이 된다. 공부만 해온 검사에게는 쇼맨십이 없다. 사람을 장악하기 어렵고 순간적 상황 대처에 약하다. 검사의 얼굴이 붉어진다. 감정을 제어하지 못해 완전히 페이스를 잃었다. 여론의 주목을 받는 사건을 너무 의식하고 있다.

하지만 태경은 그 반대였다. 방청객과 배심원을 장악하고 서서히 조종해 나간다. 타고났다.

"묻고 있습니다. 관계가 없는 질문입니까? 성폭행을 다루는 문제입니다. 핵심은 강제성이 있었느냐? 즉 자발적이었냐의 문제입니다. 이래도 물을 수 없는 겁니까?"

검사가 말이 없다. 기 싸움에서 압도한다. 태경이 유선희를 보고 묻는다. 눈을 맞추고 추궁하듯이, 책임을 떠넘기듯이 공격한다. 어조와 뉘앙스까지 정확히 계산한 한마디.

"정말 예상 못 했습니까?"

유선희가 흔들린다.

"집까지 가서 성관계까지 할 거라고 예상한 건 아닙니다! 그것도 강제로!"

"그럼 손잡는 거 정도를 예상했나요?"

"네. 그 정도."

"쎄쎄쎄군요."

배심원들마저 피식 웃기 시작한다. 전략적이고 계획적인 어휘 사용이다. 쎄쎄쎄. 이제 점점 사람들이 유선희를 다른 시선으로 보기 시작한다. 쎄쎄쎄. 비웃는다. 정말 몰랐어? 자, 이제 결정타를 날릴 시간이다.

"그렇군요. 그럼 유선희 씨가 SNS 메시지를 통해 약속을 잡은 그다음 날, 그러니까 약속 이틀 전 원고는 집 부근의 가게에 뭔가를 사러 갔었죠?"

"!!!"

유선희의 눈빛이 흔들린다. 누가 보더라도 놀랄 만큼 창백해진다. 검사가 긴장한다. 왜 그러지? 막아야 한다.

"재판장님!!"

하지만 태경은 그 틈을 놓치지 않는다.

"바로 그날 피고가…… 아, 죄송합니다. 피해자 유선희 씨가……."

의도된 실수다. 유선희는 피고란 말이 배심원의 뇌리에 이미 새겨진다. 당황하는 저 얼굴…… 절대 들켜서는 안 될 것을 들킨 사람처럼 긴장하고 있다.

"유선희 씨가 간 곳은……."

"안 돼요! 그만해요!"

유선희가 소리친다.

"미안합니다. 재판은 그쪽의 마음대로 멈출 수 있는 것이 아닙니다."

모두가 긴장한다.

마지막 반전을 기다린다.

"유선희가 간 곳은 바로."

"그만해, 이 개새끼야!!"

흥분한 유선희가 소리친다.

그러나 태경은 그 말을 기어이 하고야 만다.

그리고 그 순간 재판은 소용돌이치기 시작했다.

폭탄 검사

평일 오전 8시. 지하철 2호선. 잠실역에서 서초역으로 가는 지하철 안. 외로워서 타인의 체온이나 숨결을 느끼고 싶다거나 치열한 삶의 현장을 체험하고 싶다면 그곳으로 가라고 말하고 싶다. 타인의 숨결과 치열함을 질리도록 느낄 수 있을 것이다.

준미는 오늘도 지하철에서 그 두 가지에 시달리고 있었다. 잠실역에서 서초역까지는 겨우 여덟 정거장이지만 출근 시간의 혼잡함은 그 시간을 엿가락처럼 늘여놓고 있었다. 괴로웠다. 많은 경험이 필요하다지만 처음 보는 남자가 아침에 뭘 먹었는지를 알게 되는 순간은 굳이 경험해 보지 않아도 되는 일이 아닐까? 주위 사람들이 쏟아내는 이산화탄소 때문일까? 정신이 혼미하다.

그때였다. 누군가가 준미의 엉덩이를 움켜쥔 것은. 순간이지만 불쾌감이 머리끝까지 차오른다. 준미는 혹시 이것이 복잡한 지하철에서 흔들리다 보니 어쩔 수 없이 밀리다가 손이 얹힌 것이 아닌가 잠시 생각해 보았다. 하지만 이런 판단은 몸이 정확하다. 엉덩이에 불쾌함이 고스란히 남아 있다. 분명 고의적이고 악의적인 터치였다. 그때였다. 다시 손이 들어왔다.

이번에는 더욱 과감하게 엉덩이를 움켜쥐었다.

손을 잡는다. 우악스러운 남자의 손이 느껴진다. 그 손을 잡고 바로 돌아섰다. 그 틈에 사람들이 밀리면서 주변에서 짜증 섞인 반응이 나온다. 남자가 놀라서 뿌리치려 하지만 준미는 그 손을 놓치지 않았다. 그리고 남자의 얼굴을 확인한다. 40대 후반. 술살이 오를 대로 오르고 머리가 벗겨지기 시작한 변태가 붉어진 얼굴로 준미를 보고 있다. 갑자기 어울리지 않게 점잔을 떤다.

"어, 미안합니다. 복잡해서."

눈을 피한다. 모면하려 한다. 하지만 상대를 잘못 골랐다.

"제 엉덩이 움켜쥐셨죠?! 일부러!"

사람들이 놀라서 바라본다. 변태도 놀란다. 이렇게 당당한 대응은 변태 인생 처음 겪는 일이었을 것이다.

"아니, 이 아가씨가 왜 이래?"

"제 엉덩이 움켜쥐셨잖아요! 그것도 두 번씩이나! 처음에는 왼쪽. 그다음에는 오른쪽."

"아니 생사람을 잡고 있어!! 아가씨 미쳤어?"

"그럼 지하철에서 추행당한 여자가 미치지 않고 제정신이겠어?"

"제정신이 아닌 것 같은데?"

"출근길에 딸 같은 여자 엉덩이나 만지는 당신보다는 제정신인 것 같은데?"

복잡한 공간. 사람들이 쳐다본다. 여자들의 수군거림. 남자들의 노려봄. 하지만 모두 쉽사리 끼어들지 않는다. 하지만 분명히 느낄 수 있다. 여론은 준미의 편이다.

"무슨 소리 하는 거야?"

"분명히 제 엉덩이 움켜쥐었잖아요. 그것도 두 번씩이나!"

사람들이 웅성거리며 모여든다.

"경찰 불러야 하나?"

"지하철 보안관 있지 않나?"

변태는 점점 궁지에 몰린다. 그때 지하철이 삼성역에 도착한다. 사람들이 많이 내리고 타는 역이다. 사람들이 물밀듯 빠져나간다. 포위망이 흐트러진다. 변태가 그 틈을 놓치지 않고 준미의 손을 뿌리치고는 빠져나가는 승객들 틈에 끼어 밖으로 나간다.

"변태! 거기 서!"

순간적으로 변태를 놓친 준미는 안으로 밀려드는 사람들 때문에 안쪽으로 몰린다. 멀어진다. 안 된다. 잡아야 한다.

"거기 서!!"

하지만 변태는 이미 빠른 속도로 사람들 사이에 섞여 빠져나갔다. 지하철 안으로 승객들이 밀려들고 있었다. 준미는 타는 승객들을 거스르고 출입문 쪽으로 나아간다. 부딪힌 사람들이 불평을 쏟아낸다.

"미리 내려야지!"

"어머, 뭐 하는 거예요."

"죄송해요. 제 엉덩이를 두 번 만지고 튄 변태 새끼를 잡으러 가는 거예요!"

그러자 갑자기 홍해가 갈라지듯 사람들이 길을 터준다. 한 아줌마가 레이저를 쏘며 준미를 본다.

"그 새끼! 반드시 잡아요."

그래, 못 잡으면 이 아줌마한테 먼저 죽을지도 모른다. 달려 나간다. 플랫폼은 이미 사람들로 가득 차 있다. 준미는 이리저리 고개를 돌려 변태를 찾는다. 그때 왼쪽 끝 계단에서 이쪽을 흘끔거리는 반짝이는 반대머리를 확인한다. 눈이 마주친다.

"거기 서! 변태! 기다려!"

준미가 소리치자 변태는 빠르게 계단을 올라간다. 준미는 사람들 사이를 헤치고 달려간다. 변태는 계단에서 사람들 사이에 갇혀 겨우 흐름에 따라 움직일 뿐이다. 간격이 좁혀진다. 준미는 사람들 사이의 간격이 멀어지는 개찰구 입구 쪽이 승부처라고 보고 일단 흐름에 몸을 맡긴다. 혹시 역 안에서 잡지 못하더라도 바깥에서 추격전을 해서 잡는다. 변태는 모를 것이다. 그녀가 매일 조깅화를 신고 출근한다는 것을. 달리는 것만은 자신 있다.

쉽게 간격이 좁혀지지 않는다. 변태가 개찰구를 빠져나간다. 하지만 준미는 여전히 사람들 사이에 갇혀 있다. 안 된다. 놓친다. 어쩔 수 없다. 준미는 사람들 사이를 가로질러 비상 개찰구를 뛰어넘는다. 공익 요원이 호루라기를 불며 달려가지만 준미는 이미 멀어진 후다.

"왜 저렇게 빨라!"

준미는 출입구를 향해 나가는 변태남을 따라붙는다. 잡기 직전이다.

"변태! 거기 서!!"

하지만 준미는 계단을 내려오는 사람에게 가로막힌다. 변태는 출입구를 나가서 사람들 사이로 빠르게 빠져나간다. 준미도 출입구 쪽으로 뛰어 오른다. 앞쪽에서 사람들 사이에 섞여 사라지는 변태가 보인다.

"변태!! 거기 감색 양복 반대머리!! 거기 서!!!"

변태남은 순간 놀라서 돌아본다. 준미가 달려오고 있다. 변태남도 이제 더 이상 체면 가릴 입장이 아니다. 변태남이 달린다. 준미도 달린다. 추격전이 펼쳐진다.

삼성역 대로에서 벌어지는 추격전. 출근하는 사람들의 인파……. 변태는 그 사람들 사이로 파고든다. 숨으려 한다. 하지만 준미는 매의 눈으로 변태를 놓치지 않는다.

"아저씨! 네, 아저씨! 그 옆에 감색 양복 입은 반대머리가 제 엉덩이 두 번 움켜쥔 변태거든요! 잠시만 잡고 있어주세요!"

그러자 변태는 잽싸게 사이 골목길로 빠져나간다. 큰일이다. 삼성역 쪽 골목길은 자신이 없다. 이 길에 익숙한 변태가 좁은 골목길 사이로 사라지면 잡기가 어렵다. 빨리 따라붙어야 한다. 준미는 변태를 따라 재빨리 골목길로 접어든다. 겨우 변태남의 꼬리를 잡지만 금세 놓치고 만다. 좁은 골목길 사이로 사라진 것이다.

놓친 것일까? 삼성역의 골목길은 너무 많고 복잡하다. 포기해야 하나……. 그런데 그 순간…… 야간 영업을 마치는 중국집이 보인다. 그리고 그 앞에 늘어선 스쿠터들. 그 앞으로 달려간다.

"아저씨, 이 스쿠터 잠시만 빌릴게요!"

"네?"

"후, 이 말을 몇 번 반복하는지 모르겠지만 제 엉덩이 두 번 움켜쥐고 튄 변태 반대머리를 잡아야 해요. 제가 오만 원 드릴게요. 스쿠터 20분만 빌려줘요. 제가 그 안에 반드시 잡을게요."

"그래요? 그럼 내가 그냥 빌려주지!"

배달원은 스쿠터를 내어준다.

"감사합니다."

그때 중국집 입구에 붙은 골목길 지도가 보인다. 준미는 회심의 미소를 짓는다. 스캔을 시작한다. 아마 몰랐을 것이다. 과잉기억증후군에 가까울 정도로 기억력이 좋은 사람이 바로 여기 있을 거라고는. 한번 본 것은 사진 찍듯이 기억한다. 빠른 시간 안에 대략 그림이 그려진다. 어디로 갔는지.

부아앙!!

철가방을 매단 스쿠터가 삼성역 좁은 골목길을 가로지른다. 머릿속 지도와 비교하며 한 바퀴 돌자 전체적인 그림을 알겠다. 변태는 들키지 않으려고 좁은 골목길을 향해 더 깊숙이 들어갔을 것이다. 그리고 지금쯤 안심하고 대로변으로 나와 돌아가려 할 것이다.

대로변으로 나아가기 위해서 선택할 코스는? 그래 앞쪽 골목길! 그 길이 대로변과 연결된다. 준미는 스쿠터를 몰아 앞쪽 골목길을 막아선다. 그리고 거짓말처럼 얼마 있지 않아 변태와 마주친다. 놀란 변태 앞에서 준미가 오토바이 엔진 소음을 두세 번 들려준다. 그리고 오토바이에서 내려 변태와 마주 선다. 좁은 골목길에 마주 선 두 사람 사이로 바람이 불고 전단지가 날린다.

변태는 당황한다. 주변을 살핀다. 그러나 아무도 없다. 갑자기 변태가 당당해진다.

"야, 이년이 돌았나?"

"제 엉덩이 만졌죠?"

"그래 만졌다. 어쩔래? 탱탱하던데? 운동 좀 하나 봐?"

"운동하죠. 그런데 너 만지라고 한 건 아닌데. 그리고 너 매일 이 시간 때마다 이러죠?"

"그게 너랑 무슨 상관이야? 증거 있어? 증거?"

"내 불쾌감이 곧 증거?"

준미가 한숨을 내쉬며 고무줄로 머리를 묶는다.

"지금이라도 무릎 꿇고 내 발바닥 핥으면 용서해 줄게요."

"하하하…… 미친년이 진짜……. 너 좀 맞아야겠구나. 이 어린년이 건방지게"

변태남이 다가온다. 팔을 뺀고, 목을 푼다. 의도적으로 손가락 관절이 꺾이는 소리를 낸다.

우두둑…… 우두둑.

"너 모르지. 이 길에는 오전에 사람이 안 다녀. 너 나한테 걸린 거야. 원망하지 마라. 안타깝게도 CCTV도 없어. 여기는."

CCTV까지 확인한다. 상습범이다. 그동안 도대체 얼마나 많은 변태 짓을 저지르고 다녔을까?

분노가 엄마의 고스톱 머니처럼 차오른다.

변태남이 다가와서 준미의 머리를 움켜쥐려 손을 뻗는 그 순간 순식간에 멱살과 벨트를 움켜쥔 준미가 그대로 맞은편 벽에다 변태남을 메다꽂아버린다. 쿵!

몰랐을 거다. 유도 공인 3단이고, 지금은 다이어트 복싱 스쿨을 8개월째 수강 중이라는 것을. 170센티미터의 키, 58킬로그램 몸무게의 탄탄한 체격이 그냥 살이 아니라 유도와 복싱으로 다져진 단단한 근육 덩어리란 것을 아마도 변태는 몰랐을 것이다. 변태남이 신음 소리를 낸다.

"론다 로우지 박살 낸 아만다 누네스 자리가 원래 내 자리야."

변태가 일어나서 준미를 살벌하게 노려본다.

"이년이 진짜…… 방심했더니……. 너 이번에는 가만 안 둔다!"

그리고 달려온다.

"이야야아······."

작심하고 달려온다. 회식 자리의 술과 고기로 찌운 살. 비대한 그 살집이 근육 못지않다는 것을 보여주마. 남자와 여자의 힘과 체격 차이를 무시하지 마라. 뭐 이런 마음으로 달려온다. 변태는 그리고 혼신의 힘을 실어 주먹을 날린다. 죽여버리겠어. 그런데······ 그 순간 뭔가 알 수 없는 것이 날아와 변태의 얼굴에 꽂힌다. 그리고 정신을 잃어버린다.

준미가 쓰러진 변태 위에 서 있다.

"주먹을 크게 휘두르면 그만큼 허점이 많지. 우리 복싱 스쿨 코치님 말이지. 하하하. 일어나 변태."

그러나 변태는 일어나지 않는다. 준미는 어쩔 수 없이 경찰을 불렀다.

변태남은 경찰서에 가서도 계속 발뺌을 했다.

"증거 있어? 증거 있냐고! 나 폭행으로 고소할 거야! 고소할 거야!!! 저 여자 신분이 의심스러워! 조폭? 북파 공작원? 뭐 이런 걸 거야! 분명이 이상한 여자일 거야! 조사해 봐!!"

순경이 한숨을 내쉰다. 그리고 피곤하다는 듯이 준미를 본다.

"아가씨, 거 사람을 이렇게 때리고 말이야······."

"그럼 엉덩이 만지는 데 가만있어요?"

"신고해야지. 신고."

"상황이 너무 급해서."

"됐고······ 신분증 줘봐."

준미가 신분증을 내민다. 순경이 신분증을 보는데 믿기지 않는지 다시 바라본다. 그러다 하얗게 질린다. 일어나서 경례를 붙인다.

그리고 돌아서서 소장을 부른다.

"소장님!!!"

"왜 임마."

"이거!!"

하품을 하며 다가온 파출소장이 준미의 신분증을 보고는 기겁을 한다.

"진즉에 말씀을 하시죠!"

"왜요? 검사 엉덩이는 만지면 안 되고, 다른 여자 엉덩이는 만져도 돼요?"

"아뇨. 아뇨!"

"뭐 검사? 이런 미친!! 야, 공무원이 사람 이렇게 막 패고 그래도 돼? 나 청와대에 민원 넣을 거야!!"

"야 변태!"

"뭐 변태? 증거 있어?"

"순경님! 이 남자 핸드폰 보세요. 아마 지하철에서 찍은 변태 사진들로 가득할 거예요!"

"!!!"

"저 신분 확실하니까 가봐도 되죠? 조사 확실하게 하세요! 제가 나중에 확인할 테니까. 당한 여자들이 한둘이 아닐 거니까…… 대충 넘길 생각 하지 마세요. 필요하면 제가 법정 증언까지 할 생각이니까. 저 그럼 가봐도 되죠?"

"그럼요, 검사님! 얼른 가셔야죠! 나랏일 하셔야죠."

준미는 파출소를 빠져나간다. 그리고 달린다. 아니 달려야 한다. 지각이다.

엄숙하고 차분한 서울중앙지검 복도로 미니스커트에 형광색 프로스펙스 조깅화를 신은 한 검사가 숨을 몰아쉬며 달린다. 선배 검사들이 당황해서 바라본다. 심지어 부딪힐 뻔한 차장검사는 당황해서 물러난다.

"죄송합니다! 늦어서!"

그렇게 그 검사는 숨을 헐떡이며 사무실로 뛰어 들어간다.

"아! 미안해요! 늦었죠!"

서울중앙지검 형사 3부 제5 검사실.

서준미 검사의 사무실이다.

일명 시한폭탄 검사라고 불린다. 외모에 어울리지 않는 별명이지만 범죄자들 입장에서 보면 그녀는 핵폭탄에 가깝다. 인천지검과 동부지검 특수부 시절 그녀는 비자금을 만들고, 로비로 사업을 확장하던 건설사와 유통 회사 서너 곳을 박살 내버렸다.

비자금 조성, 배임, 횡령, 뇌물 수수, 조세 포탈.

그렇게 가는 곳마다 폭탄을 하나씩 떨어뜨린다.

최고의 특수부 검사.

기업 범죄와 관련된 자들에겐 악몽과도 같은 저승사자.

서준미 검사.

그러나 지금은 특수부가 아닌 형사부 근무로 이곳 서울중앙지검에 근무한 지 3개월째다.

"아니 정말 제가 늦으려고 늦은 게 아니라니까요. 오늘은 정말 한 시간 전에 나왔거든요. 근데 어떤 변태가 어! 감색 양복에 반대머리……. 그니까 여기까지만 벗겨진 대머리 있잖아요……. 그 새끼가 내 엉덩이를 꽉 움켜쥐는 거 있죠?! 그래요. 나도 알고 있어요. 운동으로 다져진 내 엉덩이가 얼마나 탐스럽고 아름다운지는 내가 더 잘 알고 있어요. 여러분도 아시죠? 제 엉덩이 늘 보는 거지만 얼마나 아름답나요? 그죠? 하지만 그렇다고 해서! 감히 내 소중한 엉덩이를!!"

검사실 수사관들이 구구절절한 준미의 변명을 한참 동안 듣고 있었다. 도저히 더 이상은 견디지 못한 국진태 계장이 막아선다.

"검사님."

"네. 계장님."

"군이 그렇게까지 안 하셔도 됩니다."

"아뇨. 사실이에요. 정말이라니까요!"

모두들 믿지 못하는 표정이다.

"아니, 그럼 모두들 내가 지금 지각비를 내지 않기 위해서 거짓말하고 있다고 생각하시는 그런 건가요?"

모두들 말이 없이 준미를 본다.

준미가 긴 한숨을 내쉬고는 지갑에서 만 원을 꺼내서 통 속에 집어넣는다. 통 속에 지폐가 가득했다. 그리고 그 많은 지폐는 한 사람이 다 낸 것이었다.

"사정이 있는 지각은 봐줘야지…… 너무해."

준미는 책상 앞에 앉는다. 책상 옆으로 수만 페이지 분량의 새로운 자료들이 산더미처럼 쌓여 있다. 새로운 사건들이다. 그녀는 집중하기 위해 팔을 걷어붙인다.

"자, 시작해 볼까?"

그때 서효림 서기가 준미를 본다. 무심하게.

"검사님."

"네?"

"법정에 안 가세요?"

"네? ……아, 맞다!! 열 시 재판이죠?!"

준미는 후다닥 책상을 박차고 밖으로 뛰어나간다. 하지만 수사관들은 모두들 아무런 반응 없이 자기 일만 하고 있다.

사실 처음 부임한다는 소문을 들었을 때 긴장했었다. 꼴통 검사라고. 핵폭탄이라고. 소문이 자자했다. 얼마나 지랄 발광을 하는지 보자며 수사관들은 긴장과 반 포기 상태로 있었다. 하지만 막상 출근 첫날 준미가 한 말은,

"근처 가까운 치킨집이 어디죠?"

였다. 이건 뭐지?

"탕수육은 부먹이에요? 찍먹이에요?"

지각에 재판 일정은 자꾸 잊고, 불러도 듣지 못하고 서류만 들여다보고, 정말 뭔가 이상한 사람이 아닐까라고 생각했었다. 하지만 곧 알게 되었다. 다소 엉성해 보이고 정신없어 보이지만 수사에 있어서만은 최고라는 걸.

준미는 재판 시간에 가까스로 맞춰 들어갔다. 급하게 들어가느라 조금 허둥대긴 했지만 재판은 수월하게 끝났다. 사건 파일을 들고 오지 않아서 좀 곤란하긴 했지만 어쨌든 잘 마무리한 것이다. 아무도 눈치채지 못했다. 전혀 엉뚱한 다른 파일을 들고 읽어 내려간 것을. 사건 파일은? 그 모든 것은 머릿속에.

준미가 나가기 위해 문을 당긴다. 그러나 열리지 않는다.

"이거 왜 이러지?"

준미가 계속 문을 당긴다. 보다 못한 판사가 말한다.

"밀어야지."

"아하!"

준미가 나간다. 판사는 궁금하다. 어떻게 사시를 패스했지. 문도 못 열고 사건 파일을 떠듬떠듬 읽고. 정말 어떻게 그 어려운 시험을 합격한 걸까? 심지어 그것도 수석으로?

준미는 급한 마음으로 서울중앙지법 복도를 빠져나가고 있었다. 같은 서초동 법조 타운 안에 있어 엎어지면 코 닿을 거리지만 준미는 쌓여 있는 사건들 때문에 마음이 바빴다. 그녀의 머릿속은 이미 돌아가서 처리해야 할 사건들로 가득 차 있었다. 빠른 걸음으로 법정을 빠져나오는데 그때 맞은편 법정에서 익숙한 목소리가 들렸다.

그리고 준미는 멈춰 선다. 그리고 돌아본다.

오래되었지만 절대 잊지 못할 그 목소리.

그 사람, 그 남자의 목소리.

준미는 마치 홀린 듯이 그 법정 안으로 걸어 들어간다.

확인하고 싶었다. 아니 확인해야만 한다.

지금 그 말들을 쏟아내고 있는 것이 그 사람이 맞는지.

정말 그 사람의 말인지.

그리고 법정 안에 거짓말처럼 그가 서 있었다.

이태경.

준미는 가만히 서서 그 남자를 바라본다.

그 남자의 쇼 타임이 이제 절정을 향해 달려가고 있었다.

"그만해! 그만하라고!! 제발…… 그만해!"

유선희는 울부짖고 있었다. 그녀는 무너졌고, 절박하고, 처참했다.

그러나 태경의 눈빛은 냉정하고 차분하다. 그리고 한마디씩 힘주어 또박또박 발음한다. 그리고 그 말을 하고야 만다.

"유선희 씨가 간 곳은 바로…… 명품 속옷 편집 매장이죠?"

재판정이 술렁거린다. 검사도 참지 못하고 소리친다.

"그만해, 이 치사한 새끼야!!!"

"그곳에서 빅토리아 시크릿 속옷을 35만 원에 구입했죠?"

방청석이 소란스러워진다. 기자들이 자판을 두드린다.

"검은색에. 망사, 그리고 뒤쪽은 끈으로 되어 있는."

"으아악!! 그만해!!"

유선희가 그대로 무너진다. 소리친다. 절망한다. 반대로 기자들의 자판 두드리는 속도는 더욱 빨라진다. 그 리듬은 경쾌하다. 입가에는 야비한 미소가 떠오른다. 재밌다. 걸려들었다. 조회수를 올릴 기삿거리. 판을 뒤집을 이야기. 재밌고, 웃긴다. 무엇보다 자극적이다. 사람들이 가장 좋아하는 먹잇거리. 하나의 이미지로 보여줄 수 있는 그것.

끈 팬티.

대반전. 자, 이제 비난이 시작된다.

그래놓고 그동안 성녀인 척했어?

순진한 척, 착한 척. 피해자인 척. 그러나 너는 끈 팬티.

절대 벗길 수 없는 프레임을 씌운다.

헤픈 여자.

태경은 일어선다. 자 이제 끝내야 한다. 상대가 일어나기 전에 마지막 카운터를 날려야 한다. 절대 일어설 수 없도록.

"바로 이 속옷입니다."

그러면서 태경은 그 속옷을 꺼내 든다. 그리고 동시에 속옷 사진을 재판장 스크린에 띄운다. 이제 모두가 그 속옷을 보게 된다. 검은색 망사로 된 고급 실크 속옷. 뒤는 끈으로 된.

크크크.

쐐기를 박아 넣은 것이다. 그 누구도 이 속옷 사진을 머리에서 지우지 못할 것이다.

검사가 흥분을 참지 못한다.

"이 쓰레기 같은 개새끼!!!"

몰랐어? 쓰레기인 거? 상관없다. 그래서 살아남은 거야. 세상이 그리 만만할 줄 알았어?

거리의 변호사. 스타 변호사. 뒷골목의 변호사. 이태경.

이제 알겠는가?

그의 승률이 왜 99.9퍼센트인지.

그리고 그 변호사의 승리를 위한 공격은 더 무자비해진다.

이 쇼는 이제 막 시작되었을 뿐이다.

쇼 타임

"거짓말이야!! 거짓말이라고······."

유선희가 소리친다. 하지만 아무도 그녀의 말을 믿지 않는다. 검사도 흥분해 소리만 칠 뿐이다. 하지만 아무도 듣지 않는다. 오히려 그럴수록 더욱 불리해진다. 재판장의 스크린에 떠 있는 빅토리아 시크릿 속옷의 이미지는 이미 모든 것을 삼켜버렸다.

그 부드럽고 자극적인 이미지.

강남의 편집 매장에서 판매하는 명품 실크 속옷. 35만 원에 판매되고, 검은색에 미세하고 고급스러운 레이스가 달렸고, 뒷부분이 끈으로만 되어 있는 그 속옷. 미란다 커가 빅토리아 시크릿 연말 쇼에서 입었다는 그 속옷.

그 속옷이 이 사건의 모든 것을 삼켜버렸다.

이제 이 사건은 장준일의 성폭행 사건이 아니다. 유선희가 빅토리아 시크릿 끈 팬티를 입고, 슈퍼스타 장준일을 유혹한 사건이 되어버렸다. 언론의 속성, 대중들에게 누가 더 자극적인 이미지를 심어주는가, 그 프레임의 전쟁. 여자를 옥죄는 가장 강하고 잔인한 프레임.

헤픈 여자.

모두가 상상한다. 저 야한 속옷을 입은 유선희를. 그리고 은밀하게 비웃는다.

졌다. 이길 수가 없다. 도저히 그 낙인을 지울 수 없다. 벗길 수 없다.

게임은 끝났다.

하루아침에 고귀한 희생자에서 마녀가 된 유선희가 멍한 표정으로 외치고 있었다.

"거짓말이라고……."

유선희의 목소리가 안타깝게 재판장 안에서 울리지만 그뿐이다. 그런 속옷을 원래부터 좋아했다는, 그것이 장준일을 만나는 것과는 상관없다는 유선희의 이야기는 이제 아무도 듣지 않는다. 끈 팬티, 빅토리아 시크릿, 35만 원. 그리고 헤프고 야한 여자. 이제까지 순수한 피해자인 척해? 자, 이제 당할 차례야.

국민 참여 재판은 기세다. 분위기다. 감정이다. 여론이다. 몰아간다. 특히 이번 사건은 살인이나 폭력, 강도와 같이 확실한 물리적 증거가 남는 사건이 아니다. 민감하고 미묘한 사건. 피해자의 의지나 의도가 가장 중요하다. 결정적인 증거가 없다면 더욱 그렇다. 특히 이번 재판과 같이 주목받은 재판이라면 더더욱 여론전이다. 선거와 같다. 그때 대중의 마음을 뒤흔드는 것은 확실한 메시지다. 그것을 하나의 그림으로 보여줄 수 있다면 그것은 최고다.

끈 팬티.

태경이 무대 앞으로 다시 걸어 나온다.

"저 이미지를 그만 내려주세요."

태경의 부탁에 법원 서기가 스크린에 있는 속옷 이미지는 꺼버린다.

"저는 이 사건이 저 사진으로 인해 저질스러워지는 것을 원치 않습니다."

저 속옷을 잊지 마. 기억해. 같이 천박해져 보자고.

"우리 저런 이미지에 현혹되기보다 본질을 봅시다."

본질 따윈 집어치우고, 타깃을 하나 정해 조롱하고 비난해 보자고. 그게 쉽잖아. 재밌잖아.

"저도 알고 있습니다. 저렇게 야한 속옷을 입는 것만으로 나는 남자와 반드시 잘 거다! 라는 것을 의미하는 것이 아니라는 것을요."

첫 문장은 강하고 명확하게 발음하고 뒷 문장은 흘린다. 의식하지 못하겠지만 그러한 말들은 서서히 배심원과 방청객 들의 뇌리 속으로 파고든다. 한번 파고든 말들은 안에서 점점 더 커진다. 태경은 그 작은 틈들을 집요하게 파고든다.

"유선희 양이 저런 속옷을 입었다는 것만 가지고 어떤 의도가 있다고 해석할 수는 없는 것입니다."

자, 우리 모두 상상하자고. 저 야한 속옷을 입고 엉덩이를 흔드는 유선희를. 장준일을 유혹하는 유선희를. 그 모습을, 그 자태를 우리는 떠올려보자고.

"그런데 말입니다. 우리는 잊고 있는 것이 있습니다."

잠시 침묵. 하나, 둘, 셋. 됐다. 시작.

"장준일 씨가 바로 빅토리아 시크릿 속옷입니다. 자극적이죠. 유명 배우니까요. 하지만 그것이 본질입니까? 그가 유명한 스타라고 해서 저지르지 않은 일까지 책임질 수는 없는 일입니다. 그는 자신의 팬을 만났고, 그녀와 식사를 하고 술을 마셨고, 집으로 데려왔습니다. 그러다 일이 벌어졌습니다. 그런데 말입니다. 사실 거기에 있던 것은 두 남녀입니다. 젊고 아름다운."

태경은 다시 배심원들 하나하나와 눈을 맞춘다. 자, 이미지 탈색을 시작한다.

"명확한 증거가 있습니까?"

배심원들의 눈빛이 흔들린다. 눈을 피한다.

"재판장님! 변호인은 지금 배심원들에게 감정적 강요를 하고 있습니다."

하지만 이미 검사의 목소리에는 힘이 빠져 있다. 태경은 신경 쓰지 않는다.

"증거가 있습니까?"

태경은 다시 기자들을 바라본다.

"장준일이 유선희 씨를 강간하고 폭행했다는 그 증거가 있냐는 겁니다!!!"

방청객이 조용하다. 태경이 이번에는 기자들을 바라본다.

"그런데 우리는 지난 6개월간 여기에 있는 장준일 씨를 물고, 뜯고, 씹고, 맛보았습니다."

기자들의 타자 소리가 멈춰 있다.

"왜 그랬을까요?"

태경은 완전히 좌중을 압도한다.

"그것이 재밌기 때문입니다."

잠시 침묵한다. 그들에게 생각할 시간을 준다. 너무 많이 주면 안 된다. 하나 둘 셋. 됐다. 치고 들어간다.

"저 배우가 침몰하고, 무너지고, 까발려져서 비참해지는 것을 우리 모두가 즐겨왔습니다. 그사이에 저 배우는, 아니 저 사람은, 저 바보 같은 사람은 그저 묵묵히 가만히 있었습니다! 저 사람이라고 할 말이 없었을까요?"

태경이 장준일에게 가서 그의 어깨를 잡고 흔든다.

"이 바보 같은 사람은!! 이 순진한 사람은!!! 그저 시간이 가면 사람들이 다 알아줄 거라고 순진하게 믿고 있었던 겁니다!!"

이미지를 탈색한다. 한 여자를 비난하고 더럽게 싸우기보다는 자신이 비난받는 쪽을 택한 것으로. 송엔터가 대응을 자제한 것이 이제야 빛을 발한다.

장준일은 고개를 숙이고 눈물을 떨군다. 절묘한 타이밍이다. 역시 배우. 사람들이 흔들린다. 그래 그동안 너무 비난했어. 남자가 그럴 수도 있지 뭐. 그렇지? 그 타이밍을 놓치지 않고, 태경이 긴 한숨을 토해 내며 배심원들을 바라본다. 흔들린다. 그래 이런 명연기에 감동하지 않을 수 없을 것이다.

"자, 말이 나온 김에 하나하나 정확하게 짚고 넘어가죠. 장준일 씨는 21세 여성과 술을 마시고 그녀를 자신의 집으로 데려갔습니다. 장준일 씨는 건강한 28살 남자입니다. 그것이 그렇게 죽도록 비난받아야만 하는 일이었습니까?"

태경은 방청객을 바라본다.

"그것이 하면 안 되는 일입니까? 우리 모두 연애를 좋아하고 마음에 드는 상대를 침대로 끌어들이려고 노력하지 않나요? 저만 그런가요?"

사람들이 웃음을 터트린다. 사람들은 그의 연기에 완전히 끌려들어갔다. 누구도 이 연기를 멈추고 싶어 하지 않는다. 그의 입만을 바라본다.

"그렇습니다. 그건 잘못이 아닙니다."

태경은 잠시 숨을 고르고 다시 이야기를 시작한다.

"모든 걸 다 걷어버리자구요! 우리가 매달렸던 저 끈 팬티같이 자극적인 것은 치워버리자구요."

치워버리자면서 끈 팬티를 다시 거론한다. 그것은 점점 지워지지 않는 이미지가 되어 유선희를 괴롭힌다. 반대로 장준일은 점점 더 그동안 잘못된 비난을 받은 희생양으로 변하고 있었다. 사람들은 끌어내리는 것만큼 끌어올리는 것도 좋아한다. 이제 장준일이 올라갈 차례다.

"본질은 무엇입니까? 우리가 봐야 하는 것은 무엇입니까?"

태경이 다시 사람들을 둘러본다.

"그렇습니다. 장준일 씨가 강압적으로 유선희 씨를 성폭행했느냐는 것입니다."

사람들이 조용하다.

"증거를 보여주십시오."

태경이 소리친다.

"성관계를 했다는 증거가 아니라요! 강제로 강압적으로 그녀를 때리고 강간했다는 그 증거! 어디에 있습니까?"

태경은 도발적으로 유선희를 바라본다. 태경의 눈빛에 따라 배심원과 방청객의 눈빛이 움직인다. 책망하는 눈빛이다. 왜 이런 일을 벌인 거니?

"그 증거는 오직 피해자의 말뿐입니다."

사람들, 조용하다.

"오직 그녀의 말뿐입니다."

태경은 천천히 큰 원을 그리며 법정을 한 바퀴 돌며 배심원과 방청객 들의 눈을 하나하나 맞춘다.

"먼저 SNS 메시지로 연락을 하고,"

어린 여자 배심원의 눈을 쏘아본다. 너도 같은 부류야?

"팬이라고 고백하고,"

그 옆의 중년 남자 배심원을 본다. 당신 딸과는 달라.

"같이 밥을 먹고, 술을 마시고,"

중년 여자 배심원의 공감을 유도한다. 당신 남편을 유혹할지도 몰라.

"2차까지 가서 와인을 마시고,"

젊은 남자 배심원에게 확인 사살 한다. 배신하지 마.

"그 남자의 집까지 따라갑니다."

그리고 다시 방청객을 본다.

"빅토리아 시크릿을 입고."

다시 소리친다.

"그런 유선희 씨의 증언뿐이란 말입니다."

그리고 다시 유선희를 바라본다.

"그녀는 정말 믿을 수 있는 사람입니까?"

"거짓말이야!!"

유선희가 소리친다.

"당신이 하는 말 모두 거짓이야. 당신은 숨 쉬는 것마저도 거짓이야!"

유선희의 그런 외침은 더욱 공허하게 들린다. 모두가 떠나버린 늦가을 운동장에 혼자 남아 더 놀자고 외치는 외로운 아이 같다. 쓸쓸하다. 하지만 친구들은 모두 집으로 돌아간 후다.

승부는 끝났지만 진정한 승부사는 정확하게 매듭을 짓는다. 진짜 칼잡이는 상대의 마지막 숨통까지 끊어놓는다. 강호의 낭만 따위 사라진 지 오래. 진정한 프로라면 철저해야 한다.

"장준일 씨는 지난 10년 동안 단역부터 시작해 이 자리까지 왔습니다. 그동안 그가 얼마나 피나는 노력을 해왔는지 우리는 군이 말하지 않아도 알 것입니다. 하지만 장준일 씨는 그 성공의 열매를 자기만의 것으로 만들지 않았습니다. 그는 고아원과 양로원 그리고 유니세프에 수억 원에 달하는 돈을 기부했습니다. 그는 이 사회의 건전한 시민이며 모범적인 사회인입니다. 다만 연애를 좋아합니다. 그래요. 여자를 좋아합니다."

남자 배심원들을 본다.

"우리 모두 그렇지 않나요?"

마지막으로 태경은 사람들을 바라본다.

"중국의 법의학 서적인 『무원록』의 첫 구절에 이런 말이 나옵니다. 부디 억울한 자를 없게 하라."

다시 사람들을 응시하며 나직이, 하지만 모든 감정과 기를 실어 말한다.

"부디 이 사람을 억울하게 만들지 말아주십시오."

휘슬이 울렸다. 경기는 끝났다. 더 이상의 역전은 없다.

무죄.

12명의 배심원단의 의견이 거의 일치한 것으로 알려졌다. 판사는 배심원단의 의견을 그대로 따랐다.

유선희는 서류를 챙기고 있는 태경을 바라본다. 태경은 유선희의 눈을 마주 본다. 유선희의 눈은 분노로 가득 차 있다. 태경은 지지 않고 그 눈을 바라본다.

"당신 죽여버릴 거야! ……당신을 남김없이 내가 뜯어 먹어줄 거야!"

태경이 흔들리지 않고 차분하게 유선희를 바라본다.

"아가씨, 게임은 끝났어."

태경은 남은 서류를 챙겨 들고 그대로 재판장을 빠져나간다.

선희는 주저앉는다. 일어설 수가 없다. 아무리 노력해도 다리에 힘이 들어가지 않는다. 일어서야 한다. 일어서야만 한다. 하지만…… 일어설 수가 없다. 저 변호사는 그녀의 모든 것을 가져가 버렸다. 그녀가 다시 고개를 들고 거리를 나설 수 있을까?

장준일이 법원 로비로 나가자 기자들이 쏟아져 나와서 둘러싼다. 소감을 묻는다. 하지만 그 사이를 태경이 치고 들어간다. 스포트라이트는 나의 것. 이 재판의 주인공은 나니까.

"저희 의뢰인은 이 사건에 대해서 더 이상 언급하지 않을 겁니다. 비록 무죄가 밝혀졌지만 지금까지처럼 침묵할 것입니다. 그것은 잔혹한 언론에 대한 항의이며 무고로 의뢰인을 괴롭힌 유선희 씨에 대한 항의입니다."

기자들의 플래시가 곳곳에서 터지기 시작한다. 태경은 장준일을 제치고 좀 더 앞으로, 그리고 중심으로 나아가 포즈를 취한다. 장준일을 보호하는 척하면서. 자연스럽게. 그리고 웃는다. 아마도 이 사진은 내일 포털을 도배할 것이다. 그리고 말할 것이다.

승률 99.9퍼센트의 변호사라고,
한류 스타를 무덤에서 건져낸 최고의 변호사라고,
이 시대 최고의 스타 변호사라고,
그가 바로 이태경이라고.

태경과 장준일은 겨우 가는 길을 텄다. 매니저들이 소리를 지르며 몸으로 막아 겨우 밴까지 가는 길을 연 것이다. 장준일이 밴을 타고 법원을 빠져나가자 기자들도 흩어졌다.

태경은 끝까지 사진 기자들의 프레임을 벗어나지 않았고, 덕분에 자기 분량은 확실하게 챙겼다. 이제 한동안 이 사건으로 유명세를 유지할 수 있을 것이다. 하지만 대중들의 관심은 곧 사라진다. 그러기 전에 다음 아이템을 잡아야 한다. 그래서 그들의 시선을 잡아야 한다. 잊혀선 안 된다. 그래야 〈TV 법률창고〉의 고정 패널 자리를 유지할 수 있다. 앞으로 한동안은 수많은 가십 채널과 재연 프로그램에서 태경을 부를 것이다. 그래 한동안 바빠주자. 물 들어올 때 노를 저어야 하는 법.

태경은 인생의 절정을 향해 나아가고 있었다.

탄탄대로의 인생.

누구도 넘볼 수 없는 최고의 변호사가 되어주마.

절대 지지 않는다.

그 누구에게도.

태경은 돌아선다.

그 앞에 낯익은 얼굴이 서 있다.

그녀다.

익숙한 실루엣.

해사한 얼굴.

단호한 그 표정.

그래, 그녀다.

서준미.

"할리우드로 가셔야겠어."

준미가 비아냥 섞인 말로 먼저 포문을 열었다.

"내가 연기력은 조니 뎁에 뒤지지 않지."

"그런데 어쩌나. 각본이 쓰레기네."

"막장이 시청률은 더 좋은 법이지."

"아우, 막장은 정신 건강에 안 좋아. 특히 이 막장은 더러워서 못 봐주겠던데…… 계속 쓸 거야? 그만 펜 꺾으시지. 모두의 정신 건강을 위해서."

"목구멍이 포도청이라서 말이야……. 그게 되나? 응?"

"정말 성폭행이라면 어떻게 할 거야?"

"장준일이 바람둥인 건 사실이야. 하지만 강제로 여자를 성폭행할 만한 사람은 아니야. 내가 보증해."

"확신할 수 있어?"

"확신해."

"한 여자가 저렇게 자신의 모든 걸 걸고 절규하는데도?"

"한 남자는 자신의 모든 것을 잃어가면서까지 그 모든 걸 견뎌 냈지."

"확신하는구나."

"확신해."

"여전하구나."

"너야말로."

두 사람은 그렇게 서로를 잠시 응시한다. 두 사람의 거리는 겨우 한두 발짝 사이지만 그 사이에는 절대 건널 수 없는 강이 있다. 그 강의 깊이가 서글픔을 더한다.

준미는 시간이 흐르고 변해가는 사람들을 바라보는 것이 힘이 들었다. 특히 태경의 모습을 볼 때는.

그리운 그의 옛 모습들.

"오빠 많이 변했다."

"사람 다 변하는 거지. 야, 너도 눈가에 주름 생겼다. 피부과도 가고 그래라. 검사 월급이 짠가? 아빠 돈 있잖아."

"그 말 잘하는 건 여전하네. 이젠 하나도 믿을 수 없지만."

"혀도 자꾸 운동을 하니까…… 뭐 근육이 붙었다고 할까?"

준미는 차분히 태경을 바라본다.

"오빠, 법정은 싸구려 극장이 아니야."

"뭐 갑자기 진지 빨면서 충고하면 내가 '예, 검사님. 명심하겠습니다' 뭐 이런 시추에이션이라도 연출할 줄 알았어?"

"더 추해지지 않았으면 좋겠다. 진심이야."

"추한 게 뭔데? 뭐가 추해? 내가 추해? 내 거 내가 먹겠다는데 뭐가 추해?!"

"지금 오빠가 하고 다니는 이 개 같은 짓거리!!"

"대법관 아버지 밑에서 안락하게 자라나셔서 여전히 검찰 밥 먹으시는 고귀한 검사님께서야 그렇게 고상 떠셔도 되지만 서초동 법조가는 전쟁이야! 변호사 3만 명 시대. 살벌해. 신입 변호사들? 200도 못 벌어! 근데 난 더 이상 궁상떨기 싫거든."

"그래, 양복 좋아 보이네."

"아르마니니까."

서로 팽팽하게 노려본다. 그러다 준미가 한마디 툭 내뱉는다.

"저스티스."

"뭐?"

준미가 말없이 태경을 바라본다.

"뭔 소리야?"

준미는 돌아서서 중앙지검 쪽으로 걸어간다. 태경은 잠시 서서 그런 준미의 뒷모습을 바라본다. 그녀의 뒷모습은 여전하다.

가슴 한편이 싸늘하다.

왜 그랬을까?

왜 그렇게 위악을 떨었을까?

그냥 잘 지냈냐는 말만 하고 돌아설걸.

그랬다면 조금은 더 폼 나는 재회였을까?

혹시 그녀 앞에서 무너질까 두려웠던 것일까?

태경은 돌아선다. 각자의 삶. 나의 길을 간다. 절대 돌아보지 않는다.

준미는 걷던 길을 멈춰 선다. 돌아본다. 태경의 뒷모습.

그는 점점 멀어지고 있었다.

그래 각자의 삶.

선택한 길을 가기로 한다.

두 사람은 그렇게 점점 멀어진다.

그녀는 그 방에 혼자 가만히 앉아 있었다.

텅 빈 그 방.

그 무거운 정적이 참을 수 없게 느껴진다. 그녀는 지난 2년 동안 정적과 고독을 참을 수 없었다. 그때만 되면 내면의 목소리가 들려 왔고, 그 소리는 그녀를 고통스럽게 만들었다.

'언제까지 이렇게 해야 해?'

'이게 니가 원하던 거니?'

고개를 젓는다. 떨쳐버리고 싶다. 그 생각. 생각 자체를 하고 싶 지 않다. 아무 생각을 하고 싶지 않다. 생각은 스스로를 더욱 고통 스럽게 만들 뿐이다. 긴 한숨을 내쉰다. 어떻게 여기까지 오게 되 었을까? 왜 이렇게 되어버린 거지? 깊은 우울이 그녀를 감싼다. 세 상을 너무 몰랐다. 너무 순진했다. 하지만 이것도 결국 비겁한 자기 변명이 아닐까? 그렇게 깊은 자기혐오에 시달리고 있을 때 발소리 가 들려왔다.

그녀는 숨을 멈춘다. 이 순간이 되면 그녀는 늘 숨을 멈추었다. 가장 고통스러운 순간. 그리고 천천히 문이 열린다.

그리고 그 남자가 걸어 들어왔다.

남자는 웃고 있었다.

하지만 그녀는 떨고 있었다.

그녀에겐 세상에서 가장 무서운 미소.

덜덜덜.

뼈까지 떨리는 느낌. 그것은 세상에서 가장 깊은 두려움.

지옥이 시작되었다.

할머니는 늦은 시각까지 손녀를 기다리고 있었다. 집 주변이 워낙 험한 곳이라 할머니는 가슴을 졸이며 기다리고 있었다. 전화라도 해볼까 했지만 혹시나 중요한 누군가를 만나고 있을까 싶어 잠시 더 기다려보기로 한다. 괜찮을 것이다. 이렇게 늦은 적이 종종 있었다. 그러나 오늘은 뭔가 이상하고 불안했다. 하기야 그렇게 늦을 때마다 생각했을지도 모른다. 오늘은 뭔가 불안하다, 라고. 딸은 이미 잠들어 있었다. 일하고 돌아온 터라 피곤했을 것이다. 그 딸의 딸을 기다리는 순간이 시시각각 마음을 조여오고 있었다.

그날 밤 결국 손녀는 돌아오지 않았다.

그리고 다음 날 아침 그 남자가 찾아왔다.

개새끼

    준미와 태경은 사법연수원 동기였다. 하지만 배경은 판이하게 달랐다. 준미는 서울대 법대 재학 중에 사법 고시를 수석으로 합격한 수재 중의 수재였다. 연수원 시절에도 늘 톱을 달렸다. 쟁쟁한 두뇌들만 모인다는 연수원에서도 그녀의 두뇌는 독보적이었다. 그런 그녀를 두고 연수원 형사 소송법 교수는 이렇게 평가했다.

"머리가 비정상적으로 좋다."

    반면 태경은 모든 면에서 정반대편에 서 있었다. 지방대 출신에 법학 전공자도 아니었다. 10년을 매달려 겨우 사법 고시에 패스한 늦깎이 법조인이었다. 연수원 성적은 늘 최하위였다. 한때는 낙제 위기에 몰렸지만 특유의 뚝심과 노력으로 돌파해 냈다. 물론 준미의 족집게 과외도 한몫을 했다.

이렇게 전혀 다른 배경이었지만 두 사람은 의외로 서로 잘 맞았다. 그 어떤 면이 서로를 이어주었는지 지금도 알 수 없다. 하지만 늘 두 사람은 도서관에서 같이 공부를 했고, 쉬는 시간마다 함께 커피를 마시며 살아온 이야기를 나눴다. 쉴 새 없이 엘리트 코스만 달려온 준미에게 막노동에 선원 생활 그리고 다단계 활동까지 다양한 사회 생활을 섭렵한 태경의 이야기는 신기하기만 했다.

"야, 오빠가 말이야. 다단계 계속했으면 지금쯤 아마 조희팔 저리 가라였을걸? 조희구나 조희십 정도 됐을 거야. 저기 아득한 피라미드 꼭대기에서 한몫 챙겨 튄 다음에 열대 야자수 아래서 쭉빵 미녀들하고 선탠하고 있었을 거라 이 말이지!"
"그런데 왜 그만둔 거야?"
"그게 말이야……. 그렇게 인생을 끝내기에는 이 오빠가 너무나 그 뭐랄까…… 너무 아름다운 남자라고 할까?"
"아우 저 혓바닥 잘라버려!"

준미는 태경을 통해서 세상을 알았다. 일제 강점기 때부터 법조인이었던 집에서 태어나 사립 유치원에 사립 초등학교. 외고에 서울대까지. 고속도로만 달려온 준미는 태경을 통해 다른 세상의 목소리를 들을 수 있었다.
"야, 솔직히 오빠 같은 돌빠가가 왜 무모하게 고시 공부를 시작했겠냐? 응? 니가 한번 쓱 보면 이해하는 걸 나는 열흘은 들여다 봐야 하는데……"

"왜 시작했는데?"

"내가 저기 경북 봉화에 있는 석재 공장에서 일을 한 적이 있어. 거기에 말이야. 외국인 노동자가 여러 명 있었어. 파키스탄, 방글라데시, 다들 가족이 한 스무 명은 돼. 그 가족들이 이놈들 월급만 바라보고 있는 거야. 그중 한 명이 일을 하다가 팔이 날아가버렸어. 이름이 샤르바트였어."

"……"

"그런데 사장 새끼가 어떤 책임도 안 질라고 하는 거야! 기본적으로 인간이 져야 할 최소한의 책임조차……"

"……"

"그놈이 팔에 붕대를 감고 나를 바라보면서…… 어설픈 한국말로…… 형님 저 좀 도와주세요…… 하더라. 그래서 내가 법원으로 시민 단체로 여기저기 미친 듯이 돌아다녔는데…… 안 되더라……. 아무것도 안 돼. 밑바닥에서 부딪혀보니까…… 이 세상의 법이란 게…… 다 있는 사람 편이더라고. 우리같이 없는 사람들한테는 너무 가혹해. 어렵고 복잡해……. 결국 그 친구 시민 단체에서 마련해 준 돈 200만 원 가지고 파키스탄으로 돌아갔어. 팔 하나를 여기에 묻고……. 준미야…… 그게 이 돌빠가 같은 머리를 가진 내가 여기까지 온 이유야. 계란으로 바위 치기라고 해도 좋아. 내 기꺼이 그 계란이 된다! 내 한 몸 던져서 세상에 노란 자국이라도 남길 수 있다면 만족한다."

"비 오면 씻겨져 내려가."

"에이씨."

"기왕이면 짱돌쯤 돼서 금이라도 가게 해야 하지 않겠어?"

"하기야 내 머리가 좀 단단하기는 해."

그렇게 웃는 저 남자의 미소. 서글서글한 눈매. 조금 곱슬한 머리카락. 쓰다듬을 수 있을까?

몰랐다. 태경이 들려주었던 그 많은 세상의 이야기들……. 어려움에 처한 사람들의 절절한 이야기가 준미의 마음을 어떻게 흔들었는지. 태경은 몰랐다.

좋았다. 자신의 허풍 섞인 말들을 진지하게 들어주던 그녀의 눈빛. 억울한 사람들의 이야기에 종이컵을 구기던 그녀의 손. 눈빛. 흩날리는 단발머리. 태경은 좋았다.

잊을 수 있을까?

그녀가 없었다면 사법 연수원을 수료하지 못했을지도 모른다. 그녀 옆에 당당히 서겠다는 그 마음. 같은 법조인으로서 당당히 같은 법정에 서고 싶다는 그 마음으로 버텼다. 그리고 당당히 사법 연수원을 수료했다. 비록 성적은 하위권이었지만 상관없었다. 그의 꿈을 펼칠 수 있고, 그녀 앞에 당당히 설 수 있을 거라는 것을 의심하지 않았다.

힘들었지만 꿈같던 2년의 연수원 생활이 끝났다. 수석으로 연수원을 수료한 그녀는 대형 로펌에서 제시한 거액의 스카우트 제의를 뿌리치고 검찰로 갔고, 그는 변호사의 길을 걸었다. 그때만 해도 바쁜 와중에도 서로 틈틈이 만나고 격려하던 사이였다. 하지만 이제 둘은 돌이킬 수 없을 만큼 멀어졌다.

서로 닿을 수 없는 곳에 있다.

너와의 거리가 아득하다.

태경은 법원 주차장에 서 있는 벤츠 문을 열고 가죽 시트에 푹 파묻힌다. 은은한 가죽 시트가 몸을 꼭 안는 듯 편안하다. 고급스러운 내장. 벤츠 S클래스 최고급 모델이다. 버튼을 누르자 시동이 걸린다. 하지만 주의를 기울이지 않으면 눈치채지 못할 정도다. 페달을 밟자 미끄러지듯이 나아간다. 밖의 소음이 느껴지지 않을 정도의 정숙함이다. 태경은 더 이상 준미 생각은 하지 않기로 한다.

한때의 감정.

'사랑? 아직도 그런 게 내 마음에 남아 있을까?'

웃어주기로 한다. 비웃어주기로 한다. 사랑? 그래 있지. 열렬한 사랑이 있지.

돈. 명성. 쾌락. 그것들을 사랑하지.

준미 대신 벤츠 최고급 모델의 안락함과 정숙함을 사랑하기로 한다.

준미의 그 눈빛 대신 아르마니 정장과 발리 구두를 사랑하기로 한다.

그 머리카락 대신…… 포털에 오르내리는 그 명성을…… 사랑…… 하기로…… 한다.

그렇게 살아가기로 한다.

태경의 차는 청담동의 회원제 술집 앞에 멈춰 선다. 문을 열고 들어가자 30대 중반의 고급스러운 치장을 한 마담이 룸으로 안내한다. 영업 시작이다.

룸 안에는 20대 중반부터 40대 중후반의 남자들이 20대 초반의 늘씬한 접대부들과 뒤엉켜 술판을 벌이고 있었다. 태경이 들어가자 환호성을 지른다. 기자님들이시다. 유력 일간지부터 공중파 케이블, 거기다 각종 이름조차 알 수 없는 인터넷 매체들까지 기자란 기자는 다 모여 있다.

변호사 사무실 사무장인 원기가 먼저 이들을 접대하고 있었다. 능글능글해져서 이제 이 정도 접대는 눈 감고 처리할 정도다. 원기가 소리친다.

"자, 오늘의 스타! 대한민국 최고의 변호사! 이! 태! 경!"

음악이 흐르고 사람들이 소리를 지른다. 21년산 싱글 몰트 위스키가 잔마다 채워진다. 태경이 테이블 위로 올라간다.

"다들 알지? 대한민국 한류는 내가 구원한 거야! 자 마셔!"

달콤하고 향긋한 싱글 몰트 위스키가 목을 파고든다.

"무라카미 하루키가 말했지. 싱글 몰트 위스키를 두고 블렌디드 위스키를 마시는 것은 천사의 연주를 눈앞에 두고 텔레비전 재방송을 트는 거라고. 거기에 이렇게 덧붙이지. 다만 돈이 더 들 뿐이라고. 그리고 그 돈 내가 쓰지!"

"와우, 파티 타임!!"
다시 술이 한 바퀴 돈다. 취한다. 취해 간다. 그러나 잊으면 안 된다. 양복 품 안에 챙겨놓았던 봉투를 꺼내서 돌린다.

"잘 좀 써줘. 응? 나야 나! 이태경 알지? 한류의 구원자."

원기가 그런 태경의 귀에다 속삭인다.

"여긴 내가 마무리 지을 테니. 다른 방으로."

태경이 고개를 끄덕이며 눈빛을 주고받는다. 멋진 팀이다. 말은 필요 없다.

이날 밤에만 여러 차례의 술자리가 이어졌다. 법원과 검찰청 고위 간부들, 방송국 프로듀서, 유명 연예 기획사 대표, 그리고 연예인들……. 모두가 언젠가 그에게 힘을 실어줄 사람들이다. 혹은 고객이 되거나.

마지막 술자리는 새벽 2시가 되어서야 시작되었다. 태경은 이미 많이 취한 상태지만 마시고 또 마신다. 몸 전체가 싱글 몰트로 채워진 것 같다. 그러나 또 마신다. 취하기 위해 마시고, 취해서 더 마신다.

웃는다. 남자들. 욕망하는 남자들.

서로를 이용하고 끌어준다.

하지만 약점이나 틈을 보인다면? 밟고 올라선다.

그 남자들의 욕망으로 룸 안이 더욱 농밀해진다.

그 옆에서 웃는 어린 여자들. 벗겨질 듯 아찔한 그녀들의 옷. 그 얇디얇은 옷 속으로 꽂히는 오만 원권과 수표들.

그 돈에 옷들이 흘러내린다.

서로의 욕망으로 타오르는 그 룸.

태경은 일어선다.

술 때문인지 풍경 때문인지 구역질이 올라오고 있었다.

태경은 비틀거리며 화장실로 들어간다. 세면대에 서서 얼굴에 물을 끼얹는다. 그리고 문득 고개를 들어 거울 앞에 비친 자신을 바라본다. 한 남자가 서 있다. 태경이 피식 웃으며 거울 속 그 남자에게 나직하게 말한다.

"개새끼."

영미는 점점 더 뒤로 물러선다. 곧 벽이 등에 닿는다. 더 이상 물러설 곳이 없다. 막다른 길이다. 그녀는 절박한 표정으로 그를 바라본다. 하지만 그는 여전히 차갑게 웃고 있다. 늘 그렇듯이 표정 없는 차가운 얼굴. 하지만 가장 무서울 때는 그가 웃을 때이다.

"이리 와."
"제발 그만하세요…… 제발."
"내가 뭘 했어?"
"무서워 죽겠어요."
"무서워? 뭐가 무서워? 내가 너하고 함께 있는데."
영미는 더 이상 참지 못하고 울음을 터트린다.
"제발…… 제발 살려주세요……."

그녀는 처음 이곳으로 불려왔을 때 늘 그렇듯이 조금만 견디자고 생각했었다. 조금만 견디자. 곧 끝난다. 그리고 언젠가 끝이 있을 것이다. 그리고 화려하게 세상 밖으로 날아오를 바로 그날. 그날을 위해 조금만 더 견디자고 생각했다. 늘 그랬듯이.

하지만 이 인간은 견딜 수 있는 수준이 아니었다. 잔혹했다. 그리고 그의 말과 행동 하나하나가 그녀의 몸과 정신 구석구석으로 파고들어 고통스럽게 했다. 그녀는 가까스로 그곳을 빠져나왔을 때 다시는 그곳으로 가지는 않을 것이라고 다짐했다. 무슨 일이 있어도 그곳으로 가지는 않을 것이라고.

소름 끼치는 그 남자. 그가 그녀에게 저지른 그 소름 끼치는 일들. 그것은 도저히 참을 수 없는 일이었다. 하지만 그 남자는 다시 그녀를 찾았다. 그녀는 거절했다. 무슨 일이 있어도 다시 그에게 가지는 않을 것이다. 그때 그녀를 그곳으로 데려간 그가 말한다.

"너 여기서 꿈을 접을래?"

꿈, 내 꿈. 그 꿈 하나 때문에 여기까지 왔다. 그 더러운 일들을 참고 견뎌야 했다. 악마가 다시 속삭인다.

"이제 거의 다 왔어. 조금만 참아."

더 이상 견딜 수가 없어요.

"너 그 사람이 어떤 사람인지 알지?"

힘 있는 사람. 유명한 사람.

"너 그 정도 스폰서를 쉽게 가질 수 있을 거 같아?"

무서워요.

"그 사람이 손만 까딱해도 니가 원하는 거 전부 가져다줄 수 있어."

무서워요. 견딜 수가 없어요.

"니 꿈을 생각해. 거의 다 왔어! 바로 앞이라고 조금만 참아."

그래 마지막이다. 하지만…… 이렇게까지 해서 그 길을 가야만 하는 것일까?
원래 내가 원하는 꿈이 이런 일까지 견뎌야만 하는 것일까?
내가 가려는 그 길이 이런 일을 견뎌야 할 만큼 가치 있는 것일까?
도대체 왜?
어디서부터 잘못된 것일까?

잔혹한 사디스트. 남자의 행위는 점점 더 잔인해진다. 그녀는 고통스럽다. 그 남자는 웃는다. 그리고 그녀의 의식은 희미해져 간다. 목이 졸린다. 숨이 막힌다. 점점 의식이 희미해진다.

살려주세요.

하지만 입 밖으로 그 소리가 나오지 않는다. 그저 켁켁거리는 소리만이 흘러나온다. 남자는 웃는다. 남자의 굵은 팔에는 힘이 잔뜩 들어가 있다.

　그녀는 희미해져 가는 의식 속에서 할머니와 엄마를 떠올린다.
　할머니의 부드러운 품…… 까칠까칠한 손바닥. 엄마의 푸근한
가슴.
　할머니, 엄마, 살려주세요.
　정신이 아득해진다.
　그렇게…… 그렇게…… 완전히 아득해진다.
　어둠이다.

　어둠 속에서 할머니가 부르는 것만 같다.

　"영미야."

　그러나 완전한 어둠이다.

　장 형사는 밤늦게까지 자리를 지키고 있었다.
　"퇴근 안 하세요?"
　고개를 들어보자 마 형사가 서 있다. 아슬아슬한 남자. 마 형사.
　"음, 좀 들여다보고 싶은 것이 있어서."
　마 형사가 장 형사의 서류를 엿본다.
　"실종 사건…… 23살 여성. 뻔한 사건이네요."

"뻔해? 뭐가?"

"그 나이 또래 여자가 실종되는 건 거의 남자 문제죠."

"내 눈에는 그렇게 안 보이는데. 사건은 좀 더 깊이 들여다봐야지."

"아이고 또 잔소리. 이제 퇴직하시면 그 소리 안 듣겠네요."

"마 형사."

"네."

"뻔한 사건은 없어. 뻔한 형사가 있을 뿐이지."

마 형사가 뭔 소리냐는 표정으로 장 형사를 본다. 그러고는 머리를 긁적이며 돌아선다.

"저는 먼저 들어갑니다. 술이나 퍼마셔야겠어요."

장 형사는 멀어져가는 마 형사의 뒷모습을 보며 같이 한잔할까 하다 그만두기로 한다. 마 형사와 같이 취하기에는 너무 늙었다는 생각도 있었지만 그것보다 지금 들여다보고 있는 이 사건에서 눈을 뗄 수가 없었기 때문이다.

너무나 절박하게 손녀를 찾던 할머니의 그 모습 때문일까?

딸이 사라졌는데도 일하러 나가야 하는 엄마의 그 힘든 처지 때문일까?

가슴 아픈 것은 사실이지만 그것 때문만은 아니다. 경찰 생활 동안 그것보다 더 절박하고 안타까운 사람들을 많이 보아왔다. 이번 사건은 그런 감정과는 다른 뭔가가 있다.

'이상하다. 정말 이상하다.'

장 형사는 사건 서류를 다시 들여다보았다. 서류상으로는 문제가 없었다. 하지만 30년 형사 생활의 직감이 장 형사를 붙잡고 놓아주지 않았다. 장 형사는 서류 앞 장으로 돌아가 장영미의 사진을 다시 들여다본다. 그 사진은 마치 철을 당기는 자석처럼 장 형사를 빨아들이고 있었다. 너무나 아름다운 젊은 여성의 실종. 형사의 직감이 꿈틀거린다.

'이 사건 분명히 뭔가 있다.'

하지만 윗선에서는 수사를 막았다. 수사과장은 장 형사 앞에 서류를 던져주며 말했다.

"장 형사, 그냥 말년은 조용하게 보내. 괜히 들쑤시고 다니지 마시고."

그것이 장 형사의 의심을 더욱 증폭시켰다. 한참 동안 실종자의 사진을 들여다본다. 사진 속의 그녀가 차분한 표정으로 장 형사를 보고 있다.

'뭔지 모르지만 분명히 뭔가 있다!'

그는 이대로 이 사건을 덮을 수 없다고 생각했다. 하지만 윗선에서 교묘하게 수사를 막고 있었다. 이 수사를 이어갈 수 있는 힘 있는 사람들을 떠올려본다.

그리고 그때 그 사람을 떠올렸다.

수사관들 모두가 퇴근한 후 준미는 혼자서 서류를 들여다보고 있었다. 준미가 개인적으로 가장 좋아하는 시간이었다.

아무도 없는 텅 빈 공간.

아무도 없는 텅 빈 시간.

읽고 파악해야 할 사건들.

그것으로 족했다.

그런데 그 시간과 공간을 깨는 노크 소리가 들렸다. 그녀는 문득 고개를 들어 시계를 본다. 자정에 가까워진 시간이다. 이 시간에 누구일까? 다시 노크 소리가 들린다. 아마도 동료 검사이거나 수사관일 것이다.

"들어오세요!"

의외로 문을 열고 들어온 것은 함께 일한 적이 있는 베테랑 형사 장민철이었다.

"장 형사님!!"

"역시 계셨군요. 검사님."

거의 아버지뻘에 가까운 나이 차지만 꼬박꼬박 검사님이라고 붙이는 호칭이 여전히 어색하게 느껴진다.

"앉으세요."

"네."

"저 보고 싶은 거 참기가 좀 힘이 드시죠? 하기야 제 매력이 그냥 매력은 아니니까."

"하하 여전하시네요. 검사님."

장 형사와는 7년 전 초임 검사 시절 서북부 부녀자 살인 사건 수사 지휘를 하면서 알게 되었다. 그때 장 형사의 노련한 사건 수사에 큰 감동을 받았었다.

장 형사 역시 완벽한 서류 파악으로 사건을 장악한 신임 검사에게 큰 충격을 받았다. 감탄했다. 그 치밀한 두뇌 회전과 집요함에. 결국 그 사건은 두 사람의 힘으로 사건 발생 4일 만에 해결되었다. 두 사람에게는 훈장 같은 일이다.

"여전하시네요. 이 시간까지."

"하하하…… 다른 할 일도 없구요. 어쩐 일이세요?"

"검사님 보고 싶어서요."

"아놔, 진짜 이 매력을 어쩌지, 정말. 여러 사람 너무 곤란하게 만드네."

"……라고 말하고 싶지만, 그것보다는 저희 관내에서 얼마 전에 실종 사건이 발생했습니다."

"실종 사건요?"

"네. 젊은 여성인데 갑자기 사라졌습니다. 할머니와 어머니가 신고를 했구요."

"음…… 특별한 동기는요?"

"없습니다. 말 그대로 사라졌다라고 보는 게 맞습니다."

준미는 이야기로 전해 듣기만 하는데도 한기가 느껴진다. 장 형사가 차분하게 말을 이어나간다.

"실종 사건은 많지 않습니까?"

"그런데 이 사건이 좀 많이 이상합니다."

"이상하다면?"

"동기가 없습니다. 남자. 금전. 원한 깨끗해요. 그리고 무엇보다 그녀의 직업이 걸립니다."

"직업이 뭔데요?"

"배우입니다. 별로 알려지지 않은 배우인데…… 드라마와 영화에서 몇 번 얼굴을 내민 정도? 얼굴 보면 아는."

"여배우라. 근데 그게 뭐가 이상하다는 거죠? 배우라고 실종되지 말란 법이 없잖아요."

준미의 두뇌가 빠르게 돌아간다. 하지만 논리적으로 걸리는 점은 없다. 장 형사가 설득하듯 말을 이어나간다.

"보통 실종 사건은 어떤 식으로든 가닥이 잡히기 마련입니다. 집 안의 불화라든가 남자, 금전, 원한……. 하지만 그런 게 전혀 없습니다."

"아무런 동기가 없다. 이상하긴 하네요."

"그렇습니다. 그래서 제대로 수사해 보려고 했더니……."

장 형사의 눈빛에 순간 두려움이 스친다.

"말씀하세요."

"후…… 위에서 엄청 압력이 들어오네요. 저로서는 도저히 커버가 안 됩니다."

"왜 그러죠?"

"그게 정말 이상합니다. 퇴직이 얼마 남지 않은 늙다리 형사가 소일거리로 좀 들여다보겠다는데 말리는 게 영 이상합니다. 그래서 어떻게 할까 하다가 검사님을 찾아뵌 겁니다."

그러면서 품속에서 봉투 하나를 꺼내 내민다.

"사건 서류 복사한 겁니다. 위에서 알면 난리가 날 겁니다."

"음…… 그 여배우…… 이름이 뭔가요?"

"장영미입니다."

수사
시작

아직 돌아오지 않고 있었다. 할머니의 마음은 까맣게 타들어갔다. 손녀는 할머니의 전부였다. 사위가 떠나고 딸이 일하러 다니고부터 손녀는 할머니가 키워냈다. 없는 살림이었지만 아버지가 없는 아이였지만 그 결핍을 느끼게 하지 않으려고 모든 정성을 쏟았다. 나이가 들어 기억력이 떨어지고 있지만 손녀에 대해서라면 태어난 순간부터 지금까지의 모든 순간을 떠올릴 수 있다.

딸은 일을 하러 나갔다. 나갈 수밖에 없었다. 딸이 일을 하지 않으면 생계를 유지할 수 없었다. 딸은 어떻게든 버티고 있지만 아슬아슬해 보였다.

손녀는 그날 이후로 돌아오지 않고 있었다.

도대체 어디에 있는 것일까? 이렇게 연락 없이 돌아오지 않을 아이가 아니었다. 나쁜 생각이 든다. 혹시…… 혹시…… 아니다. 절대 아니다. 그럴 리가 없다. 나쁜 생각을 지우기 위해서 고개를 절박하게 흔든다. 자신도 모르게 소리가 터져 나온다.

"아니야! 아니야!"

숨을 몰아쉰다. 그리고 간절하게 묻는다. 그 마음이 도달할 수 있도록.

'영미야! 대체 어디에 있니?'

하지만 아직까지 대답을 듣지 못했다.

"형 정말 고마워! 와, 형 아니었음 진짜 큰일 날 뻔했다니까."

장준일과 태경은 강남의 고깃집 가장 구석방에 마주 앉아 있었다.

1인분 120그램에 17만 원. 검은빛이 도는 영주산 특급 한우가 각자 앞에 놓인 참숯 화로 위에서 익어가고 있었다.

"형, 어서 먹어. 이 집 고기 죽여. 소고기는 피만 가시면 돼. 어서 먹어."

"그저 씹을 만하네. 남의 살이 다 똑같은 거지. 유별나기는."

"형, 나 인생 공부 제대로 했어. 그 멀쩡하던 애가 그렇게 물고 늘어질지 누가 알았겠어! 내가 얼마나 힘들었는지."

"나약하기는. 마음 굳게 먹어. 쎄게 나가야 돼. 세상은 무조건 강자 편이야. 알잖아?"

"알지. 약하면 무조건 밟히는 거."

"그래 좆밥 되지 마. 그러는 순간 밟히는 거야. 이번에도 봐라. 니가 좀 추락한다 싶으니까 여기저기서 개떼처럼 나타나서 물고 뜯고 응? 인간 본성이 그래. 밟을 때 확 밟아줘야 조용해요."

"나 이번 사건을 통해서 누가 내 편이고 누가 개새끼들인지 확실히 알게 됐어!"

태경은 씨익 웃고는 핏기가 가신 고기 한 점을 입안으로 옮겼다. 육즙이 삐져나오며 입안을 가득 채운다. 질기지도 퍼석하지도 않은 적당한 질감의 소고기가 씹는 맛을 더한다.

그때 문을 열고 송엔터 대표 송대기가 들어온다. 커다란 덩치. 강인하고 독해 보이는 인상이지만 늘 웃음으로 가리고 다닌다. 모르는 사람들이 보면 덩치 크고 친절한 아저씨로 보겠지만 어깨라도 부딪혀보면 그 진짜 모습을 확인할 수 있을 것이다.

과거 조폭 중간 보스였던 그는 여름에도 절대 반팔 셔츠를 입지 않는다. 팔과 상체 전체가 문신으로 휘감겨 있었기 때문에.

"우리 변호사님! 어떻게 고기 좀 맛있게 자셨어?"

"남의 살이 싫을 리가 있나?"

"뭐 해, 팍팍 먹지. 다 먹고살자고 하는 일인데!"

"요즘 누가 촌스럽게 고기 배부르도록 먹나. 적당히 먹고 관리들 해야지. 운동 많이 하시지?"

"운동 좋지. 언제 공 한번 치러 갑시다."

"골프가 무슨 운동이야? 산책이지."

송대기가 고기를 먹고 있는 장준일을 보며 장난스럽게 타박한다.

"야, 넌 뭐 하냐? 여기 변호사님 고기 안 구워드리고. 지금 니 살을 잘라서 구워드려도 모자랄 판이야!"

장준일이 기가 죽어 구운 고기를 태경과 송대기 앞으로 놓아준다. 한류 스타지만 송대기 앞에서는 고양이 앞의 쥐다. 약점을 쥐고 있다는 것이 사실일까?

"애가 너무 일찍 떠서 개념이 없어. 자, 드십시다. 오늘 나 변호사님 절대 안 놔줄 거야! 오늘 우리 끝까지 후끈하게 가자. 내가 다 책임질게."

"지겨워 지겨워. 노는 것도 지겨워. 간 소중한지 알아야지. 빨리 먹고 들어가자. 봐봐. 6시 반이야. 라이온즈 경기할 시간이야. 나 빨리 들어가야 돼."

"맨날천날 하는 야구! 마셔!"

그때 태경의 전화기가 울린다.

현 회장이었다.

태경과 송대기의 연결 고리. 전화를 받자 굵직한 음성이 흘러나온다.

"아이고 현 회장님! 예! ······예! ······예! ······알겠습니다."

전화를 끊고 태경이 목이 타는지 맥주를 한 잔 길게 들이켠 다음 송대기를 본다. 현 회장이라는 말에 이미 송대기는 긴장해 있다. 지금까지의 장난스러운 모습은 온데간데없다.

"나를 찾네."

"어서 넘어가보셔야지."

태경이 별거 아니라는 투로 맥주를 들이켜자 송대기가 정색한다.

"술 그만 드시고."

"알았어. 내가 알아서 할게, 쫄기는······. 거 남자가 간땡이가 요만해서 어디 쓸래?"

그러나 송대기는 긴장을 풀지 않는다. 허투루도 현 회장에 대해 빈말이나 농담을 하지 않는다.

황룡건설의 현 회장.

76

태경과 송대기의 지금이 있도록 해준 사람.

그가 지금 태경을 부르고 있었다.

"넌 니가 누구라고 생각하냐?"

"정의를 지키는 미모의 검사?"

"……."

"죄송합니다."

"그런데 어쩌냐. 현실은 밥 셉인데!"

부장검사 주만용이 준미 앞에 신문을 툭 하고 던진다. 신문 사회 면을 장식한 기사.

「여검사 격투 끝에 성추행범 제압」

신문에 유도 시합 도중 상대방에게 누르기를 하는 준미의 우악 스러운 사진이 걸려 있다.

"아니 예쁜 사진도 많은데 왜 하필! 기자가 제 안티 아닐까요?"

"……."

"사진이 정말 아니지 않아요?"

"야!!!"

"네."

"너는 검사 때려치우고…… 저기 UFC로 가."

"저 안 그래도…… 다이어트 복싱을 하면서…… 스트레스를 날 리고 있습니다."

"말장난하냐! 니가 깡패야?"

"아뇨. 그 변태 대머리가!"

주만용 부장검사가 발끈하며 바라본다. 그의 빛나는 대머리. 실수다.

"죄송합니다."

"너, 니가 대단하다고 생각하지?"

"네? 사람은 누구나 자신을 대단하다고……."

"그래 좋아. 하지만 명심해. 넌 검찰 조직의 일부분이라는 걸. 그니까 나대지 마."

부장검사가 준미를 노려본다. 준미는 차분히 부장검사를 바라보았다.

"뭐야, 노려보는 거냐?"

고개를 숙이라는 거다. 눈을 깔라는 거다. 굴복한 증거를 보이라는 거다. 비열한 수컷들의 고전적인 수법. 서열 확인. 준미는 나직이 한숨을 내쉬며 고개를 숙였다. 부장검사가 만족스러운 웃음을 띠었다.

"나가봐."

준미가 나가자 부장검사 주만용은 한숨을 내쉬었다. 도무지 마음에 들지 않았다. 검찰 조직에 어울리지 않았다. 검사를 하기에 너무 개성이 강했다. 다른 부하 검사들처럼 한 손에 딱 잡히는 맛이 없다. 거기다가 언제 무슨 일을 저지를지 모른다. 잘라내고 싶지만 그러기에 수사 실적이 너무 우수했다. 거기다 그녀의 아버지. 전설적인 검사. 검찰 내 최고의 칼잡이였다. 아직도 검찰 내에 그를 따르는 후배들이 많다. 그래서 기회를 엿보는 중이었다. 확실한 약점을 움켜쥐었을 때 잘라낼 생각이다.

조직에 문제가 될 싹은 미리 잘라내는 것이 좋다.

매일 저녁 사무관들과 수사관들이 모두 퇴근한 후에도 준미는 책상에 앉아 서류를 들여다보았다. 그녀는 퇴근 시간에 맞춰 사무실을 빠져나가 근처에서 조용히 혼자 식사를 끝내고 검찰청 주변을 한 바퀴 돌고 들어왔다. 돌아올 때쯤이면 모두 퇴근하고 없었다.

엉망이던 책상을 정리하고 자리에 앉았다. 새로운 사건을 머릿속으로 굴리기 전에 하는 그녀의 의식 같은 것이다. 하지만 일이 시작되면 곧 다시 엉망이 될 것이다. 엉망인 책상은 그녀가 사건 속에 깊이 빠져 있다는 것을 의미했다.

초임 검사 시절에는 일에만 몰두했다. 매일 새벽까지 저녁도 거르고 야근을 계속했다. 일하는 것이 신났다. 수사관들도 자신처럼 신나서 늦게까지 남는 것이라고 생각했다. 하지만 어린 딸이 있는 여성 수사관이 매일 이어지는 야근 때문에 사표를 낸다고 했을 때 그녀는 뒤통수를 한 대 맞은 기분이었다. 검사의 권위가 절대적인 검찰 내에서 검사가 퇴근하지 않았는데 직원이 퇴근하는 일은 사실상 불가능했던 것. 그동안 수사관들은 준미가 퇴근할 때까지 어쩔 수 없이 남아 있었던 것이다.

결국 그녀는 저녁마다 2시간의 위장 퇴근을 택했다. 여유 있는 혼자만의 저녁과 산책을 즐겼다. 그렇게 돌아온 자신의 사무실에서 혼자 조용히 업무를 처리했다. 겉으로는 성격 좋은 척 수더분한 척하지만 사실 그녀는 그 무엇보다 깊고 고요하게 파고들 수 있는 혼자만의 시간을 가장 사랑했다. 그녀는 사건 속으로 깊숙이 파고들어갔다.

23세 여성. 직업 배우. 그러나 사람들이 알아볼 만한 배우는 아니다. 여러 편의 영화와 드라마에 출연하긴 했지만 얼굴만 잠시 비치거나 대사 한마디가 전부였다.

그런 그녀가 사라졌다. 어디로 간 것일까?

자료는 특별한 내용이 없었다. 궁금했다. 이 사건의 어떤 부분이 그토록 장 형사를 매료시켰을까?

그렇게 사건 속으로 빠져든다.

그리고 다른 모든 것을 잊는다.

사건과 그녀만 남는다.

문득 정신을 차리고 시계를 보았다. 새벽 4시 30분. 목과 어깨에 통증이 밀려온다. 집중할 때는 몰랐던 통증이다. 스트레칭으로 통증을 떨쳐낸다. 한쪽으로 고개를 젖히며 생각에 잠긴다.

'모르겠다. 도대체 이 사건의 어디가 수상한 것인지. 흔한 실종 아닌가?'

그녀는 고개를 돌린다. 옆으로 처리해야 할 사건 파일들이 여전히 잔뜩 쌓여 있다. 그녀가 모두 읽고 파악해야 할 사건들이다.

'괜한 시간 낭비였나? 장 형사에게 미안하지만 그냥 덮어야겠어.'

그녀는 잠시 집에 가서 눈을 붙이기로 한다. 잠시라도 자두어야 할 것 같았다. 며칠간 너무 강행군이었던 것이다. 따뜻한 샤워를 하고 침대에 파묻히고 싶다는 마음이 간절하다. 하지만 겨우 한 시간 남짓 잠들 수 있을 것이다. 그녀는 피곤한 몸을 이끌고 검찰청 밖으로 나온다.

집으로 돌아오는 길. 택시에서 내리는데 집 앞 골목에서 어린 연인들이 차마 헤어지지 못하고 서로를 밀고 당기며 이야기를 나누고 있었다. 스무 살 초반. 서로에게 눈을 떼지 못한다. 마주 보며 손을 꼭 잡고 있다. 남자 친구의 한마디에 여자는 깔깔 웃다가 가

습께를 때린다. 준미는 잠시 두 사람을 바라보다 집으로 들어간다.

어두운 집 안. 의자에 앉아 장영미를 생각한다. 사라진 장영미도 집 앞에서 봤던 연인들 또래였을 것이다.

그렇게 사랑하고 사랑받을 나이.

문득 그녀가 지금 이 순간 어디에서 무엇을 하고 있을까를 생각해 본다. 그 순간 무언가가 주술적으로 준미를 영미와 이어주는 것 같았다. 한 여성이 사라진 순간에 대한 생각.

그러나 정말 이 사건이 조사할 가치가 있을까?

5시 20분.

2시간 후에는 출근을 해야 한다. 그녀는 생각을 멈추고 옷을 벗고 욕실로 들어가 샤워기를 틀었다. 쏟아지는 뜨거운 물에 온몸이 녹아내렸다. 그러나 그 순간에도 그녀의 머리에서는 사건 자료들이 이리저리 돌아다니며 서로 만나고 헤어지며 새로운 의미를 만들어내고 있었다. 사건은 그렇게 그녀의 머릿속을 떠돌고 있었다. 그녀는 그렇게 오랫동안 샤워기 아래에 서 있었다. 그날 그녀는 결국 잠들지 못했다.

그리고 찾지 못했다. 이 사건을 수사해야 하는 이유를.

그리고 찾지 못했다. 이 사건을 버려야 하는 이유를.

그렇게 장영미는 서준미 안을 떠다니고 있었다.

그렇게 그녀는 그녀 안에 있었다.

밤을 꼴딱 새우고 출근한 준미는 밤새 들여다본 장영미 사건 파일을 들고 가 국진태 계장에게 건넨다.

"굉장히 미스터리한 이야기가 있는데 한번 읽어보고 싶지 않으세요?"

"네?"

"재밌는 거니까 읽어보고 이야기 좀 해요."

진태는 특별한 반응 없이 준미가 건네준 자료를 받았다. 그리고 준미의 눈을 들여다본다.

"검사님."

"네."

"잠은 좀 주무시는 게 어떨까요?"

"저 많이 자는데?"

"눈이 토끼 같아요."

"제 눈이 그렇게 예뻐요? 하하하. 하기야 내가 눈 하나는 전도연한테도 안 밀리지. 하하하. 배우를 했어야 하나?"

"그게 아니고 그냥 빨개요."

"흉한가요?"

"네."

국진태 계장은 13년을 형사부 검찰 수사관으로 보낸 베테랑 수사관이었다. 검찰 내에서는 10년 차가 넘어선 수사관이 웬만한 초임 검사보다 낫다는 것은 거의 정설로 받아들여졌다. 실제로 10년 차에 들어선 경험 많고, 능력 있는 수사관의 경우 다른 검사실과 대검의 스카우트 표적이 되기도 했다. 그만큼 검찰 수사에서 수사관의 역할은 매우 중요한 부분을 차지한다. 영화나 드라마에서 수사는 검사 혼자 하는 것처럼 그려지지만 그렇지 않다. 검찰 수사의 세밀한 세팅과 준비는 모두 수사관의 손을 거쳐야 한다. 아무리 좋은 기획과 각본을 가지고 있다 하더라도 스태프 구성이 좋지 못하면 망가지는 영화나 드라마처럼 아무리 뛰어난 검사라도 수사관의 도움 없이는 실력을 발휘할 수 없는 것이다.

진태의 경우는 일부 특수부 검찰 수사관들처럼 화려하거나 눈에 띄지는 않지만 주어진 일을 정확히 처리하고 실수가 없다는 평이 많았다. 그와 함께 일했던 한 평검사는 사석에서 국진태 계장에 대해 이렇게 평가했다.

"뭐랄까…… 지시하기도 편하고 능력도 괜찮은 편인데…… 속을 알 수가 없어. 패를 다 안 까놓는다는 그런 느낌?"

하지만 다른 사람의 카드는 아무나 볼 수 있는 게 아니다. 남의 카드를 보려면 뭔가를 걸어야 한다. 그것이 게임의 룰이다. 진태는 그런 검사를 만나보지 못했다. 수사에 자신을 거는 검사.

실적 올리고, 윗선의 비위에 맞추는 수사는 무리하지 않아도 할 수 있다. 무난하게 처리하면 되는 것이다. 담당 검사에게 잘 보이기 위해 굳이 하지 않아도 될 일까지 챙겨 할 만큼 진태는 승진에 목매지 않았다. 그저 조직이 굴러갈 정도의 일만 한다. 그것으로 충분하다.

그리고 검찰 생활 13년 차에 그녀를 만나게 되었다. 서준미 검사.

그리고 그녀가 건넨 사건 파일 하나.

진태는 점심 식사도 거른 채 서류에 집중했다. 재미가 있었다. 사람이 사라진 사건에 대해 재미있다고 표현하는 것이 어떻게 들릴지 모르지만 이번 사건이 진태를 흔들고 있는 것은 틀림없는 일이었다. 진태는 사라진 장영미의 얼굴을 한참 동안 들여다본다. 그리고 생각한다.

'이건 사건이다. 하지만……'

퇴근 시간 준미가 다른 날과 다름없이 가짜 퇴근을 준비하고 있는데 진태가 다가왔다.

"검사님."

"네?"

"소주 한잔 하시겠습니까?"

술? 회식이 없는 이 검사실에 술은 처음이다.

껍데기집. 불판 위로 노란 껍데기가 고소하게 익어가고 있었다. 준미와 진태는 그 구수한 껍데기를 사이에 두고 소주잔을 기울이고 있었다. 벌써 두 병째. 술자리를 그리 즐기지 않는 준미와 진태 모두 이례적으로 많이 마시는 것이었다. 그러나 둘은 별말 없이 껍데기를 씹으며 가끔씩 소주잔을 주고받았다. 두 번째 병이 반쯤 비었을 때였다.

"어떠셨어요?"

준미가 먼저 말을 꺼냈다. 본론이다.

"재미있었습니다."

"재미가 있다라……"

"그걸 뭐라고 표현할까요……. 직감이라고 해야 할까? 뭔가 있다는 그런 느낌?"

"장 형사님도 그런 표현을 하시던데……. 저는 사실 그런 직감까지는 못 받았어요. 다만 궁금한 건 있어요. 그녀가 어디로 사라졌을까 하는. 하지만 이게 사건이 될까요? 정말."

"아마 여자 남자의 차이 아닐까요?"

"남녀의 차이?"

"장영미의 사진을 보고 어떤 생각을 하셨죠?"

"예쁘다?"

"그래요. 저도 강동원보고 그냥 잘생겼다 그렇게만 생각하죠. 아무 느낌은 없습니다. 그냥 열 받는 정도? 하지만 장영미의 사진을 보면서 순간 설렜습니다."

"네?"

"정말 예뻤으니까요. 뭐랄까 매혹적이라고 할까?"

"……."

"그런 여자가 사라졌습니다. 아무런 동기 없이."

"그러니까 그게 직감이라는 거죠? 예쁜 여자한테 끌리는 거."

"네. 장 형사란 분도 저도 사실 순수하고 본능적으로 그 사건에 끌리고 있는 겁니다."

"어쩐지 불공평하고 시시하네요. 그 직감이란 거. 못생기면 사라져도 아무도 안 찾게 되나요?"

"검사님."

"네?"

"여성을 상대로 한 그 범죄라는 건요. 이성적인 인간이 아니라 남성의 그 본능이라는 것이 저지르는 겁니다."

"!!"

"저는 직감적으로 알 수 있어요. 남자들이 이 여성을 얼마나 많이 노리고 있었는지."

"……."

"여긴 논리와 탐욕이 지배하는 특수부가 아닙니다. 인간 근원의 욕망이 꿈틀거리는 형사부입니다. 더럽고, 추합니다. 우리가 들여다보기 싫은 부분이죠."

진태가 신중하게 자신의 말을 이어간다.

"어린 여배우, 실종. 동기도 없고. 자극적이죠. 분명 뭔가가 있습니다. 매우 거대한."

"거대하다? 왜요?"

"힘없는 남자들은 이런 여자를 노리지 않아요. 이런 여자를 어떻게 해보겠다고 생각하는 남자들은…… 스스로를 굉장하다고 생각하는 남자일 겁니다. 사회적으로 힘이 있는."

"그냥 시시한 범죄자의 우발적인 범죄일 수도 있지 않나요?"

"그렇다면 증거가 남았을 겁니다. 이건 깔끔하고 깨끗하죠."

준미의 머리가 돌아가기 시작한다. 경찰 상부의 압력. 진태도 그 점을 놓치지 않는다. 소주를 한 잔 들이켠 후 준미의 눈을 보고 차분하게 묻는다.

"장 형사가 개인적으로 검사님께 자료를 넘긴 이유는요?"

"경찰에서는 수사를 종결했습니다. 너무 명확하니까요."

"단지 그 이유가 전부입니까?"

진태의 차분한 눈이 준미를 더 깊이 찌른다. 모두 말해 주세요. 그렇게 묻고 있는 것이다.

"위에서 눌렀답니다. 수사를 종결하라고."

진태가 긴 한숨을 내쉰다. 예상대로다. 여배우. 실종. 상부의 압력. 이 미세한 표면 속에 감추어진 것들은 어떤 것일까? 어쩌면 상상 이상일지도 모른다.

거기에 물불을 가리지 않는 검사. 절대 멈추지 않을 눈앞의 이 사람.

진태는 다시 준미를 본다. 지금이라도 막아야 하나? 이 폭탄 검사를 다이너마이트 공장으로 밀어 넣기보다는 안전하게 모시는 것이 도리가 아닐까? 그래야 이 사람도 승진하고 출세하고 조직에서 잘나갈 것 아닌가.

그래. 그래야 한다.

이 사건은 정말 수상하다. 뭔가 큰 것과 연결되어 있다는 느낌이 들었다. 그래서 정말 위험하다. 13년 차 베테랑 검찰 수사관의 직감이다.

'막아야 한다. 멈춰야 한다.'

하지만…… 하지만…… 그렇게 생각하면서도 진태의 마음속 뭔가는 꿈틀대고 있었다.

지난 13년간 무사안일과 출세에 급급해서 사건을 처리했던 그 검사들.

불합리하고, 정의가 아닌지 알면서도 따를 수밖에 없던 그 순간들.

그래, 세상은 다 그런 거야……. 그래서 억울하면 출세하랬잖아……. 정신 차려, 넌 검사가 아니야……. 그냥 시키는 것만 하면 돼……. 그렇게 타협하며 보내왔던 그 수많은 순간들.

하지만 그 순간들이 마음속에 남겨놓았던 그 아픔과 굴욕들.

하지만 이 검사라면.

'내 패를 볼 자격이 있는 것이 아닐까?'

아무에게도 보여주지 않았던 그 패를.

수사관으로서 해보고 싶다. 단 한 번이라도. 제대로 된 수사를.

한번 걸어보고 싶다. 일생일대의 사건일지도 모른다. 수사관으로서의 의미라는 걸 찾을 수 있을지도 모른다.

서준미 검사라면…….

진태는 준미의 눈을 똑바로 바라본다.

"검사님."

준미의 눈이 반짝인다.

"네."

"검사님은 어떻게 하실 겁니까? 이 사건?"

"저는 이제 막 깨달았어요. 이 사건에서 제가 뭘 놓치고 있었는지."

"뭐죠?"

"인간의 욕망. 그걸 끼워놓고 나니까 아귀가 딱 맞아 들어가고, 직감이란 것이 발동하네요. 궁금해지기 시작했어요. 이 아름다운 여자의 행방이."

"감당할 자신 있으십니까?"

준미가 웃는다.

"뭘 감당해야 하죠?"

"상부의 압력, 출세 실패, 승진 누락…… 뭐 이런 거?"

준미가 피식 웃는다.

"그런 거라면 언제든 감당하죠."

서로의 눈을 본다. 서로에게 이렇게 묻고 있다.

같이. 가볼까요? 끝까지.

어쩌면 바로 지금 진태 앞에 그토록 바라왔던 순간이 온 건지도 모른다.

그것은 바로 진짜 수사.

세상을 바로잡고 정의를 세우는 바로 그런 수사.

그래 가보자.

진태는 소주잔을 내민다.

준미가 부딪힌다.

"최선을 다해 검사님을 보좌하겠습니다."

"최선을 다해 저의 모든 걸 걸고 앞장서겠습니다."

수사가 시작되었다.

태경이 모는 차는 삼성동의 주택가 골목으로 접어들고 있었다. 한 블록만 더 가면 현 회장의 집이었다. 하지만 태경은 잠시 차를 세우고 숨을 몰아쉰다.

백미러를 본다.

두려움.

두려움은 떨치려고 노력할수록 더욱 집요하게 달라붙는다.

현 회장.

매번 그의 부름을 받을 때마다 생각한다. 도망칠까?

하지만 알고 있다. 절대 도망칠 수 없다는 것을.

지금 악마가 그를 부르고 있었다.

악마

장명식은 양철기 앞에서 무릎을 꿇고 있었다. 양철기가 관리하는 룸살롱의 바지 사장인 장명식은 덩치에 걸맞지 않게 덜덜 떨었다.

"뭐니 뭐니 해도 머니. 응? 근데 그 뭐니 뭐니 한 머니가 이게 뭐니?"

양철기는 장명식의 눈앞에 이달 치 매출 전표를 흔들었다.

"정말 경기가 너무 안 좋아요. 회사들마다 회식이나 접대를 줄이니까…… 김영란법 생기고는 분위기가 너무 죽었어요."

"야, 유식하다. 법도 알고. 좋다. 근데 나는 조또 무식해서 그런 거 몰라. 매출을 끌어올리란 말이야, 영란이 탓만 하지 말고!"

"그게 현실이 그렇지가……."

양철기의 주먹이 장명식의 얼굴을 후려친다. 피가 튄다.

"으아악."

"말대꾸하지 마!"

장명식이 비명을 지른다. 건달 물을 조금 먹은 장명식이지만 양철기의 눈조차 쳐다보지 못한다. 양철기가 장명식의 지갑을 뒤져 가족사진을 본다.

"오 이쁘네…… 마누라. 이건 딸?"

"!!!"

"야, 영업이 안 되면 딸이라도 박아 넣어."

밟힌 지렁이 장명식이 꿈틀거린다.

"팀장님! 아무리 그래도……."

꿈틀거리면 더 밟는다.

픽! 머리를 움켜쥔다. 두려움에 부들부들 떤다.

"으흐흐흐흐흐…… 제발."

"교복 그대로 입혀가지고 데려오면 영감들이 좋아라 할 거야…… 마누라는 미시촌에 팔아버리고. 크크크."

장명식이 운다. 무섭다. 진짜 무섭다. 양철기가 그런 장명식을 흉내 내며 운다.

"제발…… 제발……."

"으흐흐흐흐…… 울지 마. 눈까리 파버리기 전에. 잘 들어. 여기는 그저 시간만 때우고 돈만 받아먹는 직장이 아니야. 회장님 일이야. 목숨 걸고 매출 올려봐. 알았어?"

"예! 알겠습니다!"

그렇게 일과를 끝낸 양철기는 윤정의 아파트에서 달콤한 시간을 보내고 있었다. 격렬한 키스가 오가고, 옷을 찢자 문신으로 도배된

철기의 근육질 몸이 드러난다. 윤정이 물어뜯는다.

"너를 씹어 먹어버릴 거야."

"다 먹어."

끝나자 배가 고파진다. 윤정은 주방에서 차돌박이 된장찌개를 끓인다. 철기는 그런 윤정의 뒷모습을 바라보았다. 날씬한 몸매의 그녀가 앞치마까지 두르고 음식을 하고 있는 뒷모습을 보고 있으니 현모양처같이 느껴져서 웃음이 났다.

'기껏해야 화류계 년인데…….'

그러면서도 그녀의 뒷모습에서 눈을 떼지 못한다.

윤정은 철기가 관리하는 고급 술집에서 일하던 여자였다. 일명 텐프로라고들 한다. 관리를 하러 갔다가 반해버렸다. 그 후로 자주 들락거리며 찝쩍거렸지만 그녀는 전혀 반응이 없었다. 찝쩍거릴 때마다 오히려 싸늘해졌다.

지켜보던 마담이 은근하게 놀린다.

"철기 씨 의외로 순정파네."

"순정파 같은 소리 하고 자빠지네. 저년이 하도 지랄같이 굴어서 내가 한번 혼내주려고 그러는 거야."

그러면서도 잊지 못했다. 술만 마시면 생각이 났다. 이상하게도 윤정이 마음속에서 떠나지 않는다. 잊으려고 하면 할수록 생각이 난다.

그날은 특히 그랬다. 그답지 않았다. 술을 먹고 그녀의 집으로 찾아간다. 일을 끝내고 온 그녀를 잡는다.

"놔. 이 깡패 새끼야!"

"아우 씨!! 가만히 좀 있어! ……내가 그렇게 싫으냐?"

"응."

"왜?!"

"나 원래 깡패 새끼들 싫어해. 그리고 넌 정말 내 스타일이 아니야."

"뭐 어떤 스타일 좋아하는데?"

"너 빼고 다."

"아우!!"

그렇게 티격태격하며 시작되었다.

'깡패 새끼가 사랑이라니.'

그렇게 생각하면서도 빠져든다. 가끔씩 이 아파트에서 윤정과 평범하게 살아가는 단꿈을 꾼다. 어디 취직이라도 해서 퇴근하고, 그녀가 해주는 저녁을 먹는 그런 상상.

그런 상상 속에 빠져 있을 때 전화가 걸려온다. 현 회장이었다.

"예, 회장님."

"어디냐?"

"집입니다. 회장님."

"여자 집이냐?"

"⋯⋯네, 회장님."

"단란하구나."

그는 이미 윤정의 존재를 알고 있다. 그렇게 숨 못 쉬게 조여온다.

"오명구를 만나봐."

"어떻게⋯⋯ 처리를 할까요?"

죽일까요?

"⋯⋯먼저 제안을 해라. 마지막이라고. 거부하면 조용히 정리해."

거절하면 은밀하게 죽여.

윤정은 아슬아슬한 마음으로 철기를 바라본다. 그에게 전화가 걸려오는 순간이 가장 두렵다. 그를 잃을까 봐. 전화를 끊은 철기가 옷을 챙겨 입는다.

"밥 다 했는데 어디 가?!"

"먼저 먹어."

윤정은 그렇게 뛰쳐나가는 철기의 뒷모습을 본다. 아슬아슬하다. 제발 이 연애가 삼류 드라마에서 자주 나오는 깡패와 술집 여자의 연애처럼 구슬프게 끝나지 않기를 간절히 바라본다.

오명구는 강남 동부파의 보스로 부동산 사업으로 한몫 잡는 것에 도가 텄다. 수법은 이렇다. 가짜 부동산 사무소를 차려놓고 재개발이 유력한 요지에 몇 평의 땅을 사들인다. 재건축이 진행되면 팔지 않고 끝까지 버틴다. 마지막에 가서 그 땅을 빌미로 시행사에 막대한 지분을 요구했다. 전형적인 수법의 알박기였다.

이번 타깃은 현 회장의 강남 재건축이었다. 2평의 땅으로 백억이 넘는 돈을 요구하고 있었고, 현 회장은 그로 인해 아직 삽을 뜨지 못하고 있었다.

철기가 이 문제를 해결하기 위해 조직원들을 데리고 찾아갔을 때 오명구는 자장면을 먹고 있었다.

"어메, 이게 누구여? 철기 아녀? 식사는 했냐?"

"누구 때문에 밥이 넘어가겠소. 야?"

"아이고 우째 쓰까나? 동상 밥도 못 자시면 죽어야지. 야들아 부조금 준비허야겄다."

낄낄낄.

"형님. 나이 오십 넘게 잡숫고 남의 사업에 이라고 똥 싸고 싶소?"

"이리저리 똥 뿌리고 다니는 건 너거 회장 아니여? 똥개매냥. 뭐 비즈니스 좀 해볼라고 하마 너거 회장 똥 냄새 땜에…… 죽었어."

"이런 시발 놈이. 너 지금 뭐라고 했어?"

"똥. 개. 왈왈."

철기의 눈이 돌아간다. 뒤의 부하들이 긴장한다. 하지만 참는다. 현 회장의 명령에 따라야 한다. 제안을 전해야 한다.

"형님. 회장님 말씀 좀 전해야겠는데."

"애들아 너거는 좀 나가 있어야 쓰겠다."

둘만 남는다.

"말혀."

"손 떼요. 회장님 마지막 제안이야."

"거부하면?"

"거부할 수 없어."

"너거가 내 맘까지 정허냐? 맘대로 혀!"

오명구가 다시 자장면을 먹는다. 우걱우걱. 양철기가 그런 오명구를 본다. 그의 입으로 들어가는 자장면과 단무지. 입가로 춘장이 묻는다. 거칠게 씹다 보니 자장면 찌꺼기가 튄다. 오명구는 일부러 천천히 맛있게 씹으며 양철기를 본다. 철기는 비위가 상한다. 열이 받는다.

돌아가자. 돌아가서 나중에 은밀하게 제거하자. 현 회장의 지시대로.

하지만…….

'저런 버러지 같은 놈.'

도는 순간이 있다. 머릿속이 하얗게 변하면서 피가 끓어오르는 순간. 이성으로 제어가 되지 않는 순간. 처음 사람을 찌를 때 그랬다. 그러고 나니 쉬웠다. 정신이 들면 모든 게 끝나 있었다. 그 순간 그는 다른 사람으로 돌변한다. 어쩌면 그런 똘끼가 철기를 여기까지 끌어올린 건지도 모른다.

오명구가 자장면을 바닥까지 훑어 입으로 밀어 넣는다. 역겹다. 토할 것 같다. 바닥에 눕혀놓고 짓이기고 싶다. 머릿속이 점점 하얘진다. 역겨운 돼지 새끼. 몸이 끓어오르는 것 같다. 미치기 직전이다.

돌변할지 모른다. 망토만 입으면 변하는 슈퍼맨처럼. 다만 그처럼 정의롭진 않다.

오명구도 그런 낌새를 챈다. 야수처럼 몸을 수그린다. 준비 자세다.

철기는 결심한다. 저 새끼 죽여버려야겠다고.

하지만 눈앞에 있는 상대는 오명구. 유도 선수 출신이다. 나이가 들었지만 여전히 압도적인 체격이다.

긴장한 상태로 서로를 바라본다. 오명구도 공격을 예상하고 온몸의 긴장도를 높인다. 자장면 그릇을 슬며시 내려두고 몸을 뒤로 기댄다. 언제든 반응할 수 있도록. 하지만 엘리트 체육인 출신의 오명구는 양철기를 너무 몰랐다. 거리의 막싸움으로 다져온 철기는 그런 식으로 몸을 앞세우지 않는다. 양철기가 앞에 있는 유리컵을 들어 그대로 오명구에게 날린다.

퍽!

유리컵이 깨지면서 날카로운 유리 파편이 이리저리 튄다.

"으악!"

오명구가 파편을 막기 위해 눈을 가리는 사이 양철기가 테이블 위로 뛰어올라가 그대로 오명구의 목젖에 오른발을 꽂아 넣는다. 전광석화같이 빠르다. 거구의 오명구가 한번 일어서지도 못하고 그대로 축 처진다. 양철기는 그런 오명구를 거침없이 내리찍기 시작한다. 오명구 쪽 식구들이 그제야 정신을 차리고 달려 들어오지만 철기 쪽 식구들이 들러붙는다. 순식간에 사무실 안은 아수라장으로 변한다.

하지만 이미 오명구가 제압당한 터라 오명구의 부하들은 홈그라운드의 이점도 살리지 못한 채 당한다.

철기는 이미 의식이 반쯤 나간 오명구의 멱살을 잡고 얼굴을 때리기 시작한다. 굵은 반지를 낀 철기의 주먹이 오명구의 얼굴에 명중할 때마다 피와 살이 튄다. 이미 오명구의 얼굴은 곤죽이 되었다. 그러나 철기는 멈추지 않는다. 현 회장의 지시는 잊은 지 오래다. 그는 이미 폭력에 도취되어 있다. 주먹은 오명구의 얼굴을 향해 연이어 날아든다. 철기의 얼굴은 이미 오명구의 피와 살이 튀어 범벅이 되어 있다.

기가 질려서 바라볼 뿐이다. 움직일 수 없다.

한번 피를 보면 멈추지 않는다.

저러다 죽일지도 모른다. 말려야 한다.

부두목 격인 송진용이 두려움에 떨면서 철기를 잡는다. 철기가 야수 같은 눈으로 송진용을 본다.

"형님! 그만하시죠. 죽이겠습니다."

철기가 진용을 노려본다. 송진용이 두려움에 떤다. 철기가 피식 웃으며 오명구의 식구들을 본다. 그리고 주변을 본다. 두려움에 질린 그들. 창문이 부서지고 엉망이 된 사무실. 피떡이 된 채 쓰러진 오명구. 그리고 거울을 본다. 피를 뒤집어쓴 자신. 씨익 웃는다.

이 순간이 제일 짜릿하다. 몸 안의 뭔가가 분출된 직후의 그 순간.

철기가 다시 본 피 맛을 만끽한다.

철기는 이 순간을 좋아한다.

이런 자신의 모습을 보는 것을 좋아한다.

강해진 것 같은 기분이 들었다.

하지만 그때 경찰의 사이렌 소리가 울리고, 경찰이 사무실을 둘러싼다. 젠장, 일이 잘못되었다.

현 회장의 명령을 어긴 것이다.

⚖

삼성동 대로변에 즐비한 화려한 고층 건물들 사이로 몇 블록만 안으로 들어가면 고즈넉하고, 오래된 주택가가 나온다. 80년대 강남 개발 초기에 형성된 주택가로 70년대 독재 정권의 강남 개발 계획을 미리 알고 있었던 특권층들이 미리 정보를 알고 요지에 자신의 집을 세운 것이다. 그중에서 가장 안쪽에 현 회장의 집이 있었다.

현 회장의 집이 가까워진다. 태경이 손에 흐르는 땀을 닦았다. 손수건이 축축했다.

주차장 문이 자동으로 열렸다. 어둠이 커다란 아가리를 벌리고 태경을 맞이한다.

차에서 내려 잠시 서 있다.

발소리가 들린다. 천천히 다가오다 멈춘다.

팅.

지포 라이터가 타오른다.

드러나는 남자의 얼굴.

오른쪽 뺨에 새겨진 깊은 자상. 그 상처를 새긴 시리아 반군은 거꾸로 매달려 피를 모두 쏟고 죽었다.

담배 타들어가는 소리.

담뱃불이 달아올랐다 잦아든다. 연기는 어둠 속에서 흩어진다.

최 과장. 현 회장의 심복.

"폼 잡는 건 여전하네. 근데 어쩌나 스파이 영화는 한물갔는데?"

그림자처럼 현 회장을 경호하는 그를 사람들은 최 과장이라고 부른다. 특수부대 출신으로 프랑스 용병 회사에서 일했다.

아무런 감정도 느낄 수 없는 그 눈. 말없이 담배를 피우며 여전히 태경을 노려본다. 태경도 지지 않고 마주 본다.

최 과장은 끝까지 피운 담배를 던져버리고 간단한 몸수색을 시작한다. 언제나 똑같다. 핸드폰은 빼서 자기 주머니에, 머리카락부터 발끝까지 꼼꼼하게 뒤진다.

"최 과장 나 좋아해? 너무 세심하게 만지네."

최 과장은 무시하고 안으로 들어가라고 손을 뒤로 까닥인다.

"시발, 폼은 존나 잡네."

태경은 주차장 통로를 지나 현 회장의 집 본채 안으로 걸어 들어간다. 최 과장이 그런 태경의 뒷모습을 표정 없이 바라본다.

긴 복도를 지나가자 안쪽에 있는 응접실에서 현 회장의 비서인 장윤선이 태경을 맞이한다. 30대 초반의 미인으로 현 회장의 개인 비서다. 웃고 있지만 속을 알 수 없는 여자.

"들어가세요. 기다리고 계십니다."

문을 열자 그곳에 현 회장이 있었다. 밝은 햇살이 내리쬐는 화창한 봄날이었다. 하지만 현 회장의 사무실은 창이 목조 블라인드로 가려져 있어 어둠이었다. 현 회장은 그 어둠 속에서 안광을 빛내며 하얀 면천으로 조선 백자를 정성스럽게 닦아내고 있었다. 이마에 땀까지 맺힌 채 몰입하는 그 모습이 사뭇 숙연해 보이기까지 했다. 태경은 아무 말 없이 서서 그런 현 회장의 모습을 지켜보았다. 백자는 이미 깨끗했지만 현 회장은 작은 티끌 하나라도 찾아내겠다는 집요한 눈빛으로 백자의 곳곳을 이 잡듯 뒤지고 있었다. 누구보다 검은 인간이 저렇게 희고 깊은 백자에 탐닉한다는 것이 아이러니하게 느껴졌다.

얼마나 지났을까. 어느 정도 만족했다는 표정의 현 회장이 구석의 탁자 위에 백자를 내려놓았다. 백자는 깨끗하고 윤이 났다.

그리고 태경을 보고 웃었다.

천천히 다가와서 손을 감싸 쥐고 눈을 본다. 그리고 안아준다.

그의 숨소리가 심장 뛰는 소리가 전해지는 듯하다.

악마의 심장 소리.

그가 태경을 안은 오른손으로 등을 토닥인다. 토닥. 토닥.

악마의 손길.

섬뜩하다.

현 회장이 웃으며 태경을 떼어낸다. 그리고 백자를 가리킨다.

"참, 아름답지요?"

"나는 잘 모르겠는데."

"아직 젊어서 그래. 나이가 들마 이래 깨끗한 기 좋은 기라요."

"이거 짝퉁 아냐?"

"아이야. 이거 내가 일본인 수집가한테 다시 사들이는 데 돈 엄청 들어갔어요. 쪽빠리들이 눈까리가 아주 빨라. 특별해. 그 새끼들이 그래가꼬 일제 때부터 그 눈까리에 불을 키고 찾아댕김서 우리 문화재를 엄청나게 약탈해 갔거든? 그거 빨리 찾아와야 돼. 애국이 별기가? 그치요?"

그러면서 현 회장은 다시 도자기를 닦는다.

"깨끗한데 뭘 자꾸 닦아."

현 회장이 아주 미세한 티끌을 잡아낸다.

"변호사님이 아직은 관찰력이 좀 부족한 거 같애."

현 회장은 긴 한숨을 내쉬며 천을 내려놓는다. 그리고 다시 도자기를 본다.

"이리 깨끗하고, 맑고, 고졸하게…… 그래 살아야 하는 긴데…… 세상이 그렇지가 못하네? 그치요?"

"우리 회장님 서론이 너무 길다. 이 바쁜 세상에서. 용건이 뭐예요?"

"내 티끌 좀 닦아달라꼬."

"티끌? 무슨 티끌?"

"아니 딴 기 아이고 말이야…… 철기가…… 아참 변호사님 철기 모르지요? 양철기."

"알죠."

뻔히 알고 있는 사실을 모른 척하면서 되묻는다. 모든 걸 기억하지만 아무것도 기억하지 않는 것처럼 말한다.

"그래요. 그래 아는 사이라 카마 마 잘됐다. 아니 딴 기 아이고 그 친구가 폭력 사건에 휘말리가꼬…… 말이지……. 어렵게 됐어. 우리 이 변호사가 노력을 좀 해줘야겠어. 내가 이래 부탁할게요."

부탁. 현 회장은 늘 그렇게 말한다. 웃으면서. 하지만 그것은 거부할 수 없는 부탁이다.

영화 〈대부〉에서 마피아 보스 돈 코를레오네는 늘 거부할 수 없는 제안을 한다. 제안은 절대 거부할 수 없다. 거부는 곧 죽음으로 되갚기 때문이다.

한국의 돈 코를레오네 현 회장. 그의 구수한 경상도 사투리 속에는 늘 피 냄새가 숨어 있다. 그의 잘 계산된 존댓말은 사실 숨 막히는 협박이다.

"건달들 많잖아? 걍 냅둬. 정신 좀 차리게. 건달들 학교 자주 다니고 그래야 파이팅이 있지."

"이 변호사. 내 사람이 위험에 처해 있을 때 내가 구해주지 않으면 누가 나를 위해 일을 하겠어요?"

"양철기가 비밀을 많이 알아서 그런 건 아니고?"

순간 현 회장의 눈빛이 태경을 찌르고 들어온다. 섬뜩하다. 선을 넘은 것인가? 두렵다. 그 마음이 읽힌다. 태경이 웃으며 눈을 피한다.

"귀찮게 하시네. 잘 알아볼게요."

"아이고 고마버요…… 고마버……. 너무 고마버요. 양철기 팀장 꼭 좀 꺼내주세요."

악마의 웃음.

8년 전 그날을 떠올린다.

이 모든 것이 시작된 8년 전 바로 그날.

바로 그날도 악마는 웃으며 다가왔었다.

눈을 뜬다. 순간 머릿속이 아득하고, 눈앞이 흐릿하다.
머릿속에서 뭔가가 소용돌이치는 것 같다.

어지럽다.

흔들린다.

입안에서는 피 맛이.

목에서는 통증이.

편도선이 부어, 침 한 모금 삼키기 어렵다.

온몸은 아파서 으스러질 것만 같다.

정신이 혼미하다. 숨을 몰아쉰다.

시간이 지난다. 고통이 잠든다. 의식이 돌아온다.

서서히 눈의 초점이 돌아오기 시작한다.

바라본다.

하지만 도무지 알 수 없는 낯선 곳이다. 태어나서 이 공간을 바라본 기억이 없다.

이곳은 어디?

아니 그 전에 생각한다.

나는 누구지?

왜 이곳에 있지?

어떻게 된 거지?

나는 누구냐고?

그러나 기억이 나지 않는다.

아무것도 떠올릴 수가 없다.

내면이 텅 하고 비어버린 것 같다.

아픈 몸을 고스란히 느끼며 가만히 앉아 있다.

그렇게 한참을 보낸다.

얼마나 흘렀을까?

한 가지 기억이 떠오른다.

누군가 부르는 소리.

나의 이름.

'장영미.'

악마와의 계약

8년 전. 태경은 사법연수원을 수료하고, 연수원 성적이 하위권이었기 때문에 원하던 판사에 임용되지 못했다.

"정의는 성적순이냐?"

"그 머리로 판결은 힘들지 않을까?"

"반사기꾼한테 어떻게 판결을 맡기냐?"

친했던 동기들이 그렇게 놀렸다. 아쉬웠지만 좌절하지는 않았다. 대신 태경은 인권 변호사들이 모인 합동법률사무소에서 일하기 시작했다.

그리고 그 사건이 터졌다.

영국계 다국적 기업인 크로센의 욕실 청소 세제.

세제는 씻겨 내려가지 않고 남아 샤워를 할 때 발생하는 고온의 수증기와 결합 사람들의 폐로 흘러들어갔다. 많은 사람들이 죽었고, 특히 유아와 어린이의 피해가 컸다.

하지만 크로센은 부인했다. 유독 한국에서만 문제가 될 리가 없다는 것이었다.

태경은 이 사건에 뛰어들었다. 직접 영국으로 건너가 크로센이 한국 정부 규제의 허점을 이용해 생산 단가가 저렴한 유독 물질을 섞어 세제를 생산해 낸 것을 밝혀냈다.

사람들이 분노했고, 여론이 돌아섰다. 소송이 시작되었다. 그리고 크로센 측에서 법무법인 인창을 선임했다. 대한민국 최고의 로펌. 전직 대법관과 검찰 고위직 들이 즐비한 인창은 대대적인 물량 공세를 시작했다. 변호사만 100명이 넘게 투입되었다.

밀리기 시작했다. 인창은 매주 몇만 페이지나 되는 소송 자료를 쏟아냈다. 치열한 법리 논쟁이 곳곳에서 벌어졌고, 공격은 상상치도 못한 곳에서 예상치 못한 방법으로 이루어졌다. 엘리트 변호사들이 만들어내는 교묘한 법리 해석에 당하기 시작했다.

인창은 법리적 파상 공세와 더불어 계속해서 시간을 끄는 두 가지 전략을 사용했다. 그 전략은 적중했다.

그사이 태경과 피해자들은 지쳐갔고, 사람들의 관심은 식었다. 일부 신문들은 이 사건으로 인해서 한국의 신용도가 하락하고 외국 자본의 투자 의욕을 꺾을 수 있다는 기사들을 내보내기 시작했다. 그 신문의 구독자들은 경제에 악영향을 미칠 수 있다며 이번 사건을 그만 끝내야 한다고 이야기했다. 소송은 3년을 넘게 끌고 있었다.

청소 세제에 아이를 잃은 엄마는 모든 걸 내팽개치고 사건에만 매달렸다. 피켓을 들고 매일 광화문으로 나갔다.

하지만 사람들의 관심은 점점 더 식어갔다. 그리고 점점 불편해했다.

"아직도 해결이 안 됐나요?"

"그 사건 마무리 안 됐나요?"

"합의하시지 그래요?"

"여기에 나와서 이런다고 해결이 되나요?"

"이제 지겨워요."

지겨워요…….

지겹다는 그 말을 이해하지 못했다. 지겨울 수 있다면. 지겨워질 수만 있다면.

하지만 매일 아픔이 새살처럼 차오른다.

내 아이.

유라야.

내 새끼.

엄마는 아이를 보내지 못했다.

외부에서도 끊임없이 피해자 가족들과 합동법률사무소를 흔들고 이간질했다.

"몇몇 변호사가 정치적 야심을 위해 이번 사건과 가족들을 이용한다."

"밤에 야당 대표를 만나고 돌아다니더라."

"그중 한 변호사는 사법연수원 성적이 거의 최하위다."

"실력도 능력도 없으면서 그런 일에 뛰어들다니!"

"변호사로서 전망도 없고 취업도 안 되니까 괜히 유명해지려고 그러는 거지!"

함께 있는 시간 동안 침묵이 점점 길어진다. 가족들도 물론 알고 있다. 태경이 얼마나 희생하고 있는지. 보수도 없이 지난 3년간 얼마나 처절하게 싸워왔는지. 하지만 패배 앞에서는 모두가 무력하다. 이것은 최선을 다했다는 것으로 만족하고 서로 격려할 수 있는 고교 야구가 아니다. 죽어간 수십 명의 목숨과 관련된 일이다. 아직까지 병원에서 기약도 없이 호흡기를 달고 누워 있는 수백 명의 희망과 생존에 관련된 일이다.

이겨야 한다.

반드시 이겨야 한다.

하지만 졌다.

법원은 크로센이 대한민국 정부가 허용한 규제의 범위 내에서 만든 세제를 판매하였기 때문에 직접적인 책임이 없다는 판결을 내렸다. 상식적으로 납득이 가지 않는 판결이었지만 인창이 집요하게 법의 허점을 파고든 지난 3년의 결과였다. 결국 크로센은 아무런 상처도 입지 않고, 모든 책임을 한국 정부와 피해자들에게 떠넘기고 한국 사업에서 철수했다. 이후 다른 브랜드로 한국 사업을 계속해 나갔고, 사람들의 뇌리 속에서 서서히 잊혀갔다.

인창은 막대한 성공 보수를 챙겼다.

시간은 그들의 편이었다. 아니 모든 것이 그들의 편이었다.

판결이 나온 그날 밤.

매일 광화문으로 나갔던 유라 엄마는 아파트 창문을 열었다.

유라야, 엄마가 미안해.

엄마가 그 세제만 사지 않았어도…… 엄마가…… 조금만 더 세심했다면…….

미안해, 우리 유라.

변호사님. 고생 많으셨어요.

변호사님 덕분에 버틸 수 있었어요.

죄송해요. 정말.

이제는 유라에게 갈래요.

그럼 안녕히.

유가족 중 한 명이 아파트에서 뛰어내렸다는 기사는 신문 귀퉁이에 실렸지만 곧 잊혔다.

태경은 유라 엄마의 장례식장에서 고개를 들지 못했다. 물 한 모금 마실 수 없었다. 앉아 있는 동안 계속해서 가라앉는 느낌이었다. 끝없이 끌려 내려간다. 아득하다. 끝을 알 수가 없다. 하지만 이대로 침몰할 수는 없다.

태경은 그날 법무법인 인창으로 찾아갔다.

분노를 떨칠 수가 없었다.

인창의 변호사들.

전직 대법관, 검찰총장. 상위 1퍼센트의 변호사들.

법을 수호하기 위해 있다는 그 사람들에게 묻고 싶었다.

이것이 정의인가?

하지만 곧 경호원들에게 끌려 나온다.

"놔! 놔!"

그때 크로센 사건을 총지휘한 대법관 출신의 유홍수 변호사가 차에서 내린다. 태경을 본다. 둘은 법정에서 치열한 논쟁을 벌였다. 태경이 소리 지른다.

"유홍수 변호사님!! 이것이 정의입니까? 이것이 당신의 법입니까?"

순간 유홍수가 태경을 돌아본다.

다가온다.

그런데 웃는다.

그 웃음.

유홍수가 차분하게 태경을 본다.

"법이 꼭 그들을 위해 존재해야 한다는 생각을 버려요."

"뭐라구요?"

"왜 법이 약자를 보호해야 합니까?"

"!!!"

"법은 말이죠. 아는 자들의 것입니다. 그걸 누구보다 잘 아는 사람들의 것입니다. 그게 법이고 그게 정의예요."

"!!!"

"왜 당신들만의 정의를 생각합니까? 우리의 정의, 크로센의 정의를 생각해 보세요! 우리 모두 공평합니다. 그리고 우리가 이긴 겁니다. 당신이 진 거예요. 당신들이 졌어요."

너무나 차분한 태도, 확신범. 후회와 죄책감은 없다.

"억울하다면 우리만큼 법을 모르는 당신을 탓하세요."

유홍수 변호사가 인자한 웃음을 짓고는 돌아서서 안으로 들어간다.

간판 하나 없는 인창의 벽돌 하나하나가 선명하게 태경의 가슴속으로 파고든다.

견고하고 차가운 그 대리석. 절대 무너뜨릴 수 없다.

그래, 승부는 끝났다.

태경은 집 안에 처박혔다. 한 달 동안 집 밖으로 나가지 않고 방 안에만 있었다. 그저 가만히 앉아 있었다. 아무것도 할 수 없었다. 지독한 패배감과 자괴감이 몰려왔다.

그냥 모든 것이 이대로 끝나버렸으면 좋겠다고 생각한다.

이 세상이 이대로 모두 사라져버렸으면.

그렇게 점점 내려간다. 끝없이. 아래로. 아래로.

침몰한다.

그때 그 남자가 찾아왔다. 사람 좋은 웃음.

"본의 아니게 이야기를 좀 들었습니다. 재판도 봤어요. 젊은 분이 피가 억수로 뜨겁던데……."

"……."

"아, 인사가 늦었네요……. 저는 작게 건설 회사를 하는 현준오라고 합니다."

"돌아가세요."

문을 닫으려는데 현준오가 잡는다.

"변호사님. 우리 차 한잔만 하입시다."

"뭐요?"

"그냥 조용하게 앉아서 차나 한잔 마시자는 말입니다."

"……"

"아무 말도 필요 없고……. 그냥 차 한잔만요, 예?"

사람의 마음을 어루만지는 듯한 눈빛.

다 안다는 그 어른스러운 따스한 눈빛.

현 회장은 태경을 외곽의 고즈넉한 찻집으로 데려갔다. 태경은 지금도 그때를 떠올리면 의아했다.

왜 그를 따라간 것일까? 처음 본 남자에게 기대한 것이 무엇이었을까? 자포자기의 심정이었을까?

그럴 수도 있다. 하지만 그것만으로는 설명되지 않았다. 그것은 어쩌면 현 회장이 가지고 있는 오묘한 매력 때문일지도 모른다. 속을 들여다볼 수 없는 사람. 구수하고 공손한 사투리 말투에서 느껴지는 자신감과 유연함은 알 수 없는 방법으로 사람을 끌어들이고 있었다. 시간이 흐른 뒤에 느낀 것이지만 현 회장은 사람을 장악하고 조종하는 데 천부적인 능력을 가지고 있었다. 사람의 마음을 읽고, 그 재능을 간파해서 이용하고, 조종했다. 그는 타고난 음지의 리더였다.

그날 두 사람은 차만 마셨고, 현 회장은 정말 한마디도 하지 않았다. 그 후 현 회장과 가끔씩 만나 차도 마시고 밥도 먹으면서 세상 사는 이야기를 나누었다. 그때마다 현 회장은 별말 없이 태경을 위로했다. 그렇게 만나는 동안 경계심이 사라졌다. 좋은 사람 같았다. 어른스럽고 강했다. 쉽게 흔들리지 않는 그의 단호함이 태경에게는 편안하게 느껴졌다.

가까워진 두 사람은 함께 낚시도 다니고, 산에도 올랐다. 그사이 태경은 현 회장에게 많은 것을 의지하기 시작했다. 사실 크로센 소송에 매달리느라 돈을 거의 벌지 못했다. 현 회장은 태경에게 돈을 건넸다. 부담스러워 거절했지만 현 회장은 막무가내였다.

"이 변호사님! 우리 사이에!! 어허…… 형님이 해주는 거라 생각하고 받으소……. 나를 친형보다 더 가깝게 느낀다고 했나, 안 했나?"

거부하려 했지만 하나씩 하나씩 가랑비에 옷 젖듯 현 회장에게 젖어들었다.

그리고 익숙해졌다. 편하고, 좋아졌다.

고급 차가 얼마나 조용한지, 명품 양복이 얼마나 맵시 나는지 알게 되었다.

그러던 어느 날.

현 회장이 고민하는 표정으로 이야기를 꺼낸다. 지치고 힘든 표정.

"아…… 회사에 법적인 문제가 있는데…… 영 처리할 사람이 마땅치 않네요. 내가 법에는 영 자신이 없어서……."

지나가듯이 툭 던진다.

"뭐 어려운 일은 아니라. 간단히 처리하면 되는 일인데……."

"제가 가서 봐드릴게요."

"그래 줄 수 있겠어요?"

그렇게 시작되었다.

태경은 현 회장의 서류와 업무 관계 계약서를 검토해 주기 시작했다. 처리하는 서류들 중에 법을 어기는 경우가 한두 개씩 생겨났다. 꺼림칙했다.

"아이고 이 변호사…… 법을 지켜야지요. 그래야지요…… 근데요…… 이기 사업이라는 기 하다 보마 이런 식의 일들이 생길 수밖에 없어요. 이 나라 법이 너무 까다롭고 융통성이 없어. 법 다 지키면서 하다 보면 사업 몬 해요."

일리가 있다. 사소한 법률적 문제들이다. 어긴다고 해서 크게 피해 보는 사람도 없다. 거절하기에는 현 회장에게 받은 것이 너무 많았다. 하지만 그것은 시작에 불과했다.

불법과 관련된 더 많은 서류들이 태경에게 넘어왔다. 서류들은 늪처럼 서서히 태경을 끌어들였다. 그때부터 현 회장을 상대하는 일은 점점 더 줄어들고 대신 중간 보스인 양철기를 상대하는 일이 많아졌다.

"이건 못 합니다."

철기가 태경을 본다.

"지금 뭐라고 했습니까?"

"이건 못 하겠다고!"

비자금 조성과 관련된 서류를 조작하는 일이었다. 명백한 불법이고 처벌 수위가 높다. 그만큼 악질적인 범죄란 뜻이다.

"이 변호사. 지금…… 내가 부탁하는 거처럼 보입니까?"

철기가 매서운 눈길로 태경을 노려본다.

"이게 정말 회장님 뜻입니까?"

철기가 알 수 없는 표정을 짓는다.

"회장님께서 정말 아시는 일이란 겁니까? 이게 어떤 죄인지 압니까?"

철기가 그저 태경을 노려본다.

"회장님을 만나게 해주세요."

"아이고 몬해 묵겠어요. 몬해 묵겠어……. 우리 같은 중견 기업들은 위에서 대기업한테 치이고 아래서는 또 하청 업체들한테 치이고…… 정말 어려워요…… 어려워. 또 공사 하나 따낼라카마…… 여기저기 규제에…… 돈 바라는 공무원 놈들은 왜 그렇게 많은지…… 그놈들 한 푼이라도 안 쥐어주마 공사를 몬 해요. 이 불경기에 안 그래도 공사도 없는데…… 힘이 들긴 들어요, 이 변호사."

지치고 곤혹스러운 표정의 현 회장. 한숨과 함께 담배 연기를 길게 내뿜는다. 태경이 그런 현 회장을 본다.

"회장님, 하지만 이 문제는 정말 심각한 문제입니다. 벌금으로 끝날 일이 아니에요."

"압니다, 알아요……. 하지만 이 변호사, 이번 한 번만…… 한 번만 도와주마 안 되겠습니까?"

호소하는 현 회장의 표정. 빨아들인다. 마음이 약한, 정에 약한 태경의 마음을 정확하게 찌르고 들어온다. 태경은 그렇게 다시 끌려 들어간다.

또 다른 부탁들이 이어진다.

비자금 조성, 세금 포탈, 불법 용역 계약, 은행권 불법 대출, 뇌물, 각종 로비와 청탁, 이중 장부. 끝없이 이어진다.

하지만 점점 더 무감각해진다.

자신을 잃어간다.

나는 누구인가?

그때서야 알게 되었다. 이것은 거부할 수 없는 부탁이었다는 것을. 처음부터 정확하게 짜여진 현 회장의 계략이었다는 것을. 현 회장을 직접 만나는 일은 점점 더 어려워진다. 철기의 강압적인 지시가 이어진다. 빠져나가보려 하지만 이미 발을 뺄 수 없는 진창이다. 깊은 늪이다. 허우적거릴수록 더 깊이 빨려 들어간다.

 하지만 이건 아니다. 이것만은 절대 할 수가 없다. 황룡건설의 공사 현장에서 인부 여러 명이 다치고 죽는 사고가 터졌다. 다른 용역업체와 계약을 맺고 현장으로 들어온 인부들이었다. 하지만 사고가 터지자마자 용역업체는 흔적도 없이 사라졌다. 하소연할 곳이 없는 인부들은 황룡건설을 상대로 소송을 걸었다. 철기는 그 소송을 태경에게 맡기려고 했다. 다른 건 모르겠다. 부패한 기업과 공무원을 상대로 한 불법은 그래도 참을 수 있다. 하지만 그 불쌍한 노동자들을 상대로 싸울 수는 없다.

 "할 수 없다고요?"
 철기가 태경을 노려본다.
 "못 합니다. 이거 용역업체도 황룡건설에서 운영하다 사고 나서 없앤 거 맞죠?"
 "야…… 우리 이 변호사님…… 머리 잘 돌아가네. 응?"
 갑자기 철기가 주먹으로 책상을 내리친다. 그의 거대한 주먹과 탁자가 만들어낸 소음이 공간을 울린다. 태경은 흔들리지 않는다. 이들과 섞인 1년 동안 그 정도 협박은 수도 없이 겪어왔다. 그래 여기까지다. 이 정도면 현 회장에게 진 빚은 충분히 갚은 셈이다. 결판을 내야 한다.
 "회장님을 만나게 해주세요!"

 이번에는 끝장을 낸다. 그에게 받은 돈만큼 충분히 돌려주었다.
 그때는 그렇게 생각했었다. 끊어낼 수 있을 거라고. 벗어날 수 있을 거라고.

그런 착각은 하지 않는 편이 좋았었다.

태경이 현 회장을 다시 만난 곳은 외진 폐공장이었다. 그곳에 현 회장이 있었다. 그리고 그 옆으로 한 남자가 두려움에 떨며 앉아 있었다. 자세히 보니 심 사장이었다. 지명건설 사장으로 황룡과 공사 입찰을 두고 대립각을 세웠었다. 그 남자가 피투성이가 된 채 꿇어앉아 울고 있었다.

태경 뒤로 철기와 몇몇 부하들이 둘러싸고 있다. 그리고 현 회장 뒤에 그림자처럼 서 있는 그 남자. 최 과장. 어둠에 가린 그가 태경을 노려본다. 그리고 양철기가 서 있다. 양철기마저도 긴장을 하고 있었다.

"이 변호사…… 할 말이 있다고?"

"회장님…… 저는 이번 사건만은 변호 못 하겠습니다."

"왜요?"

"그건 제 소신과 어긋나는 일이기 때문입니다."

"소신?"

"네."

"그래요. 그란데 우짜지? 그건 내 소신하고도 어긋나는 일인데? 나는요…… 누구한테 밟히는 걸 가장 싫어해요. 특히 나보다 몬한 놈들. 약한 놈들이 나를 밟을라고 할 때마다 나는요…… 인간 존재의 모멸감을 느껴요. 견딜 수 없지."

현 회장이 부르르 떤다. 처음 보는 모습이다. 현 회장이 몽둥이 하나를 집어 든다. 그러더니 의자에 앉아 두려움에 떠는 심 사장에게 다가간다. 심 사장이 두려움에 떨며 소리친다.

"회장님! 살려주세요! 살려주세요!! 제발 한 번만 살려주세요!"

"임마도 나를 밟을려고 했어. 근데 잘 봐. 지금. 우예 되는지?"

현 회장이 그대로 몽둥이로 심 사장의 뒤통수를 갈긴다. 하나. 둘. 셋. 넷. 다섯…… 심 사장 비명을 지르다 그대로 조용하다. 아직 숨은 쉬고 있지만 의식이 없다. 그 모습에 태경이 질린다. 하지만 현 회장은 계속 내리친다. 열, 열하나, 열둘. 피가 튀어 현 회장은 온통 피투성이가 된다. 피를 뒤집어쓴 악귀가 천천히 태경에게 다가온다.

"내가 주는 돈으로 살고, 묵고, 자고 다 하면서!!! 내 말을 안 들어?! 아니야 아니야……. 그럴 수는 없어! 그럴 수는 없어! ……그래서는 안 돼!! 왜? 그건 나하고의 계약이니까! 니가 내하고 맺은 계약이니까!!! 돈으로 맺은 우리의 계약이니까!!"

광기 어린 현 회장이 부르르 떨며 태경 앞으로 다가온다. 그의 이글거리는 눈빛. 지금까지 이런 현 회장의 모습은 본 적이 없었다.

"함부로 깨서는 안 되지. 우리의 약속을. 응?"

태경이 두려움에 떤다. 그때 뒤에서 심 사장이 정신을 차리며 신음 소리를 낸다. 현 회장의 칼이 심 사장을 가로지른다.

피가 태경에게까지 튄다.

덜덜 떤다. 멍하다. 다만 피 냄새.

현 회장이 천천히 태경에게 다가온다.

그리고 태경을 보고 웃는다.

피 묻은 그 얼굴.

웃는 남자.

그 잔인한 미소.

악마다.

　현 회장은 태경에게 다가온다. 현 회장이 피 묻은 손으로 태경의
손을 잡는다. 맞잡은 손에서 피가 끈적인다. 피 비린내.
　현 회장이 태경의 눈을 노려본다.
　"우리 이제 제대로 계약한 겁니다. 이 변호사님."
　태경은 그때서야 알게 되었다. 자신이 악마와 피로 맺어지게 되
었다는 것을.

무너진 집

준미의 검사실에는 4명의 수사관이 근무하고 있었다. 가장 선임인 6급의 국진태 주사, 7급의 이민진 주사보, 8급 서효림 서기, 9급 정상민 서기보가 그 4명이었다.

"효림 씨는 수사관으로서 촉이 좋습니다. 현명하구요. 판단도 빠르고. 거기다가 다른 검사들과 얽혀 있지도 않고."

진태는 준미를 보조할 수사관으로 효림을 추천했다.

"효림 씨 좋죠."

똑똑하고 명확한 만큼 자기주장도 분명한 스타일이었다. 개성도 강한. 현실적인 상황 판단이 빠르고 융통성이 있다. 준미의 수사를 잘 보좌해 나갈 수 있을 것이다. 다만 업무가 많아지는 것을 싫어할 뿐.

"공식적인 수사도 아니고. 지금 업무만으로도 머리 터질 것 같은데."

누구 앞이라고 기죽는 스타일이 아니었다.

"우리 재밌게 수사해요. 저랑 있으면 빵빵 터지지 않나요?"

효림은 대답하지 않았다. 준미가 혼자 웃으며 나간다. 효림이 진태를 본다.

"가끔 빵빵 차고 싶다니까요."

두 사람은 장영미의 집으로 향했다.

영미의 집은 재개발이 여러 가지 문제로 미뤄지고 있는 곳에 있었다. 버려지고 망가진 집들과 사람들이 살아가는 집들이 위험한 동거를 이어가고 있었다. 곳곳에 부탄가스와 담배꽁초, 술병 들이 나뒹구는 것으로 보아 밤에 불량 청소년들의 아지트로 이용되는 듯했다. 점점 더 슬럼화될 가능성이 높아 보였다. 지난 정권 당시 국가적 차원에서 홍보한 도심의 무분별한 재개발 약속이 남긴 잔해를 보는 것 같아 씁쓸했다.

그 동네에서도 가장 안쪽에 영미의 집이 있었다. 영미의 집은 금이 가고, 기울어져 있었다. 쾌적함이나 삶의 질보다 안전이 시급해 보였다. 주변 집들은 거의 철거된 상태라 더욱 을씨년스럽게 느껴졌다.

집 안은 더욱 암담했다. 천장이 낮고, 공간이 좁고 어두웠지만 그것 때문만이 아니었다. 모든 온기가 사라진 느낌이었다. 그 안에 장영미의 어머니와 할머니가 있었다. 기울어진 베니어판을 덧댄

마루 벽에는 사라진 장영미의 유치원 사진과 고교 졸업 사진이 나란히 걸려 있었다.

"어릴 적부터 수줍음이 많았죠. 유치원 잔치 때도 뒤에 숨기만 했어요. 그러다가 고등학교 때 갑자기 배우를 하겠다고 해서 깜짝 놀랐어요. 우리 애한테 그런 끼가 있나 싶었죠."

어머니는 끊길 듯한 목소리로 간신히 말을 이어나갔다.

"아마 자라면서 지 맘속에는 뭔가가 들어 있었나 봐요. 지 말로는 열망이라고 하더라구요. 그런 걸 가지고 있었나 봐요."

"흑흑흑…… 아이고 내 새끼……."

어머니가 말을 이어가는 중에 할머니의 흐느낌이 겹쳐졌다.

"엄마는 들어가 있어."

어머니가 말해도 할머니는 가만히 앉아 눈물을 찍어낸다.

준미는 둘만 남겨져 있을 순간을 생각해 본다. 견디는 것만이 남겨진 공간. 사라진 자식을 기다리며 살아가야 하는 시간.

준미는 자신을 다잡는다. 감정 이입은 위험하다. 감정에 이끌리다 보면 본질이 흐려질 가능성이 있다. 냉정해져서 사실 관계를 정확하게 파악해야 한다. 그것이 두 사람을 돕는 길이다.

"혹시 짚이는 게 있으세요?"

어머니는 눈물을 흘리면서 고개를 젓는다.

"잘 모르겠어요, 저도. 속마음을 이야기하는 애가 아니라서. 어른스러웠어요. 어릴 때부터."

계속해서 묻는 건 의미가 없다. 자세한 건 이미 경찰 기록에서 확인했다.

"영미 씨 방을 좀 봐도 될까요?"

좁은 구석방으로 들어간다. 오래된 집이어서 그런지 구조가 다소 틀어져 있다. 고개를 숙여야 들어갈 수 있다.

사라진 영미의 방은 창 쪽으로 작은 책상 하나가 놓여 있고, 그 옆으로 조립식 행거에 몇 개 되지 않는 옷이 걸려 있었다. 비어 있었지만 살았던 사람의 정서나 느낌이 묻어났다.

방에는 욕망이 없었다. 20대 여성이라면 가질 수 있는 소박한 사치와 치장마저 없는 방.

조립식 행거에는 열 벌 정도의 옷이 걸려 있었고, 그 아래 공간에 몇 벌의 청바지와 티셔츠가 가지런히 개어져 있었다. 그중에 너무 낡아서 무릎이 헐어버린 청바지가 보였다. 멋으로 찢거나 닳은 것이 아니었다. 너무 많이 입어서 무릎이 튀어나오다 못해 헐어버린 그 청바지.

'청바지가 저렇게 될 때까지 입고 다니는 여자가 요즘 몇 명이나 될까?'

가장 멋 부리고 예쁘게 보이고 싶은 20대 초반. 그녀는 무릎이 헐어 있는 청바지를 입고 있었다.

안쓰러운 마음에 행거에 걸린 옷들을 살펴보는데 안쪽에 화려한 원피스 한 벌이 세탁소 커버도 뜯지 않은 채 걸려 있었다. 슬쩍 상표를 확인해 보았다. 20대 여성들이 많이 입는 브랜드로 이십만 원을 넘지 않을 것이다. 그 원피스 하나가 그녀가 젊은 여자였다는 것을 증명하고 있었다.

준미는 탁자와 책상 위에 있는 책들 사이로 그녀의 메모나 기록들이 있는지 뒤져보았다. 책상 서랍 안에 어릴 적부터 적어온 일기들이 빼곡히 들어차 있었다. 슬쩍 훑어본다. 남의 이야기를 엿본다는 죄책감과 묘한 호기심이 동시에 일었다.

꼼꼼하고 진솔한 기록들이었다. 찬찬히 읽어보고 싶지만 시간이 없었다. 일단 일기장을 시간 순으로 확인해 나간다.

시간 순서대로 짚어나가는데 최근 2년 동안의 일기가 하나도 보이지 않았다. 그녀는 감수성이 풍부하고 기록하는 것을 좋아했다. 거의 10년 동안 하루도 빠지지 않고 일기를 써왔다. 매우 꼼꼼하게 일상과 감정을 기록했던 것이다.

그런 그녀가 갑자기 2년 동안의 일을 전혀 기록하지 않았다?

이상하다.

준미는 몇 가지 가능성을 생각해 본다. 그리고 곧 결론에 도달한다.

'누군가 일기를 가져갔다.'

2년 동안 그녀에게 무슨 일이 있었고, 누군가가 그걸 숨기고 싶어 한다. 그것이 준미의 결론이었다.

효림은 책상 옆쪽 빈 공간으로 높이 쌓인 책들을 꺼내보았다. 그것은 장영미가 출연했던 드라마와 영화의 대본들이었다. 펼쳐보니 몇 마디 안 되는 대사마다 메모들이 빼곡히 적혀 있었다. 이 한마디 대사를 위해 얼마나 노력했는지가 느껴졌다.

기억하지도 않을, 언제 등장했는지도 모를 잠깐의 출연을 위해서 이런 노력을 하고 있었다. 그녀는 언젠가 사람들에게 기억되는 연기를 하고 싶었을 것이다.

하지만 지금은 그녀의 연기를 볼 수 없다.

효림은 영미에게 조금 다가간 느낌이 들었다.

준미는 사라진 2년간의 일기를 생각해 본다. 무슨 내용이 들어 있을까? 어쩌면 그녀가 사라진 이유에 대한 결정적인 해답이 적혀 있을지도 모른다. 만약 갑자기 일기를 적지 않았다고 해도 그것이 이유가 될지도 모른다.

일기가 멈춘 2년 전 그 순간. 그녀는 기억하고 싶지 않은 어떤 일을 겪은 것일지도 모른다.

"사건 이후 영미 씨 방을 본 다른 사람들이 있나요?"

준미가 엄마와 할머니를 번갈아 바라보며 묻는다. 준미의 물음에 두 사람은 갑자기 절박한 표정이 되어 기억을 뒤적인다. 그것이 마치 영미를 찾을 수 있는 마지막 기회라도 되는 것처럼.

"경찰이 왔다 갔고……."

"네."

역시 별다른 내용이 없다. 그때,

"아! 맞다!"

"!!!"

"그 사람이 왔었어요. 그다음 날 아침에 일찍."

"그 사람요?"

준미가 되묻는다.

"거…… 왜…… 회사 사람…… 영미 데리러 오는."

할머니가 생각만큼 말이 나오지 않는 듯했다. 준미가 천천히 되묻는다.

"회사요?"

엄마가 대신한다.

"엄마, 지금 영미 소속사 사람들 말하는 거지?"

"응 그래! 소속사…… 그 사람."

"이동일 씨?"

"그래, 동일 씨! 그 사람이 아침에 왔었더라고. 내가 그 생각을 이제야 하네. 그 사람이 아침에 일찍 왔었어요."

"뭐라고 하던가요?"

"내가 영미 안 왔다고 하니까…… 말을 좀 얼버무리다가…… 자기는 잘 모르겠다고…… 찾아보겠다고 하고서는 갔어요."

"그래서요?"

"그래서 그러라고…… 그리고 얼른 영미한테 연락해 보라고 하니까 알겠다고 하고 나가더라고요. 아이고, 내가 왜 그 생각을 빨리 못 했을까?

"이름이 이동일 씨요?"

"네. 우리 영미하고 같이 다니던 매니저였어요."

효림이 차분하게 되묻는다.

"그 사람이 영미 씨 방에 들어갔나요?"

"그게…… 내가 기억이…… 잘……. 여기 들어와서…… 내가 커피나 한잔 주려고 주방에 들어갔는데…… 그사이에 들어갔을 수도 있을 거 같아요. 그런데 그건 왜요?"

피해자 가족을 감정적으로 자극할 수도 있다. 확실하지도 않은 상황에서 자극하는 것은 옳지 않다.

"아뇨. 그냥 확인 차원에서 물어본 겁니다."

그러나 두 사람의 표정은 쉽게 풀리지 않는다. 할머니가 말을 꺼낸다.

"그 회사란 사람들 이상해요."

"뭐가 이상한가요?"

준미가 할머니를 보며 물었다.

"테레비에 얼굴 몇 번 비치지도 못하는데 뭔 놈에 사람을 그렇게도 불러대는지…… 밤이나 낮이나 수시로 불러내서…… 그러면 뭐 테레비에 많이 내보내주기나 하던가. 병아리 눈물만큼만 나오고…… 뭔 애를 그렇게나 고생을 시키는 건지…… 아이고 내 새끼. 불쌍한 내 새끼…… 그렇게 고생만 했는데."

그런 할머니를 보며 준미가 묻는다.

"영미 씨의 소속사 이름이 뭐죠?"

다시 이름을 생각하는 할머니 대신 어머니가 대답한다.

"송엔터테인먼트요."

마지막으로 효림은 할머니와 어머니에게 영미와 관련된 사람들의 전화번호를 받으면서 관계를 확인한다. 원한과 우정, 사랑 등등. 경찰 기록에서 이런 부분들에 대한 조사가 누락되어 있었다. 시간이 없었을 것이다. 할머니와 어머니의 기억 속에서도 뚜렷한 무언가는 나오지 않는다.

효림은 일기장과 대본을 챙겨 나온다.

"저희가 읽고, 가져다드릴게요."

두 사람은 말없이 고개를 끄덕인다.

돌아가려는 준미의 손을 할머니가 붙잡는다. 갈라지고 꺼칠한 할머니의 손. 눈물. 헐어버린 눈가.

"검사님."

"예, 할머니."

"아이고…… 이래 젊고 이쁜 사람이 그래 높은 자리에 있고……

부모님이 얼마나 좋고 기쁘시겠어요."

"아닙니다."

"우리 영미도…… 우리 영미도…… 아이고 불쌍한 내 새끼……."

"엄마 그만해!"

엄마가 터지려는 감정을 가까스로 추스르며 할머니를 보며 소리친다. 할머니가 감정을 삼킨다.

"검사님, 우리 영미 꼭 좀 찾아주세요."

하지만 막았던 감정은 더 크게 터져 나온다.

"제발 우리 영미를 돌려주세요. 제발. 너무 보고 싶어요. 영미야."

울음은 깊고 길었다.

특수부에서 일했던 준미는 특히 이렇게 감정적으로 얽히는 사건을 경험한 적이 별로 없었다. 특수부 검사의 세상에서는 힘과 돈을 두고 비열한 짓을 벌이던 사람들의 위선과 거짓말 그리고 환멸이 있었다. 하지만 이곳에서 새로운 것을 본다.

죽고, 다치고, 사라진 사람들.

남겨진 사람들.

고통과 아픔.

끈적끈적한 인간적인 문제.

사실 불편하다.

일에 감정적인 부분이 얽혀 드는 것을 원하지 않는다.

그녀 자체가 그렇게 감정적인 사람도 아니다.

하지만 이 사건은 그녀에게 얽혀 들고 파고든다. 잊지 못하게 만든다.

23살. 1995년생. 배우가 되고 싶었다.

하지만 가난했다.

좁은 동굴 같은 집. 무릎이 헤진 청바지.

그 동굴에서 바라보기에 배우라는 꿈은 너무 눈부신 것이었나?

꿈꾸어서는 안 될 것을 꿈꾸었던 것일까?

마음을 다잡는다. 그 울음과 호소에 흔들리지 마라. 그 모든 것을 걷어내고 남겨진 바싹 마른 사실을 통해서 진실에 다가가야 한다. 그래야 사건을 해결할 수 있다.

그러면서 명확하게 떠오르는 생각.

지난 2년간의 일기들은 어디로 사라진 것일까?

늦은 오후. 식사 때를 놓쳐버린 준미와 효림은 중앙지검 부근의 식당에서 늦은 점심을 먹었다. 정갈한 백반집으로 생선구이와 뭇국 그리고 야채무침이 나왔다. 효림은 이 집의 생선구이를 특히 좋아했다. 하지만 오늘은 이상하게 입맛이 없었다. 준미 역시 먹는 둥 마는 둥이었다.

"수사를 넓혀가야겠죠?"

준미가 먼저 침묵을 깬다.

"네. 검사님. 장영미 씨의 주변 사람들도 만나고 여러 방향에서 조사해 보는 것이 좋을 것 같아요."

"네. 근데 그 소속사라는 곳, 좀 수상하지 않아요?"

"왜 그렇게 생각하죠?"

"할머니가 말한 것도 그렇고…… 무엇보다 일기요."

"일기요?"

"네."

"일기가 왜요?"

"2년 전 마지막 일기가 소속사에 들어가서 좋다는 내용이더군요. 그 이후부터 일기가 없어요."

"!!!"

"소속사에 들어간 이후로 일기가 사라졌든가, 아니면 쓰지 않았던 거죠."

"소속사를 조사해 보는 게 좋을 것 같아요. 은밀하게."

"맞아요. 은밀하게."

다시 밥을 먹는다. 준미는 여전히 별로 먹지 않는다.

"저 검사님…… 저도 제대로 한번 해볼게요."

준미가 효림을 본다. 마주치는 두 여자의 눈.

"우리 힘내요."

"네. 검사님. 일단 밥부터 드세요."

단호한 효림의 표정에 준미는 멍해져 있다가 숟가락을 든다. 먹기 시작한다.

먹어야 한다.

먹지 않으면 아무것도 할 수 없다.

살아가야 하는 것이다.

하지만 사라진 자가 목에 걸린다.

어디서 밥이라도 먹고 있을까?

그 두렵고 불안한 상상.

그 고통스러운 상상을 매일 해야 하는 어머니와 할머니.

목에 걸리는 그 밥.

수시로 딸과 손녀를 떠올리며 먹어야 하는 밥.

먹어야 한다.

밥을 굶으면서 아파한다고 영미가 돌아오는 것은 아니다.

끝까지 살아내서 어디에 어떤 모습으로 있는지 확인해야만 한다.

그것이 남겨진 자의 몫이다.

효림과 준미는 그 밥을 천천히 그리고 꼼꼼하게 비워낸다. 추적을 시작해야 한다.

지난 2년간 장영미에게 무슨 일이 있었는지 알아내야 한다.

그것이 여기서 밥을 먹고 있는 두 사람의 몫이다.

뭇국이 달았다.

문득 영미에게도 이 국을 먹이고 싶다는 생각을 한다.

식사를 끝낸 후 효림은 영미의 친구들을 만나보기 위해 바로 움직였다. 마음이 급했다. 영미 어머니에게 받은 연락처에 있는 번호로 톡을 보냈다. 대부분 영미의 중학교와 고등학교 친구들이었다. 아무래도 여자들은 어릴 적 친구에게 자신의 이야기들을 털어놓기 마련이다.

톡으로 사정을 설명하고 얼마 지나지 않아 몇 명이 답을 해왔다. 그러나 대부분 졸업 후 소원해진 상태였다. 하지만 그들은 자신이 아는 영미의 친구들을 소개해 주었고, 그렇게 꼬리에 꼬리를 물고 정보들을 수집했다. 하지만 그 과정에서 효림은 영미가 자신의 속이야기를 쉽게 하는 스타일이 아님을 알게 되었다. 하지만 효림은 믿었다. 분명 한 명, 자신의 속이야기를 털어놓는 사람이 있을 것이다. 그리고 저녁이 되어 허기를 느낄 무렵 효림은 최근까지도 영미와 친했던 민주와 톡으로 연락이 닿았다. 민주는 먼저 만나자는 제안을 했고, 두 사람은 중간 지대인 시청 부근의 카페에서 만났다. 덕수궁이 내려다보이는 조용한 카페였다. 밤이라 다소 한산했다. 민주는 약속 시간을 조금 넘겨 도착했다. 둘 다 배가 고팠던지라 샌드위치와 음료를 주문했다. 그러고는 바로 본론으로 들어갔다.

"실종을 짐작할 만한 말이나 행동이 있었나요?"

"아뇨. 힘들어했지만 어디론가 사라질 만한 아이는 아니에요. 절대. 얼마나 책임감이 강했다구요."

역시 예상했던 대로다.

그런데 그때 민주가 조심스럽게 입을 열었다.

"그런데……."

"네."

망설인다. 여자 특유의 조심성. 예민함.

"이건 정말 비밀인데…… 영미가 정말 무서운 사람을 만났다고 했어요."

"무서운 사람?"

"네. 그냥 그렇게 말했어요."

"그 사람이 누구죠?"

"……그건 잘 모르겠어요. 그리고……."

"말해 주세요."

"이렇게 말했어요. 정말 무서운 표정으로. 그 사람을 만난 한 시간이…… 살아온 인생 중에 가장 공포스러운 순간이었다고."

깊어지는
수사

그날 밤이 늦도록 준미와 진태는 장영미 사건에 대해 이야기를 나누고 있었다.

진태는 장영미 사건의 경찰 수사 기록을 면밀히 검토하는 과정에 있었다. 경찰 수사 기록에 대한 확실한 검증이 있어야 실수 없이 수사를 진행해 나갈 수 있다. 가장 손이 많이 가고 어렵지만 티나지 않는 업무를 담당하고 있는 진태에게 준미는 미안함을 느꼈다. 그래서 더 꼼꼼하게 그의 보고를 듣고 있었다.

"경찰의 수사 기록을 살펴보면 논리가 맞아떨어지지만 저는 그게 더 이상해요. 너무 깔끔해요. 마치 VIP 보고라도 하듯이 완벽하게 논리를 맞춰놨어요. 근데 사실 수사 기록이란 게 그렇게 될 수 없거든요. 최종 해결되기 전까진 허점투성이란 말입니다. 더군다나 이건 미결 사건입니다. 근데도…… 허점이 없어요."

"그건 결국 누가 그렇게 보이도록 원하고 있는 거겠죠?"

"네. 맞습니다. 경찰 내부에 그 누군가가 있다는 거죠."

이야기가 깊어지다 보니 시간이 다소 늦어지고 있었다. 그때 효림이 문을 열고 들어온다. 영미의 친구를 만나고 막 사무실로 돌아온 것이다.

"늦었는데 바로 퇴근하지 그랬어요."

순간 준미의 두 눈이 효림의 양손에 들린 떡볶이와 튀김에 꽂힌다.

"오오오오오오!! 국제 떡볶이!!"

테이블 위로 떡볶이와 김말이가 펼쳐진다.

"어쩜 이렇게 맛있죠? 오 김말이! 찍어 먹어야지! 김말이 부먹? 찍먹?"

"검사님."

"네?"

"천천히 드세요. 입가도 좀 닦으시면서."

"묻었어요?"

"네."

준미가 머리를 풀고 씨익 웃는다.

"저 귀신 같지 않아요?"

정말이다. 가끔은 빵빵 차주고 싶다.

떡볶이 타임이 허겁지겁 지나가고 회의가 시작되었다. 각자 편한 자세로 격의 없이 이야기를 시작해 나갔다.

"가장 공포스러운 순간이라……."

"역시 뭔가가 있는 걸까요?"

준미는 말없이 생각에 잠겨 있다. 두 수사관은 잠시 침묵을 지킨다. 준미가 이야기를 시작한다.

"그 남자가 누군지 지금은 알 수가 없어요. 만약 그 공포스러운 남자가 실재한다 해도, 말만 믿고 찾을 순 없어요. 그러니까 처음부터 하나하나 따져 나가보죠."

두 수사관은 고개를 끄덕인다. 준미가 다시 시작한다.

"가장 중요한 질문. 사라진 이유가 뭘까요?"

"남자 관계는 어떻습니까?"

진태가 대번에 그 문제를 끄집어낸다.

준미는 이럴 때마다 난감하다. 사실 연애 경험이 거의 없는 준미로서는 이런 문제에는 젬병이다. 자기로서는 남자 때문에 사라진다는 건 상상도 할 수 없는 일이었다. 과연 그런 감정이 존재하긴 하는 걸가? 그때 효림이 나서서 못을 박는다.

"저는 가능성이 낮다고 봐요."

"왜죠?"

"남자 친구 때문이라면 그전에 많은 징후들이 있어야죠. 남자 친구 때문에 괴로워했다거나…… 남자 친구가 집으로 와서 행패를 부렸다거나. 최소한 남자의 그림자라도. 하지만 가족들도 그런 부분에 대해서는 조금도 이야기가 없었어요."

납득이 되는 말이다.

"그리고 전 영미 씨가 남자에 목숨을 거는 타입은 아니라고 확신해요."

진태가 묻는다.

"근거는?"

"방을 보면 알아요. 어떤 사람인지. 그 공간이란 게 그곳에 사는 사람을 보여줄 수밖에 없거든요. 그 방은 굉장히 집중되어 있어요."

"집중되어 있다. 일에?"

"그렇죠. 대본. 대본. 연기 교재. 그리고 오디션용 원피스. 끝. 남자 친구에게 받은 작은 곰 인형, 편지 한 장 없었어요. 사실 일기도 간단히 살펴봤지만…… 뭐 전부 연기 이야기…… 성공해서 엄마와 할머니에게 잘해드린다는 그런 이야기뿐이었어요. 그녀에게 연애는 고려 대상이 아니었던 거죠."

객관적이고 현실적인 상황 판단. 효림의 가장 큰 장점이었다. 일과 서류에 집요하게 파고드는 외골수 기질의 준미가 가지지 못한 융통성과 현실 감각이다.

진태가 이야기 방향을 틀어 좀 더 진전시킨다.

"그럼 결국 일과 관련되었다는 건데…… 역시 소속사 문제로 들어가봐야겠죠?"

"송엔터테인먼트. 어떻게 수술하죠?"

"아, 저는 조금 조심스럽게 접근했으면 합니다."

"조심스럽게라. 이유는?"

"장영미의 실종과 소속사가 관련이 있다면, 우리가 수사하고 있는 걸 그쪽에 굳이 알릴 필요는 없죠."

"그사이에 증거를 인멸할 수도 있다?"

"네. 그래서 소속사보다 우선 이동일에게 먼저 접근하는 것이 좋을 것 같아요. 할머니 말로는 이동일과 장영미가 나름 친했다고 하니까 어쩌면 솔직한 말을 들을 수 있을지도 몰라요. 소속사 몰래."

두 사람의 이야기를 듣던 준미가 이야기를 꺼냈다.

"제 생각도 그래요. 이동일이 키를 쥐고 있다고 생각합니다. 하지만 우리가 괜히 들쑤셨다가 이동일이 숨어버릴 가능성도 있어요. 이동일은 제가 장 형사를 통해서 접근해 볼게요. 장 형사가 접근을 해야 의심하지 않을 겁니다. 원래 경찰이 진행하던 수사니까. 그리고…… 어떤 방식으로든 송엔터에 대한 조사는 필요하지 않을까요?"

"필요하긴 한데…… 엔터 회사를 조사하는 건 힘들어서…… 소문이 나거나 기사화해서 여론전을 펼 수도 있고."

그때 효림이 이야기를 꺼낸다.

"제 친구 중에 한 명이 그 회사는 아니지만 다른 매니지먼트 회사에 다니고 있거든요. 그 친구한테 한번 물어보는 건 어떨까요? 그 친구 그 바닥 일이나 소문에 빠삭하거든요."

준미와 진태가 동시에 말한다.

"좋네요!"

준미가 신기한 듯 진태의 팔을 꼬집으며,

"찌뿡!"

"……"

"……"

"검사님…… 아파요."

진태가 고개를 절레절레 흔들며 효림을 본다.

"친구를 만나서 알아보는 그 방법 좋네요."

"안 그래도 내일 만나기로 했어요."

"벌써?"

"사실 장영미 집에 갔다 와서 이리저리 생각하다가 바로 약속 잡았어요. 이 친구한테 그 소속사에 대해서 물어보고 싶어서."

빠르다. 침착하고, 현실적이다. 준미와 진태는 효림이 이 사건을 함께해서 다행이라고 생각한다.

"근데 저희 한동안은 이렇게 수사하는 건가요? 몰래?"

"그게 좋아."

좀 찜찜하지만 효림도 수긍을 한다.

"참 무슨 비밀 결사대도 아니고…… 검사실에서."

이민진 주사보의 경우 부장검사와 직접적으로 라인이 닿는 사람이라 조금 부담스러웠다. 막내인 정상민 서기보의 경우는 사건에 큰 도움이 되지 않을 것 같다는 판단과 함께 이민진 주사보만을 왕따시키는 느낌을 주지 않기 위해서라도 참여시키지 않았다. 사실 두 사람은 공식적인 사건을 수사하는 것만으로도 충분히 바쁠 것이다.

"저는 그럼 가볼게요. 오늘 이리저리 많이 다녔더니 너무 피곤하네요."

효림은 인사를 하고 돌아서서 나간다. 국 계장이 준미를 본다.

"검사님…… 저도…… 와이프가 들어오라고 난리네요."

"아, 네. 들어가세요."

국 계장도 검사실을 빠져나간다.

밤 10시 20분.

준미는 다시 책상에 앉아 서류를 펼친다. 특별히 갈 곳도 만날 사람도 없다. 외로움도 느끼지 않는다. 아직까지 준미는 읽을거리가 있는 자신만의 조용한 공간보다 더 행복한 곳을 찾지 못했다. 그녀는 다시 사건 서류 속으로 빠져들기 시작했다.

다음 날 저녁. 효림은 삼성동 코엑스에 있는 극장으로 향했다. 효림을 영화 시사회에 초대한 친구는 유명 매니지먼트사에서 실장으로 일하고 있었다. 이제 제법 고참이라서 직접 촬영 현장을 다니기보다는 주로 비즈니스 업무에 관여하고 있는 듯했다. 효림은 친구를 잘 둔 덕분에 좋은 자리에서 배우들과 함께 영화를 볼 수 있었다.

"따로 자리 잡지 말고 그냥 쫑파티 따라 가자. 술도 공짜고."

"정말 가도 돼?"

"따라와."

강남의 큰 술집이었고, 누가 누군지 알아볼 수 없을 만큼 사람도 많았다. 스크린에서만 보던 배우들이 바로 옆자리에서 술을 마시고 있었다.

"정하늘 진짜 잘생겼다.."

"나이 먹고, 갑자기 빠순이 모드야. 정신 차려."

잠시 사는 것에 대한 잡담이 오간다. 연애와 일, 미래, 여행 등 30대 초반 여성들이 좋아하는 주제들에 대해서 이야기가 한참 오간다. 술자리는 깊어져가고 있었다. 효림이 슬슬 이야기를 꺼냈다.

"장준일 사건은 어떻게 됐어?"

"아 장준일……. 차차기작까지 계약했어. 해외 반응이 워낙 쎄니까. 변호사 선택이 탁월했어. 연예계에서 이태경을 신의 혀라고 부르잖아. 덕분에. 잘 끝났지. 나는 회생불가라고 봤거든. 여론전이 장난이 아니었어. 저급했지만 심장을 찔렀어."

"거기 소속사가?"

슬슬 이야기를 꺼내본다.

"송엔터."

"거긴 어때?"

"힘이 있지."

"힘?"

"거기 돈이 좀 돌아. 여기저기 캐스팅하는 데 돈을 무진장 뿌리나 봐. 캐스팅 먹어가는 거 봐."

역시 뭔가 수상한 느낌이 난다.

자, 이제 본론이다.

"얼마 전에 그 회사에서 여배우 하나가 사라졌다던데?"

"그래? 왜 검찰에서 뭐 찾고 있어?"

"아니. 있어도 8급 서기가 뭘 알겠어. 그냥 오늘 아는 형사 분한 테 우연히 들었어. 거기 소속 여배우가 실종됐다고."

친구가 갑자기 주변을 살핀다. 그리고 목소리를 낮춘다.

"송엔터가 소문이 좀 있어."

"소문?"

"응. 거기가 갑자기 컸거든. 그게 그냥은 안 되지."

"그럼?"

"그건 뒤에서 봐주는 확실한 누군가가 있다는 뜻이지."

"확실한 누구…… 누구?"

"글쎄? 정확히는 잘 모르겠는데……."

갑자기 친구가 주변을 살피더니 조용히 효림 쪽으로 고개를 숙 인다.

"너만 알고 있어. 절대 내 이름이 나와선 안 돼."

"약속할게."

친구가 효림에게 속삭이듯 말한다.

"뭔가 수사하는 거라면…… 송 대표를 깊이 들여다봐. 그 이면까지."

"그 이면이 뭔데? 너 알고 있지?"

친구가 술을 들이켜며 말을 흘린다.

"그냥 소문이야. 소문."

"그 소문이 뭔데?"

친구가 억지웃음을 지으며 다른 곳을 본다. 대답을 피하고 있다.

그러다 문득 효림을 본다.

"그 여배우 이름이 뭐야?"

"장영미."

"!!!"

친구가 굳는다.

"아는 사람이야?"

표정 관리를 하지만 숨기지 못한다. 그녀는 장영미를 알고 있다.

"······아니야."

"정말 아는 거 없어?"

친구의 고민하는 표정이 역력하다. 잠시 후 친구는 어색하게 웃으며 효림을 본다.

"없어."

흔들리는 눈빛. 떨리는 입가. 땀이 나는지 손을 오므려 비빈다.

20년 넘게 보아온 친구다. 속일 수 없다. 거짓말을 하고 있다.

친구의 눈을 본다. 피한다. 계속 바라본다. 마주친다.

그리고 그 순간 마음속으로 치고 들어간다.

"친구야······ 그 아이 겨우 23살이야."

"!!!"

"나 그 아이 집에도 가봤어. 대사 한마디 있는 대본에 메모가 빼곡하더라."

흔들린다. 망설인다. 나는 너를 알아. 착하고 마음 여린 내 친구.

"할머니와 엄마가 무너질 것 같은 집에서 그 아이를 기다리고 있어. 너 그런 집을 상상해 본 적이 있니?"

긴 한숨과 떨리는 눈. 무얼 고민하는 걸까?

"나 그 아이 찾고 싶어."

친구야 말해 줘.

"효림아……."

"응."

"이건 절대 내가 말했다고 새어나가선 안 돼."

"내가 얼마나 비밀 잘 지키는지 너 알잖아."

"장영미. 알고 있어."

"!!!"

"사실 얼마 전에 촬영장에서 봤었어. 그전에도 열심히 하는 애라고 알고 있었거든. 그런데…… 화장실에서 마주쳤는데…… 울고 있더라고. 정말 왜 주르륵 흘리는 눈물 있잖아. 그래서 내가 다독여주려고 잡는데…… 여기…… 어깨하고 가슴 쪽에 멍 자국이 있더라고."

"멍 자국?"

"응. 맞아서 생긴 거 있잖아. 일부러 때려서."

"!!!"

"그래서 물어봤는데…… 한참 있다 대답하더라고."

"뭐라고?"

"운동하다 다쳤대. 의심스러워서…… 혹시 힘들면 연락하라고 했는데…… 말없이 그냥 울더라."

"그래서?"

"더 이상은 안 물어봤어. 너무 힘들어 보여서."

"왜 그랬을까? 왜 울었을까? 응?"

"……."

알고 있다. 하지만 두려워한다. 이상하리만치 신중하다.

"너답지 않게 왜 그렇게 사려?"

친구는 긴 한숨을 내쉰다. 그리고 효림을 본다. 그리고 주변을 살피며 고개를 숙여 거리를 좁힌다. 그리고 나직이 말한다.

"너 이건 정말 비밀을 지켜야 돼. 이 말이 나한테서 나온 게 알려지면 나 이 바닥에서 생활 못 해. 아니 나도 사라질지 몰라."

"무조건 비밀을 지킬게."

"만약 수사를 하는 거라면…… 황룡과 송엔터의 관계를 뒤져봐."

"!!!"

"깊이 들여다봐. 볼 수 있는 만큼 깊이. 하지만 은밀하게. 그쪽이 모르게."

친구는 은밀하게 속삭인다.

"송엔터와 황룡의 관계. 거기에 진짜가 있어."

수사가 조금씩 깊어지고 있었다.

준미는 서류에서 눈을 뗀다. 꼬박 6시간 가까이 서류를 들여다보고 있었다. 그러면서 준미의 생각은 어느 정도 정리가 되었다. 수사는 양방향으로 진행되고 있었다. 효림이 파고들고 있는 장영미 주변 인간관계와 송엔터 뒷조사.

경찰 수사 기록을 면밀히 검토하고 있는 진태.

그리고 남아 있는 또 하나의 키 이동일.

그는 장영미와 어떤 관계였을까?

장영미를 매일 태우고 촬영장으로 실어 나르던 매니저. 단지 그

뿐이었을까? 그러나 가장 가까이 있었기 때문에 장영미의 실종에 대해서 가장 잘 알고 있고, 깊이 연관되어 있을지도 모른다.

그를 찾아야 한다.

그때 문을 열고 장 형사가 들어왔다.

"검사님."

"죄송해요. 늦었는데 오시라고 해서."

"어차피 놀고 있었습니다. 장영미 집에 다녀오셨다구요?"

"네."

"보기가 힘드셨죠?"

"네. 그런데 거기서 이동일이란 사람의 이야기를 들었어요."

"아 그 매니저요?"

"네. 할머니 말로는 이동일이 장영미가 실종된 다음 날 아침에 집으로 찾아왔다고 하던데요."

"그래요?"

"네. 그런 여러 가지 상황으로 보면 장영미 실종에 대해서 가장 중요한 키는 이동일이 쥐고 있지 않나요?"

"그렇죠."

"그런데 경찰 수사에는 그 기록이 전부 빠져 있던데요?"

"조사했습니다."

"그런데요?"

"만날 수가 없었습니다."

"만날 수가 없다?"

"전혀 연락이 되지 않아요."

그러면서 장 형사는 전화기를 꺼내 이동일에게 바로 전화를 걸어본다. 스피커폰을 켜자 전화기가 꺼져 있다는 메시지가 흘러나온다.

"사건 이후 계속 이렇습니다. 그리고 잘 보세요."

장 형사가 송엔터로 직접 전화를 걸었다. 젊은 여성이 밝은 목소리로 전화를 받는다.

"송엔터테인먼트입니다."

"이동일 실장 좀 부탁드립니다."

"누구시죠?"

"친한 친구입니다."

"여기에 그런 사람 없습니다."

"아니 분명 송엔터에서 일하는 사람인데요."

"누가 그러던가요?"

"여기 명함이 있는데요?"

"저희와 관련이 없는 사람입니다."

"저기."

그리고 전화가 끊어졌다. 장 형사가 준미를 본다.

"두 번 걸었는데 매번 이러더군요."

"송엔터에서 꼬리를 자르고 있군요."

두 사람은 서로를 본다.

"이동일을 찾아야 해요."

미끼

태경은 구치소 면회실에서 작은 구멍이 뚫린 유리 벽을 통해 양철기를 바라보았다.

전과 4범.

무슨 짓이라도 저지를 수 있는 인간.

버러지 같은 놈.

하지만 구해내야 한다.

그것이 악마가 원하는 것이기 때문에.

오명구를 폭행한 양철기는 현행범으로 즉시 구속되었다. 현행범에다 전과가 있었기 때문에 구속은 피할 수 없는 일이었다. 하지만 철기는 웃고 있었다.

"죄수복이 체질인가 봐. 잘 어울리네."

"나이도 있는데 계속 학교에 있을 수 있나. 아무튼 영광이야. 스타 변호사께서 직접 이렇게 납셔주시고."

태경이 웃는다.

"양철기 씨. 회장님께서 지금 어떤 기분일 것 같아?"

"!!!"

"아직 회장님 말씀 못 들었지?"

"하지만 이렇게 널 보내주셨지. 나를 구해내라고."

"양 팀장. 본인이 대단하다고 생각하지?"

"뭐?"

"회사에 없어서는 안 될 뭐 그런 존재라고 생각하지?"

"당연한 거 아냐?"

"그런데 어쩌나. 응?"

태경은 철기 앞에 소송 자료를 흔들어댄다. 면회실 유리 벽에 종이들이 요란하게 부딪히며 소리를 낸다.

"지금은 말이야. 넌 그냥 황룡건설의 폭력 사건과 연결된 썩은 고리야. 이 서류에 그렇게 나와 있어."

양철기의 얼굴이 싸늘해진다.

"썩은 고리는 어떻게 해야 할까? 응? 철기야."

"이 새끼가."

"회장님이 널 구해내라는 건 그 썩은 고리와 연결된 몸통 때문이지 너 때문이 아니야."

"!!!"

"너같이 힘 쓰는 놈? 지금 당장!! 이 앞으로 백 명 정도 줄 세울 수 있어! 알아? 오만 원권 다발 흔들면 개같이 침 질질 흘리면서 니 자리 차지하겠다고 설레발칠 거야. 왜? 니가 하는 일 그거? 건

강한 몸하고 사시미 하나면 누구나 할 수 있거든!!"

양철기의 얼굴이 더욱 창백해진다.

"하지만 내가 하는 이 일?"

태경이 자기의 머리를 검지로 두드린다.

"머리가 아주 좋아야 되는 거거든. 그러니까 내가 설계한 대로 하면 돼. 까라면 까고…… 죽으라면 죽고 그러란 말이야. 이 시발 양아치 새끼야."

태경이 철기를 노려보며 말을 이어간다.

"불쌍한 깡패 새끼…… 동생들 공부시키려고 개같이 일한 조폭 새끼! 로 포장할 테니까…… 연기 잘해. 알겠어?"

양철기가 태경을 본다.

"근데 만약 니가 잘 못한다? 그럼 잘라버리는 거야. 몸통까지 위험해지지 않게."

태경은 두 주먹을 연결시켰다가 떼어낸다. 양철기가 피식 웃는다.

"알겠어. 근데 변호사님 너무 질주하는 거 아냐? 인생 그렇게 맘대로 되지 않아요."

"내가 배워도 너보다 많이 배웠고, 겪어도 더 많이 겪었어. 나발 불지 마, 이 깡패 새끼야."

"너무 밟지 마. 나 양철기야."

"몰랐냐? 약점을 보이면 밟히게 돼 있는 거?"

태경은 어차피 이 바닥에서 깡패들과 어울려야 한다면 확실히 자리를 잡아야겠다고 생각했다. 밟을 놈은 확실히 밟는다. 약해지면 밟고 올라선다. 그렇게 나아간다. 자리를 확보한다. 그게 인생이다. 약육강식. 문득 니체의 말이 생각났다.

괴물의 심연을 들여다본 자는 그 괴물을 닮아간다고.

태경은 괴물이 되어가고 있었다.

아버지에 대한 기억은 주로 등과 관련이 되어 있었다. 준미는 늘 아버지의 뒤에 서 있었다. 책상에 앉은 아버지의 등. 그런 아버지 앞에 쌓여 있는 수많은 법전과 사건 파일들. 그것들은 언제나 가지런히 체계적으로 분류가 되어 있었다. 그것을 건드리는 날은 난리가 났다.

"나가서 놀아라. 아버지 방해하지 말고. 아버지는 정말 중요한 사건을 맡아서 시간이 없다."

TV에 나오는 아버지. 재벌과 정치인들을 잡아들이는 아버지의 근엄한 모습. 국민 검사. 검찰 역사상 최고의 칼잡이. 대법관. 단호한 원칙주의자. 그러나 냉엄한 가장.

정의로운 나의 아버지.

초등학교 때부터 줄곧 1등을 놓치지 않았고 심지어 사법 고시까지 수석으로 패스했지만 정의로운 아버지는 그 흔한 칭찬 한마디 하지 않았다.

칭찬 대신 건넨 한마디.

"정의롭게 살거라."

감수성이 예민하고 섬세한 오빠는 그 정의로운 아버지를 이해하지 못했다.

"그 사람은 다른 사람을 사랑할 수 없는 사람이야."

식사를 마친 아버지가 일어선다. 서재로 들어간다. 문이 닫힌다. 여전하다.

문틈으로 바라보던 아버지의 등.

돌아봐주세요. 아빠.

안기고 싶었던 그의 품. 끝내 그 품은 열리지 않았다.

여전히 그의 등을 본다.

하지만 준미는 더 이상 상처받지 않는다.

반포에 있는 본가에서 식사를 끝낸 준미는 바로 검찰청으로 향했다. 바로 근처라 얼마 걸리지도 않았다. 사무실에는 진태와 효림이 기다리고 있었다. 그리고 효림이 놀라운 이야기를 꺼냈다.

"송엔터 뒤에 황룡건설이 있어요."

"황룡건설?"

준미가 너무 놀라서 그렇게 되물었다.

'황룡'이라는 두 글자가 준미의 머리를 짜릿하게 흔든다.

황룡건설.

현준오 회장.

막대한 현금과 인맥을 통해 무차별적으로 뇌물을 뿌린다. 그리고 도저히 불가능할 것으로 보이는 곳에 건물을 올린다. 불법과 특혜가 뒤를 받친다. 부산 해운대 모래사장 5미터 앞에 100층 건물을 올리는 그를 보면서 사람들은 수군거린다. 정권 실세가 아니라면 그 정도 특혜를 줄 수가 없다. 도대체 그의 돈이 어디까지 뻗어 있는 것일까?

현준오 회장.

미치도록 잡고 싶었던 그가 상상치도 못한 곳에서 걸려 나왔다.

심장이 뛰기 시작했다.

효림은 준미의 반응에 놀란다. 진태가 준미에게 묻는다.

"황룡이라면 검사님께서 동부지검 특수부 시절에 수사하시던."

"네, 맞아요. 수사하다가 물 제대로 먹었죠. 세금 포탈, 불법 정치 자금, 횡령, 비자금 조성…… 줄줄이 사탕으로 딸려 나왔죠. 캐면 캘수록 감당할 수 없을 정도였어요."

준미가 회한에 잠긴다. 표정에서 분노가 읽힌다. 효림이 조심스럽게 묻는다.

"그런데 왜……."

"수사에 실패했냐구요? 치고 들어가서 보니까 정치인과 고위 공무원 들이 그물망처럼 엮여 있더라구요. 그래서 제대로 들어 올리려고 더 깊이 파니까…… 위에서 나를 찍어내더군요."

효림과 진태는 그 상황이 그려진다. 소신 있는 평검사. 이미 받은 돈 때문에 막을 수밖에 없는 검찰 고위층. 익숙하다.

"황룡건설 수사할 때…… 돈과 관련된 화이트 범죄도 문제였지만 사실 폭력과 관련된 문제들도 많았어요. 더티했죠. 건물 올릴 때마다 온갖 잡음이 끊이지 않았어요. 경쟁자들을 힘으로 제압한 거죠."

"결국 밑에서 무차별적으로 저지르고 위에서 돈으로 막는 시스템이군요."

"네, 맞아요. 현준오 회장. 겉으로는 번지르르하게 사업가 행세하고 있지만 그는 뼛속까지 조폭이죠."

효림이 다시 본론으로 물길을 돌린다.

"정말 황룡건설이 송엔터테인먼트와 관련이 있는 거라면?"

준미가 두 사람을 본다.

"장영미. 단순 실종이 아닐 가능성이 높습니다."

"단순 실종이 아니라는 건?"

"굉장히 지저분한 일과 엮여 있을 수 있어요. 황룡건설은 여러분이 생각하는 것보다 훨씬 더 지저분한 회사입니다. 중견 건설업체처럼 포장하고 있지만 그 아래로 온갖 추악한 일들을 벌이는 범죄 조직이나 마찬가지죠. 게다가 그 범죄 행태는 끝이 없어요. 문어발처럼 곳곳에 뻗어 있어요. 건설, 사채, 유흥업소, 상조 회사, 다단계, 햄버거 프랜차이즈, 이제 거기다 엔터까지."

준미는 일어서서 창가로 간다. 창에 비치는 봄빛이 눈부시다.

"그때 저도 나름 집요하게 판다고 팠는데…… 그래서 알 만큼 안다고 생각했는데…… 황룡건설이 엔터 사업까지 뻗어나갔다고는 생각하지 못했어요. 정말 상상조차 못 했어요. 현 회장이 엔터를 건드렸다면 그건 그에게 필요했기 때문입니다. 그의 목적을 달성하기 위한 수단이었겠죠."

잠시의 침묵. 준미가 책상 팔걸이를 손가락으로 두드리기 시작한다. 생각할 때마다 나오는 준미의 버릇이다. 진태가 묻는다.

"앞으로 어떻게 하실 겁니까?"

준미가 다시 손가락으로 탁자를 두드린다. 그리고 시작한다.

"공개수사는 아직 일러요. 우리의 의도를 드러내서는 안 돼요."

"그렇겠죠. 저번처럼 위에서 막아서겠죠."

"저번보다 더 심할 겁니다."

준미는 주만용 부장검사와 윗선들을 생각한다. 여기는 동부보다 상황이 더 안 좋다.

진태가 한숨을 내쉬며 말한다.

"예상보다 판이 훨씬 커졌어요."

준미는 대답이 없다. 뭔가를 생각하고 있다. 묘수를 찾은 것일까? 효림과 진태가 서로 마주 보며 의도를 추측한다. 저 좋은 머릿속에서 지금 무슨 일이 일어나고 있을까?

준미가 다시 두 수사관을 보며 말하기 시작했다.

"이렇게 판이 커졌을 때는 그물을 좀 더 넓고 촘촘하게 펼쳐야 해요. 곳곳에서 사방에서 서서히 좁혀 들어가야 대어를 낚을 수 있죠."

설명이 더 필요하다. 준미가 풀어내기 시작한다.

"장영미 사건은 단순한 여배우 실종 사건이 아닙니다. 장영미만 쫓는다고 해결되지 않아요. 장영미가 사라지도록 몰아간 그 사람들…… 그쪽을 풀어내야지 전체 퍼즐이 맞춰집니다."

준미가 디테일하게 수사 방향을 잡아나가기 시작했다.

"일단 효림 씨는 하던 대로 장영미의 주변을 좀 더 파보세요. 그녀의 친구들, 주변 사람들을요. 그게 한 방향입니다."

"네."

효림은 고개를 끄덕인다.

"그리고 국 계장님하고 저는 낚시를 좀 하죠."

"낚시요?"

"네. 낚시들 해보셨어요?"

"아뇨. 왜 낚시를?"

뜬금없는 소리다. 하지만 준미의 목소리는 여느 때보다도 들떠 있다. 그리고 또 뭔가 자기만의 생각으로 빠져든다. 끄집어내야 한다.

"검사님?"

"네?"

"좀 쉽게 설명을?"

"아 네. 낚시에서 대어를 낚으려면 가장 필요한 것이 뭘까요?"

"죄송하지만 낚시에 대해서는 전혀."

"인내. 기다림. 그리고 좋은 미끼죠. 아시겠지만 황룡건설과 현 회장은 큰 물고기입니다. 쉽게 낚이지 않아요. 미끼를 놓고 기다려야죠. 콱 물 때까지."

진태가 다소 답답한 표정으로 묻는다.

"그 미끼가 뭐죠?"

"허세 있는 남자한테 뭘 좀 뺏어오려면 어떻게 해야 하죠?"

"막 띄워줘야죠. 정신 못 차리게."

"아하!"

서울중앙지검 형사 3부 오준범 검사실. 다들 사건 준비로 정신 없이 바쁘다. 그사이 준미가 문을 빼꼼히 열고 안으로 들어온다. 사람들은 준미가 들어왔는지도 모르고 있었다.

정 계장이 그런 준미를 발견하고, 사람 좋은 웃음을 짓는다.

"계장님. 잘 지내시죠?"

"그럼요. 검사님께서도 잘 지내시……."

"거 정 계장 아까 말한 거나 빨리 처리해!"

"네, 검사님."

정 계장 47살. 오준범 검사 37살.

뒤에서 오준범 검사가 삐딱하게 틀어 앉으며 묻는다.

"뭡니까?"

기수는 준미가 위지만 나이는 오준범 검사가 훨씬 많았다. 준범은 이상하리만치 준미를 의식하고 싶어했다.

"바쁘시죠?"

"아 근데 왜요?"

"아니, 다른 게 아니라…… 참."

"뭔데요? 뭔데 뜸을 들여?"

"아니 어린 여자 수사관들이 오준범 검사 멋있다고……."

"응?"

"아니 뭐 셔츠 입은 게 뭐 어쨌다나 슈트빨이 미쳤다나 뭐래나 참. 맞다. 원빈 같다고."

오준범이 자세를 고치며 멋진 포즈로 전환한다. 옆에 있는 여자 수사관이 황당한 표정으로 준미를 본다. 아베의 망언을 들을 때보다 더욱 분개해 있다. 원빈이라니.

하지만 오준범은 심하게 들떠 있다.

"여자들 참…… 아니 요즘 좀 운동 많이 하긴 했어. 했는데…… 아직 완성된 건 아니야. 뭐 벌써 그렇게들 호들갑이야."

오준범이 일어서자 아랫배가 출렁인다.

"그니까. 다들 그 이야기 하더라. 바빠서 운동할 시간도 없을 텐데 그 정도면 진짜 제대로 몸 관리하면 어느 정도냐는 거지 다들."

"아…… 진짜…… 옛날에 장난 아니었죠. 진짜. 근데 누가 그래요?"

"예?"

준미가 당황한다. 오준범이 씨익 웃는다.

"서효림 주사구나? 그치?"

"!!! 아…… 뭐……."

"괜찮아. 괜찮아. 어쩐지 나를 보는 눈빛이 좀…… 애틋하더라.

사실 살아오면서 그런 눈빛 많이 느껴봤어요."

옆의 여자 수사관이 분노로 종이를 구긴다.

준미는 효림에게 죽을죄를 짓는 줄 알면서도 계속해 나간다.

"그니까. 효림 씨가 요즘 우리 오 검사 피부가 너무 안 좋다면서, 너무 과로하는 거 아니냐면서, 너무 일만 하는 거 아니냐면서. 응? 그러더라고……. 그래서 내가 여동생 같은 마음으로 오 검사님 좀 도와주려고……."

그러면서 준미의 눈은 정 계장 책상 위의 사건 파일을 스캔한다.

있다. 그 파일. 파일을 집어 든다.

"내가 사건 하나라도 덜어주려고."

준범을 본다.

"이 사건은 내가 처리할게요."

오준범이 잠시 준미를 본다. 그의 머리에 의심이 스친다. 뭔가 메리트가 있는 사건이라서 달라는 게 아닐까? 오준범이 빠르게 머리를 굴린다.

"지금 나한테 작전 거는 거지?"

"아니에요!"

"정 계장, 사건 파일 가져와봐요."

오준범이 사건 파일을 빠른 속도로 스캔해 나간다.

폭력 사건. 깡패들이 벌이는 그렇고 그런 사건이다. 이목이 집중된 사건도 아니다. 자신이 맡는다고 해서 그리 도움이 될 것 같지 않다. 별거 없다.

그럼 왜?

하기야 서준미 검사니까.

다른 검사라면 서로 바쁜 와중에 와서 사건 달라고 하지 않을 거다. 하지만 저 워커홀릭 꼴통이라면 가능하다. 오지랖으로 유명하고 사건 오타쿠다. 순수한 의도로 접근해 왔을 가능성이 높다.

'주자. 안 그래도 사건 많아 죽겠는데 하나라도 덜어내자.'

준범은 사건 파일을 준미에게 건넨다. 준미가 얼씨구나 하고 받으려는데 준범이 파일을 다시 가져가서 준미를 본다. 그리고 한마디.

"나한테 빚진 겁니다."

"내가 도와주는 거지. 검찰청 꽃미남 보호 작전?"

여자 수사관이 토하기 위해 일어선다. 준범이 피식 웃으면서 준미에게 파일을 내민다.

"진짜 여자들이란. 하하하하하하하하하."

준미는 검사실로 돌아가서 진태 책상 위에 무심코 서류를 내려놓는다.

"우리 새 사건이니까 시작하세요."

진태가 준미를 바라본다.

"이건 오준범 검사 사건 아닙니까?"

"일단 보시라니까."

"대체 왜?"

"우리 미끼 있어야 하잖아요. 잘 봐보세요. 좋은 미끼입니다."

진태는 조용히 서류를 펼친다.

양철기…… 폭력 전과 7범……. 용역 철거와 관련된 폭력 사건이다.

서류를 넘긴다. 양철기. 황룡건설 용역팀장. 그리고 그 위에 있는 현 회장.

"!!!"

감이 온다. 양철기는 미끼다. 양철기를 바늘에 끼워 걸고 현 회장을 기다린다. 물론 쉽게 물지 않을 것이다. 하지만 견고한 현 회장의 성에서 돌 하나를 빼낸 것이다. 구멍을 냈다는 것이 의미가 있다. 그 구멍을 점점 키워나간다.

이 사건을 확대하고 키워서 송엔터와 현 회장까지 간다. 역시 서준미 검사다. 사건을 바라보는 시각 자체가 다르다. 비범하고 탁월하다. 어떻게 아무것도 아닌 폭력 사건을 그것도 자기 배당도 아닌 사건을 찾아내서 현 회장 그리고 송엔터까지 이어지는 그림을 그릴 수 있었을까? 설마 형사부로 들어오는 수천 개의 사건을 모두 기억하고 있는 것일까? 그리고 그렇다고 하더라도 파편화된 사건을 연결하는 치밀한 구성에서는 그 누구도 그녀를 따를 수 없다.

천재 검사라 불릴 만하다. 정말 부러울 만큼 감탄스러운 두뇌다. 서류를 덮고 진태가 준미를 본다. 준미가 진태를 보며 묻는다.

"미끼. 어떻습니까?"

"꽤 크네요."

"대어는 큰 미끼만 물죠."

이제 미끼를 끼워야 할 시간이었다.

⚖

퇴근 시간. 효림은 엘리베이터를 탄다. 닫히려는데 오준범 검사가 문을 잡고 서서 효림을 지긋이 바라본다. 엘리베이터가 다시 닫히면서 준범이 휘청거린다. 겨우 균형을 잡고 싱긋 웃는다. 그리고 은근한 눈빛.

158

효림은 순간 토하고 싶다는 생각을 한다.

"지금 퇴근하나 봐?"

"네. 검사님."

준범이 지하 1층 버튼을 누르자, 효림이 지하 4층 버튼을 누른다.

땅.

엘리베이터가 지하 1층에 도착하고 문이 열린다. 준범이 말한다.

"나 이번에 내려."

"안녕히 가세요."

준범이 피식 웃는다.

"여자들이란."

그리고 팔을 뻗어 효림의 머리 옆 벽을 짚는다. 구석에 몰린 효림이 준범을 본다.

"검사님."

"응?"

"암내 나요."

그의 겨드랑이는 축축하게 젖어 진한 젓국 냄새를 풍기고 있었다. 준범은 얼른 겨드랑이를 모으고 엘리베이터를 빠져나간다.

"짜증 나 정말!!!"

효림이 너무 세게 발을 구르는 바람에 한동안 엘리베이터는 움직이지 않았다.

사라진
매니저

미끼는 세심하게 끼워야 한다. 그렇지 않으면 물고기가 미끼만 떼어 먹고 도망치게 된다. 절대 빠지지 않도록 촘촘하게 끼워야 한다. 그래야 대어를 낚을 수 있다. 현 회장 같은 대어를 낚기 위해서는 신중해야 한다.

진태는 양철기와 관련된 모든 기록들을 읽어나가기 시작했다. 실력을 펼쳐 보일 때가 온 것이다. 서류를 통해 범죄 사실을 증명하는 것은 그가 가장 자신 있어 하는 부분이었다. 양철기는 잡힌 후에 알게 될 것이다. 절대 빠져나가지 못한다는 것을. 좀 더 촘촘해야 한다. 몇 번이나 보았던 서류를 다시 들여다보기 시작한다. 혹시 빠진 것이 없는지. 놓친 것은 없는지.

"좀 진전이 있으세요?"

준미였다. 의자 채 굴러와 진태 앞에 앉는다. 여전히 토끼 눈이다. 도대체 얼마 동안 안 잔 걸까?

"일단 차부터 한잔 하시죠."

라벤더. 신경을 안정시켜줄 것이다. 티백을 건져내고, 준미에게 차를 건넨다. 그리고 바로 일 이야기.

"양철기 어때요? 곧 재판인데."

"구속하는 데는 문제가 없어 보입니다. 하지만 미끼로 쓰기 위해서는 다른 뭔가가 있어야겠죠."

"양철기를 꼼짝 못 하게 옭아맬 증거겠죠?"

"네. 양철기가 입을 열 수밖에 없는 증거. 혼자 절대 뒤집어쓸 수 없는 것들. 그래야 현 회장도 움직이고 허점을 보일 겁니다."

"쉽지 않겠죠?"

"네. 서류 속에 드러나지 않는 숨겨진 범죄를 찾아내야 해요."

"우리는 찾을 거예요. 반드시."

그래, 찾아야 한다. 양철기의 숨겨진 범죄. 주도면밀하게 범죄를 은폐했을 가능성이 높다. 때문에 양철기의 서류를 완벽하게 분석해서 뒤지고 다시 거기에서 숨겨진 행간을 상상해 내야 한다. 어려운 일이다.

신경이 곤두선다. 라벤더를 한 모금 들이켜자 마음이 조금 가라앉는다. 하지만 곧 일에 관련된 생각이 그녀의 대뇌를 자극한다. 또다시 사건 속으로 들어간다.

"이동일……."

진태가 준미의 생각에 보조를 맞춘다.

"이동일이 급하긴 한데 연락이 닿지 않습니다. 주소지도 전산으로 잡히지 않고, 추적을 하려고 해도 당장은 여력이 없습니다. 사실 지금도 업무가 밀리고 있습니다."

"제가 움직이려고요. 곧 장 형사님과 함께 이동일의 주소지에 가 보기로 했어요. 장 형사가 통신사 통해서 주소 확보했습니다."

"직접 가시게요?"

"네. 신나겠죠?"

진짜 해맑은 표정이다.

"검사님."

"네?"

"일단 좀 주무시는 게 어때요? 사우나라도 가시던가요?"

"잠이 잘 안 와요."

빨간 눈. 토끼 눈. 얼마나 집중하고 있는 것일까?

"굳이 검사님께서 직접 추적 수사까지 하실 필요가 있나요? 장 형사가 움직이기로 했다면 맡기시는 게 어떨지……."

준미가 토끼 눈으로 진태를 본다.

"이 수사를 머리가 아닌 몸으로 하고 싶어요. 아주 미세한 느낌 까지도 알고 싶어요."

빨간 눈. 잠시만 감았으면.

"제가 신나게 경찰 놀이 하는 동안 계장님은 양철기 관련 자료 를 좀 더 들여다봐주세요. 확실히 뜯어먹을 수 있게, 어디가 맛있 는지 골라놔 주세요. 곧 재판이니까."

준미가 웃는다.

"알겠습니다."

진태는 자기도 모르게 안쓰러운 눈이 된다. 큰오빠가 여동생을 보듯이.

"걱정 마세요. 모르시죠? 제가 또 추적의 여신인 거? 하하하."

그때 문을 두드리고 장 형사가 들어온다.

"가시죠."

　추적의 여신인 준미는 장 형사와 함께 이동일의 주소지로 이동하는 중이었다. 주차장에 서 있는 장 형사의 2001년식 뉴코란도를 준미가 잠시 바라본다.

"정말 굴러가나요?"

"그럼요."

소음이 많이 날 뿐.

"곧 퇴직이시죠?"

"정말 어떻게 시간 보낼지 벌써부터 걱정입니다. 집에 있기도 영……. 아이들은 저를 슬슬 피하고 와이프는 귀찮아하고 말이죠."

"그러게 가족하고 시간을 좀 보내시지 그러셨어요."

"그때는 몰랐죠. 그저 일일일. 처음에는 서운해하더니 나중에 포기하더라구요. 아이고 편하다 그랬는데 지나고 보니 그게 저에 대한 애정을 버리는 과정이었더군요."

"퇴직하고 함께 시간 보내면 나아지실 거예요."

"검사님. 마누라는 제 근방 3미터 안으로 오지를 않아요. 검사님이야말로 연애 안 하세요? 팔팔한 청춘이신데."

"연애 그거 대체 어떻게 하는 거죠? 뭐 이마트에서 파나요?"

"작업 걸고 그런 남자들 없어요?"

"마…… 만…… 많죠. 많아요. 아주…… 많아요."

목소리가 떨린다.

"없으시죠?"

"네."

베테랑 형사를 속이기는 힘들다.

그러는 사이 두 사람은 이동일의 주소지에 도착했다. 망원동 파르디망 402호. 젊은 독신 남녀들이 주로 거주하는 전형적인 오피스텔 건물이었다. 이동일의 주소지는 전산망에 등록되어 있지 않아 통신사를 통해서 겨우 확보할 수 있었다.

벨을 누르자 20대 중반의 여성이 문을 열었다. 안에서 락이 잠긴 상태라 문틈으로 겨우 그녀를 볼 수 있었다.

"누구시죠?"

"경찰입니다."

장 형사가 신분증을 내민다. 여성은 장 형사의 신분증을 꼼꼼히 들여다본다. 여성은 문틈으로 준미의 모습까지 확인하고 나서야 완전히 문을 열었다. 장 형사는 준미와 함께 오지 않았다면 문을 열지 않았을 거라고 생각한다.

"무슨 일이시죠?"

"혹시 여기 이동일 씨 집이 아닌가요?"

"그런 사람 없어요."

막다른 골목인가?

장 형사는 이동일의 사진을 보여주었다.

"이 사람 혹시 모르시겠어요?"

잠시 사진을 바라본다. 그리고.

"알아요."

다시 한 번 사진을 본다. 확신한다.

"맞아요. 이 집 전 주인이에요."

"만나셨나요?"

"네. 그 사람이 계약 중간에 집을 내놓은 거라 부동산에서 만나

164

돈 주고받았어요. 그 사람 뭐 좀 문제 있는 사람 맞죠?"

"네? 왜 그러시나요?"

"좀 이상했어요."

"뭐가요?"

"뭔가 굉장히 초조해 보였어요. 계약할 때도 계속 부동산 문밖을 보더라구요. 불안해하는 것 같았어요. 그래서 좀 이상하다고 생각했었죠."

쫓기고 있었다.

"다른 건요?"

"가전제품을 두고 갔어요. TV하고 밥솥. 혹시 가지겠냐고 하더라구요. 좀 찜찜했는데…… 가서 보니까 다 좋은 거라서 받았죠. 남자라서 밥솥은 거의 새 거고. 그러면서 자기는 가방 하나 들고 나가더라구요. 나머지는 알아서 버려달라고. 청소나 정리 이런 거 전혀 안 하고 나가서 짜증 났지만 TV랑 밥솥 비싼 거니까 알겠다고 했죠."

"혹시 짐을 쌀 때…… 가방 안에 뭐를 챙기는지 봤어요?"

"뭐 노트북이랑…… 충전기? ……아 노트를 챙기더라구요. 한 대여섯 권 정도. 근데 웃긴 게 왜 그런 노트 있잖아요. 여자들이 쓰는 꽃무늬 박힌 수제 노트. 그런 걸 쓰더라구요. 내가 이 남자 좀 그렇다. 소녀 취향. 그렇게 생각했죠."

준미는 장영미의 예쁜 일기장들을 떠올렸다.

사라진 장영미의 2년간의 일기는 이동일이 가지고 있었다.

그리고 그는 그 일기를 들고 어디론가 사라졌다.

그는 누군가로부터 쫓기고 있었다.

태산 그룹 이민수 부회장이 삼성동 사옥을 빠져나오자 기자 수십 명이 몰려들어 카메라 플래시가 일제히 터지기 시작한다. 경제부 기자들보다 연예부 기자들이 더 많아진 지 이미 오래였다. 그는 재 벌의 상속자인 동시에 스타였다. 사람들은 이민수 부회장에 열광 했다.

187센티미터의 키에 72킬로그램. 군살 하나 없는 날렵한 몸매에 조그마한 얼굴과 긴 팔다리. 여자보다 더 해사한 얼굴에 고운 생김 새. 그리고 무엇보다 연매출 200조 원을 넘어선 글로벌 그룹 태산 의 상속자. 35살의 나이에 그룹 부회장에 오른 그의 능력.

초고속 승진이 모두 아버지 잘 만난 덕이라고 하겠지만 지금 태 산 그룹의 비약적인 도약을 이끌어낸 것은 이민수 부회장이었다. 아버지의 병환으로 그가 실질적으로 기업을 운영한 지 6년. 스물 아홉의 나이에 그룹 경영 전면에 나서 엄청난 성과를 거뒀다. 기업 의 주력이었던 가전과 반도체는 여전히 승승장구했고, 스마트폰 부분에서 이민수 폰으로 불리는 심플 폰으로 세계 시장의 점유율 을 높였다. 그런 그의 경영 능력은 전문가들도 이미 인정한 부분이 었다.

다트머스와 프린스턴 MBA까지. 완벽한 학벌과 경영 능력. 그것 은 오로지 그의 두뇌만으로 이루어낸 일이었다.

외모와 능력, 집안까지. 스펙이란 것을 가장 완벽하게 갖춘 남자 였다.

게다가 신비스럽게 감추어진 그의 사생활은 사람들을 더욱 자극했다. 그는 그 어떤 사건 사고에도 연루된 적이 없었고, 그 흔한 연예인과의 스캔들조차 없었다. 아우라가 넘쳤다. 그렇다고 그가 고급 승용차와 경호원들에게 둘러싸인 동화 속의 왕자님은 아니었다. 가끔씩 지하철도 탔고, 광장시장에 빈대떡을 먹다가 사진도 찍혔으며, 수행원도 없이 백팩 하나 매고 해외 출장을 다녀왔다. 그런 소탈하고 파격적인 모습에 사람들은 더욱 열광했다.

유명 드라마 작가는 그런 이민수 부회장을 이렇게 표현했다.

'이보다 더 완벽한 남자가 있을까?'

그녀가 쓴 드라마 속 재벌을 보며 사람들은 이민수 부회장을 떠올렸다.

아쉬울 것 없는 완벽한 남자였다.

그는 지금 공항으로 가는 길 위에 있었다. 프랑크푸르트에서 열리는 기업인 간담회에 참석하기 위해서였다. 그는 마이바흐 뒷자리에 묻혀 조용히 클래식 음악을 듣는다. 그는 긴 손가락으로 조용히 어린 송아지 가죽으로 만든 시트를 두드린다. 손가락 끝에서 경쾌한 리듬감이 느껴지도록. 오디오에선 쇼스타코비치의 음악이 흘러나온다. 구소련의 전설적인 지휘자 예프게니 므라빈스키가 지휘한 음반으로 그는 이 음반의 명확한 표현과 응집력을 사랑했다. 음악에 심취한 그는 눈을 감고 조용히 그 선율 속으로 빠져든다. 마이바흐의 완벽에 가까운 정숙함과 오디오 시스템이 음악을 완전하게 잡아내고 있었다. 음악에 맞춰 그의 감정이 점점 고조되던 그때.

끼익—.

차가 급하게 멈춰 선다. 리듬이 순간적으로 깨진다. 그는 운전기사를 바라본다. 운전기사가 백미러를 통해 민수를 보며 긴장한다.

"죄송합니다. 부회장님."

그는 곧 웃는다.

"아닙니다. 어쩔 수 없죠 서울에선."

늘 그렇듯 그는 어떤 상황에서도 침착함을 잃지 않고, 매너를 지킨다. 상대가 누구든 그는 절대 흐트러지지 않는다. 그의 그런 모습은 모든 사람에게서 존경받는 가장 큰 이유다.

그는 다시 음악에 빠져들려 하지만 잘 안 됐다. 이미 감흥이 깨어졌다. 쇼스타코비치의 음표들이 흩어져 날리고 있었다. 예민한 집중력이 없다면 음악은 소음이다. 음악을 끈다. 그리고 생각 속으로 빠져든다.

문득 5년 전 그를 수사했던 검사를 떠올린다. 아버지가 쓰러지고 경영 일선에 등장한 그 시기 태산에 대한 검찰 수사가 있었다. 정권의 위기를 극복하기 위해 검찰이 칼끝을 태산에 겨눴다. 그룹 본사와 전략기획실이 압수 수색을 당했다. 아버지를 대신해 민수가 검찰에 출두해 조사를 받았다. 그때 민수를 조사한 검사는 뜻밖에도 어린 여자 검사였다.

서준미.

자신의 머리도 우수하다고 생각했지만 수시로 치고 들어오는 비상한 그녀의 두뇌 회전에 깜짝 놀랐다. 다행히 정부와 타협이 잘 이루어져 영장은 기각되었다. 검찰의 수사에는 힘이 빠졌다. 구치소를 빠져나가는 민수에게 준미가 물었었다.

"좋으십니까?"

민수가 준미를 본다.

"이번 수사는 피했을지 모르지만 다음번은 쉽지 않을 겁니다. 그때는 제가 승진도 하고 해서 수사를 주도할 거거든요."

"정경 유착의 고리는 반드시 끊겠습니다. 다시는 이런 일이 없도록."

"꼭 그러시기 바랍니다."

"그리고⋯⋯."

"⋯⋯."

"꼭 다시 검사님을 뵙고 싶네요."

"그런 일이 없도록 노력해야 하는 거 아닐까요?"

민수는 준미를 생각하며 웃는다. 싸늘하던 그녀. 보통 그를 대하는 여자들의 태도와 달랐다. 준미는 민수에 대해서 그 어떤 환상도 편견도 없었다. 오로지 서류 속에 나와 있는 것으로 판단했다. 민수는 그 여자를 좀 더 알고 싶다는 생각을 했다. 우습게도. 하지만 그 여자는 그렇게 차갑게 돌아선다. 서늘한 뒷모습을 남기고.

그녀는 잘 있을까?

그렇게 그는 자신이 좋아하고 사랑하는 것들을 하나둘 떠올려 보기로 한다. 그래서 그의 생각은 집에 두고 온 귀여운 뽀삐로 향한다. 떠나 있는 기간 동안 밥을 잘 챙겨 먹고 건강해야 할 텐데. 혼자 두고 가는 것이 미안하다. 다녀와서 많이 사랑해 주어야겠다고 생각한다.

뽀삐의 그 눈을 생각한다.

그것을 쓰다듬을 때의 감촉도.

가끔 깨물긴 하지만 그것마저도 귀엽다.

물론 혼내야 될 때도 있다.

하지만 여전히 사랑한다.

귀여운 나의 강아지 뽀삐.

절대 뽀삐를 잃지 않을 거라고 다짐한다.

예전처럼.

준미는 자신의 사무실 책상에서 조용히 생각에 빠져 있었다.

사라진 이동일, 그가 가진 장영미의 일기장, 송엔터, 그 뒤에 있는 황룡건설.

그리고 그 뒤의 현 회장.

사건은 아직 어둠 속에 가려 그 실체를 드러내고 있지 않았다.

현 회장은 준미가 지난 몇 년간 주목하고 있는 인물이었다. 서울 동부지검 특수부 시절 기소하려 했으나 실패했었다. 상부의 조직적 방해 때문이었다. 그사이 현 회장은 증거를 인멸하고, 증인을 매수했다. 몇몇 주요 증인들은 흔적도 없이 사라졌다. 그를 추격할 단서가 사라진 것이다.

하지만 준미는 현 회장이 자신의 범죄를 은폐하는 과정에서 또 다른 심각한 범죄가 저질러졌음을 확신했다. 준미는 그 모든 과정을 본격적으로 수사하려 했지만 전출되었다. 위에서 미리 손을 쓴 것이다.

그리고 현 회장은 지금 다시 준미의 레이더망에 걸려들었다. 전혀 예상치 못한 곳에서 황룡건설이 드러난 것이다.

송엔터테인먼트. 여배우의 실종.

그것과 현 회장이 무슨 관련이 있는 것일까? 건설 회사를 운영하는 현 회장이 왜 송엔터테인먼트와 관련을 맺고 있는 것일까?

현 회장은 송엔터와 장영미가 필요했다!

그것이 준미의 추리였다.

하지만 왜? 왜 엔터사와 여배우가 필요했을까? 그리고 왜 사라졌나?

현 회장의 꼬리는 쉽게 밝히지 않을 것이다. 현 회장은 주도면밀하고 철저했다. 이번에도 쉽지 않을 것이다.

하지만 다시 꼬리가 보인다.

이번에는 반드시 잡는다. 꼬리를 끊기 전에 몸통을 움켜쥘 것이다.

그때 진태가 생각에 잠긴 준미 앞으로 다가왔다.

"검사님."

"네!"

진태가 서류를 내민다. 양철기의 폭력 사건의 수사 기록이다. 드디어 서류 검토가 끝났다.

준미가 빠르게 수사 기록을 넘긴다.

양철기를 구속하기에 부족함이 없는 서류다.

그의 꼼꼼함이 빛을 발하는 순간이다.

절대 벗어날 수 없을 것이다.

우리가 던진 그물을.

"양철기 자료를 보신 소감은 어때요?"

"이들의 방식이나 스타일이 보입니다. 그리고 그들이 어떤 방식으로 사건을 처리하고 있는지도 알 것 같아요. 앞으로 그들이 숨긴 사건들을 찾아내는 데 좋은 기초 공사를 한 셈이죠."

"좋네요."

"그런데……."

진태가 다소 걱정스러운 표정으로 준미를 본다.

"왜요?"

"상대 변호사가 좀 셉니다."

"누구죠?"

"아실지 모르겠지만 이태경 변호사라고 악명 높습니다. 이 바닥에서 치를 떠는 사람 많습니다. 해도 해도 너무하다고."

준미가 피식 웃으며 의자 뒤로 기댄다.

"이태경 변호사…… 잘 알죠."

"정말 쉬운 변호사가 아닙니다. 상대를 안고 진창에서 구르는 놈이에요."

"저도 쉬운 검사 아니에요."

진태는 여전히 걱정스러운 표정으로 준미를 본다.

"양철기 잡으러 가시죠."

1라운드

서울시 서초구 법원로 15. 310번지. 현양빌딩 8층. 태경의 사무실이다. 서초동 법조 타운 한가운데 요지 중의 요지, 금싸라기 노른자위에 위치한 사무실이다. 주로 대법관이나 검찰 요직을 두루 거친 사람들이 퇴임 직후에 얻는 사무실 자리였다. 보증금이나 월세의 규모로 봤을 때 제대로 긁을 자신이 없는 사람은 꿈꿀 수 없는 곳이다. 법조 타운에서도 돈을 갈쿠리로 긁는 명당 터라고 소문나 있었다.

전관예우. 법조인이 제대로 된 돈을 만질 수 있는 때는 퇴임 후 1~2년이다. 요직에 있는 후배들에게 영향력을 끼칠 수 있는 시기. 안면 있는 사람을 무시하지 못하고, 아는 사람을 더 챙기는 한국 문화에서 법원이나 검찰 역시 예외일 수 없다. 내 선배가 맡은 사건이니, 내가 모신 분이 맡은 사건이니 잘 봐드려야지. 그래서 사건은 전관들에게 몰린다. 물론 공짜는 아니다. 전관들은 돈으로 후배들을 지원한다. 후배들은 그 돈으로 월급쟁이 권력자의 울분을 달랜다. 고급 차, 싱글 몰트 위스키, 텐프로 아가씨와 정기적으로 만나는 강남의 고급 오피스텔. 그 모든 것이 그런 타협에서 주어진다.

정의 따윈 없다.

오직 돈으로만 살 수 있는 달콤한 쾌락이 있다.

하지만 태경은 사법연수원 최하위에 법원과 검찰 경력이 전혀 없지만 이 사무실을 차지했다. 오직 돈의 힘으로.

태경이 사무실로 들어서자 세련된 정장을 입은 비서 윤진이 일어서서 공손히 인사한다.

"윤진 씨. 좋은 아침."

전면 유리로 된 자신의 방에서 서초동 법조 타운을 발아래 두고 내려다본다. 그리고 주문처럼 되새기는 그 말.

'다 밟아주마.'

사무장 원기가 문을 열고 들어온다.

"출근 자주도 한다."

"잡스도 매일 출근 안 했대. 진정으로 창조적인 사람은? 딱 필요할 때만 힘을 주는 거야. 별일 없지?"

"나니까 이거 돌리는 거야. 응?"

"아이고 예, 감사합니다."

고등학교 친구. 원기가 없었다면 많이 외로웠을지 모른다.

윤진이 스타벅스 아메리카노 그란데를 내려놓는다. 태경이 출근하면 건물 1층 스타벅스로 가서 일회용 컵에 든 커피를 사오는 것이 윤진의 가장 중요한 일이다.

원기가 서류를 건넨다.

"양철기 재판 11시. 중앙지법이야."

"상대 검사는?"

"오준범 검사. 알아?"

"뭐 띄엄띄엄. 술 몇 잔 사줬어. 룸빵질 엄청 하고 댕기더만. 분명 공짜로 룸빵질 할라고 고시 패스 했을 거야."

태경인 서류를 대충 훑어보고 던진다.

"안 봐?"

"송강호 대본이 깨끗하대. 왜? 천재니까. 공부 못 하는 애들이나 책 들여다보고 있는 거야. 막 줄 긋고."

"너 연수원 965등이잖아."

"956등! 새끼가 9등이 얼마나 큰 차인데."

"그거나 그거나. 한번 훑어라도 봐."

"이 짬밥에 이런 사건도 서류 보고 하까? 대충 주절주절 몇 마디 늘어놔주면 돼. 왜? 나니까."

"너무 자만하는 거 아냐?"

"자만? 내가 왜 스타벅스만 마시는지 알아?"

"맛있어서?"

"아니. 나 커피 맛 일도 몰라. 근데 있어 보이거든. 이 로고가. 그게 자본주의야. 마찬가지야. 내가 딱 들어서는 순간 검찰은 생각하는 거야. 어 졌구나. 왜 이태경이니까. 난 그 자체로 하나의 브랜드니까."

원기가 피식 웃는다.

"자 쓰레기 구하러 가볼까?"

서울중앙지법 형사11 단독재판부.

태경은 양철기를 구해내기 위해서 법정에 나와 있었다. 어려운 재판은 아니었다. 하지만 혹시 몰라서 방청석에 기자 몇 명도 불러 놓았다.

국민 참여 재판을 통한 여론전.

태경이 가장 자신 있어 하는 재판 패턴이었다. 느긋하게 앉아서 재판을 기다린다. 기다렸다가 이 재판을 주무르면 된다. 하지만 아까부터 발을 까딱이고 있는 양철기가 영 마음에 들지 않는다. 어디서도 기죽지 않고 뻗대는 것이 양철기의 특징. 전형적인 조폭 근성이었다.

태경은 그런 양철기를 못마땅하게 바라보았다.

"발 떨지 마."

"왜 이상한가? 내 나름대로는 대한민국 사법부에 예의를 갖춘 건데?"

"사법부? 야, 너 말 고급지게 한다. 또 어디서 주워들었냐?"

"요즘 신문 좀 보지, 내가. 구치소에서 특별히 할 일 없어서. 나 책도 읽어. 『젊은 베르테르의 슬픔』. 학교에 오면 내가 감수성이 좀 예민해지거든."

"좋네. 평생 있어. 예민하게."

"배운 걸 사회 나가서 활용해야지."

"얌전히 있어. 이미지 중요하니까."

그때 증인으로 출석하기 위해 오명구가 걸어 나왔다. 얼굴이 아직도 엉망이었다. 3주나 지났는데도 얼굴이 저 모양인 건 지독하게 당했다는 뜻이다. 저 망가진 얼굴은 숨길 수 없는 명확한 증거다. 어떻게든 저렇게 두들겨 맞은 오명구가 사실은 추악한 조폭이란 사실을 부각시켜야 한다.

철기는 그런 상황에서도 조롱하듯 주먹을 자기 눈에 가져다 대고 퉁퉁 부어 있는 오명구의 눈을 흉내 낸다.

약이 오른 오명구도 지지 않고, 철기를 보고 손으로 목을 긋는 시늉을 한다. 그리고 말한다. 들릴 듯 말 듯.

"죽여줄게."

철기가 피식 웃으며 크게 내뱉는다.

"병신."

오명구가 멈춰 선다. 노려본다. 철기도 지지 않는다. 오명구가 다가와 철기를 내려다본다. 거구의 오명구. 앞을 가린다. 그 거대한 손이 누군가의 목을 움켜쥔다면 금방이라도 으스러질 것처럼 보였다. 그럼에도 불구하고 철기가 오명구를 어떻게 저런 꼴로 만들 수 있었는지 궁금했다.

"너는 난중에라도 내 손에 죽어. 그걸 알어?"

"나중에 언제? 응? 이 LTE 시대에 언제까지 기다리나? 응?"

철기가 비릿한 웃음을 지으며 혀를 날름거린다.

"양아치 새끼. 건달 새끼가 비겁하게 뒤를 봐?"

"고소하는 건달도 오랜만이네?"

"족보를 무시하고 봐버리니께. 응? 뭐 수가 있어야지?"

"아우 어디서 건달 족보를 따져. 지금이 뭐 쌍팔년도야? 우리 좀 시크하게 갑시다. 시대의 흐름에 맞게. 응?"

재판 시간이 다 되었다. 태경이 멈춰 세운다.

"그만하고 바로 앉지."

"아예, 그래야죠. 변호사님. 고상한 법정에서 내가 이러면 안 되지. 뭐 그렇게 계속 막고 서 있을 거야? 뭐가 이렇게 커? 살 좀 빼.

사람이 자기 관리를 해야지 말이야."

오명구가 노려보다 웃어주고는 자기 자리로 간다.

태경은 이런 일에 엮여야 하는 것이 피곤하고 짜증스럽다. 주목도 없고, 실익도 없이 해야만 하는 사건. 깡패 그리고 폭력. 잡초 뽑기 같은 일이다. 티도 나지 않고 끝도 없다. 노련한 건달이었다면 일을 이 지경으로 만들지는 않았을 것이다. 양철기는 폭력을 즐긴다. 아니 사랑한다. 현 회장은 그걸 이용한다. 악순환이다.

"어떻게 사람을 저 지경으로 만드냐?"

양철기가 태경에게 속삭인다.

"그냥."

'악마 같은 새끼. 하기야 그러니까 현 회장 밑에서 지금까지 살아남았겠지.'

그때 판사가 들어왔다. 이주덕 판사. 태경의 사법연수원 한 기수 선배로 잘 알고 지내는 사이였다. 술자리도 몇 번 가진 적 있다. 나이는 태경이 훨씬 많아서 사석에서는 형 동생으로 트고 지내는 사이였다. 재판을 수월하게 갈 수 있겠다는 것은 이러한 자신감이 있었기 때문이다.

하지만 검사의 자리는 여전히 비어 있다. 오준범 검사. 검찰 내에서 쇼부를 보고 싶어 하는 스타일이다. 충성 경쟁에 열을 올리고 있다는 소문이다. 상대하기 쉬운 검사다. 먹을거리가 없는 사건이라면 처리하는 데 목적을 둘 것이다. 태경은 상대가 더 쉽게 놔버리도록 조금 기름칠을 해주면 된다.

만약에 그게 여의치 않다면 이쪽에서 강하게 끈다. 재판 운영능력에서 오준범 따위에게 밀리지 않을 자신이 있었다. 하기야 쓸

데없는 걱정이다. 아마도 현 회장이 미리 검찰 쪽에 손을 썼을 것이다. 때문에 오준범같이 쉬운 검사가 걸려들었을 것. 오준범은 대충 정리할 것이다.

됐다. 모든 건 계산되어 있다. 잘못될 수 없는 재판이었다. 아니 잘못되면 안 되는 재판이다. 현 회장이 직접 부탁한 재판.

거부할 수 없는 제안.

꼭 이겨야 한다.

태경이 느물거리면서 이주덕 판사 쪽으로 간다. 이주덕 판사가 피식 웃으며 태경을 본다. 사람들이 웅성거리는 틈을 타서 조용히 속삭인다.

"뭐야, 검사 빠져가지고 늦고 말이야."

"바쁜가 봐. 요즘 검찰 어수선해요. 대검하고 딱 붙었으니 빼도 박도 못 하는 거지."

"주덕아. 너도 얼른 나와. 판사 이거 돈 되냐? 니가 나오면 내가 신사임당하고 사랑에 빠지게 해주게."

"크크크. 마누라도 나가라고 난리야. 하지만 형, 또 나는 명예 이런 거 소중하게 생각하니까."

"그래, 우리 주덕이 대법관 달아야지!"

"됐어. 대법관은 무슨. 그건 하늘이 점지하는 거고."

"하하하. 내가 서포트 이빠이 하게. 그리고 이번 사건. 잘 좀 봐줘. 아주 불쌍한 놈이야. 눈물 난다."

태경이 철기를 가리킨다. 이주덕 판사가 피식 웃는다.

"그래. 뭐 다 아는 사이에, 뭐."

주덕도 이 기회에 인심 쓸 생각이었다. 주목하지 않는 단순 폭력 사건. 벌금이나 집행유예쯤 때려주면 된다. 이쯤해서 그에게 빚 하나쯤 지워놓는 것도 괜찮다고 생각한다. 세상일이란 모르는 것이다. 언제 어디서 만나게 될지. 대한민국 인맥이다.

"그럼 전 이만 자리로 돌아가겠습니다. 판사님."

태경이 주덕에게 눈을 찡긋하고는 변호인석으로 돌아와 앉는다.

시간이 흐른다. 하지만 검사는 나타나지 않고 있었다.

아무리 관심이 없다지만 너무하다. 주덕은 지루한지 시계를 확인한다. 태경과 주덕은 뭐냐고 눈빛을 주고받는다.

배심원과 방청객 들 그리고 기자들까지 지루해한다.

그때 법정 문이 열리고 달려 들어오는 소리가 들린다.

그런데 이주덕 판사의 표정이 좀 이상하다.

태경이 고개를 돌려 바라본다.

서류 더미를 안고 법정 안으로 뛰어 들어오는 검사.

오준범이 아니다.

놀랍게도 태경이 바라보는 그곳에 준미가 서 있었다. 준미가 숨을 몰아쉬며 서류를 내려놓고 있었다. 준미는 놀란 이주덕 판사를 보고 웃는다.

"헉헉…… 죄송해요…… 헉헉…… 사건이 너무 많아서 깜빡했네요…… 헉헉."

준미는 겨우 숨을 고르고 태경을 본다. 웃는다.

"오랜만이야. 이태경 변호사님."

태경은 웃을 수 없었다.

왜 서준미가 여기 있는가? 분명 오준범 검사의 사건이었다. 쉽게 구워삶을 수 있는 검사.

하지만 서준미는 다르다. 그 모든 것들이 다 통하지 않는다. 그런 짓을 시도했다가는 당장 변호사법 위반으로 걸려 들어갈 것이다.

대체 왜, 왜? 왜! 사건이 배당이 바뀌었나? 그럴 리 없다. 특별한 사건도 아닌데 갑자기 배당이 바뀔 리가 없다.

계획적이다.

준미가 일부러 이 사건을 맡은 것이다.

무엇을 노리고 있는가?

하지만 읽을 수가 없다. 완전한 포커페이스. 예전의 순수하고 해 맑던 사법연수원생 서준미는 이제 없다. 수사에 물이 오른 차가운 검사가 서 있다.

두 사람, 서로를 잠시 응시한다.

태경이 천천히 검사석으로 걸어가 웃음을 띠며 말을 건넨다.

"자주 만나네?"

"그러게."

태경의 눈이 떨린다. 준미가 그 모습을 놓치지 않는다. 차갑게 웃 는다.

"긴장되나 봐?"

"긴장은 무슨."

"에이 긴장하는데. 이 사건이 뭔가 있나 봐? 긴장하고 그런 스타 일 아니잖아?"

"니가 긴장 타는 거 같은데?"

"어머 내가 왜? 나는 그냥 일하는 건데?"

다시 눈이 마주친다. 서로의 수를 읽기 위해 노력한다. 어디까지 포석을 깔아야 하나. 결정했다. 한 수 놓는다. 준미가 먼저다.

"뭐가 있긴 있는데……. 이렇게 벌레가 꼬이는 거 보니까."

"벌레?"

"돈벌레…… 맞잖아?"

"말에 가시가 있네."

"발라서 먹어."

더 이상 수 싸움은 없다. 전쟁이다.

준미는 이 사건에 작정하고 달려들었다.

그리고 그녀가 노리는 것은 양철기가 아니다.

태경은 두렵다.

그녀는 어디까지 겨누고 있는 것일까?

그래, 그럴 것이다.

그녀는 중심을 향해 끝까지 칼을 겨눌 것이다.

그리고 그 칼은 무엇보다 날카롭다.

모두가 베일지도 모른다.

그녀가 이제 막 칼을 빼내려 한다.

그대로 물러날 수는 없다. 태경도 칼을 빼 든다.

정면 승부.

두 사람의 제1 라운드가 시작되었다.

송대기는 떨고 있었다. 떨리는 손을 들킬까 앞에 놓인 찻잔도 들지 못한다.

부들부들.

떨림은 깊은 속까지 울리고 있었다.

두려움.

"후후."

현 회장이 찻잔을 들어 식힌다.

그의 보스.

"그래, 그 매니저는 찾았나?"

"죄송합니다."

현 회장은 긴 한숨을 내쉬었다. 그 숨소리가 송대기를 저 깊은 곳까지 끌고 내려간다.

"가가 어디까지 알고 있노?"

"끝까지 다 알지는 못할 겁니다. 다만……."

"다만?"

"그놈이 그 아이를 태우고 다녔으니까요."

"그라마 다 아네? 그쟈?"

"아닙니다, 그렇게까지는."

"대기야."

"예, 회장님!"

"니 변명을 하나?"

"아, 아닙니……."

"그래, 중요한 놈이 사라졌는데 그것도 미리 단도리 몬 하고 그래 놓고 지금 다 괜찮은 거라고 이야기하고 있는 기가?"

덜덜덜. 말을 할 수가 없다. 간신히 다른 손으로 떨리는 손을 잡는다.

"죄송합니다."

"뭐가 죄송하노? 응?"

현 회장이 고개를 불쑥 내밀어 송대기를 본다.

"죄송합미데이 카민서 무서워가 덜덜 떨마 뭐 끝났뿌나? 다 해결이 됐뿌나? 그 새끼가 아가리 벌리고 다니도 죄송합니다 그카마 그기 끝이 나는 기가? 응? 그런 기가?"

덜덜덜.

현 회장이 송대기와 눈을 맞춘다.

"응. 그런 기가?"

피한다. 악마의 눈.

"내 눈을 봐라."

두렵다.

"내 눈을 보라카이. 어허 어데를 보노?"

현 회장의 눈을 본다.

"딸이 둘이라 캤제?"

"!!!"

"건달 생활하민서 고생해가…… 이제 멀쩡하게 엔터테인먼트 대표도 되고…… 이쁜 기집아 꼬시가 아도 낳고 잘 사는데……. 응…… 아부지가 이래 부실해가 되겠나? 응? 대기야."

"회장님!!"

"인생은 그리 만만한 기 아이다. 만만하게 살고 싶었스마 죄송합니다 하고 해결되는 세상에서 머물렀어야지. 여는 그런 세상이 아인 기라. 죄송합니다 이런 말 입에 달고 댕기는 놈들…… 이 바닥에서 다 우예 됐는지 알제?"

"……"

"다 저 땅 밑에 있어."

속이 미식거린다. 토할 것 같다. 숨 막히는 이 분위기. 눈을 돌리는데 최 과장이 웃고 있다. 최 과장이 죽인 사람을 땅에 같이 파묻은 적이 있다. 그 위에 시멘트로 작업을 하고 나자 아침이었다. 최 과장은 그날 송대기를 데리고 마장동으로 가서 육사시미를 먹었다. 송대기는 입에도 대지 못하고 화장실로 가서 속에 든 모든 걸 게워냈다. 위액까지 쏟아져 나왔다. 하지만 최 과장은 그날 6인분의 육사시미를 먹었다.

그걸 즐기는 남자.

현 회장이 웃으며 송대기를 바라본다.

"그놈 빨리 찾아라."

"예."

"찾으마 우예야 되는지 알제?"

"데려오겠습니다."

"그랄 거 없다. 니가. 단도리 치라."

"!!!"

"놀라기는, 죽이뿌라 이 말이다."

거부할 수 없다.

송대기가 돌아간 후 현 회장은 다시 백자를 닦기 시작했다. 마음이 어지럽거나 걱정이 있을 때마다 현 회장은 백자를 닦았다. 그렇게 먼지 티끌 하나 없이 닦아내고 나면 가만히 앉아서 백자를 들여다보았다. 보면 볼수록 맛이 그윽했다.

'나이가 들었나? 이런 것에 맛이 들리고.'

하지만 걱정은 사라지지 않았다. 자신의 왕국에 서서히 금이 가는 느낌이었다. 누구보다 거침없이 일을 잘하던 양철기가 잡힌 것까지는 그렇다 치더라도 송대기가 그 매니저란 놈을 놓치다니 있을 수 없는 일이었다.

그 아이를 생각한다.

장영미.

뭐라고 해야 할까? 그동안 보아왔던 여자들과는 달랐다. 단지 스타가 되겠다고 헛바람 든 아이들과는 달랐다. 고전적인 아름다움이 있었다. 남자를 자극하고 사로잡는 묘한 매력. 보는 순간 가지고 싶다는, 그리고 부숴버리고 싶다는 강렬한 충동에 휩싸였었다.

'주책이지. 이 나이가 되어서.'

그런데 비밀을 알고 있는 놈이 사라졌다. 이건 심각한 일이다. 그놈을 반드시 잡아야 한다. 그리고 없애야 한다.

최 과장을 부른다.

"니가 찾아보그래이. 그 매니저."

최 과장이 고개를 숙이고 밖으로 나간다.

절대 장영미가 세상에 드러나서는 안 된다.

그래서는 안 된다.

자신이 저지르고 있는 죄를 세상이 알아서는 안 된다.

세상이 장영미를 알아서는 안 된다.

휴가

"남은 휴가가 얼마나 되지?"

인사과 윤 순경이 컴퓨터를 뒤적인다.

"남은 휴가 다 쓰시면 퇴직이겠는데요. 휴가 가져도 되고, 돈으로 받으셔도 돼요."

"휴가 쓰지."

"휴가 동안 뭐 하시려고요?"

윤 순경이 반짝이는 눈으로 장 형사를 바라본다.

"허락되지 않은 걸 해보려고."

"오, 뭔가 굉장한 일탈 같은 건가요?"

"그래, 일탈이지."

"여행이라도 가시나 봐요."

"그런 셈이지. 고마워."

돌아선다.

퇴직을 앞둔 형사의 뒷모습.

윤 순경은 가끔 그리울 거라 생각한다.

저 옛날 형사가.

인사차 들른 강력반에서는 떠나는 장 형사를 보고 시원해하는 표정이 역력했다.

"이제 낚시나 다니면서 푹 쉬세요."

"그럴 나이도 되셨어."

"사람 철 지나면 다 떠나는 거죠."

철이 지나면…… 철이 지난 사람.

저마다 한마디씩 떠들어댄다. 그래, 이제 꼼꼼하고 집요하게 후배들을 쪼아대는 선배가 없으니 편할 것이다.

다만 마 형사가 조용히 고개를 파묻고 어제 마신 술을 되씹고 있었다. 마 형사는 장 형사의 파트너였다. 30살. 술을 달고 산다. 용의자 폭행과 여자 문제로 징계만 십여 차례 받았다. 술과 여자가 온몸에 덕지덕지 붙어 있는 남자였다. 얼마 전에도 용의자를 폭행해서 큰 징계를 받았다. 징계가 끝난 후 서울 경찰청 어디에서도 그를 받으려 하지 않았다. 결국 서장이 짬밥에서 밀리는 서부 서에서 맡게 되었다. 그리고 장 형사의 차지였다. 아무도 마 형사와 파트너가 되려 하지 않았기 때문이었다.

"꼴통이 까탈스러운 시어머니를 만났으니 곧 폭발하겠군."

다들 그렇게 수군거렸지만 둘은 의외로 잘 지냈다. 마 형사는 평소에는 술과 여자에 취해 사는 자기 파괴적인 인물이었지만 수사에 몰입하면 사건에 모든 걸 걸었다. 눈빛부터 달라졌다. 그에게 사건은 삶을 견디는 수단이었다. 그의 삶은 추격과 수사 그 자체였다. 사건이 끝나면 그는 술과 여자에 빠져들었다.

여자 문제는 마 형사와 여자들 모두의 문제였다. 그래, 마 형사는 배우가 되었어야 했다. 심각한 바람둥이로 소문이 나 있었지만 그걸 알면서도 지나가던 여경들은 늘 한 번씩 돌아본다. 심지어 여자 범죄자들이 번호를 물어볼 정도니.

마 형사가 고개를 들어 장 형사를 본다.

"영감님. 진짜 가시는 건가요?"

"잘 지내라. 사고 치지 말고."

장 형사는 마 형사의 볼을 툭 친다.

"휴가 때 어디 좋은 데라도 가슈?"

장 형사는 웃으며 마 형사의 어깨를 치고 강력반을 빠져나온다.

노병은 죽지 않는다. 사라지지도 않는다. 마지막 작전을 끝내기 전에는.

그의 철은 아직 끝나지 않았다.

장영미를 찾기 전까지는.

마 형사는 그런 장 형사의 뒷모습을 잠시 바라보다 숙취에 다시 고개를 숙인다.

깨려면 한참을 더 기다려야 한다.

"말에 가시가 있네."

"발라서 먹어."

"잔가시가 너무 많아."

팽팽한 눈싸움.

보다 못한 이주덕 판사가 두 사람을 부른다.

"두 분 잠시 봅시다."

태경과 준미가 판사석으로 모인다. 대학 선배이기도 한 주덕이 준미에게 핀잔을 놓는다.

"왜 늦었어?"

"미안해요. 사건 너무 많아가지고."

"그런데 이거 원래 니 거 아니잖아?"

"재밌을 거 같아서 땡겨 왔어."

"사건이 사채냐? 땡기게."

"사채 이자처럼 부풀려보려고."

"너 진짜 뭐니?"

"우리 모두 바쁜 사람들인데 이제 그만 시작할까?"

"그래 바쁘지. 바쁠 거야. 우리도 바쁜데 너는 오죽할까? 검찰에 서 니가 제일 바쁘다고 소문났어. 그러니까 우리 쉽게 끝내자. 두 사람의 개인 감정은 저 아래 묻어두고."

"그래, 별사건 아니야. 너무나 명확하지. 우리 쉽게 가자고."

준미가 웃는다. 태경도 웃는다. 각자의 웃음.

"그래, 쉽게 가자고."

쉬울 수 있을까?

"그래, 쉽게 가자. 끝나고 우리 같이 회식이나 하면서 회포나 풀자."

쉽지 않을 것이다.

어색함을 동반한 신경전.

준미가 태경을 보며 말한다.

"법대로만 합시다. 그럼 쉽지."

"그래 법대로만. 근데 그 법이라는 게 말이지 해석의 다양성이 너무나 많아서 말이지."

이주덕 판사가 한숨을 내쉰다.

"핵 전쟁터네. 자, 시작합시다!"

재판이 시작되고, 간략한 사실 확인이 끝나자 본게임이 시작되었다. 오명구가 증인석으로 나온다. 거대한 체구의 오명구가 앉자 증인석이 꽉 찬다. 멍 자국이 남아 있는 그의 얼굴은 그 어떤 증거보다 강력했다.

태경은 그 증거를 무너뜨려야 했다.

"변호인, 신문하세요."

태경이 일어서서 법정 중앙으로 나선다. 호흡 고르며 분위기를 모은다. 준미가 재미있다는 표정으로 그런 태경을 바라본다. 태경이 천천히 명구에게 다가가 양철기를 가리키며 묻는다.

"이 사람 직업이 뭐죠?"

"깡패지라. 근본 없는."

"맞습니다. 하지만 시제가 틀렸습니다. 지금 깡패가 아니라 과거에 깡패였죠. 지금은 황룡건설 용역팀장입니다."

"하하하. 웃기시네. 걸레가 빨아봐야 걸레지, 행주 안 돼요. 저 새끼는 거의 똥 걸레 같은 놈인디."

"똥 걸레라……. 네, 그럴 수도 있겠죠. 똥. 걸. 레."

사람들이 키득거린다.

"하지만 이런 말이 있죠. 똥은 똥끼리 모이는 법이라고."

"뭐요?!"

"증인은 왜 이런 깡패와 어울리게 됐죠?"

"그거시야…… 비즈니스로."

"비즈니스라. 그것보다는 알박기라고 하죠. 그쵸? 아주 악질적인 행위죠. 시행사와 건설사로서는 견딜 수 없는 고통일 겁니다."

"아니 그것은."

"그리고 증인은 강남 일대에 룸싸롱만 7개 소유하고 있네요. 맞죠?"

"아니 변호사 양반, 나도 말 좀 헙시다."

"하고 있네. 말. 7개 맞죠?"

"아니, 요로코롬 하는 법이 어딨다요?"

판사가 오명구를 노려보며 말한다.

"증인 대답하세요!"

"후우……. 그라요."

"한 달 수익이 얼마나 되나요?"

"한 몇 억 되지라."

"와우…… 와우!! 대박!!!"

"어허, 변호사!"

주덕이 웃으면서도 주의를 준다. 준미도 재밌다는 듯이 바라본다. 이 쇼를.

"죄송합니다. 판사님. 너무 놀라서요. 몇 억이라니!! 대단하시네요. 이 불경기에 달에 억이라니. 이게 가능한 말입니까?"

"애들 월급 주고 뭐 하고 나면 남는 거 없습니다. 거기다가 무사하게 장사하려면 뭐 돈 드는 데가 어디 한두 군덴지 아요? 구청에 시청에 세무서에 돈 받을 놈들 줄을 섰소."

오명구가 서서히 흥분한다. 그래, 더 달아올라라.

"그런 면도 있겠네요. 하지만 대부분이 현금 결제하는데…… 그

192

걸로 돈세탁하고 세금 포탈하고……. 그러니까 대충 지금 말한 거 다 제하고도 몇 배는 더 벌겠죠. 한 십억?"

"계산 이상하게 하시네. 이봐 변호……."

태경이 말을 빠르게 자르고 들어간다.

"그럼에도 불구하고!! 증인은 피고인의 회사가 추진 중인 재건축 지역에 2평의 땅을 매입해 그걸 대가로 공사 수익의 약 30퍼센트를 요구한 거 맞죠?"

"그것은."

태경은 잠시 기다렸다 오명구가 말하려는 순간 다시 자르고 들어간다. 계획된 것이다. 오명구같이 권위적이고, 사람을 부리면서 지내온 남자들은 자기 말이 잘리는 것을 견디지 못한다. 흥분한다. 그것이 태경이 노리는 것. 흥분하면 진다. 그것은 불변의 진리.

"이런 짓을 하는 놈들을 두고 건설업계에서는 양아치 중에 양아치오 상양아치라고 합니다."

양아치란 말에 오명구가 격분한다.

"그게 뭣이 잘못됐는디? 응? 이 시벌 눔아!!!"

오명구가 흥분해서 증인석을 내리친다.

빙고!

태경이 정확하게 예상하고 의도했던 바다. 깡패. 건달. 그래, 니 본모습. 더 보여봐!

양철기는 그에 비해서 조용히 앉아 있다. 기자들의 자판 소리가 빨라지기 시작한다.

"증인!!"

주덕이 소리친다.

"증인! 경고합니다! 한 번만 더 그런 식으로 함부로 말했을 경우 법정모욕죄를 적용할 겁니다!"

오명구가 흥분을 주체하지 못하고 숨을 몰아쉰다.

거의 다 됐다. 하지만…… 준미가 수상하다. 태경이 공격하는 동안 별 반응 하지 않고 차분하게 본다. 수상하다.

주덕이 재촉한다.

"변호인, 속개하세요."

태경이 돌아서서 오명구를 본다. 오명구는 다시 감정을 수습했다. 다만 이제 태경을 노려보며 적나라한 적개심을 드러낸다.

"2평의 땅으로 그 거대한 사업에 지분 30퍼센트라…… 너무 과한 거 아닙니까?"

"변호사 양반…… 그게 사업입니다. 사업가라면 당연한 거 아닙니까? 변호사 양반이 변호사이기 때문에 돈 벌라고! 양심도 없이 저런 쓰레기를 변호하는 것처럼…… 사업도 원래 그런 겁니다. 법이 허용하는 건 다 하는. 당신도 그렇잖아?"

주덕이 다시 제지한다.

"어어, 증인!"

"판사님. 저도 말 좀 헙시다!"

재판이 점점 유리해지고 있다. 이주덕 판사가 헐렁해 보이지만 재판 중 권위에 도전하는 건 용납하지 않는다.

"증인! 묻는 말에만 대답하세요! 여긴 증인이 자기 사업을 정당화하러 나온 자리가 아닙니다!!"

오명구가 숨을 몰아쉰다. 분노를 다스리려는 것이다. 안정을 찾기 전에 더 흥분시켜야 한다.

"사업가라……. 언제부터 알박기가 사업이 됐습니까? 건실한 건설 회사들이 국가 경제를 위해 추진하고 있는 이런 사업들이 이런 비겁하고 악랄한 쓰레기 깡패들의 알박기로 인해서 얼마나 많은 피해를 보고 있는지 우리는 생각해 봐야 합니다."

쓰레기 깡패. 오명구가 부르르 떤다. 하지만 참는다.

"이런 쓰레기들은 매달 수십억의 돈을 만지면서 희희낙락하겠죠. 그러면서도 더 많은 돈을 벌려고…… 지랄들을 합니다!! 이런 불경기에! 하지만 인부들은요? 하루 벌어서 하루 먹고사는 공사장 인부들은 어떻게 합니까? 황룡건설의 용역팀만 바라보고 있는 그 많은 막노동자들은 누가 책임집니까?!"

자, 이제 클라이맥스다. 달려 나간다.

"공사가 미뤄지면서 그 노동자들은! 어느 집안의 가장일 그들은! 지금 놀고 있습니다. 이런 악랄한 쓰레기들의 알박기 때문에요. 그 공사가 진즉에 시작됐다면 얼마나 많은 가장들이 다시 일자리를 얻었겠습니까!!"

오명구는 폭발 직전이다.

태경은 잠시 거닐며 생각하는 척하다가 다시 말을 이어간다.

"증인이 말하는 몇 억은 국세청 신고용이고, 실제 증인의 한 달 수입은 수십억이 넘을 겁니다. 하지만 그 돈은!! 아가씨들이 밤새 술 취한 손님들과 씨름하면서 벌어들인 돈입니다. 그럼에도 증인은 자신의 가게 여종업원들을 폭행한 혐의로 두 차례나 입건됐습니다! 증인은 개새끼입니다."

오명구가 이성을 잃고 소리를 지르려는 찰나 이번에는 준미가 자르고 들어온다.

"흥분하지 마세요!!!"

갑작스러운 준미의 고함을 듣고 오명구가 겨우 이성을 찾는다. 숨을 몰아쉰다. 육중한 체구가 겨우 숨을 고른다. 코뿔소 같다.

안타깝다. 거의 다 넘어왔었다. 거기서 증인석을 박차고 나와서 태경의 멱살을 쥐었다면 더 이상 재판이 필요 없었을지도 모른다. 하지만 준미가 정확한 포인트를 짚었다. 오명구가 빠르게 이성을 찾고 의자에 앉는다. 준미의 새로운 모습에 뭔가 기대를 걸어보는 것 같다. 분위기가 넘어왔다. 타이밍을 놓쳐선 안 된다. 계속 휘몰아쳐야 한다.

"오명구가 여성들에게 저지른 두 건의 폭행 사건은 합의를 통해 무마됐습니다. 역시 돈이었습니다. 여기 당시 여성들의 사진이 있습니다."

오명구에게 두들겨 맞은 여성들의 사진이다. 얼굴이 엉망이 된 두 여성의 모습이 보인다. 순간 태경의 전투력이 치솟아 오른다.

'이런 쓰레기 같은 놈! 내가 하는 일은 정당해!'

판사도 사진에 얼굴을 찌푸린다. 태경은 일부러 그 사진을 준미에게 보여준다. 준미는 미동도 없다.

잠시 멈추며 분위기를 반전시킨다.

"하지만 피고인은 다릅니다. 13년 전 홀어머니의 병원비를 위해서 처음으로 주먹을 휘둘렀습니다. 그리고 그 돈으로 무엇을 했을까요?"

태경은 스스로를 몰입시킨다.

"동생들 학비를 댔습니다. 그 결과, 피고인의 남동생은 훌륭한 대기업 직원이며, 그의 여동생은 대학병원 간호사입니다. 피고인은 개같이 벌었지만, 개처럼 쓰지 않았습니다. 존경하는 재판관님. 증인은 수십억을 벌면서도 알박기라는 치사한 수법으로 기대 이상의 수익을 올리려 했습니다. 그래서 피고인이 나선 겁니다. 먹고살기 위해서! 대화를 해보려고 찾아간 거죠. 왜? 이 일은 중견 건설

업체인 황룡의 운명과 거기에 딸린 수많은 용역 노동자들의 목숨이 걸린 일이기 때문입니다. 이 사업이 좌초되면 피고인이 데리고 있는 수많은 용역 노동자들은 거리로 나앉을 수밖에 없습니다. 그 중에는 병든 부모를 모시는 사람도 있을 것이고, 어린 아기를 어린이집에 보내고 아기 분유를 사야 하는 가장도 있을 겁니다!! 그런데도 증인은 그런 공사 시작을 막은 겁니다!"

이제는 완전히 몰입해서 쏟아낸다. 그 말은 사람들을 울린다. 심장을 파고든다. 태경의 변호를 처음 본 법원 서기는 완전히 빨려들어서 얼른 철기를 석방해야 한다고 생각한다. 오명구가 죽일 놈이라고 생각한다.

기자들의 자판 소리가 빨라진다. 이런 변론을 여러 번 봤던 기자들은 웃으면서 생각한다.

'구라가 신의 경지에 도달했구나.'

자, 이제 마침표를 찍어야 할 시간이었다. 태경이 최후 변론을 시작했다.

"수십억을 벌어들이면서도 탐욕을 부려 2평의 땅을 빌미로 수백억을 요구하는 깡패. 건실한 중견 기업의 용역팀장으로 수백 명의 비정규직 노동자들의 일자리를 책임지고 있는 남자. 누가 정의입니까?"

태경은 한 호흡 멈춘다. 기자들을 바라본다.

"어쩌면 이 사건은 사회 부조리에 관한 하나의 은유입니다. 거대한 자본과 법의 허점을 이용하는 미꾸라지와 그러기에는 너무 성실하게 살아온 한 남자가 서로 바뀐 자리에 있습니다. 장발장은 빵 하나를 훔친 죄로 19년을 감옥에 있어야 했습니다. 빵 하나입니다! 빵 하나! 그리고 그사이에 그의 조카들은 굶주려갔습니다. 피고인도 돌아가서 기다리는 노동자들에게 빵을 주어야 합니다. 빅토르 위고가 걱정했던 그 모순이 21세기 대한민국에서 되살아나지 않기를 바랍니다. 관대한 처벌을 부탁드립니다. 이상입니다."

기자석에서 감탄이 이어진다.

"백악관 대변인을 했어야 해."

이주덕 판사 역시 진심으로 흔들렸다. 감정이입으로는 최고다. 태경은 감동적인 연극을 드디어 마무리한다.

"이상입니다."

준미가 싸늘하게 웃는다.

저 말. 화려하고 달콤하고 슬픈 동시에 아름다운 말.

교묘한 저 말.

하지만 그 말 뒤에 가려진 진실.

진실을 희롱하는 저 아름다운 언어.

한때 저 말을 사랑했었다.

준미야! 법조문이 아니라 법의 정신에 대해 우리는 끊임없이 물어야 해!

그 말을 하던 그 눈빛.

평범한 언어도 그의 입을 통해서 아름다워지곤 했다.

법, 정신, 우리.

신념 어린 표정.

꽉 쥔 주먹.

아름다웠던 남자.

하지만 지금은 말로 진실을 희롱하는 놈.

개새끼.

자, 이제 그 가면을 벗겨줄게.

준미가 일어서서 법정 중앙으로 나간다.

그리고 반격이 시작되었다.

대결

장 형사 차는 경부고속도로에서 논산천안고속도로로 접어들고 있었다. 장 형사의 목적지는 전주였다. 그는 이동일을 쫓고 있었다. 장영미의 일기를 가지고 사라진 매니저, 이동일.

전주는 이동일의 고향이었다. 이동일의 부모는 전주 남부시장에서 이불 장사를 하고 있었다. 이동일을 추적하기 위해 그의 본가로 향하는 것이었다. 하지만 그곳에 있지는 않을 것이다. 이동일이 그렇게 찾기 쉬운 곳에 있지는 않을 것이다. 그러나 혹시 모를 추격의 작은 실마리라도 잡기 위해서 장 형사는 움직이고 있었다.

이동일이 오피스텔에서 급히 사라졌다는 것을 확인했을 때 장 형사는 자신의 직감이 맞았음에 전율했다. 그 순간 준미와 장 형사는 서로를 마주 보았다.

"일기를 일부러 숨긴 거군요."

"그리고 사라졌죠."

"일기 안에 적혀 있어요. 결정적인 무언가가."

두 사람은 서로를 바라보았다. 장 형사가 말한다.

"이동일은 제가 쫓겠습니다."

준미는 한시름 놓았다. 최선을 다하고 있지만 업무는 한계량을 초과하고 있었다. 사실 이동일을 추적할 여력이 없었다. 그런데 장 형사가 이 일을 맡아준다면.

"회사는 어떻게 하시구요?"

"쉬지도 않고 일하다 보니 휴가가 쌓이고 쌓여서 곤란할 지경입니다. 이제 써야죠. 한 석 달은 될 겁니다."

"마지막 휴가도 수사에 쓰시겠다?"

"어차피 할 일도 없습니다."

그사이 논산천안고속도로가 호남고속도로로 이어졌다.

전주가 가까워지고 있었다.

저 현란한 말. 사람을 감정 속으로 끌어들이는 저 그윽한 저음의 근사한 목소리.

하지만 거짓말.

모두 거짓말.

감정으로 속이고 자신만의 논리 속으로 끌고 들어가는 저 거짓말.

현혹됐었다.

좋아했었다.

하지만 그것은 거짓말.

그래, 달콤한 거짓말.

그래, 끌렸었다.

진심 어린 눈빛과 호소에.

사랑했었다.

그 목소리를.

하지만 더 이상 속지 않는다. 자신의 성공을 위해서 돈을 위해서 악질 깡패를 변호하고 있는 저 남자.

화려한 말을 이용해서 정의를 희롱하는 자.

이태경.

'개새끼.'

준미는 그가 뱉어내는 그 언어의 무의미함이 두려웠다. 그것은 실체가 없었기 때문에.

이길 수 있을까?

이겨야 한다.

반드시.

가면을 벗기고 니 말의 실체를 보여주마. 니가 한 그 방식으로. 그대로 돌려주마.

준미가 박수를 치면서 법정 중앙으로 나아갔다.

"와아!"

사람들이 준미를 본다. 주목을 끄는 데 성공한다.

"저는 최민식이 스크린에서 걸어 나온 줄 알았어요. 멋진 연기입니다."

연기?

"감동적이었어요. 한 편의 영화 같은 그런 변론이었습니다."

잠시 가만히 서 있는다. 사람들이 준미를 본다. 태경이 자주 쓰는 수법이다. 준미는 마치 거울처럼 태경을 비춘다.

"우리는 영화를 볼 때 주인공의 입장으로 바라보죠. 왜?"

준미가 웃는다.

"각본을 그렇게 썼으니까요. 이제는 다른 편에 서서 한번 감상해 보죠. 장르는 조폭 영화입니다. 누아르예요."

준미가 웃는다.

"주인공은 개새끼입니다. 쓰레기죠. 맞아요. 룸살롱을 해서 여자를 때리고 거기서 나온 돈으로 호의호식하고, 돈을 더 벌려고 2평의 땅을 매입해서 재건축 시행사에 막대한 금액을 요구합니다. 하지만 이 남자, 짜릿하게 살아갑니다. 하고 싶은 거 다 해요. 그리고 조폭 영화 주인공처럼 자기 식구와 부하들 잘 챙깁니다. 전형적인 주인공이죠. 하지만 우리는 그를 응원합니다. 왜? 각본이 그렇게 되어 있으니까요. 하지만 위기가 찾아옵니다. 누군가를 잘못 건들게 됩니다."

준미가 사람들을 보며 웃는다.

"황룡건설을 건드린 겁니다. 네, 맞습니다. 황룡은 건설 회사입니다. 그게 왜 잘못 건든 거냐구요? 우리 생각해 보죠. 평범한 중견 건설사가 20년 동안 별 진전이 없는 강남 노른자위 땅의 재건축에 성공할 수 있었겠습니까? 네, 황룡은 평범한 건설사 아닙니다. 이득을 위해서 물불을 가리지 않습니다. 그동안 황룡건설과 관련된 사건들을 하나하나 읊어볼까요? 아마 오늘 하루가 모자랄 겁니다. 우리의 주인공은 그런 무서운 곳을 건드린 겁니다. 그래서 저렇게 된 거구요!"

준미가 오명구의 얼굴을 가리킨다.

"그렇습니다. 이 사건은 변호사가 이야기한 우리 사회의 부조리에 대한 은유가 아닙니다. 이 사건은 우리 사회의 민낯입니다. 깡패들이 이권을 두고 벌인 개싸움입니다. 양철기가 동생들 학비를 대서 대학에 보냈다구요? 그래서 대학병원 간호사가 되었다구요? 그 동생이 그렇게 되기까지 양철기가 얼마나 많은 사람들을 짓이겼을지 생각해 보셨습니까? 제값 못 받고 쫓겨난 철거민의 딸은 간호사가 되고 싶었겠지만 그러지 못했을 겁니다. 왜? 양철기가 쫓아냈으니까요. 갈 곳이 없어져버린 겁니다."

핵심을 찌르고 들어온다.

"우리는 깡패와 조폭에 대해 환상을 가지고 있습니다. 의리가 있고, 어쩔 수 없이 폭력을 휘두르고, 가족을 잘 챙기고……. 그래서 우리는 영화를 보고 깡패를 응원합니다. 잡히지 마. 니 꿈을 이뤄. 그런데요. 좀 이상하지 않습니까? 그 이익을 위해 밟힌 사람을 우리는 아무도 생각하지 않아요. 자기 가족을 살뜰히 챙깁니다. 깡패들이 그렇습니다. 그래서 그게 우리랑 무슨 상관이 있습니까?"

태경의 논리가 하나하나 부서지고 있다.

"자, 이제 우리 감정은 걷어버리고 진실을 바라봅시다. 우리는 살아가면서 감정에 휘둘려서 얼마나 많은 잘못된 판단을 했습니까? 이제 그러지 말자구요."

사근사근 속삭인다. 준미의 부드러운 목소리가 힘을 발휘한다. 사람들이 빨려 들어간다.

"우리 모두 다시 생각해 봅시다. 이 사건은 대체 무슨 사건입니까?"

준미는 재판장과 태경을 번갈아가며 바라본다.

"폭력 사건입니다."

준미는 호소하지도 감정을 쥐어짜지도 않는다. 간단하고 명확한 사실만을 이야기해 나간다.

"한 남자가 다른 남자를 때렸습니다. 그 남자는 거의 2주 동안 병원에 누워 있었고, 지금 재판에 나와 있습니다. 그것이 이 재판의 핵심입니다. 그렇죠. 폭력입니다. 자, 다 걷어치우자고요. 그리고 들여다봅시다. 한 인간이 다른 인간을 저 지경이 되도록 때렸습니다."

태경은 나직한 한숨을 내쉰다. 준미는 태경의 계략을 정확하게 파악하고 있다. 태경이 공들여 쌓아 올린 구조를 단숨에 허물어버린다.

"그리고 그건 단지 이권 때문이었습니다. 누가 몇 프로를 먹나 하는 살벌한 깡패들의 생존 게임입니다. 그걸 잊으면 안 됩니다. 자, 우리 변호사님이 굉장히 휴머니즘적인 이야기를 하셨는데요."

준미는 태경을 노려본다.

"일용직 노동자들……. 한 집안의 가장이고, 아기의 분유 값을 벌어야 하는 노동자들에 대해서 이야기하셨죠. 저 정말 감동받았습니다. 멋있는 연설이었습니다. 시카고에서 오바마의 대선 출정 연설을 듣는 줄 알았어요. 정의, 평등, 인권. 그 말에 그 모든 것이 다 들어 있네요."

준미가 태경을 정면으로 바라본다.

"하지만 결정적으로 다른 것이 하나 있죠. 오바마는 그 말을 위해 8년간 싸웠고, 변호인은 그 말로 진실을 유린하고 있다는 것입니다."

태경의 눈이 흔들린다. 팩트 폭격. 진실의 무서움.

"일용직 노동자들을 위했다면! 황룡건설이 용역팀이라는 팀을 따로 만들어서 그들을 관리하고 거기서 또 치사하게 수수료를 떼어내지는 않았겠죠. 얼마나 떼었냐구요? 놀라지 마세요. 7퍼센트입니다."

준미가 다시 강조한다.

"7퍼센트입니다. 자기 공사에 노동자들을 고용하면서 거기에 소개비 명목으로 다시 7퍼센트를 떼는 겁니다."

변명할 수 없는 양아치 짓.

"성공했을 경우! 수익이 수백억에 달하는 거대 사업을 수주하면서 일당 십만 원 공사 인부들에게 수수료를 떼는 거…… 이거 와, 너무 치사하지 않나요? 동네 양아치들하고 다를 게 뭐가 있죠?"

준미가 기자들을 본다.

"그렇죠? 네, 맞아요. 여기 나온 증인 오명구는 성실한 사회인이 아닙니다. 간단하게 말하죠. 쓰레기입니다. 변호인 말이 맞아요. 개새끼입니다."

오명구가 인상을 쓴다. 하지만 준미의 무차별 공격이 이어진다.

"오명구 증인. 유도협회에서 제명당하셨죠? 품위 유지 위반으로?"

"……네."

"같은 유도인으로서 증인이 부끄럽습니다."

"!!!"

"하지만 아무리 오명구가 똥 같은 인간이라고 해서 이렇게 맞아야 할 이유는 없습니다. 그것도 더 똥 같은 인간에게요."

이주덕 판사가 주의를 준다.

"검사! 용어 사용에 주의해 주세요!"

"네, 판사님."

준미가 머쓱하게 웃으며 사람들을 본다.

"지금은 깡패를 때렸지만 다음에는 여러분일지도 모릅니다."

준미가 단호한 표정으로 사람들을 압도한다.

"독일 국민들도 처음에 히틀러에게 그렇게 하나씩 하나씩 양보해 나가다 잠식당한 겁니다. 우리도 깡패들에게 그렇게 하나씩 하나씩 이해해 주면서 양보해 준다면 결국 이들은 우리의 얼굴을 오명구처럼 만들 겁니다. 바로 여러분을요."

세다.

준미가 태경 앞으로 가서 눈을 바라본다. 한참을 바라본다. 태경도 피하지 않는다. 모두가 두 사람을 바라본다.

"참회하나이다. 참회하나이다. 언어로 진실을 희롱한 죄. 깊이 참회하나이다."

모두가 준미를 본다.

"움베르토 에코의 말입니다. 변호인, 정말 아름다운 변론을 했습니다. 감동했습니다. 말의 톤, 억양, 몸짓. 완벽합니다. 장발장과 비교한 것은 정말 감탄이 나오는 수사법입니다. 하지만 하나가 빠져있습니다. 바로 진실입니다."

준미도 침묵한다. 태경처럼 화려하진 않지만 묵직하다. 태경이 화려한 펜싱을 구사한다면 준미는 묵직한 검으로 핵심을 바로 노린다.

"그동안 우리는 너무나 많은 거짓에 속아왔습니다. 진실이 아닌 이미지와 배경에 속아왔습니다. 더 이상 우리는 그러지 말아야 합니다. 마지막으로 여기에 오신 기자분들에게 부탁드립니다."

준미가 기자들의 얼굴을 바라본다.

"더 이상 말로 진실을 희롱하지 말았으면 좋겠습니다. 그 죄를 우리가 감당할 수 있겠습니까?"

담담히 바라보는 기자도, 눈빛으로 반발하는 기자도, 눈을 피하는 기자도 있다. 준미는 그들에게 담담히 말한다.

"내일 포털 뉴스에서 진실을 희롱한 기사를 더 이상 보고 싶지 않습니다. 그리고 배심원 여러분, 진실을 봐주십시오. 움직일 수 없는 사실을. 이상입니다."

법정은 잠시 침묵에 잠긴다. 태경의 화려한 공격으로 전세가 거의 끝난 것 같았지만 마지막 준미의 카운터펀치는 묵직했다. 모두가 흔들린다.

태경은 감탄한다. 본질을 꿰뚫는 명확한 두뇌가 이제 말로도 자연스럽게 쏟아진다. 훌륭한 검사다.

게임 끝이다. 치밀하지 못했다. 쉽게 생각하고 나왔다. 적당히 타협하고 끝낼 수 있다고 생각한 것이 잘못이었다. 사건 배당이 바뀐 것을 확인하지 못했다. 배심원들이 전원 유죄 의견을 냈고, 재판부는 징역 2년을 선고했다. 철기가 태경을 노려본다.

"이봐, 변호사 양반. 어떻게 된 거야? 이따위로 일할래?"

"주먹을 휘둘렀으면 책임을 져야지."

"그런 얘기 회장님 앞에서 한번 해보시지."

현 회장…… 암담했다. 하지만 그걸로 끝이 아니다. 준미는 그대로 물러나지 않을 것이다. 이번 양철기 구속을 계기로 그 뒤에 있는 현 회장까지 치고 들어올 것이다.

도대체 준미는 무엇을 가지고 있을까? 현 회장은 지난번 사건 이후 더 깔끔하게 자신을 관리하고 있다. 절대 통화 기록을 남기지 않는다. 무조건 집에서 대면으로 지시한다. 그 어떤 서류나 장부도 남기지 않는다. 그런 상황에서 준미가 증거를 잡을 수 있었을까?

일단 상황을 파악하는 것이 먼저다. 준미가 어디까지 알고 있는지 알아야 한다.

태경은 법원 앞에서 한참을 기다려 밖으로 나오는 준미를 만난다.

"어, 뭐야? 나 기다린 거야?"

"가시 좀 빼고 가려고."

"그런 건 혼자 알아서 빼야지."

"너무 깊이 박혀서 말이지."

떠보자.

"양철기 좀 들여다봤나 봐."

"조금. 왜 뭐 있어?"

"아니 궁금해서. 갑자기 가로채서 덤벼드는 거 보니까 니가 뭐 좀 만지나 싶어서. 양철기야 뭐 있나. 완전 잔챙이지."

"잔챙인데…… 왜 그렇게 여기저기 많이 얽혀 있을까? 간단히 살펴보니까 여기저기 안 걸려 있는 데가 없어. 양철기 뒤에 혹시 더 큰 뭔가가 기다리고 있는 게 아닐까 싶기도 하고 말이야."

현 회장을 알고 있다.

"영 뭔 소린지 모르겠다."

"그래? 근데 정말 이상하네."

"뭐가?"

"오빠가 저번에 변호한 장준일 사건…… 그 장준일이 소속된 송엔터테인먼트 대표…… 그리고 오늘 양철기…… 그 뒤에 황룡이 있다는 말이 돌던데?"

뭔가를 쥐고 있다.

"그래? 난 전혀 모르는 이야긴데?"

"그래? 그럼 정말 우연이네."

"그런가. 나는 전혀 모르는 이야기야."

"그래. 그럼 오빠는 모르는 건데…… 그거 참 우연이야. 우리가 쫓고 있는 그 사람. 그 사람들 꼭두각시들 재판에 다 오빠가 연결되어 있어. 그치?"

"글쎄…… 난 무슨 이야기 하는지 모르겠네."

"어디서 많이 들었다. 나는 잘 모른다. 몰랐다. 근데 알아? 그러다 검찰 신문실에 딱 가두고 쪼아대면 결국 다 불어. 왜? 팩트 앞에선 안 되거든."

준미가 태경의 눈을 노려본다. 흔들려선 안 된다. 차분하게 보자. 그러나 흔들린다. 동공은 대뇌가 통제할 수 있는 기관이 아니다. 들킨다. 준미가 웃는다. 야릇한 비웃음. 예전과 확실히 다르다. 노련해졌다.

"오빠는 포커 치면 안 되겠다. 초조해하는 거 다 보여."

태경의 떨리는 눈을 보며 준미가 비웃는다.

"나 갈게. 공무원이 근무 시간에 이런 데서 잡담이나 하고 그러면 안 되거든. 피 같은 세금으로 밥 먹고 살아가는데 일을 해야지. 봐봐, 국민 세금 8분이나 허비했다."

서로 바라본다.

준미의 흔들리지 않는 눈.

태경이 그런 준미의 눈을 피한다.

완패다.

준미가 웃으며 태경을 바라본다.

태산전자의 용인 반도체 공장은 거대한 성이었다. 공장 내부로 시내버스 노선이 운영되었고, 정문부터 후문까지 자동차로 10분 이상이 걸렸다. 대략 3만 명의 노동자가 이곳에서 일하고 있었다. 세계적인 불경기 속에서도 스마트폰과 태블릿 PC의 호조로 반도체의 주문량은 꾸준했다. 공장은 24시간 풀가동이었다.

제7 공장 3라인 역시 마찬가지였다. 24시간 풀가동에 맞춰 노동자들은 3교대 근무조로 돌아가고 있었다.

유정과 지선은 밤 10시부터 아침 6시까지 근무하는 야간조였다. 하지만 이날은 이민수 부회장이 직접 공장을 방문해서 격려를 하는 날이었기 때문에 조금 일찍 출근했다. 야간 근무조들이 2시간 일찍 출근해서 이민수 부회장을 위해 공장 앞에 도열했다. 가끔 그룹 고위층이 방문할 때마다 이런 일이 있었다. 노동자들로서는 내키지 않는 피곤한 일이었다. 영감들이 나타나 줄줄이 지나가면서 악수나 해주는 것이 그다지 좋을 리 없었다.

하지만 이번 일은 달랐다.

이민수 부회장이다. 누구나 다 한 번쯤은 보고 싶어 하는 사람. 하지만 누구보다 보기 힘든 사람.

모든 것을 갖춘 상속자.

그가 격려차 공장을 방문하는 것이다.

공장으로 향하는 버스에서 유정과 지선은 설레는 마음을 감추지 못한다.

"키가 187이래."

"대박. 기럭지가 그냥 아주. 거기다 얼굴은 얼마나 조그마한지 소멸 직전이야."

"그니까. 멋있어. 멋있어."

연예인을 보는 것처럼 설렌다. 그 나이 때의 아가씨답다. 지선은 23살로 입사 4년 차였고, 유정은 21살 이제 2년 차 직원이었다. 둘 다 고등학교 졸업 후 바로 태산 그룹 생산직으로 입사했다. 사실 한참 놀고 싶은 나이였다. 또래 친구들이 대학으로 진학해서 공부하고 소개팅할 때 두 사람은 3교대 근무로 공장에서 방진복을 입고 일해야 했다. 집안 사정상 그럴 수밖에 없었다.

그렇다고 원망한 적은 없었다. 두 사람은 아직 눈부신 나이였고, 얼마든지 미래를 개척할 수 있었다. 부모님의 주름을 조금 편 다음 자신의 인생을 개척해 나갈 생각이었다. 지선은 조금 늦었지만 돈을 모아 대학에 갈 생각이었다. 전공은 심리학. 그녀는 사람에 관심이 많았다. 그리고 졸업 후 로스쿨로 가서 변호사가 되는 것이 지선의 최종 꿈이었다. 유정은 외국에 나가서도 살아볼 생각이었다. 유럽도 좋고, 캐나다도 좋았다. 공장 안만 아니라면 한국만 아니라면 그 어디든.

저녁 8시. 지선과 유정은 다른 야간조 근무자들과 함께 공장 앞에 도열했다. 하지만 근무자들이 그렇게 밖에서 한 시간 가까이 기다리고 나서야 이민수 부회장은 나타났다. 검은 승용차에서 내린 이민수 부회장은 자상한 표정으로 도열한 직원들과 일일이 악수를 나눴다. 앞쪽에 서 있던 지선과 유정은 이민수 부회장과 직접 악수를 나눌 수 있었다.

'정말 잘생겼다.'

지선과 유정은 그 생각뿐이었다. 이민수 부회장이 두 사람을 보며 웃는다. 심장이 녹아내릴 것만 같았다.

'세상에 이렇게 멋진 사람이 있을까?'

왕자님.

그때 이민수 부회장이 말을 건넨다.

"뭐 힘든 점은 없나요? 있으면 말해 보세요."

"아…… 아…… 없어요. 좋아요."

"같이 사진 찍어도 되나요?"

유정의 말이었다.

"그래요."

이민수 부회장이 선뜻 나와서 지선과 유정의 어깨에 손을 올리고 사진을 찍는다. 환하게 웃으며. 다른 여직원들이 소리를 지른다. 뒤쪽에 있는 임원들도 흐뭇한 미소를 짓는다. 이것이 이민수 부회장의 매력이었다. 모든 것을 환하게 만드는 능력.

유정은 이민수 부회장과 찍은 사진을 페이스북에 올렸고, 그 사진은 순식간에 화제가 되었다. 평소 관심이 없던 대학 다니는 친구들까지 달려와서 댓글을 달았다. 그리고 그 사진은 포털 메인에까지 올라 이민수 회장의 소박함이 널리 알려지게 되었다.

평소 지선에게 관심이 있는 오상국이 다가온다. 눈이 하트로 변한 지선을 본다.

"난 뭐 잘생긴지 모르겠는데?"

유정과 지선이 키득거린다.

"뭐래?"

"오징어 씨. 그냥 가만히 좀 계세요."

하지만 달콤함은 잠깐이었다. 두 사람은 이민수 부회장이 떠난 후 공장으로 돌아갔다. 라인은 빠르게 돌아가고 있었다. 최근 들어 쏟아지는 물량을 맞추기 위해서 공장은 더욱 바쁘게 움직이고 있었다. 잠시 쉴 틈도 없었다. 지선과 유정은 서서히 지쳐간다. 아무리 20대 초반의 나이라지만 야간 근무는 쉽지 않다. 새벽 3시가 넘어가면 쏟아지는 잠과의 사투였다. 그날도 마찬가지였다. 쏟아지는 잠과 싸우며 일하고 있었다. 하지만 이상하게 이날은 더 바빴다. 라인이 더 빨리 돌아가는 것 같았다. 돌아가는 라인의 흐름에 맞추기 위해서 집중할 수밖에 없었다. 바쁘게 움직여서 그런지 평소보다 실내가 덥게 느껴진다. 방진복 안으로 땀이 흘러내린다. 방진복은 반도체를 위한 것이지 노동자를 위한 것이 아니다. 먼지와 땀이 배출이 안 된다. 온몸이 흠뻑 젖는다. 그런 시간이 좀 더 지속된다.

그런데 그때 갑자기 공장 안이 수증기로 뒤덮인다. 수증기가 공장 내부로 빠르게 퍼진다. 라인이 잠시 멈춘다. 수증기는 꽤 오랫동안 공장 안에 그대로 남아 있었고, 호흡을 통해 일하던 근로자들의 몸속으로 빨려 들어간다. 공장 내부에서 가끔 일어나는 일이다. 라인 관리자인 오상국 씨가 소리친다.

"괜찮습니다. 별거 아니에요. 라인이 잠시 과열됐어요. 곧 제대로 돌아갈 겁니다!! 대기하세요."

유정과 지선은 그사이를 이용해 잠시 쉬기로 한다. 숨을 몰아쉰다. 방진복 속으로 보이는 얼굴은 온통 땀투성이다.

공장 외벽과 천장의 거대한 환풍기가 다시 빠르게 돌아간다. 연기가 급격하게 걷히고 온도도 서서히 낮아진다. 10분 정도가 지나자 공장이 다시 돌아가기 시작한다. 유정과 지선은 다시 라인으로 돌아간다. 그렇게 그날의 근무는 평소처럼 6시에 끝났다.

유정과 지선은 옷을 갈아입고 지친 채로 공장을 빠져나와 간단하게 구내식당에서 아침을 먹었다. 그리고 다시 버스를 타고 둘이서 함께 묵고 있는 기숙사로 돌아와 간단하게 씻은 후 침대에 몸을 던졌다. 곧 잠에 빠져들었다.

잠시 공장에서 연기가 퍼지는 흄 현상이 있었던 것을 제외하면 평소와 다름없는 날이었다.

그렇게 두 어린 노동자의 하루가 지나갔다.

사냥개

장 형사의 차가 톨게이트에 가까워지고 있었다. 속도를 높이자 차의 소음이 좀 더 심해졌다. 38만 킬로를 탄 뉴코란도. 하지만 장 형사는 어쩐지 이 오래된 고물차를 버릴 수 없었다. 가끔 그런 생각을 한다. 이 차가 바로 자기 같다고. 새로운 수사 기법이 등장하고, 과학수사니 프로파일링이니 하며 수사가 과학으로 변해가는 이 시대. 하지만 그는 여전히 잠복과 추적, 두 발과 땀의 노력을 믿는 형사였다. 시대의 흐름을 따라가지 못하는…… 폐차할 때가 다된 뉴코란도처럼.

얼마 남지 않았겠지만 이 차는 아직 달리고 있다. 장 형사도 마지막까지 달릴 생각이었다.

수사는 과학이 아니다.

예술이다.

범인을 잡는 건 결국 사람이다.

차의 내비게이션이 목적지에 도착했음을 알린다.

전주 남부시장.

이곳에 이동일의 본가가 있었다.

장 형사가 도착했을 때는 점심시간이 훌쩍 지나 있었다. 허기를 느낀 장 형사는 남부시장에서 오징어와 달걀까지 얹어주는 전주식 콩나물국밥을 먹었다. 그 콩나물국밥 가게에서 조금 떨어진 곳에 이동일의 부모가 운영하는 이불 가게가 있었다.

'동일 이불.'

가게는 남부시장 대로변에 꽤 크게 자리 잡고 있었다. 50대 중반의 부부가 꽤 알뜰하게 가게를 가꾸어놓고 있었다. 이동일의 엄마는 아들에 대해 다소 체념한 표정이었다.

"저희도 지금은 연락이 안 돼요. 원체 노는 걸 좋아하던 애라서…… 고등학교 때부터 가출해서 한 달 동안 안 들어오고 그랬어요. 결국 학교도 그만뒀죠."

"마지막으로 얼굴 본 건 언제였습니까?"

"지난 설이니까 한 석 달 됐죠. 그래도 명절 때는 꼬박꼬박 와요. 좀 껄렁해도 애가 정이 깊었어요…… 이제 좀 자리 잡는가 싶었는데…… 정말 무슨 일이 있는 거 아닌가요?"

이동일의 부모가 아들이 뭔가 나쁜 사건에 연루된 것이 아닌가 하는 의심으로 장 형사를 바라보았다.

"아뇨. 별사건 아닙니다."

"별사건 아니라면 말씀해 주세요."

동일의 어머니가 간절한 표정으로 장 형사를 본다.

"동일 씨 회사 여배우 한 명이 실종됐습니다. 그래서 조사를 좀."

"그 쌍놈의 새끼가 데리고 튄 거야. 그 새끼가 고삐리 때도 기집애 데리고 가출해서 그 부모가 찾아오고 난리가 났어요!! 그놈의 새끼가 아직도 정신을 못 차리고."

뒤에서 이불을 개던 동일의 아버지가 격분해서 말을 쏟아낸다.

"당신은 그만해요!"

걱정스러운 얼굴의 동일 어머니가 장 형사의 눈을 보며 말한다.

"형사님. 혹시라도 동일이 찾거든 우리한테 꼭 먼저 좀 연락을 주세요."

"그럼요. 그래야죠. 그런데 어머니, 그사이에 동일 씨가 회사 일에 대해서 뭔가 이야기한 것이 없었나요?"

"우리한테 그런 이야기는 안 했어요. 아…… 동일이하고 친한 친구가 있는데 한번 가보세요. 걔하고는 워낙 친해서 전주 내려올 때마다 만나고 그랬으니까…… 뭔가 이야기했을지도 몰라요."

이동일의 친구 양승조는 전주 한옥마을 내에 있는 게스트하우스를 운영하고 있었다. 장 형사는 게스트하우스에 대해서 처음 듣게 되었다.

"그러니까 어린애들이 여행 와서 한방에서 자고 그러는 거예요. 그러면서 친해지고 뭐 그러는 거죠. 전주 한옥마을이 워낙 떴으니까요. 주말마다 젊은 친구들로 넘쳐나죠."

장 형사는 이해가 되지 않았다. 처음 보는 사람끼리 한방에서 친해진다는 것이. 출장 갈 때마다 조용하고 혼자 있는 모텔에 들어가는 순간을 좋아했던 장 형사는 신기한 표정을 지었다.

"형사님 같은 세대는 잘 이해 못 해요. 이게 사실 굉장히 오픈

마인드가 필요한 거거든."

본론으로 들어갈 시간이다. 시간이 있다면 계속 떠들 스타일이었다.

"동일 씨를 마지막에 본 게 언제였나요?"

"보자. 내가 그 새끼를 마지막으로 본 게…… 설쯤 됐나?"

부모가 본 시기와 같다.

"맞다. 그때 우리 게스트하우스 와서 어린 여자 게스트들한테 찝쩍거리고 그랬어요. 한번 해볼라고. 실패했지만. 하하하 병신 새끼."

"그때 동일 씨가 뭐 회사 이야기를 안 했었나요? 뭐 다른 특별한 이야기라도?"

"뭐 맨날 연예인들 썰 풀죠. 장준일하고 술을 마셨다느니…… 하면서. 여자애들 꼬실라고 졸라 터는 거지 뭐."

"자세하게 좀 더 말해 봐요, 이상했던 거나 그런 거."

"디테일하게라…… 아!!"

"뭐죠?"

"한번 이빠이 취했을 때…… 그 새끼가 이상한 말을 했어요."

"무슨 말요?"

"뭐 졸라 괴롭다고 설레발치더니 불쌍하다 그러더라고요."

"불쌍하다? 누가?"

"뭐 걔라고 그러던데…… 그냥 걔가 불쌍하다고. 그러다 뭐 욕을 막 하더라고…… 다 죽여버리겠다고…… 지가 입 열면 다 끝난다고."

"그래서요?"

"그러더니 토하더라구요. 아 그 병신 새끼. 술만 먹으면 토해요."

"!!!"

"그거 내가 다 치웠다니까요. 하여튼 고삐리 때부터 그 새끼는 술만 처먹으면 토해요."

"혹시! 이동일 씨가 지금 가 있을 만한 데가 어디에 있을까요?"

"그 새끼요? 글쎄요…… 나한테까지 연락 없는 거 보면 잠수 제대로 탄 거죠."

막다른 골목인가?

"아! 근데 그 새끼가 혼자 뭐 하고 있나 생각해 보면 그 새끼가 할 수 있는 건 하나밖에 없어요."

"도박?"

"우리 동일이가 그것보다는 건전해요."

"그럼?"

"낚시. 그놈이 낚시라면 사족을 못 쓰거든요. 지금도 어디 조용한 저수지에 처박혀서 낚시하고 있을 겁니다."

"민물?"

"그 새끼는 붕어만 잡아요."

장 형사는 한국에 조용한 낚시터가 몇 개쯤 될까 생각해 본다. 해운대 백사장에서 자동차 키를 잃어버렸을 때가 생각났다.

"큰일 났다."

"왜?"

"양철기 못 빼냈다."

원기의 표정이 심각해진다.

"뭐야? 별로 어려운 사건 아니었잖아."

"누구한테 당했는지 아냐?"

"누구?"

"서준미."

"뭐?"

"안 본 사이에 독해졌더라."

태경의 얼굴에 어떤 씁쓸함이 스친다.

"왜 아직 마음 있냐?"

"지랄한다. 총 맞았냐? 나한테 그런 소꿉장난 같은 감정이 남아 있을 것 같냐? 인생 딱 세 가지야. 돈. 힘. 건강. 나 지금 완벽해."

"갑자기 정색하는 거 보니까 더 수상한데?"

"나 이태경이야. 나 몰라?"

"그래. 시진핑이든 트럼프든 돈 주는 놈이 우리 대통령이야. 우리도 그렇게 얽혀가지고 한평생 잘 누리자고."

"철학이 있네. 그런 개똥철학 만들 시간에 제대로 된 사건 좀 물어와 봐."

"제대로 된 거 뭐?"

"법정 밖으로 나오면 내 앞으로 카메라 쫙 몰려들고…… 응? 뭐…… 전직 총리가 억울하게 뇌물 받았다? 뭐 이런 사건을 좀 물어오라고. 카메라 마사지 제대로 받고 여의도로 건너가보게."

"전직 총리가 돌았냐? 연수원 965등한테 의뢰하게?"

"956등이야!"

"지방대에 연수원 성적 최하에…… 내가 그래도 이렇게 뛰니까 변호사 소리 듣고 사는 건 줄 알아!"

"그래서 큰절이라도 하라고?"

"해봐."

"절 받기 전에 양철기 어떻게 하냐? 현 회장한테 가서 미리 양해를 구해야 하는 거 아냐?"

"몰라? 부르기 전에 절대 연락하지 않는다. 재판이 끝나자마자 알고 있었을 거야. 어떻게 나오는지 봐야지. 설마 죽이기야 하겠어?"

"죽일지도 몰라."

농담처럼 던진 말에 태경이 웃지 않는다. 원기도 민망해진다. 그 말의 무서움. 진짜 그렇게 될지도 모른다.

그때 태경의 전화가 울렸다. 현 회장이었다.

여전히 어두운 현 회장의 사무실. 어둠 속에서 은은한 빛을 내고 있는 그의 백자. 태경은 어둠에 묻힌 현 회장의 얼굴을 바라보았다. 말이 없다. 표정을 읽을 수가 없다. 웃고 있는 것 같기도 하고, 화가 난 것처럼 보이기도 한다. 어색하고 두려운 시간이 흐른다.

현 회장이 침묵을 깬다.

"그 여자…… 그 검사. 서준미 검사. 맞지요?"

"아…… 그랬나? 맞을 겁니다."

"내가 전에도 씨게 한번 물렸지요. 어찌나 독하게 달려드는지…… 정말 아찔했거든. 여자라고…… 어리다고 얕보다가 아주 골로 갈 뻔했어요. 근데 이번에 또 물렸네. 우짜지요?"

"뭐 알고 덤비는 거겠어요. 그냥 나대는 거니까…… 뭐 신경 쓸 필요 있겠어요?"

현 회장이 묘한 웃음을 띠며 태경을 본다. 마치 칼로 해부하는 듯한 눈빛. 다 알고 있다는 표정.

"우리 이 변호사님. 연기 잘하네?"

"예?"

"둘이 잘 아는 사이 아닙니까?"

"!!!"

실수다. 잠시 잊었다. 그의 정보력이 어느 정도인지.

"아…… 그냥 동기지. 잘 몰라요. 회장님, 사법연수원 동기가 천 명이에요. 내가 어떻게 그 동기 하나하나 잘 압니까?"

"에이 뭐 그런 기 아이라 카던데? 둘이 사이가 마 각별했다 카던데?"

"회장님 그 카더라 통신 믿을 게 못 된다니까?"

"내가 듣기로 둘이 서로 좋아하고 그랬다던데?"

"누가? 하하하. 그냥 걔가 나를 짝사랑했을 수는 있겠지. 그리고 회장님 아시잖아. 내 여자 스타일. 서준미 걔는 내 스타일 아니야."

"아 그래요? 근데 나는 그런 스타일의 여자가 좋던데. 어디다 확 가둬놓고 그냥 내 맘대로 함 해봤으마 좋겠어요."

"!!!"

"섹시하고 도도한 게 딱 내 스타일이야."

순간 피가 거꾸로 솟는다. 화가 난 표정으로 현 회장을 노려본다. 들켰다. 마음을. 현 회장이 웃는다. 뱀처럼 천천히 온몸을 휘감아든다.

"그 눈매하며 입술. 몸매도 탄탄하고 말이야. 운동도 열심히 하는 거 같아……. 거기다 머리까지 좋고……. 내가 진짜로 그런 스타일을 좋아하거든……. 거기다 서준미도 나를 못 잊어서 이렇게 자꾸 집착을 하니까. 나도 좀 사랑을 돌려줘야 하지 않나 이런 생각이 자꾸 드네. 집착도 좀 해주고. 나는 또 한번 집착하면은 끝을 봐요. 여자든 사업이든."

그만하라고!! 이 개새끼야! 그렇게 소리치려는 걸 가까스로 참아낸다.

현 회장식 협박이다. 걸려들면 안 된다. 하지만 이미 표정을 읽혔다. 현 회장이 웃으면서 일어난다.

"하하하…… 이럴 때 보마 우리 이 변호사 영 순진해. 귀여워."

그러면서 태경의 볼을 툭툭 친다.

"사랑. 이런 감정? 아주 좋지요. 근데 그기 사람을 얼마나 많이 속이는지 알아요? 그거만큼 사람 약하게 만드는 기 없거든."

현 회장은 태경 앞으로 고개를 디민다.

"그래서 말이에요. 난 태어나서 그 누구도 사랑해 본 적이 없어. 그기 내가 강한 이유야."

현 회장이 태경을 올려다보며 히죽거린다. 숨조차 쉴 수 없다.

"왜냐고? 왜 사랑하지 않느냐고? 내가 본 그 어떤 인간도 그런 가치가 없거든. 사랑받을 만한. 인간은 그냥 동물이에요. 그렇게 생각하면 아주 편해. 간단하거든. 보면 말이야. 모두들 인간에 대한 너무 많은 기대와 환상을 품고 있어. 왜들 그러는지 몰라. 그치요?"

"……."

현 회장이 뒤로 물러나 소파에 느긋하게 기댄다.

"그건 그렇고 여러 가지로 불편하네. 양 팀장이 하는 일이 많은 사람인데 말이야…… 누가 하지?"

"항소를 해서 꺼내겠습니다."

"아니야. 그러지 말아요. 죄를 지었으마 벌을 받아야지……. 내버려 둬요. 양 팀장을 구해내다 우리까지 딸리 드가마 우야라꼬? 응? 근데 그 입이 문젠 기라…… 양철기의 그 입. 상황에 따라 지 이익에 따라 변하는 인간의 간사한 그 입. 그 입을 우야마 좋겠노? 누구는 열라카고……. 인간의 그 입이란 건 뭐든지 말할 수가 있고

224

말이지. 문제야 문제."

"설마 양 팀장이 회장님을 배신하기야······."

"또 이래 순진하다. 이 변호사······ 인간은요 지를 위해서 뭐든지 할 수 있는 기라. 응? 양 팀장도 마찬가지라. 지가 불리해지마 우리 이야기를 막 하는 기라. 지 살라고. 응?"

"······."

"그 입을 우야꼬? 그라고 그 입을 열라 카는 그 서준미를 우예야 하나? 응?"

현 회장이 태경을 똑바로 본다.

"이 변호사 우야마 좋겠어요?"

현 회장이 태경을 보고 다시 묻는다.

"대답해 봐요, 이 변호사. 우야모 좋겠어요? 양철기 입을 막아야 하나······ 아이마 그 입을 열려는 서준미를 처리해야 하나?"

"!!!"

태경이 눈에 띄게 흔들린다.

"봐라. 봐라. 내 이칼 줄 알았다. 그놈의 연민······ 인간에 대한 사랑······ 그기 문제라니까······ 응? 그거만 버려봐. 세상이 얼마나 심플한 줄 알아요?"

현 회장이 태경을 바라본다.

"이 변호사."

두렵다. 동시에 끌려 들어간다.

"이 변호사, 우짜냐니까요?"

그래, 버리자. 버려야 산다.

"자, 대답해 봐요. 어떻게 하까?"

"회장님······ 뜻하시는 대로 하세요."

현 회장은 태경의 눈을 들여다본다.

"그라마 서준미 죽이도 돼요?"

"!!!"

"사랑하지요? 서준미?"

"……."

떨리는 눈.

"아직도 여전히 그 여자를 사랑하는 거 맞지요? 크크크."

"!!!"

사람의 마음을 파고들어 움켜쥐는 남자.

"그 여자 살리고 싶으마…… 수사 막아요."

"!!!"

"나를 또 치고 들어오마 그 여자가 계속 숨 쉴 수 있을 거라는 보장이 없어요."

"……."

현 회장이 싸늘하게 웃는다. 태경의 목을 움켜쥔다.

"이 변호사…… 그리고 말이야…… 몬 꺼냈네요. 양철기를?"

"회장님도 몰랐듯이 저도 당했습니다."

현 회장이 물끄러미 태경을 본다.

"내는 당해도 되지만 당신은 그래 당하마 안 되지. 안 그래요?"

"……."

"이래 요기조기서 자꾸 빵구가 나다 보마 우리 가라앉는 거 한 순간이야!!!"

태경을 노려보는 현 회장의 눈. 자기 것을 지키려는 집념이 고스란히 그 눈에 담겨져 있었다. 투명한 저 눈. 정말 악마가 아닐까?

"이 변호사. 그래 한 발썩 이유 봐주고 이해해 주다 보마 인간이

라는 것이 그기 당연한지 알아? 이 변호사도 그래 시시한 인간이
되고 싶어요? 예?"

시시한 인간.

"그런 시시한 인간은 나한테 필요가 없어! 내가 시킨 거는 집요
하게 달라들어가 악착같이 물고 뜯고 해서라도 내 앞에 갖다 놓으
라 이 말이야!! 그기 니가 할 일이야."

현 회장의 투명하던 눈에 실핏줄이 번진다. 그의 머릿속으로 피
가 차오른다.

"알겠어요?"

"알겠습니다."

언젠가 태경이 현 회장에게 물은 적이 있다.

"왜 저를 선택하셨습니까? 좋은 똑똑한 변호사들이 많을 텐데."

"알지. 나도 그런 놈을 마이 고용해 봤지요. 비싼 돈 주고. 근데
가들한테 없는 기 이 변호사한테는 있어."

"뭡니까?"

"투지. 열정. 끈기."

"뭐야…… 식상하게."

"식상하지요? 하지만 말이에요. 인간은, 남자는 그기 전부야. 그
기 없는 남자는 그냥 죽은 거나 다름없어요. 내 걸 위해서 맹렬하
게…… 달라드는 그 힘. …… 그기 이 변호사한테는 있어요. 이제
그걸 나를 위해 써줘야겠어."

그렇다. 현 회장은 그렇게 태경을 길들인다. 마치 사냥개처럼. 주
인을 절대 물지 않는. 하지만 주인이 명령했을 때 주저 없이, 생각
없이 달려들어 물어뜯는 그 사냥개.

태경은 현 회장의 사냥개.

짖어야 할 시간이다.

왈왈.

"이 변호사. 양철기 사건은 내가 이해해 줄게요. 하지만 한 번뿐이야. 다시는 실수가 있으마 안 돼. 그래야 서준미가 살아요. 그 여자 살리고 싶지요?"

"……네."

"크크크크크크…… 솔직하네, 우리 이 변호사. 귀여워. 사랑도 하고. 낭만적이야!"

현 회장이 개를 만지듯 태경의 목을 어르며 만진다.

"그리고 말이야……. 우리한테 아주 중요한 고객이 하나 있는데…… 그 친구가 지금 조금 위기에 처했어요……. 그 친구를 좀 구해줘야겠어요."

다시 짖어야 할 시간이었다.

왈왈.

무릎

준미는 서류 처리를 마치고 고개를 들었다. 저녁 시간이 가까워져 있었다. 잠시 밖으로 나가야 할 시간. 직원들은 남아서 일하고 있었지만 준미는 빠져나간다. 그것이 직원들의 정시 퇴근을 돕는 길이다.

"저 먼저 들어갑니다."

나온다. 핸드폰을 확인하는데 부재중 전화가 걸려왔었다. 그런데 그 이름.

이태경.

준미는 잠시 멈춰 선다.

고민한다. 콜 백을 해야 하나? 무슨 이야기를 하려는 걸까?

그녀의 머리가 복잡해진다. 그러다 무시하기로 한다.

다시 만나야 할 이유는 없다. 할 이야기도 없다.

준미는 다시 걸어간다.

그러다 멈춰 선다.

혹시…….

태경과 준미는 신림동의 경산집에서 만나기로 한다. 지금은 사법 고시가 폐지돼 신림동 자체가 많이 죽었지만 태경이 고시를 준비할 때만 해도 고시생들로 넘쳐나던 시절이었다. 경산집은 그 시절 태경이 많이 가던 선술집이었다.

준미가 도착했을 때 태경은 가장 안쪽 자리에 앉아 있었다.

혼자 앉아 있는 그의 뒷모습이 쓸쓸해 보였다. 맞은편에 앉는다.

동동주에 파전. 태경답다. 태경이 좋아하는 것들.

조금 붉어진 얼굴. 조명 아래 얼굴은 더욱 수척해 보인다.

"아직도 이런 서민 술 마시나 봐."

그러지 않으려 했는데 말이 엇나간다.

태경이 말없이 동동주 잔을 가득 채우더니 비운다.

"이모 한 동이 더!"

잠시 후 아주머니가 동동주 한 동이를 가져오며 욕을 퍼붓는다.

"미친놈아, 변호사 됐으면 좋은 데 가서 처먹을 것이지 왜 또 찾아와서 궁상떨고 있어. 고시생 때 그만큼 처먹었음 됐지."

"전이 점점 부실해져? 응? 굴 푸짐하게 넣어서 한 장 더 부탁해. 여기 귀하신 손님도 오셨는데."

"애인이야?"

"왜, 잘 어울려?"

"뭐 그럭저럭. 잘해, 이눔아. 니 같은 놈한테 오는 거 자체가 마더 테레사 같은 희생이야."

아주머니가 멀어진다.

남겨진 두 사람. 태경이 동동주 주전자를 들고 준미를 본다.

"마실래?"

"아니. 다시 들어가서 일해야 돼."

"그래…… 식사 전이지?"

"응."

"전이라도 먹어."

"그래."

굴이 잔뜩 든 전이 나온다. 젓가락으로 헤집자 두 사람 사이로 김이 모락모락 피어오른다.

준미가 전을 먹는 사이 태경이 다시 술잔을 비운다. 급하고 빠르다. 준미는 그만 마시라는 말을 하려다 그만둔다. 더 이상 걱정하는 말을 주고받을 사이가 아니다. 태경이 다시 술을 비운다.

그만 먹어…….

술잔을 내린 태경이 준미를 본다.

"준미야."

"왜?"

"현 회장 쫓고 있냐?"

"응."

태경이 준미를 바라본다.

"그만 접어."

"뭐?"

"그만두라고."

"내가 잘못 들은 거지?"

"제대로 들은 거야. 그 사건 포기해."

"못 들은 걸로 할게."

"들어!"

탁!

준미가 젓가락을 강하게 내려놓는다. 그리고 태경을 노려본다.

"지금 무슨 짓을 하는지 알고 있어? 대한민국 현직 검사한테 수사 중인 사건에 대해 압력을 가하고 있어. 그것도 현직 변호사가. 돈벌이 그만하고 싶어?"

"현 회장…… 위험한 사람이야."

"그래서 내가 잡으려는 거야."

"준미야."

"분위기 잡으면서 이빨 까지 마. 더 이상 나한테 그런 거 안 통해."

"……이빨이 아니야."

"그럼 뭔데?"

"사실이야."

"……말해 봐."

"나도 나름 험하게 살아왔지만…… 그래서 별의별 놈 다 봐왔지만 현 회장은 차원이 달라."

태경이 준미를 본다.

"그는 악마야."

준미가 잠시 태경을 본다. 그러다 웃는다.

"하하하하하하하하하하하."

"장난 아니야!"

"나도 장난이 아니야. 뭐 머리에 뿔 나 있고, 등에 붉은 날개 달려 있고 그래? 입에서 불도 나오고?"

"그런 게 아니라…… 그는 정말 무슨 짓이든 저지를 수 있어."

232

"그래서 쫄았어? 무서워?"

"!!!"

"알아. 그자가 저지르는 짓들."

"서류상으로 나와 있는 게 다가 아냐!"

"서류 이면에 숨겨진 것들까지 잘 들여다보고 있어."

"……."

"난 무섭지 않아."

"너는 몰라. 그가 어떤 사람인지."

"잡아서 알아볼게."

"너는 그자를 잡을 수 없어. 그건 저번에 경험해 봤잖아."

"이번에는 달라."

"아니야. 같아. 너는 몰라. 그자의 힘이 어디까지 뻗어 있는지 너는 짐작조차 할 수 없어. 너는 절대 그자를 잡지 못해."

"오빠."

"왜?"

"이러는 이유가 뭐야?"

"……."

"잡든 못 잡든, 그 새끼한테 죽든 말든 그건 내 문제야. 오빠가 나한테 이러는 이유가 뭐야?"

니가 걱정이 돼서.

"현 회장 지시야? 나를 겁줘서 자기 수사 막으라고?"

너를 죽일지도 몰라.

"그래서 오빠는 술 먹고 뭔가 분위기 잡으면서 나 설득할라고?"

준미야. 그만둬. 그자는 사람을…….

"니가 위험……."

준미가 앞에 놓인 동동주를 들어 태경에게 끼얹는다. 태경의 얼굴 위로 동동주가 흘러내린다.

뚝뚝.

"최소한의 예의라도 지켜줄 수 없었니? 우리의 과거에 대해. 꼭 이렇게까지 해야 했니?"

동동주가 옷 속으로 스며든다. 축축하다. 벗어날 수 없이 끈적거리는 현실 같다.

"돈 몇 푼에 양심 팔고 나한테 찾아와서!!! 수사 포기를 종용하는 더러운 모습까지 보여야 했냐고?"

니가 정말 위험해.

준미가 일어선다. 손수건을 내민다. 태경이 받지 않자 앞에 던진다.

"지켜봐. 내가 현 회장 어떻게 잡는지. 나는 짱돌. 부서져버려도 좋아. 그 바위에 작은 흠집이라도 낼 거야. 그게 내 길이야."

준미가 나간다. 그러다 멈춘다.

"왜 이렇게까지 돼버린 거야? 이태경 씨."

"……."

준미가 경산집을 빠져나간다.

뚝뚝.

동동주가 떨어진다.

닦으려 손수건을 얼굴로 가져가는데,

준미 냄새.

옆에 앉을 때마다 나던 그 냄새.

오랜만이다.

그 손수건을 그대로 주머니 속에 넣는다.

앞에 놓인 냅킨으로 동동주를 닦아내고 경산집을 나간다.

욕쟁이 아줌마는 그런 태경의 뒷모습만을 무심코 바라본다.

주만용 부장검사는 두툼한 서류철을 그대로 오준범 검사에게
던졌다. 클립이 벗겨지면서 종이들이 낱장으로 흩어져 공중에서
날아다닌다.

"너 뭐야? 왜 니 사건을 다른 검사한테 넘겨!"

"……저 ……저 ……그게 ……서준미 검사가 자기 사건하고 연
결된다고."

"그래서 신나서 홀라당 넘겼냐? 너 좀 편할라고? 사건 하나 줄이
려고? 이 새끼야!! 내가 배당한 게 뻘이냐?"

"죄송합니다! 부장님!"

"나가! 나가!!!"

"부장님! 다시 한 번 기회를!"

"꺼져! 꺼지라고!"

준범이 낭패한 표정으로 돌아서서 나간다.

주만용이 의자에 털썩 주저앉는다. 실수였다. 오준범을 미리 불
러서 중요한 사건이니 잘 덮으라고 지시를 했어야 했다. 오준범 정
도의 인간이라면 변호사가 따지는 대로 대충 넘길 거라고 생각한
것이 실수였다. 평소에 뭔가 지시를 하면 은밀한 것이라도 있는 것
처럼 같이 엮이려 드는 오준범의 태도가 싫었기 때문에 아무 말도
하지 않았다. 서울대 출신도 아닌 오준범을 굳이 안고 가고 싶지
않았다. 그런데 오준범이 사고를 친 것이다. 아니 서준미가 사고를

친 것이다.

난감했다. 현 회장의 부탁이었다. 그렇기 때문에 더욱 신경이 쓰였다. 현 회장을 여느 스폰서처럼 생각해서는 안 된다. 그는 검찰 인사에 영향을 끼칠 수 있는 사람이다. 그의 인맥이 어디까지 뻗어 있는지도 알 수 없다. 그런데 그런 현 회장의 비교적 간단한 부탁 조차 들어주지 못하다니……. 난감했다.

'서준미 이년이 결국 나를 엿 먹이는구나.'

주만용은 당장 준미를 불러서 난리를 치고 싶었다. 하지만 지금 은 아니다. 그렇게 한다면 오히려 준미에게 틈을 보이게 된다.

좀 더 확실한 상황에서 움직여야 한다. 그때 그녀를 옭아매야 한다.

전화가 울렸다. 현 회장이었다.

주만용은 차를 몰아 청담동으로 향했다. 아우디 S1. 현 회장이 선물한 차였다. 다른 사람의 명의로 되어 있어 추적당할 염려도 없 었다. 거기다 선릉에 위치한 은밀한 개인 공간도 현 회장이 얻어주 었다. 현 회장의 소개로 그 은밀한 공간에서 주기적으로 만나고 있 는 젊고 아름다운 애인.

돈과 고급 아파트, 그리고 여자.

주만용이 가장 사랑하는 것들이었다. 그리고 그것을 주는 현 회 장을 사랑했다.

현 회장은 새롭게 만나게 된 스폰서였다. 그는 양철기 사건을 부 탁하며 주만용 검사에게 다가왔다. 주만용이 그토록 갈구하던 거 물 스폰서였다. 현 회장은 주만용에게 많은 것을 제공했다. 어쩌면 평생 동안 그것들을 원하고 있었는지도 모른다. 간절하게. 공부를 한 것도, 검사가 된 것도, 검찰 내에서 살아남으려고 발버둥치고 있는 그 모든 것들이 다 지금 누리고 있는 것을 위해서였는지 모른다.

권력에 따라오는 달콤한 것들…….

대학 시절과 사법 고시를 준비하던 시절 주만용은 모든 욕망을 억눌러야 했다. 참고 견뎌야 했다. 원래 법학에 뜻이 있는 것도 아니었다. 사실 무엇이라도 상관없었다. 그가 관심 있는 것은 사람을 움직일 수 있는 권력과 그에 따르는 돈 그리고 쾌락.

페달을 누르자 아우디 S1이 묵직한 소리를 내며 앞으로 나아간다. 차는 현기증이 날 만큼 순식간에 시속 100킬로미터에 도달한다. 주만용은 얼마 걸리지 않아 청담동에 도착했다.

청담동에 있는 은밀한 술집. 현 회장의 소유였고, 회원제로 운영되며 손님들끼리 마주치는 것을 피하기 위해 내부가 은밀한 미로처럼 구성되어 있다. 철저한 비밀 보장이 되는 곳이다. 그곳에서 현 회장이 기다리고 있었다. 현 회장은 일이 있을 때마다 주만용 검사를 이곳으로 불렀다. 주만용은 그곳을 좋아했다. 밀폐된 방, 은은하게 취하게 만드는 고급 양주, 아름다운 여자들의 접대. 주만용이 사랑하는 모든 것들이 그 좁은 방 안에 집약되어 있었다. 그는 안으로 걸어 들어갔다.

하지만 그곳에는 접대부도 없이 현 회장이 혼자서 심각한 표정으로 앉아 있었다. 술 한 병 달랑 놓여 있다. 잔도 하나뿐. 주만용은 기분이 상했다.

'한 번 청탁을 들어주지 못했다고 이렇게 한다? 길 좀 들여야겠군.'

"아이고, 회장님. 자리가 좀 뻣뻣하네요."

현 회장이 고개를 들어 만용을 본다. 만용이 순간 움찔한다. 눈빛.

"주 검사님."

사람을 찌르는 듯한 저 눈빛.

"네. 현 회장님."

"이기 우예 된 일입니까?"

"작은 착오가 있었던 모양입니다."

"착오요?"

"어허. 거 마음 푸세요. 제가 다음에 더 크게 보답합니다."

"보답요? 우예 보답할 낀데요?"

"현 회장님. 우리가 이런 딱딱한 사입니까?"

"카믄요? 우리가 뭐 형젭미까? 아이마 우정? 아이잖아요. 내 돈 없으마 주 검사님이 내 쳐다보기나 할까요? 저는 주 검사님의 자리에 힘에 베팅을 합니다. 근데 그 힘을 지대로 몬 쓰마 내가 와 베팅을 합니까? 내가 돈 버리는 사람도 아이고."

"어허, 현 회장님."

"와요. 돈 이야기 하니까 뭐 또 남사스러워요? 체면, 명예 이런 거 생각납니까? 근데 우짜노. 나는 그런 거 안 따지는데? 체면, 명예 나는 그런 거 몰라, 왜? 원래 밑바닥이니까. 주 검사는 나한테 자판기예요. 돈 넣으면 내가 원하는 걸 내주는. 근데 안 내놓으마 내가 우야꼬? 응? 쿵쿵 때리야 하나? 응? 돈 돌리돌라꼬?"

주만용 검사가 꿈틀한다. 감히.

"제 입장도 좀 생각해 주십시오. 또 젊은 검사 소신을 쉽게 꺾을 수가 있나요? 검찰 조직이란 게 원래가 그래요. 이해 좀 해주세요. 작은 흠집 하나 난다고 뭐 큰일이야 나겠습니까? 현 회장님 보기보다 소심하시네."

세게 나간다. 스폰서한테 끌려다니지 마라. 선배들의 조언. 고삐를 쥐어본다. 현 회장이 웃으면서 소파에 기대 전화기를 만지작거린다.

"내가 너무 무르게 대했나?"

"뭐요? 아니 현 회장. 나 주만용이야. 서울중앙지검 부장검사야. 지금 나한테 실수하는 거야. 내가 어떻게 황룡건설 자료 한번 만지작거려볼까요?"

"해보소."

"!!"

"맘대로 해보라카이. 우예 되는지. 내 참 살다보이 별꼴을 다 당하네. 차 사주고, 집 얻어가 여자까지 대주는데 내를 완전이 홍어 거시기로 보네?"

"현 회장!"

"현 회장? 니 몇 살이야? 중앙지검 부장검사가 되니까 세상이 다 니 꺼 같아? 스폰서가 빨아주니까 달콤하제? 다 니 손아귀에 있는 거 같나?"

현 회장이 전화기를 열어서 검찰 폴더에 있는 이름들을 보여준다.

"이 사람들 알제?"

검찰 최고위층. 정권의 실세들.

"!!!"

"전화 한 통 해주까? 지방으로 한 십 년 돌아볼래? 아니면 부장 타이틀로 개업해가 개쪽 차든가?"

"현 회장님. 이거 고정하시고."

"돈 받고 외제 차 굴리민서 강남 오피스텔에서 여자 끼고 뒹굴 때는 좋제? 젊은 애인 살이 보드랍고 매끄럽드나? 근데 우야노? 그기 공짜가 아인기라. 받으마 각오를 했어야지. 돈값을 해야제. 이기 어디서 위선 떨고 있어? 뭐 젊은 검사의 소신? 지랄하고 자빠졌네."

현 회장이 주만용 검사의 머리를 손가락으로 민다.

"야, 이 새끼야! 이 비리 검사 새끼야!! 니가 소신이 있어?"

현 회장이 주만용을 위에서 뚫어지듯 내려다본다.

"니는 그런 거 없었어. 아예 처음부터. 내가 니를 딱 알아봤어. 돈 내밀마 혓바닥 축 처지가 할딱거릴 거란 거 나는 알아봤어."

주만용은 처음 당하는 수모와 굴욕이지만 반응조차 할 수 없다. 이 압도적인 느낌. 이 남자는 누구인가?

현 회장은 갑자기 차분해져서 소파에 앉아 주만용을 본다.

"주 검사님. 내가 서준미한테 털리마 당신이 무사할 거 같아?"

"!!!"

"스폰서 검사로 텔레비에 함 나와볼래요?"

현 회장이 주 검사의 얼굴을 바라보며 웃는다.

"서준미 막으세요. 못 막으마 다음 달부터는 저기 경북 어디 지청에서 근무하게 될 겁니다. 거가 제일로 외진 곳이지요? 검사들이 젤로 가기 싫어하는? 다음에는 전라도로 가까? 남쪽 경치 좋은 데서 낚시나 하민서 인생 마감 칠래요?"

주만용은 한마디도 할 수 없다. 그리고 동시에 많은 생각들이 스치고 지나간다. 서울 법대. 고시 패스. 승승장구. 검사 배지 달고 난 이후 누구에게 숙여본 적이 없다. 근데 감히 건달 새끼가 나를 무시해? 지금이라도 날려야 하나? 모든 걸 걸고 이 남자에게 맞서 자존을 지켜야 하나?

인간으로서의 자존.

…….

하지만 전화기 속 남자들.

주만용의 출세와 미래를 잡고 있는 남자들.

높은 남자들.

그들과 연결된 현 회장.

그리고 더 이상 살 수 없다.

현 회장이 제공하는 그 달콤한 것들 없이는 살 수 없다.

차, 돈, 그리고 여자.

그것들을 계속 누리기 위해서 좀 더 깊은 늪 속으로 들어가기로 한다.

주만용은 숙이기로 한다.

현 회장을 위해서 더 깊이, 더 깊이.

이제서야 알게 된다.

이 세상이 그리 만만하지 않다는 것을.

주만용은 일어선다.

그리고 무릎을 꿇는다.

"회장님, 무례를 용서해 주십시오."

그리고 현 회장을 올려다본다.

현 회장이 웃으며 잔을 들어 술을 버리고 그 잔을 내민다. 주만용이 무릎으로 걸어가 술병을 들고 따른다.

현 회장이 술을 마시고 그 잔을 주만용에게 준다. 주만용이 술을 받는다.

그리고 현 회장의 한마디.

"주 검사님, 귀엽네. 쭉 같이 가봅시다."

무릎이 아팠다.

늪

현 회장과 헤어진 후 주만용은 차에 올라타 숨을 몰아쉬었다. 술에 취했지만 굴욕감은 쉽게 사라지지 않는다. 무릎이 욱신거린다.

'현 회장, 이 개새끼.'

하지만 굴욕감만큼 두려움도 커진다. 거칠 것이 없는 현 회장. 오늘 본 그의 모습이 생생하게 되살아난다. 두렵다.

두려워하는 자신을 용납할 수 없어 다시 눈을 질끈 감는다. 굴욕감이 다시 밀려오면서 스스로에 대한 실망과 수치스러움에 몸을 떤다. 겨우 이 정도 존재였던가? 하지만 그의 내면은 곧 출구를 찾는다. 자기 정당화. 극악스러운 자기애. 극단적 이기주의 자기중심으로 생각하는 거다.

'그래 성공과 출세를 위해서 한번 꿇어주는 거다. 그런 나는 얼마나 대범하고 용기 있는 사람인가? 한신도 건달의 가랑이 사이를

지나갔다. 나는 그런 케이스다. 내가 그놈을 이용하는 거다. 기회가
왔을 때 제대로 다시 밟아주마.'

그때 주차장으로 대리운전 기사가 내려온다. 공손히 창을 두드
린다. 주만용은 손을 까딱한다. 30대 중반의 대리 기사가 공손하
게 차에 오른다.

"외제 차 몰아봤어?"

"네. 이 차도 서너 번 몰아봤습니다."

"조심해서 몰아."

"네."

"선릉 유성 오피스텔로 가. 어딘지 알지?"

"내비 켜도 되겠습니까?"

"야, 그래서 밥 먹고 살겠어?"

"죄송합니다."

차가 출발하고 주만용은 다시 생각에 잠긴다. 기왕 현 회장과 엮
인 것 철저하게 숙여주기로 한다. 성공을 위해 고시 공부에 매달
렸던 것처럼 부장검사를 달기 위해 검찰 내 정치에 매달렸던 것처
럼 그렇게 현 회장에게 매달려서 올라가기로 한다. 그래서 현 회장
에게 뽑아낼 수 있는 것을 최대한 뽑아내기로 한다. 그러기 위해서
서준미를 확실하게 커버해야 한다. 바로 이민진 주사보에게 문자를
넣었다. 이럴 때를 대비해서 서준미 검사실에 박아 넣어둔 것은 정
말 잘한 일이라는 생각이 들었다.

'일단 서준미가 무슨 일을 하는지…… 어디까지 알고 있는지 알
아내야 한다. 그래야 현 회장과 딜을 칠 수 있다.'

그때 차가 갑자기 급정거를 한다. 앞에 택시가 끼어들었다가 사
라진다. 심하진 않다. 그냥 덜컹거리는 정도.

"죄송합니다."

그 순간 알 수 없는 분노가 주만용의 내부에서 터진다.

"야, 이 새끼야! 이 버러지 같은 새끼야!! 운전 똑바로 안 해!!!"

"죄송합니다."

"이 새끼가 감히! 내가 누군지 알아!? 응?! 어디서 이따위로 운전을 해!!!"

그렇게 한참을 욕을 토해 낸다. 철저하게 확실히 밟는다. 이 약자를. 그러자 속이 좀 풀리는 것 같다. 대리 기사는 굴욕감에 몸을 떨지만 그것이 주만용을 더욱 짜릿하게 만든다. 그 순간 애인에게 문자가 온다. 오피스텔에 도착했다고. 주만용은 다시 마음이 더 풀린다. 현 회장에 대한 분노까지 풀린다. 이 세상은 잔인한 것. 만만치 않은 것. 거기서 만만해지지 않기 위해 더 올라가기로 한다. 더 잔인해지기로 한다. 아래는 철저히 밟기로 한다. 주차장에 도착해서 운전을 제대로 못했다는 이유로 대리비를 만 원 깎자 기분이 더 좋아진다. 그렇게 애인이 기다리는 자신만의 공간으로 올라간다.

남겨진 대리 기사는 받은 돈 3만 원을 구겨 쥐었다.

남겨진 것은 굴욕이었고, 살아간다는 것은 고통이었다.

옹알이를 막 시작한 아들을 생각하며 눈물을 삼켰다.

너만은.

제발 너만은.

준미의 검사실에는 이민진 주사보가 혼자 남아 있었다. 저녁 시간에 맞춰 준미는 밖으로 나갔고, 나머지 수사관들은 모두 퇴근한 상황이었다. 하지만 민진은 어젯밤 받은 주만용의 문자 때문에 사무실에 홀로 남았다.

〈양철기 수사 상황 파악해 봐〉

지시였다. 그래 맞다. 스파이. 지금 모시는 검사의 수사를 몰래 조사하라는 것. 준미는 대략 2시간 후 사무실로 다시 돌아왔다. 그것이 배려라는 것을 알고 고마웠지만 그뿐이었다. 준미가 돌아올 때까지는 아직 시간이 있었다. 나머지 수사관들도 모두 퇴근한 상황. 서류를 뒤지기에 가장 좋은 때다.

민진은 조용히 준미의 책상으로 가서 서류를 조심스럽게 뒤적여 본다. 몰래 본 것을 눈치채는 것은 아닐까? 그럴 수는 없을 것이다. 준미의 책상은 온갖 서류들이 매우 혼란스럽게 흩어져 있었다. 책상 뒤편 공간까지 갖가지 서류들이 산더미처럼 쌓여 있었다. 카오스 같은 혼돈이었다. 조금 뒤져본다고 해도 크게 표시 날 것 같지 않았다. 이런 모습까지 디테일하게 기억할 리가 없다.

민진은 조심스럽게 서류를 뒤져본다. 그래도 혹시 모르는 마음에 최대한 원형 그대로 유지하기 위해 신중을 기한다.

그녀는 최근 들어 이 검사실 내부에서 뭔가 일이 꾸며지고 있다는 느낌을 받았다. 서준미 검사, 국진태 계장, 서효림 서기 이 세 사람이 자기만 모르게 뭔가를 진행하고 있는 것이 분명했다. 9급 서기보인 막내 정상민 씨야 아직 업무 파악도 잘 되지 않은 상태라 제쳐두더라도 나머지 세 사람이 자신을 따돌리고 뭔가를 꾸미고 있다는 것이 그녀의 느낌이었다.

곤란했다. 왕따를 당했다는 불쾌감보다 더 중요한 것은 사람들이 자신을 의심하고 있다는 그 사실이다. 행동 반경이 좁아질 수밖에 없다. 앞으로의 일은 더욱 조심스러워야 한다.

민진을 서준미 검사실로 보낸 것은 주만용 부장검사였다. 민진은 원래 부장검사실의 핵심 수사관이었지만, 서준미 검사가 이곳으로 부임해 오자 이 검사실로 옮겨왔다. 명분은 능력 있는 수사관을 평검사들에게 배치한다는 것이었지만 부장검사는 다루기 곤란하고 까다로운 서준미 검사를 감시하고 통제하길 원했다. 민진은 주만용의 뜻을 잘 이해했다. 주만용은 그런 민진을 끌어주었다. 동기들보다 빠른 7급 승진은 주만용 부장검사의 힘이 있었기 때문에 가능했다.

그에 보답하기 위해 민진은 주만용의 뜻에 따라 검사실 내부에서 진행되고 있는 사건 수사를 꼼꼼히 주만용에게 보고했다. 주만용은 그 정보로 서준미 검사를 통제하려 했다.

한두 번이야 우연이라고 생각했겠지만 번번이 사건의 진행 과정이 부장검사에게 알려지자 서준미 검사도 이상하게 생각했을 것이다. 누군가가 정보를 흘리고 있다고. 그렇다면 검사실 내부에서 가장 먼저 의심을 받을 사람은 바로 민진이었다. 결국 의식적으로 서준미 검사는 중요한 사건 관련 서류를 민진과 공유하지 않게 되었다. 국진태 계장과 서효림 서기 위주로 정보가 돌았다.

일이 여기에 이르자 불쾌했다. 하지만 멈출 수는 없었다. 주만용은 계속해서 정보를 요구했다. 이제 와서 주만용의 요구를 단번에 거절하는 것은 명분이 서지 않았다. 맞다. 그녀는 이미 주만용에게 많은 것을 받았다.

민진은 준미의 책상 위를 한참 뒤져 양철기 사건 파일을 찾는다. 카메라로 찍으며 동시에 수사 진행을 확인한다. 양철기 파일 옆으로 황룡건설 사건 자료들이 널려 있다. 이 어지럽게 널린 자료들

사이에서 양철기 관련 사건 파일들이 한곳에 모여 있는 것을 보고 민진은 섬찟해진다. 혹시 이 카오스 같은 혼돈이 모두 계산되고 기억된 것은 아닐까?

설마…….

아닐 것이다. 그냥 보다가 한곳에 모아둔 것일 뿐이다.

민진은 조금 더 과감하게 자료들을 파헤친다. 그리고 찾아낸다. 주만용이 꼭 확인하고 찾아내라고 한 그 자료. 현 회장 관련 자료다. 민진은 꼼꼼하게 사건 자료를 사진으로 찍는다. 그때 밖에서 지나가는 발소리가 들려온다. 시계를 보는데 8시 10분. 아직 서준미 검사가 돌아올 시간은 아니다. 9시에 가까워서 돌아오는 것이 보통이다.

혹시 평소보다 일찍 돌아온 것은 아닐까? 아니다. 민진이 파악한 준미는 일정한 패턴이 있고 그것을 잘 지켜나가는 쪽이다. 아직 돌아올 때가 아니다. 하지만 만일에 대비해 서류를 덮고 자기 자리로 가서 기다린다.

그리고…… 지나간다.

역시 아니었다. 민진은 다시 준미의 책상 앞으로 가서 사건 자료들을 찍는다. 그런데 그때 책상 아래쪽 옆에 작은 메모지가 눈에 띈다.

'장영미…… 송엔터…… 현 회장…… 연결 고리. 장영미.'

같은 메모들이 이어져서 복잡하게 선으로 연결되어 있었다. 아마 준미가 자신의 방식으로 사건의 흐름을 표시한 것처럼 보였다. 어떤 논리적 연결을 찾으려는 시도 같았다. 그 메모를 찍는다. 수사관의 본능이었을까? 자기도 모르게 그 메모가 흥미로워서 더 들여다본다.

송엔터는 처음 듣는 이야기다. 송엔터가 황룡건설 현 회장과 관련이 있다는 것일까?

장영미는 또 누구일까?

'나 몰래 아주 재미있는 것을 파고 있었구나.'

그렇게 한참을 들여다본다. 재미있다.

그런데 그때 발소리가 가까워진다. 준미 특유의 발소리. 시계를 본다.

9시. 어느새 시간이 이렇게 지나다니. 방심했다. 민진은 놀라서 서류를 원위치하려고 한다. 하지만 발소리가 더욱 빠르게 다가온다. 손이 떨린다. 기억을 빨리 떠올리며 파일을 원위치하고 자리로 돌아가 옷을 챙겨 입는다.

그때 바로 문이 열리고 준미가 들어온다. 준미가 숨을 몰아쉰다. 그리고 민진을 본다.

"아직 있으셨네요? 한번 뛰어봤어요. 아 역시 힘이 드네요. 왜 이렇게 늦게까지 계세요?"

"아 네. 봐야 할 서류가 있어서."

"어머, 뭐요?"

"아뇨. 아뇨 검사님…… 제가 할게요. 그럼 저는 이만…… 약속이 있어서."

"네, 들어가세요. 내일 뵐게요."

민진이 나간다.

준미는 자기 책상으로 돌아와 앉는다.

"!!!"

어지럽혀지고 혼란스러운 책상. 그러나 뭔가 이상하다. 그녀는 자신의 머릿속 도서관을 열고, 자신이 나오기 직전의 책상 사진을 꺼낸다.

다르다!

사람들은 모른다. 이 무질서와 혼란 속에 준미만의 철저한 질서
가 있음을. 준미가 한 장의 사진처럼 이 장면을 기억하고 있다는
것을. 순간 몰입하면 모든 것을 잊지만 의식적으로 뒤지기 시작하
면 모두 그녀의 기억 속에 남아 있다. 벗어날 수 없다.

'내 책상을 건드렸다!'

그리고 이 사무실에는 그녀 혼자 남아 있었다.

이민진 수사관.

그녀가 검사실의 자료를 빼돌리고 있었던 것이다.

민진은 주만용 부장검사와 중앙지검에서 조금 떨어진 곳에 있
는 커피숍에서 마주 앉았다. 주만용은 민진의 핸드폰에 찍힌 사진
들을 천천히 바라보고 있었다. 톡이나 메일로 전달하는 건 위험하
다. 흔적이 남는다.

"그러니까 현 회장을 계속 쫓고 있다는 거네."

"네."

"저 그리고…… 이 사진을 보세요."

민진이 사진을 넘겨준다.

"보세요. 여기 메모를 찍은 건데…… 장영미, 송엔터, 현 회장, 연
결 고리…… 어떤 논리적 연결 고리를 찾는 것 같아요."

주만용 부장검사의 머릿속이 복잡해진다. 서준미. 소문은 들었지
만 역시 만만치 않다. 여러 방향에서 시시각각 치고 들어오고 있다.
공격 방향조차 다양하다. 서준미를 이대로 두었다가는 위험하다.

"송엔터? 장영미."

"새로운 걸 파고 있나 봐요."

머릿속에서 불이 반짝인다. 서준미가 갑자기 양철기와 현 회장을 수사하는 이유를 알 것 같다. 현 회장의 새로운 급소를 찾았다. 그것이 송엔터고 장영미다. 장영미가 누구인지 송엔터가 현 회장과 어떤 관계가 있는지 잘 모르겠지만 그것이 현 회장의 급소로 연결된다는 것을 직감한다. 그렇기 때문에 현 회장이 그것을 막기 위해서 그렇게 노력하는 것이 아닐까? 현 회장의 반응에 서준미의 수사가 합쳐지자 새로운 그림이 쫙악 펼쳐진다. 그러자 새로운 시야가 열린다.

굳이 현 회장에게 꼬치꼬치 보고해서 목줄을 건네줄 필요가 있나?

'그래, 정보를 쥐고 밀당을 해보자. 그렇게 더 놀아보자. 서준미와 현 회장을 가지고 재밌게. 서준미가 좀 더 치고 들어와야지 현 회장이 놀랄 것이고 더욱더 나를 필요로 할 것이다. 서준미와 현 회장 둘 사이에서 적당히 균형을 잡는다. 그래, 재미있어지겠어.'

그때 민진이 주만용에게 말을 꺼낸다.

"저 검사님…… 더 이상은…… 저도……. 서 검사님께도 죄송하고."

민진의 패턴이다. 대가를 바랄 때마다 내놓는 그 패턴. 패턴이 잦아진다. 주만용이 품에서 봉투를 꺼내서 내민다.

"조금만 참아. 곧 다른 곳으로 빼줄게. 지금이 중요한 시기야. 나 믿지?"

주만용 검사가 민진을 본다. 하지만 고민하는 표정. 이건 무슨 수작이야. 짜증이 난다.

"네. 믿지만……."

주 검사가 준비해 온 봉투를 민진의 핸드백 속으로 넣는다. 그리고 일어나서 나간다. 민진은 조용히 봉투 두께를 헤아려본다. 오만 원권이 달콤하고 두툼하게 느껴진다. 얼마일까? 그런 생각을 하면서 여기까지 걸어오면서 느꼈던 자괴감과 죄의식이 사라진다. 감정은 사라진 대신 돈의 촉감만이 남는다.

처음으로 주만용 검사의 영향력에서 벗어나려고 했을 때였다. 열심히 공부해서 얻은 일자리였고, 소신껏 일하고 싶었다. 부장검사의 뜻을 거스르는 것이 두려웠지만 정확하게 말했다. 그때 주만용 검사가 돈을 건넸다. 그때 받지 말았어야 했다.

하지만 봉투에서 삐져나온 오만 원권을 보는 순간 마음이 흔들렸다. 주만용 검사는 간곡하게 부탁한다. 함께 가자고. 끌어올려준다고. 나만 믿으라고.

눈앞에 이번에 올려줘야 하는 전세금과 애들 학원비가 어른거린다.

두 눈 감고 받기로 한다. 나이 들면서 알게 된다. 모두가 타협하면서 살아가게 된다는 것을. 완벽한 사람이란 없다. 정말 깨끗한 사람도 없다. 적당히 때가 타고 유들유들해야 살아남는다.

그렇게 눈만 감으면 좀 더 넓은 집에 살고, 아이들을 좀 더 좋은 학원으로 보내고, 엄두도 내지 못했던 가방도 하나 살 수 있다.

아 달콤한 돈. 도저히 끊을 수가 없다.

'누군가 내 책상을 뒤적이고 훔쳐보았다.'

그리고 사무실에 남아 있던 사람은 단 한 명.

이민진 주사보였다. 그동안 의심하고 있었지만 책상을 뒤지리라고는 생각하지 못했다.

화가 나기보다 검찰 수사관으로서 검사의 목적에 의해 장기말처럼 움직여야 하는 그녀의 상황에 대한 안타까움이 느껴졌다.

하지만 동시에 이 상황을 어떻게 이용해야 할까에 대해 생각한다. 계략과 전술 같은 것.

모순된 생각을 하는 자신을 본다.

'그래, 인간은 원래 아이러니하지.'

그런 자기를 인정하기로 하고 이 상황을 어떻게 역이용해 나가야 할지에 대해 곰곰이 생각해 본다.

'주만용 부장검사는 현 회장과 연결되어 있다는 것이 확실해졌다. 그가 민진을 이용해서 나를 컨트롤하려고 한다. 그걸 역이용하자!'

자신을 노리는 상부에게 역정보를 흘리고 그들의 허점을 찌를 수 있을 것이다. 문제는 어디를 찔러야 하느냐다.

준미의 머리가 돌아가기 시작했다. 무섭고 또 빠르게.

머릿속 도서관을 개방한다.

그리고 평소에 잊고 지냈던 자료들과 기억들을 꺼내 빠르게 스캔한다.

짧은 시간 머릿속에서 꺼낸 자료들을 선별한다.

필요 없는 자료는 다시 깊은 서고 속으로 보내고 필요한 기억들을 종합한다.

그리고 그 의식적 기억들을 가지고 가장 합리적인 결론을 내기 위해 생각하기 시작한다.

다른 모든 것은 잊는다.

그녀가 가장 사랑하는 그 순간.

그녀의 머릿속에서 벌어지는 이 멋진 순간.

그녀의 수사다.

"송엔터라고…… 아십니까?"

순간 현 회장이 허를 찔린 듯한 표정을 짓는다. 그러나 빨리 그 표정을 지운다. 하지만 주만용은 그 표정을 놓치지 않는다.

'내 직감이 틀리지 않았다. 분명 뭔가가 있다.'

현 회장은 놀란다. 송엔터를 자신과 연결 지을지는 몰랐다. 허를 찔린 기분이었다. 송엔터가 드러났다면 서준미가 그냥 물러나지 않을 것이다. 가장 중요한 것은 서준미가 어디까지 알고 있느냐다. 일단 침착하자. 주만용이 의심하고 있다.

"나는 모릅니다."

그러나 눈은 안다고 말하고 있다. 그래, 모른 척해 주마. 일단은.

"여기저기 쑤시는 모양이네요."

"서준미 검사…… 열정이 대단하네요."

"별명이 폭탄입니다."

"하하하……. 그래요? 그런데 이번에는 불발탄 같은데? 아이마 자폭을 하게 될 텐데. 와 엉뚱한 데를 뒤지지?"

"세상 물정을 모르는 거지요."

"나를 이거저거 막 연결 짓기 시작하마 조금 곤란하기는 하네요. 그치요? 검찰 수사가 그렇잖아요. 일단 시작하마 사람들이 관련이 있다고 믿잖아요. 서준미 검사가 왜 그런 생각을 하지. 내하고는 아무 상관이 없는 회산데요. 그치요?"

"특별한 증거를 찾지 못할 겁니다."

"뭐가 있어야 찾지요. 내하고는 전혀 상관이 없는 회산데."

"그렇지요. 서준미가 막 돌격하는 게 아닌가 싶네요. 제가 일단 계속 지켜보겠습니다. 회장님이 당황하시지 않도록."

주만용이 웃으며 현 회장을 본다. 그리고 웃는다.

만만치 않다. 머리 회전이 빠르다. 수도 빠르다. 달래자.

현 회장이 서랍에서 작은 박스를 하나 꺼내준다. 5만 원권 다발로 꽉 찬 비타500 박스.

"늘 신세를 지고 있습니다."

"신세는 무신. 우리가 남이가? 그치요?"

주만용은 잠시 장영미 이야기를 꺼내볼까 하다 그만두기로 한다. 게임은 길다. 벌써 레이스를 걸 필요가 없다. 히든카드는 아껴 두기로 한다. 언젠가 요긴하게 써먹을 때가 올 것이다.

"하하하. 그렇지요."

"술 마실까요?"

"그러시죠."

"들어오라 캐라."

잠시 후 늘씬한 20대 초반의 여성이 들어와서 주만용의 옆에 앉는다. 테이블 위에는 고급 양주가 놓여진다. 주만용이 가장 좋아하는 시간이다.

"안녕하세요."

여성이 인사를 하며 술을 따른다. 주만용이 입을 다물지 못한 채 여성의 몸을 스캔하기 시작한다. 현 회장은 그런 주만용을 잠시 바라본다. 인간, 정말 다루기 쉽다. 그가 진짜 원하는 것만 안다면. 하지만 주만용은 조금 더 지켜보기로 한다. 수를 쓰기 시작하는 것 같다. 그 수를 천천히 읽어내기로 한다. 그리고 잠시 생각에 잠긴다.

'서준미가 어떻게 송엔터와 나를 연결 지을 수 있었을까?'

주만용에게 캐묻는 것은 의미가 없다. 그럴수록 수를 쓰며 더욱 자기 이익을 챙기려 할 것이다.

'내가 직접 캔다!'

배운 것도 백도 없이 현 회장이 이 자리까지 올라올 수 있었던 것은 그 누구도 믿지 않았기 때문이다. 그건 상투적인 말이 아니다. 인생에서 가장 중요하게 새겨야 할 것이 있다면 그건 바로 원하는 것은 스스로 가져야 한다는 것이다. 누구를 믿고 기다리고 그에게 맡기는 것은 삼류다. 그는 언젠가 당하게 된다. 인간은 그 누구도 남의 일을 자기 일처럼 처리하지 않는다. 주만용에게 맡기는 것은 여기까지.

현 회장은 잠시 일어나 밖으로 나간다. 밖에는 최 과장이 기다리고 있다.

"중앙지검 형사 3부 서준미 검사."

최 과장이 은밀하게 현 회장을 바라본다.

"한번 파보래이. 샅샅이. 팬티 밑구녕까지 한번 다 파봐."

"예."

최 과장이 조용하고 은밀하게 밖으로 나간다. 그래도 가장 일을 맡길 만한 심복이다. 다른 욕심이 없고, 세상을 보는 눈이 단순하다. 충직한 개다. 어리석은 욕심이 많은 놈들보다 훨씬 일 처리가 뛰어나다. 양철기처럼 폭력에 중독된 것도 아니다. 주인이 물라고 할 때까지 인내하며 기다리는 스타일이다. 하지만 백 프로 신뢰는 없다.

현 회장은 다시 서준미에 대해 생각한다. 이 어리고 겁 없는 여자를 어떻게 다루어야 할지 다시 한 번 생각해 본다. 그냥 아킬레스건을 잘라버릴까 하는 생각을 한다. 다시는 일어서지 못하게. 하지만 아직은 때가 아니라고 생각한다. 젊은 혈기는 그렇게 다루는 것이 아니다. 세상이 어떤 곳인지, 세상의 어둠이 얼마나 깊은지 알게 될 때까지 기다려야 한다. 받아들일 수 있도록 만들어야 한다.

현 회장은 그때까지 재미있게 기다리기로 한다.

그리고 늪을 하나 파기로 한다. 깊게 깊게.

자신이 파놓은 그 늪으로 서준미가 걸어 들어오기를 기다리기로 한다. 그녀가 늪에 빠져 허우적거리는 순간을 기다린다.

그 순간을 떠올리며 웃는다.

서준미.

너는 내 것이다.

또 한 명의
실종자

준미는 자신의 서류에 손댄 민진의 이야기를 효림과 진태에게
꺼냈다. 민진과 가깝게 지내는 효림은 충격을 받았다.

"이민진 주사보님이 그럴 거라고는……."

진태는 길게 한숨을 내쉰다. 결국 검사의 영향력 아래서 검찰의
정치 게임에 휘둘릴 수밖에 없는 수사관의 운명을 생각한다. 진태
는 민진이 밉기보다는 안쓰러웠다. 실제로 검찰 수사관들은 검찰
내에서 엄청난 역할을 담당하지만 스스로 결정할 수 있는 것은 아
무것도 없다. 검사가 거의 모든 결정과 권력을 독점하기 때문이다.
진태는 민진을 탓하고 싶은 마음은 없었다. 그녀로서도 어쩔 수 없
었을 것이다. 누가 부장검사의 지시를 쉽게 거절할 수 있을까?

하지만 효림의 생각은 달랐다. 검사실의 정보를 밖으로 빼돌리
는 건 배신이다. 스파이 짓이다.

"나는 이 주사보가 그 정도 수준인지 몰랐어요. 정말 너무하네요."

진태는 한마디 하려다 그만둔다. 그게 무슨 의미가 있겠나?

준미는 배신에 기분 나빠하지 않고 바로 일 이야기로 직진한다.

"현 회장 쪽에서 송엔터를 통해서 자기를 겨누는 걸 알게 된다면 먼저 꼬리를 끊어버릴 수도 있어요."

그러나 진태도 효림도 아직 민진의 생각에서 벗어나지 못했다. 효림은 자기 마음을 잘 숨기지 못한다.

"정말 나빠요."

하지만 준미도 진태도 아무 반응이 없다. 진태는 민진이 이혼 후 친정까지 돌보며 아이들을 키우는 것을 알고 있었다. 그것이 변명이 될 수는 없겠지만. 만약 자신이 그렇다면 어떻게든 이 조직에서 살아남고 성공하기 위해 노력했을 거란 생각을 한다. 거기다 부장검사다. 거역할 수 있을까?

준미는 원래부터 타인을 비난하는 데 큰 관심이 없다. 그건 그 사람의 행동. 이미 끝났다. 이후의 합리적 판단을 추구한다. 똑똑한 사람들의 특징이다.

"우리가 민진 씨의 행동을 비난하는 건 부차적인 문제라고 봐요. 그건 각자의 마음속에서 판단하고, 이 상황을 어떻게 이용할 것인가에 대해 이야기하고 싶어요."

진태는 기분이 상한다.

'결국 당신들에게 우리들은 그렇게 이용하고 활용하는 장기말 같은 존재인가?'

준미도 같다. 수사관을 일종의 정치 게임의 한 부분으로밖에 보지 못한다. 자기 게임에서 의도대로 움직여줄 하나의 말인 것이다. 울컥하지만 진태는 평정을 찾으려 노력한다. 피해 의식이다.

효림이 준미를 보고 묻는다.

"어떻게 이용한다는 거죠?"

역정보를 흘리자는 이야기. 하지만 효림은 아직 이면의 문제까지 들여다보지는 못한다.

"일단 지금부터 정보를 통제합니다. 장영미와 양철기 사건에 대한 모든 정보는 은밀히 보관하고, 누구와도 공유하지 않습니다. 오직 회의 때만 오픈하는 걸로 하죠. 오직 구두로만. 그리고…… 그쪽을 좀 흔들어보죠. 우리 의도대로."

"아!"

효림도 무슨 말인지 감이 온다.

"우리가 거짓 정보를 흘리자는 거죠?"

"그렇지!"

서운함을 잊고 진태가 게임 속으로 빠져든다. 역시 계략을 꾸미는 것만큼 재밌는 일은 없다. 진태가 말을 이어간다.

"가짜 서류나 메모를 통해 잘못된 정보를 흘려서 상대를 교란하자는 말씀이죠?"

"네, 맞아요."

준미가 두 사람을 보며 웃었다.

"그렇게 되면 저쪽은 우리 의도대로 끌려오게 되고 우리는 시간도 벌고 사건 수사 과정도 숨길 수 있죠."

"두 분 다 어떻게 바로 이런 계략을 짤 생각부터 하시죠? 무섭네요. 조심해야겠어요."

"『삼국지』부터 읽어. 거기 다 나와."

"어릴 때 『어린이 삼국지』는 읽었는데. 거기서는 그냥 관우랑 장비가 다 쓸어버리죠."

"사실은 제갈량이 머리로 이긴 거야."

"그럼 우리도 머리 좀 써보죠. 제갈량처럼."

효림이 다음 과정으로 나아간다.

"어떤 구라로 흔들어볼까요?"

준미가 웃고 있었다. 수시로 빠져드는 자기만의 생각.

진태는 그럴 때마다 궁금했다. 무슨 생각을 하고 있는 것일까?

"가장 약한 고리부터 쥐고 흔들어보죠."

"가장 약한 고리요? 그게 뭔데요?"

"제가 하나 알고 있어요. 현 회장의 가장 약한 고리."

퇴근 시간이 훨씬 지난 사무실에는 준미와 효림 둘만 남아 있었다. 준미는 여전히 서류에 열중하고 있었다. 퇴근하기 위해 일어서려다 말고 효림은 잠시 준미를 본다. 벌써 몇 시간째 저러고 있는 것일까? 매일 정말 대단하다는 생각을 한다.

처음 준미를 봤을 때 엄청 깼었다. 수시로 지각하고, 가끔 자기 사무실도 못 찾고, 온갖 서류를 잡다하게 늘어놓고 일하는 습관도 이상해 보였다. 심지어 중요한 재판 일정까지 까먹기 일쑤.

'저런 애가 어떻게 검사가 됐지? 그것도 수석으로.'

그런데 얼마 후 모든 것을 이해하게 되었다. 그녀는 한번 사건 속으로 빠져들기 시작하면 누가 흔들어서 부르기 전에는 나오지 않았다. 완벽한 자신만의 상상. 그 속에서 그녀는 자신만의 방식으로 사건을 해체하고 다시 조립하는 것 같았다. 공부도 수사도 그녀는 그런 방식이다. 무서운 집중력이었다. 앞에 놓인 것 외에는 모든 것을 잊는다. 그리고 끝까지 파고든다. 무서운 재능이라는 생각이 들었다.

'하지만 …… 저 성격으로 연애나 한번 해봤을까. 공부만 하다가 검사 되고는 수사만 하고, 너도 인생이 참 재미없다.'

라고 생각하는데 준미가 갑자기 효림을 본다. 효림이 깜짝 놀란다. 준미가 티 없이 맑은 눈으로 효림을 본다.

'설마 독심술 같은 거 하는 거 아니겠지?'

하지만 준미가 던진 말은 전혀 엉뚱한 말이었다.

"혼자였을까요?"

하지만 그 말이, 전혀 상관없는 그 말이 효림을 잡는다.

'정말 혼자였을까?'

사라진 여자가 정말 장영미 하나뿐이었을까? 송엔터가 수상한 것은 이미 드러났다. 정말 장영미의 실종이 송엔터와 관련이 있다면 사라진 것이 장영미 하나뿐이었을까?

효림이 준미를 본다.

"장영미 말씀이시죠?"

"맞아요."

사토라레?

효림은 퇴근을 잊고 다시 자리에 앉는다. 왜 진즉에 그 생각을 하지 못했을까? 찾아보기로 한다. 초록창을 열고 '여배우 실종'을 입력한다.

뉴스 파트를 열자 최근 한국 영화계에 여배우가 사라졌다는 기사가 주를 이룬다. 침착하게 기사들을 하나하나 스캔해 나간다.

그렇게 그녀는 한동안 초록창에 떠오른 뉴스들을 집중해서 읽어나간다. 그러나 대부분이 상관없어 보이는 내용들이었다. 하지만 포기하지 않는다. 시간 순으로 뒤집어가며 기사를 훑어나갔다. 그리고 어느새 시간은 3년 전으로 되돌아가 있었다. 그리고 그 기사를 발견했다.

2014년 3월 27일. 여배우 K씨(25)가 실종되었다. K씨의 소속사 매니저인 L씨는 지난 27일 K씨가 연락을 받지 않아 집으로 찾아갔지만 만나지 못했다. 가족과 지인 들에게까지 연락을 했지만 결국 K씨와 연락이 닿지 않아 경찰에 신고했다. 담당 경찰서인 관악경찰서는 단순 실종으로 보고 사건을 마무리 지었다. 소속사인 S엔터테인먼트 관계자는 회사 차원에서 문제를 발견하지 못했고 개인적인 내용으로 보인다고 언급했다.

3년 전 사건을 다룬 간단한 기사였다. 그러나 효림은 그 기사를 그냥 넘길 수 없었다. 여배우. 실종. 매니저 L. 그리고 S엔터테인먼트. 수상했다.

그런데 그때 뒤에서 숨소리가 들린다. 순간 고개를 돌려보자 준미가 바짝 붙어서 모니터 화면을 들여다보고 있었다.
"어머 깜짝이야!!"
준미가 얼굴을 더 가까이 들이밀고 모니터를 바라본다.
"놀랐잖아요!"
그러나 준미는 눈을 떼지 않고 모니터를 들여다본다. 그리고 효림을 보고는 웃는다.
"빙고."

"검사님, 놀랐잖아요."

"내가 숨소리가 좀 크죠? 흥분하면 호흡이 거칠어져서. 이 사건 조사해 봐야겠죠?"

"그렇죠. 기사로는 정확하게 알 수가 없어요. 다 이니셜로 되어 있어서. 제가 관할서로 바로 연락해 볼게요."

효림은 관악경찰서 강력계에 전화를 걸어 담당 형사와 약속을 정한다.

"연락됐어요. 지금 와도 된다는데요?"

"지금요?"

"네, 그 형사도 사건 때문에 밤늦게까지 있을 거라네요. 아무튼 검찰이나 경찰이나 3D야."

"잘됐네요. 같이 가요."

효림이 잠시 준미의 눈을 바라본다.

"좀 들어가서 주무세요. 눈이 빨개요."

"잠도 잘 안 와요."

두 사람은 함께 검찰청을 나섰다.

두 사람은 택시를 타고 관악경찰서로 이동했다. 3년 전 희생자는 신림동 부근에 거주했다.

관악경찰서 안으로 들어가서 강력계를 찾아가자 당시 담당 형사였던 이진수 경사가 피곤에 지친 표정으로 의자에 푹 기대서 두 사람을 맞이했다.

"저 중앙지검 형사 3부 서효림 수사관입니다."

"앉으슈. 목소리만큼 이쁘시네."

"네?"

그러면서 눈으로 준미를 스캔한다. 효림은 은근히 기분이 나쁘다. 여러모로.

"아니 목소리 듣고 생각했거든 얼굴을. 그래서 이 밤에 보고 싶었어요."

"뭐래? 약하세요?"

"하하하. 이해하세요. 강력반 있으면 이렇게 멀쩡한 여자 보기가 너무 힘들어서. 앉으시라니까."

이진수 경사가 파란색 플라스틱 의자를 두 개 앞에 놓아준다.

"아니 근데 진짜 무슨 일 있어요? 갑자기 3년 전 사건을 뒤적이시고."

"저희가 수사하고 있는 사건과 연결되는 부분이 있어서요."

"뭔데요?"

이진수 경사는 형사 특유의 직감으로 킁킁거리며 효림을 본다.

"뭐 큰 거니까 이렇게 중앙지검에서 직접 움직이는 거 아닌가? 그쪽 영감이 직접 캐시는 거?"

효림이 웃으며 말한다.

"네, 맞아요."

"우리도 걸치고 갈 수 없나?"

"사실 지금은 사건이 표면적으로 드러난 게 아니라서요."

"에이, 뭐가 있는데?"

준미가 나선다.

"얼마 전에 같은 소속사 여배우가 또 실종됐어요. 우연치곤 묘하죠?"

이진수 경사가 놀란다.

"시발, 내 이럴 줄 알았어!"

준미와 효림은 이진수 경사의 격한 표정에 놀란다.

"내가 3년 전에도 정말 이상했었걸랑요. 이게 아무래도 이상한 게 이 어린 여자가 실종이 됐는데 특별한 동기가 없어. 그래서 내가 찜찜해서 파보려고 했는데……."

준미가 눈을 바라보며 묻는다.

"했는데?"

"위에서 엄청 찍어 누르더라 이 말입니다. 덮으라고! 아주 노골적으로."

준미와 효림이 서로를 바라본다.

"그래서요?"

"그래서는 무슨 그래서야……. 내가 무슨 힘이 있나. 위에서 덮으라니까 덮었지."

이진수 경사가 습관적으로 담배를 빼다가 다시 집어넣고는 두 사람을 응시한다.

"그래서 덮긴 덮었는데 엄청 찜찜하더라고."

"당시 사건 자료는요?"

"여기 복사해 놨지. 꼭 챙겨달라면서요."

준미가 끼어든다.

"혹시 그때 실종된 여자 집에서 일기나 뭐 그런 거 발견 못 했어요?"

"그런 거 없던데……. 그러고 보면 누가 치운 것 같기도 하고."

"누가 치워요?"

"너무 깨끗해. 깔끔해. 그 매니저라는 남자가 있었는데…… 걔가 먼저 그 집에 갔다고 하는데…… 뭔가 좀 뒤진 흔적이 있더라고. 근데 뭐 연락처 찾거나 그랬겠다 싶었지."

"그 매니저 이름이?"

"자료 봐봐요."

준미가 자료를 급하게 넘긴다. 준미가 멈춘다. 효림이 서류를 본다. 둘이 말없이 서로를 바라본다. 이진수 경사가 본다.

"이동일. 맞아, 이동일이었어. 이름이."

영미 때와 같다. 역시 송엔터와 연결된다.

"고마워요. 형사님."

"아니 말로만 하지 말고…… 큰 사건 되면 우리한테도 연락 줘요. 그쪽 영감님한테도 말 잘해주고. 그래야 우리도 발 걸치고 면이 서지……나도 승진 좀 하게."

"알겠어요. 걱정 마세요."

준미가 서류를 놓지 못하고 계속 들여다보고 있다. 집중해 있다. 이진수 경사는 그 서류를 봉투에 넣으려고 가져가려는데 준미가 집중해서 보고 있다.

이진수 경사가 그런 준미를 본다.

"저기요."

집중하는 준미는 듣지 못한다.

"이봐요."

"네?"

"거기 결혼했어요?"

"네? 아뇨."

진수가 웃으며 준미를 본다.

"애인은?"

"없는데."

"몇 급? 월급은 얼마?"

"네?"

"아니 뭐 내가 조건 따지는 건 아닌데 너무 팍팍하잖아 외벌이. 경찰 공무원하고 검찰 수사관 조합 이건 괜찮잖아요. 응? 애는 우리 어머니가 봐주실 거야. 연락처 좀 찍어봐요."

준미가 멍하니 본다. 진수가 그런 준미를 보고 피식 웃는다.

"순진하시네. 맘에 들어서. 언제 차나 한잔합시다."

"왜요?"

"왜긴 왜야. 남자가 차 마시자고 하면 딱 알아채야지. 거참 검찰 사람들 눈치하고는……. 그래서 어디 검사 비위 맞추겠어요? 진짜 몇 급이야? 혹시 7급? 7급은 월급이 한 사백 가까이 되지 않나?"

효림이 웃으며 말한다.

"3급인데."

"응? 뭔 소리야?"

"우리 영감님이신데."

진수가 멍하니 가만히 있다가 천천히 양손을 모은다.

"거 직접 오시고……. 제가 몰라보고 걸레를 아니 결례를……."

"그럼 가보겠습니다."

두 사람이 나가는데 진수가 따라온다.

"저 검사님!"

준미가 돌아본다.

"네?"

"이쁘십니다. 제 스타일이에요. 저 우리……."

효림이 짜증 나서 준미를 잡아끌고 데리고 나간다.

"별꼴이야!"

준미와 효림은 그렇게 관악경찰서를 빠져나온다. 그러다 효림이 갑자기 멈춰 선다.

"갑자기 열 받네. 왜 내가 아니라 검사님이죠?"

"음, 내 엉덩이?"

하하하.

그리고 바라보는 두 사람. 그리고 웃음을 멈춘다.

"장영미 한 사람이 아니에요."

"과거에도 그랬죠."

"그리고 지금도…… 그럴 겁니다."

"지금도…….."

태경은 현 회장의 지시로 새로운 의뢰인을 만나기 위한 차를 타고 있었다. 숙취에 시달리는 태경은 원기가 운전하는 차 뒷좌석에서 기대 있었다.

"술 좀 그만 처먹어라."

"야, 내가 먹고 싶어서 먹냐? 다 비즈니스야. 내가 이렇게 다 간을 바치니까 우리가 먹고사는 거야."

"핑계는. 좋아서 처먹으면서. 뒷자리에 앉아가 팔자 좋다!"

"억울하면 사시 패스하지 그랬냐? 사무장."

"아니 고등학교 때는 내가 분명 공부 더 잘했는데. 니 그때 일본어 5점 맞고 그랬잖아. 이 돌대가리 새끼야!"

"그건 내가 민족적 자존심 때문에 일부러 공부 안 한 거야. 어떻게 쪽팔리게 쪽빠리 언어를 배우냐? 그게 언어냐? 받침도 없고. 원숭이들이 쓰면 딱 맞는 걸.”

“하여튼 주둥아리는.”

덜컹.

“이 새끼야, 조심해서 몰아. 올라올 거 같아.”

“의뢰인 만나야 하는데 사건 서류는 하나도 안 읽고 말이야.”

“대충 읊어봐.”

“그러다 양철기 사건 때도 당한 거 아냐!”

“시끄러워! 그 이야기 꺼내지 마! 빨리 읊어봐.”

원기가 새 사건 브리핑을 시작한다.

“의뢰인이 빠방하다더만 학원 재벌이야. 고등학교만 여덟 개를 가지고 있어. 그 집 차남이래. 그 학교 선생이라네. 뻔하지 뭐…….
그런 집안에서 태어나가지고 고등학교 선생하고 있는 거면 얼마나 공부도 안 하고 사고뭉치였겠냐.”

그리고 말없이 긴 한숨을 내쉰다. 태경이 그런 원기를 본다.

“왜 그래?”

“……”

“무슨 사건인데 그래?”

“……”

“응?”

“성폭행.”

“지랄들 한다. 요즘에 뭔 일 있나? 다들 지랄 발광들이야, 새끼들이. 배우나 선생이나 왜들 그러냐? 배나무 아래서는 갓끈을 고쳐 쓰는 것도 조심해야 하거늘.”

원기의 표정이 더 어둡다.

"왜? 뭔데 그래?"

"피해자가 좀 어려."

"몇 살인데?"

"열일곱."

"!!!"

"고1이야."

꿈을 꾸는 소녀들

　이민수 부회장은 강행군을 이어가고 있었다. 프랑크푸르트 경제인 회의를 다녀오고 나서 집에 들르지도 못한 채 공장 방문, 인터뷰, 그룹 사장단 회의 주재, 청와대 오찬 등 바쁜 일정을 소화했다. 분 단위로 끊어지는 너무나 촘촘한 일정이었기 때문에 그룹 부회장실 옆에 마련된 방과 호텔에서 비서진과 함께 머물렀다. 그사이 집에는 한 번도 들르지 못했다. 아버지 이현석 회장이 갑자기 쓰러진 지 3개월. 나아지고는 있었지만 나이가 있는지라 회복이 더딘 편이었다. 때문에 모든 책임과 임무가 이민수 부회장에게로 쏠렸다. 그리고 예상대로 그는 자신에게 주어진 임무를 잘 수행해 냈다. 태산 그룹의 호감도는 상승 중이었고, 주가도 빠른 속도로 오르고 있었다. 아직 젊은 나이지만 그는 차분함과 치밀함 그리고 국제적 감각으로 태산을 잘 이끌어나가고 있었다. 하지만 글로벌 그룹 경영자의 일이 쉬운 것은 아니었다. 그는 지금 연이은 일정에 지쳐서 승용차 뒷좌석에 몸을 기댄 채 창밖을 바라보고 있었다. 피곤했다. 하지만 다시 회사로 돌아가 밀린 업무를 처리해야만 했다.

그 순간 민수는 뽀삐를 생각했다.

잘 지내고 있을까?

사실 뽀삐는 두 번째 뽀삐였다.

어릴 때 길렀던 뽀삐는 하얀색 털이 복슬복슬한 귀여운 강아지였다.

하지만 뽀삐는 1년 만에 죽었다.

한동안 사랑했던 뽀삐가 떠나간 것을 잘 받아들이지 못했다.

다시 갖게 되었고, 다시 뽀삐라 불렀다. 하지만 2번째 뽀삐마저 얼마 전에 죽었다.

그리고 다시 데려온 뽀삐.

이전 뽀삐처럼 사랑할 수 있을까?

이번에는 제대로 사랑해 주고 싶었다. 얼른 뽀삐를 만나서 볼을 부비고 만져주고 눈을 맞추고 이야기하고 싶었다.

오직 그 생각뿐이었다.

야간 근무가 끝나고 돌아온 지선은 기숙사 방으로 들어오자마자 침대 위로 쓰러졌다. 아무것도 할 수 없었다. 자고 싶다는 생각밖에 들지 않았다. 몇 주째 이어지는 야간 근무는 아직 어린 지선에게는 고통이었다. 낮이 되어 깨어나도 멍해서 아무 생각도 들지 않았다. 제시간에 자는 잠과 낮에 자는 잠은 그 질에서 비교가 되지 않았다. 야간 근무나 새벽 근무를 할 때는 생리를 거르는 일도 잦았다. 새벽 근무조에서 야간 근무조로 넘어와서 교대가 다 되어갈 이 시점이 가장 피곤할 시기였다. 일상의 모든 리듬이 다 흐트러진 이 시기에는 일을 끝내고 돌아오면 몸을 가눌 힘조차 없었다.

지선은 침대 위로 몸을 던진다. 눈을 감는다. 씻어야 하는데…… 하지만 생각과 달리 그대로 잠에 빠져든다. 그때 같은 방을 쓰는 유정이 지선을 깨운다.

"언니. 씻고 자."

"놔둬. 나 그냥 잘래."

"안 돼. 언니 이렇게 자면 더 피곤해. 아까 김밥하고 라면 먹었잖아. 이라도 닦아."

"놔둬!"

짜증이 터져 나온다. 놔둬. 잘래. 아무것도 하고 싶지 않아! 깨고 싶지 않다. 이대로 자면 안 된다는 걸 알지만 일어설 힘조차 없다. 그런데 잠시 후 따뜻한 뭔가가 발을 감싼다. 포근하고 동시에 개운하다. 지선이 실눈을 뜨고 보는데 유정이 따뜻한 물에 수건을 적셔와 손과 발을 닦아주고 있었다. 갑자기 정신이 들고 눈물이 핑 돈다. 눈을 뜬다. 그 순간 유정이 치약을 묻힌 칫솔을 내민다.

"언니. 얼른 이 닦고 자."

칫솔을 입속에 넣어주며 물을 따른 컵을 내민다.

"언니. 누워서 닦고. 물은 여기에 뱉어내."

지선이 보는데 유정이 침대 밑에 대야를 가져다 놓았다. 눈에는 눈물이 입으로는 피식 웃음이 나온다. 귀여운 동생. 이 녀석이 없었다면 이 고된 공장 생활을 견뎌낼 수 있었을까? 룸메이트 스트레스 때문에 고통받는 다른 동료들을 생각할 때 복 받았다는 생각을 한다. 일어서기로 한다.

"욕실 가서 씻을게. 짜증 내서 미안."

"어유 장하다. 착하다. 우리 지선이."

"이게 죽을래?"

"가서 얼른 발이나 닦으셔. 냄새 엄청나더라!"

"야!"

지선은 욕실로 들어가서 이를 닦기 시작한다. 거울을 들여다보며 얼굴에 생긴 다크 서클을 들여다본다.

'점점 넓어지는 거 아냐?'

긴 한숨을 내쉰다. 다크 서클도 그렇고 꺼칠해진 것 같은 피부도 걱정이다. 이번 달 보너스가 나오면 조금 무리를 해서라도 SK-Ⅱ 에센스를 사야겠다고 생각한다. 하지만 부담이다. 20만 원이라니. 그 돈이면 엄마가 식당 일을 사흘 해야 하고, 아버지 한 달 약값이다.

지선이라고 좋은 화장품을 모르는 것이 아니다. 랑콤, 시슬리, 샤넬. 쓰고 싶다. 하지만 아직은 아니다. 아직도 식당에서 고생하며 설거지를 할 엄마와 하루 열 시간 넘게 운전을 하고 있을 아빠를 생각해서 참기로 한다. 아직은 어리니까 가까운 화장품 가게에서 적당한 걸로 사고 샘플을 많이 얻어서 듬뿍 바르기로 한다. 그래 아직은 어리니까.

한 달 동안 라인에서 방진복 입고 서서 일해서 번 소중한 돈이다. 함부로 쓰지 않는다.

이를 닦아내고 세수를 하기 위해 머리를 타월로 감싸는데 문득 어깨와 목 쪽에 뭔가가 보이기 시작했다. 자세히 들여다보는데 목과 어깨 부위로 오돌토돌한 반점들이 솟아나 있었다. 놀라서 팔을 걷어보는데 그쪽으로도 번지고 있었다.

이상하다.

자세히 들여다보는데 촘촘하게 돋아나 몸 전체로 번질 기미를 보이고 있었다. 이런 적이 없었다. 피부가 하얗고 예쁘지는 않지만 그만큼 트러블이 많은 체질이 아니었다. 다소 짙은 피부였지만 잡 트러블이 없었다.

"유정아!"

얼굴에 팩을 붙인 유정이 욕실 안으로 들어온다.

"언니 왜?"

"나 이거 봐."

"어! 언니 왜 이래?"

"몰라. 갑자기 이러네."

"이게 다 미세먼지니 환경호르몬이니 그런 거 때문에 그러는 거야. 아무튼 진짜 이젠 숨 쉬기도 걱정되는 그런 세상이라니까."

지선이 걱정된다는 표정으로 돋아난 반점을 바라본다. 내일은 동네 피부과에라도 가봐야겠다고 생각했다. 단지 그렇게 생각했다.

⚖

관악서에 다녀온 그날 준미는 밤을 새워 3년 전 사라진 여배우의 사건 자료를 꼼꼼히 검토하기 시작했다.

3년 전 사건은 장영미 사건과 놀랄 정도로 흡사했다. 무명의 어린 여배우, 의문의 실종, 증거는 없고, 깨끗하게 치워진 집, 그리고 같은 매니저.

둘 다 어디로 사라진 것일까? 같은 소속사의 여배우가 3년 간격을 두고 사라진다는 것은 우연이라고 생각하기에는 너무나 이상한 일이었다.

부정할 수 없는 한 가지 사실.

'송엔터테엔먼트에서 여배우들에게 무슨 짓을 벌이고 있다.'

그 짓이 대체 무엇일까? 왜 여배우들이 사라지는 것일까?

준미는 온갖 끔찍한 악몽 같은 일들을 떠올려본다.

폭행, 감금, 살인 등등.

준미의 머릿속에는 B급 스릴러 영화의 악몽 같은 장면들이 스치고 지나간다. 그러나 현실은 그것보다 더 잔인하다. 상상을 그만둔다. 그런 상상은 사건 해결에는 도움이 되지 않는다.

논리적 추론에 집중한다.

도대체 왜? 이유가 무엇일까? 왜 사라진 것일까?

현 회장이 여배우를 사라지게 해서 얻는 것이 무엇일까? 그것을 정말 아무 일도 없는 것처럼 덮을 수 있을 것이라고 생각했던 것일까? 그럴 수 있다고 치자. 성인 실종자에 대해서 워낙 무심한 한국이니까. 특별한 이슈가 없다면 그저 개인적인 이유로 잠적했다고 보고 묻히는 경우가 대부분이다.

그렇지만…… 한 사람을 사라지게 하는 일이다. 이 세상에서 완전히 지우는 일이다. 위험 부담이 있는 일이다. 현 회장이 그런 위험을 감수하다니…….

뭔가가 있다.

그런 위험을 감수하고서라도 여배우들을 이용해서 뭔가를 해야만 하는 것이다.

그것을 현 회장이 하고 있다.

그 짓이 대체 무엇일까?

사라진 여배우들과 현 회장.

도대체 현 회장은 그 여배우들을 어디로 데려간 것일까?

혜진은 늦은 시간까지 회사 연습실에서 무용 연습에 몰두하고 있었다. 개인적으로 일주일에 두 번 무용 레슨을 받고 있었지만, 동작이 쉽게 익혀지지 않았다. 좀 더 실력을 끌어올리기 위해 늦은 시간 회사 연습실을 찾은 것이다.

20살. 하고 싶은 것도 많고 놀고 싶기도 했다. 방금 전에도 친구들이 홍대로 나오라는 톡을 보냈지만 씹었다. 남들처럼 클럽에서 춤도 추고, 술도 마시고 싶었다. 혜진은 특히 춤추는 것을 좋아했다. 춤출 때 자신을 바라보는 또래 남자들의 시선도 좋았다. 하지만 지금은 그럴 때가 아니라고 생각했다.

배우가 되고 싶었다.

초등학교 때 대학로에서 어린이 연극을 처음 보고 심장이 뛰는 걸 느꼈다. 태어나서 그렇게 가슴이 두근거리는 것은 처음이었다. 말 그대로 심장이 밖으로 튀어나오는 것 같았다. 조명이 비치는 무대는 뭔가 신비한 공간 같았고, 그 위에 서 있는 배우들은 특별한 사람들 같았다. 시간이 지나도 알 수 없는 그 두근거림은 멈추지 않았다. 그때부터 성당에서건 학교에서건 연극을 할 기회가 생기면 빠지지 않고 참가했고, 내내 주인공을 맡았다. 칭찬도 많이 받았다. 엄마와 아빠를 조르고 졸라서 예고에 진학했다. 학교 다니는 내내 연극에 빠져 살았다. 무대를 바라보면 여전히 설렌다.

예고 친구 중 하나가 연기자로 꽤 유명해졌다. 그 친구 덕분으로 처음 보게 된 영화 촬영장은 혜진에게 이 일에 목숨을 걸어야겠다는 결심을 굳히게 만들어줬다. 200명에 가까운 스태프들. 한 장면을 위해서 몇 시간씩 조명을 세팅하고, 빛을 기다리는 그 모습은 성스럽게 느껴졌다. 그리고 모든 준비를 마치고 긴장된 순간 조명과 카메라 앞에 서는 친구를 보았을 때 혜진은 처음으로 질투가 얼마나 강렬한 감정인지 알게 되었다.

나도 저렇게 되고 싶다.

나도 친구처럼 조명을 받고, 카메라 앞에 서고 싶다.

저 자리에 내가 있고 싶다.

사랑받고 싶다. 주목받고 싶다.

친구처럼 되고 싶다.

아니 친구보다 더 아름답고 주목받고 싶다.

저 자리는 내 자리야!!!

그때부터 혜진은 배우가 되기 위해 스스로를 갈고닦았다. 무섭게 집중했다. 어린 나이였지만 어떤 배역이 오든지 그 배역을 맡을 수 있게 준비했다. 하지만 기회는 쉽게 오지 않았다. 오디션 자체가 많지 않았고, 있다 해도 어린 여배우가 맡을 수 있는 역할은 극히 한정되어 있었다.

여배우의 수명이 짧다는 현실적인 편견도 혜진을 더욱 초조하게 만들었다. 나이가 들어서 뜨는 여배우들도 있지만 실제로 어릴 적부터 떠서 계속 스타로 살아가는 여배우들이 더 많았다. 그렇게 되고 싶었다. 그래, 스타가 되고 싶었다.

그냥 스타가 아니라 아무도 넘볼 수 없는 그런 스타가.

눈이 부셔 감히 바라볼 수 없는 그런 스타.

대형 기획사에서 아이돌 그룹을 해보지 않겠느냐는 제의도 여러 번 받았다. 그러나 혜진은 여러 명이 함께 안무에 맞춰 춤을 추고 노래를 부르는 것에 전혀 흥미가 없었다. 그녀의 꿈은 오로지 거대한 스크린에 자신의 모습을 새기는 것이었다. 그래서 거장의 팔짱을 끼고 칸의 레드 카펫을 밟는 것이었다. 한국에서는 온통 그녀의 소식으로 도배될 것이고 그녀는 칸의 온화한 날씨 속에서 할리우드 스타와 유럽의 거장 들과 함께 저녁 파티를 즐길 것이다. 혹시 모른다. 그곳에서 제이크 질렌할 같은 남자와 사랑에 빠지게 될지.

하지만 꿈과 현실의 차이는 컸다. 현실은 그녀에게 작은 단역 하나 쉽게 주어지지 않았다. 아니 오디션 기회마저 쉽게 주어지지 않았다. 간신히 얻은 오디션에서도 떨어지기 일쑤였다. 오디션에 떨어질 때마다 힘들고 상처를 많이 받았다. 말 한마디 하지 못한 채 쫓겨나는 일도 부지기수였다. 하지만 그녀는 좌절하지 않았다. 계속 오디션을 보았고 단편영화에 출연했다.

그러다 그때 지금의 소속사를 만났다. 최근 업계에서 가장 성공적으로 성장하고 있는 회사였다. 회사에 소속된 후로 안정적인 연습을 할 수 있었고, 비록 단역이지만 드라마에 출연해서 얼굴을 알릴 수 있는 기회도 가질 수 있었다. 다들 왜 소속사, 소속사 하는지 알게 되었다. 단역 정도는 특별한 오디션을 거치지 않고도 얻을 수 있었다. 이제 더 노력하고 기회가 왔을 때 절대 놓치지 않도록 준비하는 일만이 남아 있을 뿐이다. 가지고 있는 모든 것을 건

다. 그 마음이었다.

땀이 주르륵 흘러내린다. 숨을 몰아쉰다. 시계를 보니 두 시간이
나 지나 있었다. 혜진은 가방을 챙겨서 일어난다. 샤워를 하고 집
에 가서 책을 읽다 자야겠다고 생각한다. 놀고 싶은 불타는 금요
일 밤이지만 그만두기로 한다. 술을 마시고 밤을 새우면 피부가 상
할 수도 있다. 배우라면 참아야 한다. 얼마 전 촬영장에서 바라볼
수밖에 없었던 스타의 꿀 같은 피부를 떠올린다. 자기보다 열 살도
더 위였지만 피부는 투명했다. 그때부터 혜진은 좋아하던 커피도
끊었다.

연습실을 나서는데 송 대표가 문 앞에 서 있었다.

이민진 주사보는 일부러 퇴근을 늦추고 있었다. 최근 들어 주만
용은 정보를 재촉하고 있었다.

달콤한 돈값을 해야 할 때가 온 것이다. 그러나 모두가 퇴근한
뒤에도 준미는 서류에만 몰두하고 있었다. 평소 같으면 가장 먼저
나갔을 텐데 그렇지 않다. 모두에게 퇴근하라고 말하고 자신은 남
아서 서류만 본다. 민진은 밀린 일들을 처리하며 준미가 퇴근하길
기다린다. 더 이상 주만용에게 정보 넘기는 것을 미룰 수 없었다.
그때 서류를 들여다보던 준미가 갑자기 생각난 듯이 고개를 든다.

"아, 이 주사보님. 퇴근 안 하세요?"

"아, 네. 마무리하고 곧 나갈게요. 검사님도 퇴근하셔야죠."

준미가 고개를 들어 시계를 확인한다. 7시. 준미는 책상에 놓은 서류들을 다시 한 번 확인한다. 혼잡하지만 준미의 머릿속에는 정교하게 기억된다.

"아, 그래야죠. 전 뭐 좀 먹어야겠네요. 같이 식사하시겠어요?"

준미는 어쩌면 문득 같이 밥 먹으면서 속내를 터놓을 수 있을지도 모른다는 생각을 해본다. 인간 사이의 계략과 속임수 들은 사실 누구보다 자신 있지만 준미가 좋아하는 것이 아니다. 지금 책상 위에 정교하게 배치된 이 거짓 서류들에 민진 씨가 놀아나기 전에 문득 한번 마음을 터놓고 이야기해 보면 어떨까 생각해 본다. 그래서 손을 내민다.

"같이 식사한 적 없죠? 먹어요."

"아뇨. 저는 서류 좀 더 보고 들어갈게요. 먼저 드세요."

그래, 그렇다면 이제는 당신을 가지고 놀아볼게요.

"네. 그럴게요."

준미는 미소를 지으며 밖으로 나간다.

민진은 준미가 나간 후 잠시 기다린다. 발소리가 멀어진다. 그 소리가 완전히 사라진 후 민진은 천천히 일어나서 준미의 책상으로 간다. 그녀는 이리저리 책상 위 서류를 뒤적인다. 그리고 얼마 지나지 않아서 책상 한쪽 구석에 처박혀 있는 양철기 사건과 관련된 서류를 확인한다. 민진은 서류를 펼친다. 양철기의 폭력 사건에 대한 수사 과정이 자세히 기술되어 있었다. 이것은 다 아는 부분. 민진은 빠르게 서류를 넘긴다. 민진이 찾는 것은 준미가 양철기 수사를 어떤 방향으로 확대해서 현 회장을 겨눌 것이냐다. 그런데 서류에는 의외의 내용이 적혀 있었다.

'양철기와 관련된 의혹에 관한 수사 종료. 혐의점 찾기 어려움.'

민진은 의외라고 생각했다. 이렇게 쉽게 포기할 수사였나? 그렇다면 왜 굳이 문제를 일으켜가며 다른 검사가 담당하고 있는 사건을 가져왔던 것일까? 또 양철기를 버린다면 현 회장에 대한 수사는 어느 방향으로 이루어진다는 것일까?

민진은 다른 서류를 뒤적인다. 그리고 이름 없는 파일을 하나 집어 든다. 파일을 펼치자 30대 중반으로 보이는 남자의 사진이 보이고 그 남자가 맡은 사건들이 나열되어 있었다. 남자는 변호사였다.

그리고 서류 파일에 민진이 품은 의문에 대한 해답이 나와 있었다.

사진 속 남자의 이름은 이태경. 황룡과 관련된 사건의 변호를 주로 맡고 있는 변호사다. 준미가 그 변호사를 겨누고 있다.

양철기보다 이태경 쪽이 쉽다고 생각했던 것이다.

그래 서준미 검사는 이태경을 겨냥해 현 회장으로 들어가려고 한다.

민진은 그렇게 생각했다.

⚖

영미는 눈을 떴다. 잠시 깨어났다 다시 의식을 잃는 과정을 반복했다. 하지만 아무것도 보이지 않고, 정신은 혼란스럽다. 몸속 구석구석에서 이물감이 느껴진다. 수술 후 마취에서 깨어나는 기분이다.

'내 이름은 장영미.'

그렇게 몇 번이고 되뇐다. 다시는 잊지 않도록. 하지만 그 외에 모든 기억들이 다 사라져버렸다. 특히 최근의 기억이 없다.

서서히 의식이 돌아온다.

눈을 뜬다. 하지만 오랫동안 감았던 눈은 쏟아지는 빛을 감당하지 못한다.

눈이 부시고 초점이 맞지 않는다.

서서히 눈이 빛에 익숙해지면서 사물들이 눈에 들어오기 시작한다.

바라본다.

그리고 이곳이 어디인지 알기 위해 노력한다.

지금이 언제인지 알기 위해 노력한다.

공간이 먼저 보이기 시작한다. 사방은 벽으로 꽉 막혀 있다. 외부의 빛 하나 들어오지 않는다. 영미를 눈부시게 한 것은 형광등 빛이었다. 출구를 찾는다. 하나뿐인 출입구는 큰 철문으로 막혀 있다. 물론 열리지 않는다. 두드려본다. 쿵쿵쿵. 그 두께가 가늠이 되지 않을 정도로 두껍다. 소리쳐본다. 외친다. 살려달라고. 하지만…… 아무리 소리를 지르고 발악해 봐도 밖에서는 아무것도 들리지 않는다. 외부로부터 완벽하게 고립된 것이다. 시간이 느껴지지 않는다. 이 공간도 비현실적이다.

목이 말랐다. 냉장고가 보였다. 일어나서 냉장고로 가서 문을 연다. 냉장고에는 물과 충분하고 다양한 음식들이 가득 차 있다. 혼자서는 일주일 넘게 먹을 수 있는 양이었다. 야채부터 고기, 패스트푸드까지 다양하다. 그리고 그 옆으로는 요리가 가능한 공간이 있다. 물을 마신 후 벽면에 있는 TV를 본다. 리모컨을 들어서 켜본다. 수백 개의 채널이 펼쳐진다. 그렇게 채널을 맞추면서 문득 영화 〈올드 보이〉의 오대수를 생각한다.

이곳은 사람이 살아가는 데에 필요한 모든 것을 갖췄다. 거기에 에어컨과 공기청정기까지. 천장의 에어컨을 통해 공기가 순환하는 것으로 보였다. 적당한 온도와 습도. 모든 것이 완벽하게 갖추어져 있다. 이곳에 있다고 해서 죽는 것은 아니다. 어쩌면 생존을 위한 가장 완벽한 조건일지도 모른다.

하지만 이곳은 동시에 감옥이다. 밖을 내다볼 수 있는 작은 창문 하나 없다. 문을 여는 것은 엄두도 낼 수 없다. 수백 번을 두드려봤지만 여기서 나는 소리는 외부로 전달되지 않는다. 화가 나서 벽지를 뜯어보았더니 안쪽으로 방음 시설이 되어 있었다. 외부로부터 소리가 완벽히 차단되었다.

그녀가 이곳으로 온 것은 아무도 모른다. 엄마와 할머니가 그녀를 찾겠지만 이곳까지 닿을 수 있을까?

영원히 죽을 때까지 이곳에서 살아야만 하는 것일까?

울음이 터져 나온다. 엄마와 할머니가 그립다. 이곳에 들어온 지 얼마나 됐을까? 시간을 느낄 수 없다. 도대체 누가 자신을 여기에 가둔 것일까?

내가 정말 무엇을 잘못했나? 오대수처럼 입을 잘못 놀린 것일까? 그렇다면 얼마나 있어야 하지? 5년? 설마 15년? 무슨 죄를 지었길래. 생각해 본다. 그러나 없다. 누구를 괴롭히고 상처 줄 만한 일이 생각나지 않는다. 대체 왜!?

정신병에 걸릴 것만 같다. 갑자기 절망이 몰려온다.

영미는 소리치기 시작한다. 비명을 지른다. 벽을 때리고 할퀸다. 물건을 던진다. 소리친다. 그러나 아무것도 할 수 없다. 아무것도 변하지 않는다. 아무것도 들리지 않는다. 아무것도 바뀌지 않는다.

그대로 주저앉아 운다. 그렇게 한참 동안 울음을 토해 내고 나자 정신이 든다. 이렇게 울고 소리친다고 해서 해결되는 것은 아무것도 없다. 정신을 똑바로 차려야 한다.

반드시 이곳에서 살아 나가야 한다. 어떤 대가를 치르더라도 여기서 살아 나가야만 한다.

그런 생각을 하는데…… 그때 뭔가를 본다.

그녀가 뜯어낸 벽을 본다. 방음 장치 안쪽으로 벽이 보인다. 그리고 벽지 사이로 글씨 비슷한 것이 보인다. 그녀는 방음 장치를 뜯어내고 드러난 벽을 자세히 본다.

피로 새겨진 붉은 글씨.

'살려줘.'

이전에 누군가가 이곳에 있었다.

벽에는 부러진 손톱이 박혀 있었다.

여자의 손톱이었다.

그 남자

현 회장이 부탁한 태경의 새로운 의뢰인은 현진학원 이사장의 차남 장명강이었다. 유치원부터 대학교까지 이십여 개의 학교를 거느린 현진은 학원 재벌이었다. 서울에 있는 현진재단 빌딩의 이사장실에서 장명강을 만났다. 장명강의 모습은 다소 의외였다. 부유한 학원 재벌의 차남답지 않게 마른 체격에 수줍어하는 모습이었다. 장명강은 현진학원 계열의 고등학교에서 국어 교사로 일하고 있었다. 그는 은테 안경을 끼고 소파 구석에 가만히 앉아 있었다. 태경을 보자 간단한 인사 후 눈을 돌렸고, 그 이후로는 눈을 마주치지 않았다. 겉모습으로만 봐서는 파리 한 마리 죽일 수 없는 사람 같았다. 그는 조용히 고개를 숙인 채 소파 구석에 앉아 있었다. 주로 이야기를 이어나간 것은 그의 아버지 장현진이었다.

현진학원 이사장 장현진.

칠십이 훨씬 넘은 장현진 이사장은 거구의 호남이었다. 나이가 들었지만 여전히 풍채가 좋았고, 머리숱도 많았다. 마치 한 마리의 늙은 맹수를 보는 것 같았다. 기운이 넘쳐 보였다. 그는 전쟁 때 부모를 따라 북에서 넘어와 작은 철공소부터 시작해 커다란 사업체를 일구었고, 그 재력을 바탕으로 전국 이십여 개가 넘는 학교를 가지고 있는 학원 재벌이 되었다. 그가 학교 사업을 시작한 것은 어릴 적 학교에 다니지 못한 한을 풀기 위해서라고 한다. 눈앞의 남자가 보이는 기운을 생각하자 그 성공이 쉽게 이해되었다.

그런 그의 차남이 성 추문에 휩싸였다. 그는 흥분해 있었다.

"거참 남사스러워서. 보시다시피 착해 빠졌어. 어릴 적부터 개미 하나 못 죽였어. 사내놈이 착하기만 하니까 이런 더러운 꼴을 보는 거 아니겠어. 응?"

걸걸하고 굵직한 음성이 거대한 몸집에서 터져 나온다. 공간을 가득 채운다. 목소리만으로도 사람을 압도하는 기운이 있다.

그 옆의 장명강은 기가 죽어서 그냥 앉아 있을 뿐이다. 만지면 바스라질 것 같은 느낌이었다.

장현진은 말을 이어간다.

"사건 간단해. 그 학교가 없는 동네에 있어서 좀 거칠어……. 애들도 없이 살아서 거칠고. 특히 요즘 기집애들 왜 그렇잖아. 발랑 까져가지고! 그런데 이놈이 어릴 때부터 동정심이 많아가지고 남들 어려운 거 못 봐주고 그랬어. 지네 반에 못사는 애들 있으면 꼭 집으로 데려와서 먹이고…… 응?"

장명강은 그저 고개만 숙인 채 듣고 있다.

"그래서 선생 돼서도 없는 애들 그냥 못 지나치고 도와주고 그랬다고. 나한테 말해서 장학금도 주고 말이야. ……그런 애들 중에서 여자애 하나가 있었어. 가난한 년이지. 없이 살아서 보고 배운 것도 없는 그런 어린년들 있잖아. 이놈이 불쌍해서 도와줬는데…… 글쎄, 그년이 은혜도 모르고 말이지…… 그 발랑 까진 년이 유혹을 한 거야. 돈을 노리고. 이놈이 만만해 보이니까 제대로 한몫 잡으려는 마음이었겠지. 그 애비 에미도 다 한패야. 자식 년 이용해서 팔자 펴려는 거지. 개만도 못한 것들. 키우던 개도 주인은 안 무는 법인데 말이야."

키우는 개라. 태경은 장명강을 본다. 그러나 그는 눈을 마주치지 않는다. 특별히 태경만이 아니라 전반적으로 사람을 대하는 태도 자체가 소심한 듯했다.

태경이 장명강에게 물었다.

"일단 본인이 당시 상황이라든가…… 그런 걸 자세히 좀 말씀해 보시죠."

"……"

장명강은 말이 없다. 장현진이 답답한 듯 이야기를 시작해 나간다.

"그게 어떻게 된 거냐 하면 말이지."

장현진이 답답한 듯이 말을 시작해 나가자 장명강이 다시 완전 입을 다문다. 이것이 패턴인 듯했다. 약한 아들을 보호하는 아버지. 그럴수록 더욱 나약해지고 소심해지는 아들.

"당사자가 직접 이야기하는 게 낫습니다."

"어험…… 그래 니가 이야기해 봐."

"……저."

"야, 이놈아! 속 시원하게 이야기해! 답답하게 굴지 말고! 뭐 죄 졌어?"

그럴수록 기가 죽어가는 아들.

겨우 입을 열려던 장명강이 다시 입을 다문다. 더 깊이.

보호가 아니라 지배인 듯했다. 아버지가 이야기를 시작할 때마다 장명강은 움츠러든다.

"빨리 말하라고!!"

장명강이 다시 움찔하며 이야기를 하려고 하지만 그의 머릿속은 이미 혼돈 그 자체였다. 그의 뇌가 거대한 자극을 처리하기에 힘겨워하고 있는 것처럼 보였다. 아버지에 대한 두려움이 이미 그를 잠식한다.

"멍청한 놈!"

태경은 장현진같이 험악한 시절을 거쳐서 성공한 남자가 어떤 스타일인지 잘 알고 있었다. 거칠고 남자답고 성공을 위해서 수단과 방법을 가리지 않았을 것이다. 그 과정이 어떠했을지 눈에 훤히 그려진다. 현 회장과 긴밀한 관계를 유지하는 것을 보아도 그렇다.

그런 거칠 것 없는 그에게 소심하고 유약한 아들은 견딜 수 없는 아픔과 분노의 대상일 것이다. 사랑하지만 만족할 수 없는 내 아들. 치부다. 강해져야 한다! 강하게 만들어야 한다! 그래서 끝없이 내몬다. 강해지기를 바라며. 하지만 그럴수록 아들은 더욱 움츠러든다.

"저 이사장님."

"말하쇼."

"제가 아드님하고 둘이서 이야기하는 게 좋을 것 같습니다."

"나가라고?"

"네."

장현진의 얼굴에 노기가 서린다. 그는 지시받는 데 익숙한 사람이 아니다. 배제당하는 걸 겪어본 적이 없다. 자신이 모든 것을 통제하고 확인하고 결정짓는 것에 익숙한 사람이다. 하지만 태경도 산전수전 다 겪었다. 지지 않는다.

"뭐 재판에 대신 나가실 거면 계셔도 되고요. 어차피 진술은 아드님이 하셔야 합니다. 그때도 판사 앞에서 대신 말씀하시게요?"

장현진이 태경을 뚫어질 듯 노려본다.

"노려보셔도 답은 똑같아요. 아드님 말을 듣는 데 방해되니까 나가 계시죠. 아, 여기가 이사장실이니까 우리가 나갈까요? 어디 뭐 카페라도?"

장현진과 장명강이 둘 다 다소 당황한 표정으로 태경을 본다. 옆에 비서가 안절부절이다. 하지만 의외로 곧 장현진의 웃음이 터진다.

"하하하!! 배짱 좋네. 좋아. 그 정도 배짱이면 재판에서 지지 않겠어? 응?"

"우리네 인생 뭐 있나요? 던지는 거지. 제가 제대로 쇼부 한번 쳐 보겠습니다. 저 믿으세요."

"좋아! 좋아!!"

장현진이 나간다.

태경은 한숨을 내쉬고 장명강을 본다.

"아우 그 양반 성격 대단하시네. 덩치도 나보다 더 좋아. 아우 팔이 이만해…… 힘드셨겠어?"

"네. 처음 보네요. 아버지 앞에서 그렇게 당당한 사람."

"요즘 노인네들이 기가 쎄져 가지고 힘들어. 우리 아버지도 아직 농사 이천 평 혼자 짓는다니까. 약이 좋아져서 그래."

장명강은 여전히 고개를 숙이고 앉아 있다. 그의 팔을 보는데 부러질 듯 가늘다. 그의 소심함이 신체적인 열등감에서 나오는 것이 아닌가 생각해 본다.

"자, 우리 본격적으로 이야기를 해볼까요? 어떻게 된 일인지?"

장명강은 여전히 고개를 숙이고 있다. 태경은 잠시 기다려준다. 장명강이 고개를 들어 태경을 본다. 태경이 차분히 장명강을 본다.

"괜찮아요……. 나는 변호사입니다. 장명강 씨를 보호하기 위해 여기 있어요. 솔직하게 다 털어놓으세요. 제가 어떤 식으로든지 장명강 씨를 위해 최선을 다할 겁니다."

장명강이 태경을 본다.

"죄를 지었다면 저한테 솔직하게 이야기하세요. 그에 맞는 방법을……."

"저는 절대 그런 짓을 하지 않았습니다! 맹세해요!"

그는 소리쳤다. 아니 절규였다. 얼굴에 분노와 억울함이 가득 묻어났다. 태경은 놀란다. 상대에게서 진심이 느껴진다. 더 이상 아버지에게 억눌린 사람의 모습이 아니다.

"자, 그럼 말해 봐요. 어떻게 된 일인지."

장명강이 이야기를 시작했다.

드디어 일정이 끝났다. 국내외로 시간 단위로 끊어서 이어진 일정이었다. 해외 출장부터 계열사 경영 체크 그리고 국내 공장 방문까지. 그야말로 숨 돌릴 틈조차 없었다. 부회장실에서 마지막 서류에 사인을 한 민수는 그대로 의자에 몸을 기댔다. 그대로 쓰러져 자고 싶은 마음뿐이었다. 부근 호텔에서 잘까 하다가 집으로 돌아가기로 한다. 일주일 넘게 집에 돌아가지 못했다. 오늘은 꼭 집에 들어가야 한다. 뽀삐를 보아야 한다. 집에서 일하는 사람이 잘 돌보고 있겠지만 너무 오래 떨어져 있었기 때문에 오늘은 자기 눈으로 확인해야겠다고 결심한다.

민수는 일어나서 옷을 걸쳐 입고 부회장실을 빠져나온다. 기다리던 여덟 명의 비서들이 동시에 일어선다.

"퇴근들 하세요. 오늘은 저도 집으로 갑니다."

"네, 부회장님."

부회장실 복도로 걸어 나와 전용 엘리베이터까지 간다. 그리고 바로 1층으로 내려가 대기하고 있던 자동차에 몸을 실었다.

"집으로 가시죠."

"네. 부회장님."

민수는 집으로 돌아가 뽀삐를 안고 편히 쉬고 싶다는 생각뿐이었다.

준미는 검찰청 구내식당에서 간단하게 저녁을 먹고, 서울중앙지검 운동장과 그 뒤편의 서리풀 공원을 몇 바퀴나 걸었다. 벌써 수백 번이나 돌아서 익숙해진 길을 걷고 또 걸었다. 움직이는 발을 따라서 머릿속도 차분하게 전진해 나가고 있었다.

죽은 장영미와 송엔터테인먼트, 그리고 양철기. 그들의 배후에 버티고 선 현 회장. 그리고 현 회장을 둘러싸고 있는 권력자들.

'어디까지 갈 수 있을까?'

저번처럼 속수무책으로 당하지는 않을 것이다.

이제는 알고 있다. 검찰 내부 깊숙이 그들이 들어와 있다는 것을. 시시각각 자신의 수사를 살피고 감시하고 있는 세력이 있다는 것을.

준미는 그들을 역이용하기로 한다. 그렇게 생각하는 사이 준미는 사무실에 도착했다. 사무실은 텅 비어 있었다. 준미는 자기 책상을 확인한다. 역시 책상이 흐트러져 있었다. 민진이 준미의 책상을 뒤진 것이다.

그러나 그것은 함정이다. 준미는 양철기와 관련된 비리를 더욱 깊이 파고들 것이다. 양철기는 현 회장을 위해 더럽고 위험하고 거친 일들을 해왔다. 그 과정에서 많은 피들이 묻어 있을 것이다. 그것이 현 회장의 아킬레스건이다. 준미는 그걸 자르고 싶은 것이다. 피해 나갈 구멍이 많은 탈세나 뇌물 같은 것이 아니라 폭행과 납치 혹은 살인 교사로 현 회장을 옭아맬 것이다. 게다가 그녀는 어디까지나 형사부 소속 검사니까. 그 수사를 위해 양철기를 구속했다. 구속된 양철기를, 감방에 있는 양철기를, 현 회장과 차단된 양철기를 수사해 심리적으로 점점 압박해 들어간다. 서서히. 그의 입에서 현 회장이 터져 나올 때까지 조여 나갈 생각이다.

그리고 그런 수사 과정을 숨기기 위해 이태경을 던져준 것이다. 물론 알고 있다. 이태경 쪽을 뒤져도 엄청난 것들이 드러날 것이라는 것을. 그러나 그것은 쉽지 않다. 이태경은 변호사다. 불법 행위를 저질러도 드러나지 않을 방식으로 해두었을 것이다. 그것을 찾아 법정으로 끌어내는 과정 자체가 쉽지는 않을 것이다. 준미는 그 과정을 해나가는 척한다. 즉 힘들이지 않는 방식으로 그쪽을 공격하고, 현 회장의 관심을 묶어두는 것이다. 그리고 그사이에 양철기와 장영미 쪽을 파고든다. 그것이 준미의 계획이었다.

그러니까 이태경이라는 가짜 미끼를 던진 것이다. 그리고 지금은 현 회장이 그걸 물기를 기다리는 중이었다.

'어디까지 갈 수 있을까? 현 회장? 그걸 넘어서 숨어 있는 권력자들까지? 끝까지 가고 싶다.'

그 끝이 어디든. 그리고 그 끝에서 무엇이 나오든.

준미는 반드시 그곳까지 가리라고 다짐한다.

이제 감방에서 양철기를 불러낼 시간이라고 생각한다.

"양철기 쪽을 접고 이태경 변호사를 통해 현 회장을 공격할 것 같습니다."

주만용 부장검사는 민진의 보고를 받고 당황하고 있었다. 양철기를 접는 것은 다행스러운 일이지만 이태경을 두드린다?

"송엔터 쪽은? 죽은 여배우 말이야."

"그쪽으로는 아직 공식적 수사는 하지 않는 것 같습니다."

"그럼 비공식적인 수사는?"

"그건 아직 잘……."

만용이 얼굴을 찌푸린다. 그걸 쥐고 싶다. 그 사건의 진실을 알고 싶다. 그걸로 현 회장을 압박하고 싶다. 그런데 그걸 알아내지 못하다니. 짜증이 치민다.

"뭐 한 거야. 그것까지 알아내야지."

민진은 기분이 상한다. 주만용이 점점 강압적으로 강요하고 있다. 며칠간 그는 조급해 보였다.

"책상에 있는 서류에는 그런 내용이 없었어요."

주만용이 민진을 바라보며 비웃는다. 그리고 주머니에서 봉투를 꺼내 뒤흔들어 보인다.

"이 주사보…… 내가 겨우 책상이나 뒤적이라고 이런 돈을 주는 것 같아?"

흔들리는 돈. 달콤한 돈. 하지만 달콤함은 언제나 뒤끝을 남긴다. 이가 썩는다.

주만용이 잔인하게 웃으며 민진을 본다.

"민진아…… 이런 일은 다 수완이 있어야 하는 거야. 엿듣든 지…… 그 속으로 파고들어서 정보를 캐내든지…… 응? 그러라고 이 돈을 주었던 거야. 응?"

주만용이 봉투를 다시 자기 주머니 속으로 집어넣는다.

"겨우 책상 몇 번 뒤적이고 와서! 이렇게 또 손을 내밀어!"

민진은 모욕감을 느꼈다.

"그만두겠습니다."

더 썩기 전에 이를 닦아야 한다. 완전히 썩어버리기 전에. 하지만.

"누구 맘대로."

"네?"

"니가 받은 그 돈값은 다해야지."

"그게 무슨."

"내가 니가 이뻐서 그 돈 처멕인 줄 알아?"

"부장님!"

"왜!! 이런 시발!!"

만용이 욕을 내뱉으며 주먹으로 핸들을 내려친다.

빵!

클랙슨 소리가 외지고 어두운 한강 변을 울린다.

만용이 민진을 노려본다.

"이게 소꿉장난 같아? 니가 뭐 그만두고 싶으면 그만두고 그런 놀이인 줄 알아?"

"!!!"

"잘 들어. 넌 엮인 거야."

"그만하세요! 그만두겠어요."

차 문을 열고 나가려는 민진을 주만용이 우악스럽게 잡고 흔든다.

"아!!"

민진이 고통에 비명을 지른다. 그러나 주만용은 더욱 세게 움켜쥐고 민진을 압박한다.

"너 말귀를 잘 못 알아듣는구나. 내일 감찰반 띄워서 니가 받은 거 한번 털어줘야 정신 차릴래? 너 여기저기 돈 좀 받았지?"

"부장님은 무사하실 것 같으세요?"

"너 나 협박하나?"

"부장님이 먼저 하셨죠."

"이래서 아랫것들은 잘 대해주면 안 돼…… 민진아…… 내가 니 말 몇 마디에 흔들릴 사람으로 보여? 내 위치가 그렇게 낮아 보여? 니까짓 7급 수사관이 나불대는 거…… 그것도 비리 수사관이 지껄이는 걸 사람들이 믿을 거 같아?"

민진에게 현실이 다가온다. 앞에 서 있는 부장검사. 그에게 목줄을 내어준 수사관. 지금 주만용이 그 목줄을 세게 당기고 있었다. 오라고. 이리 오라고.

"가서 정보 캐와. 그것들이 무슨 짓을 하고 다니는지."

개는 자기 목줄을 풀 수가 없다.

주만용이 웃으며 움켜쥐었던 민진의 팔을 풀어준다. 그러나 고통은 여전히 남아 있었다.

"내려."

현 회장은 서재에서 주만용 부장검사와 마주했다.

"이태경 변호사 쪽을 파고드는 것 같습니다."

"이태경을요?"

"네."

"양철기는 이번 폭력 사건으로 마무리 지을 것 같습니다."

현 회장이 묘한 미소를 지으며 생각에 빠져든다. 머리를 굴린다.

만용은 현 회장이 무슨 생각을 하고 있을까 짐작해 본다. 그러나 알 수가 없다. 시간이 지나고 웃으면서 현 회장이 만용을 본다.

"부장님."

"예, 회장님."

"좀 더 지켜보고 들여다보이소."

"네, 그러고 있습니다."

"그거보다 더 들여다보란 말입니다."

"그건……."

"서준미 검사가 양철기를 그냥 덮는다? 서준미 검사…… 그래 만만한 사람이 아닌기라요. 어리고 어수룩해 보이도 이 머리가 돌아가는 기 보통 사람들하고 달라. 내가 만나본 인간 중에 가장 비상한 기라요."

만용은 인정할 수밖에 없었다. 사실이었다.

"양철기를 잡아다 구속시켜놓은 거는 우리한테서 격리시키가 아마도 저거들 마음대로 요리해서 다른 거를 파내겠다는 거 같은데…… 저거 뜻대로 구속을 시키는데 와 그냥 물러나겠어요? 그리고 이태경? 대한민국 변호사 그리 만만치 않습니다. 이태경이도 빠꼼이라 그리 쉽게 안 당해요. 그런데 그래 가장 어려운 데를 공격한다구요? 그거는 말이 안 되지. 역정보를 흘리는 기라요. 부장님이 당한 기라요."

만용은 얼굴이 붉어진다. 현 회장과 서준미 사이에 낀 장기말이 된 것 같았다.

"부장님. 아마 부장님이 키우는 쥐새끼를 그쪽도 아는 모양입니다. 맞지예?"

"얼른 다른 루트를."

"아니지요. 아니지요."

현 회장이 만용을 답답한 표정으로 바라본다.

"그기 아니지요. 쥐새끼를 갈면 당연히 그쪽에서 알지요."

만용은 현 회장의 두뇌 회전을 따라가지 못하고 있었다.

"그럼 어떻게……."

"그 쥐새끼한테 독을 묻히는 김니다. 속아주는 겁니다. 그라마 그쪽에서는 자꾸 거짓 정보를 흘리겠지요? 그걸 가지고 우리는 그쪽을 빤히 들이다보는 김니다. 현미경처럼 세세하게."

소름이 끼친다. 무서운 남자.

현 회장이 웃으면서 만용을 본다. 만용은 눈을 맞추기가 어렵다. 언제부터인가. 이렇게 기 싸움에서 밀리게 된 것은.

"부장님…… 출세할라 카마 한 가지만 알면 됩니다."

현 회장이 웃으면 자리에 기댄다.

"내가 우야만 필요한 사람이 되는가…… 그깁니다."

필요한 사람.

막대한 자금을 뿌리며 인사권을 쥔 사람들과 거래를 트고 있는 현 회장. 결국 주만용의 목줄도 현 회장이 틀어쥐고 있었다.

만용은 어떻게 해야 현 회장에게 필요한 사람이 될 수 있는가를 필사적으로 생각하기 시작했다. 그러나 동시에 자신이 쥐고 있는 히든카드도 생각한다.

장영미.

언젠간 그 히든을 멋지게 까는 날이 있을 것이다.

영미는 간단하게 식사를 마쳤다. 배가 고프지는 않았지만 먹어야 한다. 먹고 건강하게 견뎌야 한다. 그래야지 이곳을 나갈 수 있다. 무사히 건강하게 빠져나가서 할머니와 엄마를 만나야 한다. 영미는 지금 할머니와 엄마가 자기를 얼마나 찾고 있을까를 생각하니 가슴이 찢어질 것처럼 아팠다. 두 사람에게 영미는 전부였다. 그리고 두 사람이 자신을 얼마나 힘들게 키워왔는지 잘 알고 있었다. 그런데 이렇게 아무런 연락도 없이 사라지다니. 안 된다. 반드시 돌아가야 한다. 그러기 위해서는 건강해야 한다.

냉장고를 열고 간단하게 과일과 요거트를 먹는다. 먹을 것은 모두 신선했고, 좋은 제품들이었다.

'대체 누가 이런 걸 채워 넣었을까? 도대체 누가!'

준미는 가능한 사람들을 떠올려본다. 하지만 도무지 생각나지 않는다. 얼마나 미워하면 가뒀을까?

이곳에서 살아 나갈 수 있을까? 그때 전에 있던 여자를 생각한다. 벽에 피로 쓴 글씨. 부러진 손톱. 누군가가 그녀를 감금한 것이다. 하지만 무슨 목적으로? 도대체 왜? 왜? 왜? 그리고 그 여자는 지금 어떻게 되었을까? 어디로 갔을까?

어쩌면…… 그 여자는…… 영미는 떠오르려고 하는 끔찍한 생각을 지운다.

나는 살아 나간다.

이곳을 살아서 나간다.

반드시 살아서 나간다.

그녀는 자신의 과거를 떠올려본다. 시간 순서대로 자기의 잘못을 하나하나 짚어나가 본다. 하지만 도무지 알 수가 없다. 누가 자신에게 이런 짓을 하는 것인지.

그때.

발소리가 들린다. 계단을 내려오는 소리. 곧 잠금 장치를 해제하는 소리가 들리고 문이 열린다.

그리고 그 남자가 거기 서 있었다.

쉿!

지선의 피부 반점과 결절은 사라지지 않았고 그 농도가 점점 짙어졌다. 동네 피부과에서 처방해 준 대로 연고를 바르고 약을 먹었지만 아무런 차도가 없었다. 지선의 마음은 점점 불안해졌다.

'괜찮아질 거야…….'

그렇지만 결국 괜찮아지지 않았다. 결국 지선은 가까운 서림대학병원 피부과를 찾았다. 젊은 의사는 지선의 피부에 돋아난 반점을 심각한 표정으로 바라보았다.

"심각한 건가요?"

하지만 의사의 표정은 담담했다.

"육안으로 봐서 알 수 있는 게 아닙니다. 조직 검사를 해봐야 합니다. 나가서 검사 일정 잡으시고 다시 뵙도록 하죠."

지선은 조용히 나와서 검사 일정을 예약하고 나왔다. 그 후 다시 병원을 찾아 정밀 검사를 받았다. 새벽 근무라서 휴가를 내지 않고 검사를 받을 수 있었지만 그 시간에 잠을 자지 못해 몸이 더 피곤했다.

검사 결과를 기다리는 그 시간이 더디게 흘렀다.

그리고 검사 결과를 확인하기 위해 가는 그날. 지선은 잠을 이루지 못했다. 불안했다. 뭔가가 잘못된 것 같았다.

슬픈 예감은 틀리지 않았다.

피부암.

막상 의사의 입에서 피부암이라는 이야기가 나왔을 때는 담담했다. 외면하고 두려웠던 진실에 드디어 마주했다는 홀가분함도 있었다. 그렇게 의사의 진단을 듣는다. 암세포가 극히 빠른 속도로 번지고 있고 예후가 좋은 편이 아니다. 입원 치료가 필요하다. 의사가 묻는다.

"입원하실 거죠?"

"네…… 그런데 저도 생각을 좀…….."

"생각요?"

그래요. 생각. 지금은 아무 생각도 할 수가 없어요.

"……."

"알겠습니다. 하지만 시간이 많지 않다는 걸 아셔야 합니다."

지선은 천천히 병원을 걸어 나온다. 서림대학교 학생들이 잔디밭에 앉아 봄볕을 만끽하고 있다. 모두들 걱정 하나 없이 밝아 보였다. 이렇게 가까운 곳에 서 있지만 같은 봄볕을 받고 있지만 서로의 처지는 너무나 다르다. 혼자 버려져서 어둠 속에 있는 기분이었다. 불현듯 서러워졌다.

그 순간.

모든 것이 현실로 와 닿는다. 생생하게 느껴진다.

자신이 암이라는 것. 그것도 많이 진행되어 시간이 많이 없다는 것. 죽을 수도 있다는 것.

그 모든 진실들이 봄볕 아래 낱낱이 드러난다.

햇살 아래 밝게 웃는 저 사람들과 나는 다른 사람이다.

비틀거린다.

겨우 벤치에 앉는다.

봄볕이 잔인하게 그녀를 파고든다.

차라리 비라도 내렸으면, 천둥 번개라도 치는 날이었으면.

지금 이 순간 봄볕을 견디기가 너무나 힘들다.

그렇게 한참을 앉아 있는다.

온갖 생각들이 떠오른다. 치료를 받을 수 있을까? 얼마나 들까? 들어둔 실비 보험으로 어느 정도까지 감당이 될까? 모아둔 돈은 얼마지? 내가 회사를 그만두면 그래서 당장 집에 도움을 주지 못하면 엄마가 얼마나 힘들까? 아니 아빠 엄마가 얼마나 아플까? 내가 아프다면 견딜 수 있을까? 그 모든 생각들이 회오리처럼 휘몰아친다. 그렇게 생각한다. 한참을 생각한다.

그리고 시간이 지나자 많은 것이 가라앉는다.

고요해진다. 그래서 바라본다.

저 봄볕을, 나무를 그리고 사람들을.

순간 아름답다는 것을 알게 된다.

빛, 초록빛 나무, 사람들.

살아야 한다.

아니 살고 싶다.

아직 해보지 못한 것이 너무 많았다. 외국 여행도 한번 나가보지 못했다. 좋아하는 배우가 나오는 뮤지컬도 아직 보지 못했다. 셀수 없다. 나중에, 나중에 하며 미뤄놓았던 일.

지선은 천천히 병원으로 걸어 들어간다.

그리고 피부과로 들어가 간호사 앞에 선다.

간호사가 지선을 알아보지만 무심히 바라본다.

"바로 입원할게요."

그래, 살고 싶었다.

검찰 수사란 것은 결국 서류와의 싸움이다. TV나 영화에서 등장하지 않지만 대다수의 성실한 검사들과 수사관들은 일상의 대부분을 서류를 읽는 것으로 보낸다. 그만큼 검찰의 업무 중 처리해야 할 서류 업무는 만만치 않았다. 때문에 진태는 최근 남들보다 두 배의 삶을 살아가고 있었다. 업무 시간 동안 배당된 사건을 처리하고, 나머지 시간 동안은 양철기 관련 서류에 매달렸다. 양철기 구속까지는 했다. 하지만 그것은 끝이 아닌 시작에 불과했다. 이제 양철기의 숨겨진 범죄들을 끄집어내서 그를 압박하고 그걸 통해 현 회장에 이르는 길을 만들어야 한다. 하지만 그것은 쉬운 일이 아니었다. 지난 5년간 양철기와 현 회장이 관련된 사건과 신문 기사, 공사 수주 관련 서류 수만 페이지를 모두 읽고 분석하고 숨겨진 행간까지 읽어내야 하는 일이었다. 일상적으로 주어진 검찰 업무도 엄청난 양이었다. 그런데 거기다 다시 양철기 사건까지 얹힌 것이다. 보통의 생활 리듬으로는 해결할 수 없는 일이었다. 일단 모든 술자리와 저녁 약속을 버렸다. 거기다 그렇게 좋아하던 저녁의 맥주 한 캔마저 끊었다. 술을 마시면서는 지금의 업무를 감당할 수 있는 체력을 유지할 수가 없었다. 그리고 가장 놀라운 것은 담배마저 끊었다는 사실이었다. 진태는 헤비 스모커였다. 워낙 담배를 좋아했다. 곽을 뜯어서 꺼내는 느낌부터 들이마시는 연기까지 모든 것을 사랑했지만 끊었다. 담배 대신 홍삼 진액을 수시로 빨아 먹었다. 아내가 좋아했다.

진태는 철저한 계획표대로 해나갔다. 아침 6시에 일어나서 거실에서 간단한 운동을 하고 아침 식사를 만든다. 아내와 아이가 깨면 식사를 함께 하고 아내가 먼저 출근한 다음 진태는 아이를 등원 도우미 아줌마에게 맡기고 출근한다. 그리고 업무를 마치고 나면 집으로 돌아와서 다시 30분 정도 운동을 한다. 그리고 다시 가족과 함께 저녁을 먹고 아내와 같이 밀린 집안일을 처리한다. 한 명이 아이와 놀아주고 나머지 한 명이 빨래와 설거지를 한다. 청소는 일주일에 한 번으로 줄였다. 열 시쯤 아내와 아이가 잠들면 서재로 들어가서 새벽 2시까지 양철기 서류에 매달렸다. 아몬드 7알과 생수를 가지고. 오바마 대통령이 그렇게 심야 업무를 한다고 해서 따라해 본다. 효과가 좋다. 그렇게 일상의 패턴을 만들고 절대 깨지 않기 위해서 노력한다. 조금이라도 흐트러지면 놓아버릴 것만 같았다. 이 사건을. 진태는 알고 있다. 아무리 의욕이 앞서더라도 체력이 되지 않으면 아무것도 할 수 없다. 친구와 동료 들이 인간관계 끊자는 거냐며 말했지만 그렇게 말하고 싶었다.

'너희와 하는 술자리보다 이 사건이 더 재미있다고.'

잡고 만다. 현 회장.

모두가 퇴근한 후 양철기 서류를 펼쳐놓고 준미와 진태가 마주 앉았다.

"힘드시죠?"

"네. 뭐 견딜 만합니다."

"거짓말"

"네?"

"눈이 빨개요."

"사돈 남 말이군요."

토끼 두 마리.

"미안해요. 힘든 일에 끌어들여서."

"착각하신 것 같은데요?"

"네?"

"저는 검사님을 위해 이 일을 하는 게 아니에요. 제가 좋아서 하는 거지."

웃는다.

"양철기는 어떤가요?"

"음, 지금 서류 파악 중인데 쉽지는 않습니다. 서류에서 의심 가는 대목을 추려내고 거기서 물적 증거를 잡아내야 하는데 그 과정에서 다시 재수사가 이뤄져야 합니다. 지난한 과정이 예상됩니다."

준미가 일단 생각에 잠긴다. 그러다 말한다.

"일단 쑤셔보죠."

"네?"

"양철기 말이에요. 똥인지 된장인지 일단 간을 한번 보죠."

"그러다 완전 다물어버리면요?"

"계장님. 완벽한 공격은 없어요. 완벽한 증거 잡고 기다리고 좋은데…… 그것보다 중요한 건 타이밍입니다. 구속과 바로 이어지는 검찰의 수사. 그 좋은 타이밍을 놓칠 수는 없어요."

"하지만 양철기 쪽에서 우리가 아무런 준비 없이 덮쳤다는 걸 눈치채면요? 보셨잖아요. 양철기가 얼마나 빠꼼이인지."

"생각보다 두려움이 커지게 만들어야죠."

"두려움?"

"네. 자기가 혼자 뒤집어쓰게 될 수도 있다는 두려움."

신중한 진태가 망설인다.

"계장님. 최고의 공격은 완벽한 공격이 아니라 예상치 못한 빠른 공격입니다."

진태가 준미를 본다. 단호한 눈빛. 흔들리지 않는다. 그리고 말한다.

"저를 믿으세요."

진태는 왜 검사를 칼잡이라고 부르는지 확실히 알게 되었다.

이 사람은 본능적으로 알고 있다.

언제 칼을 겨눠야 하는지.

그리고 그것이 바로 지금이란 것을.

최 과장과 양철기가 면회실에 마주 앉았다. 밝은 곳에서 보자 최 과장의 얼굴에 새겨진 자상이 더욱 도드라져 보인다. 그러다 양철기는 문득 밝은 곳에서 최 과장을 보는 것이 처음이라는 것을 알게 된다. 그가 있는 곳, 그러니까 현 회장이 있는 곳은 늘 어두웠다. 빛이 가려지거나 사라진 곳, 그곳에 현 회장이 있었다. 그리고 최 과장이 있었다. 밝은 곳에서 보는 그는 다소 낯설었다.

"회장님 잘 계시지요?"

양철기는 늘 최 과장과의 호칭과 말투가 어색했다.

"회장님이 누구지?"

"!!!"

최 과장이 양철기를 싸늘하게 노려본다. 그분의 이름조차 입에 올리지 말라는 이야기. 경고. 무언의 압박.

"입조심해야지?"

함부로 나불대지 말라는 거다. 믿지 못하는가? 나를? 현 회장을 위해 개처럼 일해 온 나를?

"……"

"그래, 그렇게 다물고 있어야지."

"최 과장. 나 양철기야. 지난 10년간 그를 위해 일했어."

"하지만 너는 지시를 어겼어. 그래서 검찰한테 꼬리까지 밟혔어."

최 과장이 유리 벽에 얼굴을 가져다 댄다.

"우리가 묻었던 사람들이 왜 그렇게 됐는지 기억나?"

붉은 기억들이 가슴을 파고든다. 최 과장은 웃는다.

"그들이 여러 번 실수했나? 아니야. 단 한 번이었지."

최 과장 뺨의 상처가 꿈틀거린다.

"아니면 입이 문제였거나. 응?"

최 과장의 싸늘한 미소.

"양철기. 넌 뭔가 안락하게 생각하는 거 같아. 이 세상을. 하지만 말야. 지금 코리아에서 벌어지는 일은 내가 남수단에서 겪은 일하고 별로 다를 게 없어. 아니 코리아가 더 잔인하지. 남수단에선 목숨만 끊지만 여기선 영혼까지 잘라버리지. 응? 우린 전쟁터에 서 있는 거야. 명심해."

그의 얼굴에 새겨진 깊은 자상. 그의 훈장. 그의 영혼.

"여자 이쁘더라."

"!!!"

"윤정이라고?"

개새끼.

"동생들도 착하고. 좋은 병원에 좋은 회사 다니고. 응?"

그만해. 그렇지만 한마디도 할 수 없다. 최 과장이 지금까지 한 일을 보아왔다. 이 악마에겐 먹히지 않을 것이다.

"양철기."

양철기가 최 과장을 본다. 떨리는 눈으로. 최 과장이 검지로 입을 막는다.

"쉿!"

"수업을 하다 보면 한두 명씩 친해지는 애들이 있기 마련입니다. 서인이도 그중 한 명이었어요. 아버지가 자꾸 때린다고 하더라구요. 그래서 이야기를 들어줬어요. 아버지의 폭력, 엄마의 무관심. 가난. 그래서 가출하고, 질 나쁜 친구들과 어울리고. 불우한 가정의 아이였어요. 뭔가 털어놓는 걸 좋아하는 아이였어요. 상담실로 먼저 찾아온 것도 서인이었어요."

이야기를 듣던 태경이 되물었다.

"네. 그래서 그쪽에서 말하는 그날 일은 어떻게 된 겁니까?"

장명강의 표정이 굳어진다. 그가 다소 긴장한 표정으로 이야기를 시작해 나갔다.

　"그날은 서인이가 학교에 나오지 않은 날이었어요. 비가 왔고, 수업이 일찍 끝난 날이라서 저는 이른 오후에 창가에 앉아서 밖을 바라보고 있었습니다. 그런데 서인이가 저를 찾아왔어요. 비에 쫄딱 젖어서. 울고 있었죠. 저는 놀라서 애한테 수건을 건네줬어요. 제가 학교에서 테니스를 쳐서 큰 수건을 가지고 있거든요. 그걸로 감싸주고 한참이 지났는데도 추워서 떠는 것 같아서 갈아입으라고 체육복을 가져다줬어요. 갈아입고 나서 이야기를 계속했어요. 서인이가 빈 교실로 가자고 했어요. 교무실에서 이야기하는 건 다른 선생님이 듣는다고 싫다고 했어요. 그때 그냥 교무실에 있었어야 했는데……. 하지만 우리는 빈 교실로 갔어요. 서인이가 이야기를 시작했어요. 왜 학교에 빠졌는지…… 밖에서 뭐 했는지 말했죠. 말하면서 감정적으로 변했고 달래느라고 이야기가 길어졌죠. 비가 점점 많이 내렸고 점점 어두워졌어요. 빗소리를 조금 듣고 싶어서 창문을 열었어요. 저는 잠시 창밖으로 내리는 비를 바라봤어요. 그때 서인이가 제 옆으로 다가왔죠. 그리고 제 옆에 서더니 같이 내리는 비를 바라봤어요. 얼마나 흘렀을까…… 저한테 기대더라구요. 그때 뭔가 어색했는데 그냥 단숨에 뿌리치면 상처를 줄 수 있겠다는 생각에 천천히 몸을 빼는데 갑자기 그런 저를 잡고 안기더니 좋아한다고 했어요. 저는 뿌리쳤어요. 이래서는 안 된다고. 그랬더니 서인이가 키스를 하려고 하더라구요. 저는 너무 놀라서 확 뿌리쳤어요. 그 아이가 밀려나면서 넘어졌어요. 저는 너무 심했나 싶어서 그 아이한테 갔어요. 그런데 그 아이의 표정이 돌변해 있더라구요. 무서운 얼굴로 저를 노려보고 있었어요. 그 표정.

저는 너무 상처 준 게 아닌가 싶어서 다가갔지만 달려 나가더라구요. 그리고 다음 날 그 아이 아버지가 절 찾아왔어요."

장명강은 차분하게 이야기를 마쳤다. 태경은 이야기하는 동안 장명강을 세밀하게 살폈다. 눈빛과 표정까지. 거짓말 같지는 않았다. 감수성이 예민하고 섬세한 사람 같았다. 비 오는 날에 대한 묘사가 사뭇 시적이었다.

"그 후로 그 아이와 이야기를 나눠본 적은 없으신가요?"

"아뇨. 저는 만나서 이야기를 해보고 싶었지만 그럴 수가 없었죠."

"왜요?"

"그 아이 아버지가 학교로 찾아와서 난리를 피웠거든요. 정말 부끄럽고 수습 불가능한 상황으로 변해갔어요."

장명강은 생각만으로도 치가 떨리는지 주먹을 꽉 쥐었다.

"정말 무식한 인간이었죠. 교무실에 와서 옷을 벗고 책상을 뒤집고 난리가 났어요. 전 정말 참을 수가 없었어요. 체육 선생님이 억지로 진정시켜서 밖으로 데리고 나갔어요."

장명강은 시선을 피한 채 창밖을 바라보며 긴 한숨을 지었다. 그의 정서상 감당하기 어려운 일이었을 것이다.

"그는 진정을 하고 다시 돌아와서 나를 만나고 싶다고 했어요. 만났습니다. 그리고 그는 돈을 요구했습니다. 돈을 주면 조용히 무마하겠다고. 나는 내가 왜 돈을 줘야 하는지 이해할 수 없었습니다. 저는 그 아이의 이야기를 들어준 것 이외에 뭘 잘못했는지 알 수 없었어요."

대략 상황이 짐작이 됐다.

"하지만 전 조용히 마무리하고 싶었어요. 근데 아버지가 알게 되셨고, 난리가 났죠. 아버지는 법으로 맞서겠다고 하셨어요. 반드시 저의 무죄를 증명해야 한다고. 그것들을 혼내줘야 한다고…….
저는 서인이를 생각해서라도 그렇게까지 하고 싶은 생각은 없었어
요. 하지만 아버지는 달라요. 그런 타협을 절대 용납하지 않는 분
이죠."

결국 장현진 이사장은 그들을 고소했다. 그의 성격상 그런 식의
도발을 용납할 수 없을 것이다. 명예를 되찾고 싶었을 것이다.

대략 상황이 접수됐다. 그림이 그려졌다. 유약하고, 섬세한 선생
과 불량 청소년. 그림이 나쁘지 않다. 그는 쉽게 이 사건을 처리할
수 있을 것이라고 생각했다. 현 회장의 잃어버린 신뢰를 되찾을 수
있다. 그는 장명강을 본다.

"마음 편안하게 잠숫고 계세요. 곧 해결될 겁니다."

장명강은 조용히 고개를 숙인다. 눈을 맞추고 당당하게 맞서요,
라고 말하고 싶었지만 그만두기로 한다. 평생을 들어온 말이었을
것이다.

장명강은 끝까지 눈을 맞추지 못했다.

회사

중앙지검 신문실에 기소된 양철기가 앉아 있었다. 준미와 진태가
맞은편에 앉아서 양철기를 보고 있었다. 진태가 신문을 시작했다.

"양철기, 38세. 황룡건설 용역팀장. 맞죠?"

대답하지 않는다. 진태가 다시 묻는다.

"맞습니까?"

피식. 진태는 슬슬 열이 받기 시작했다. 하지만 준미는 재미있다
는 표정으로 그런 양철기를 바라보았다. 진태는 여기서 양철기를
제압해야 한다는 생각에 다소 고압적인 자세를 취했다.

"양철기!!!"

양철기는 다시 얼굴 근육을 찌푸리며 딴청을 피운다. 진태가 분
노를 쏟아내려는 찰나에 준미가 입을 열었다.

"폭력으로 입건된 건만 무려 30건. 대부분 불기소 처분됐고. 운

313

이 좋았네요. 그런데 이번에는 상대가 만만치 않았나 봐요?"

양철기가 준미를 보고 히죽거리며 웃는다.

"이쁘시네요, 검사님. 딱 내 스타일인데. 차나 한잔합시다."

"이 새끼가 진짜로!"

흥분한 진태를 준미가 잡는다.

"괜찮아요. 계장님."

그리고 준미가 히죽거리는 양철기를 응시한다.

"좋아요. 차 한잔해요."

양철기가 피식 웃는다.

"국 계장님, 차 한잔 부탁해요."

"검사님."

"부탁드립니다."

"난 카푸치노로."

"이 새끼가."

진태가 양철기를 잠시 노려보고는 불만 어린 표정으로 밖으로 나간다. 준미가 양철기를 응시한다. 뚫을 듯 바라본다.

"왜 그렇게 봐. 나 좋아해요?"

"좋아하죠. 아주 좋아하죠."

"뭐요?"

"전 양철기 씨한테 아주 관심이 많아요. 지금 내 머릿속은 온통 양철기 씨 생각뿐이에요."

"……뭐라는 거야……"

"양철기 씨에 대한 모든 걸 알고 싶어요. 황룡건설 용역팀장으로 있으면서 어떤 방식으로 철거를 했는지……. 특히 이번 강남 재건축 건은 굉장히 까다로운 곳이었는데 완전히 철거를 해냈더군요.

오명구만 제외하고. 전혀 아쉬울 것 없는 사람들이 살아가는 안락한 주거지에서 어떻게 사람들을 몰아냈을까?"

"궁금하면 오백 원."

양철기가 혼자 피식하며 웃는다. 준미는 계속 응시한다.

"어떻게 했을까?"

"궁금해? 정말 궁금하면 이리 와서 귀를 대봐. 내가 알려줄게."

양철기가 점점 대담해진다. 여자 수사관과 단둘이 신문실에 남겨질 때 조폭들이 흔히 쓰는 수법이다.

"알아보니까 집집마다 문 두드리고 웃통 까고 그랬다던데……."

"이리 와보라니까."

"정말 납치도 했어요?"

"크크크……."

"아이들 학교로 찾아가고?"

"왜 그러면 안 돼?"

"직장으로 찾아가서 옷을 벗고 눕고…… 그랬나요?"

준미가 전혀 당황하거나 수세에 몰리지 않는다. 화를 내지도 흥분하지도 않는다. 양철기가 서서히 조급해진다.

"크크크. 궁금하면 이리 가까이 오라니까."

"당하는 사람들 입장이 어땠을까?"

"가까이 오면 속삭여줄게."

"나도 알게 해줄 수 있어요."

"뭐?"

"동생분들이 참 잘 자랐더라구요. 나이 차이가 좀 있죠?"

"!!"

"대기업 직원에 대학병원 간호사."

양철기가 순간 긴장한다.

"근데 그쪽이 그러는 것처럼 우리도 막 검찰 박스 들고 들어가서 헤집어놓으면 그쪽 기분이 어떨까? 응?"

양철기의 얼굴이 하얗게 질린다.

"입장 바꿔서 한번 생각해 봐요. 곤란하지 않을까요?"

양철기가 서서히 준미에게 말려들고 있었다. 그때 진태가 안으로 들어와서 카푸치노를 내려놓는다. 그리고 둘의 상황을 살피는데 오히려 양철기가 당황하고 있다.

"잡숴봐. 이 집 카푸치노 맛있어요."

양철기가 긴장된 얼굴을 풀지 않는다. 진태가 흥미로운 표정으로 변화된 상황을 살핀다. 준미가 계속해 나간다.

"가끔씩 사람들이 검찰보고 무소불위의 권력이라고 하죠?"

준미가 진태가 가져온 차를 마시고 다시 양철기를 응시한다.

"왜 그러는지 알아요? 그게 다 이유가 있어."

양철기가 긴장된 표정으로 준미를 본다.

"많은 걸 할 수 있거든. 계좌 추적, 통화 기록 조회, 서류 제출 요구 등등. 당하다 보면 알게 돼요. 얼마나 괴로운지. 아 물론 자기는 괜찮죠……. 견디죠. 하지만 이곳에 들어온 그 수많은 사람들이 그 대단하다던 사람들이 왜 다 무너지는 줄 알아요?"

"……."

"가족."

"!!!"

"가족들이 먼저 무너지거든. 당신들이 폭력으로 밀어붙인다면 우리는 한 단계 위야. 사회적으로 매장시켜버리지!"

"!!!"

"검찰 수사관이 찾아가서…… 이렇게 말하겠죠……. 양철기 씨 동생이시죠? 검찰에서 나왔습니다. ……동료들이 다들 말하겠죠. 양철기가 누구야? 양철기가? 견딜 수 있을까요?"

양철기의 다리에 갑자기 힘이 쭉 빠진다.

"우리는 기소권을 독점하고 있는 검찰입니다. 무슨 말이냐 하면 수사하고 안 하고는 우리한테 달려 있다는 거지!"

"!!!"

준미가 이제 느긋하게 의자 뒤로 기댄다. 양철기의 얼굴이 복잡하고 어둡다. 진태도 회심의 미소를 지으며 양철기를 바라본다. 말려들었다. 양철기가 자신만의 생각 속에 빨려 들어가 있다. 복잡해진다. 상대의 페이스에 말려들었다.

준미가 차를 들고 일어선다.

"차 잘 마셨어요. 어머, 한 모금도 안 드셨네요. 드세요. 이 집 카푸치노가 얼마나 맛있는데요."

"……."

준미가 양철기 쪽으로 가까이 간다.

"감방에서 시간 많죠? 잘 생각해 보세요. 하지만 그건 알아야 해요. 당신 완전히 걸렸다는 거."

준미가 웃는다. 그리고 천천히 일어선다.

"차 잘 마셨어요."

나간다.

진태가 양철기를 바라본다. 약해져 있다. 걸려들었다. 이 미끼는 이제 바늘을 빠져나가지 못할 것이다.

장 형사의 오래된 뉴코란도는 비포장도로 산길을 거침없이 거슬러 올라가고 있었다. 오래된 차였지만 잘 만든 차였다. 사륜구동의 힘이 발휘되자 맹렬해졌다. 호흡이 거칠어졌지만 절대 밀리지 않았다. 그렇게 삼십 분을 올라가자 저수지가 보였다.

장 형사는 차에서 내려 저수지를 살펴보았다. 산속 고요한 저수지였다. 몇 명의 낚시꾼이 대를 드리우고 여유를 즐기고 있었다. 낚시꾼들은 못마땅한 표정으로 장 형사를 바라보았다. 요란한 사륜구동의 엔진음이 그들의 평화를 깬 데다가 장 형사가 저수지 곳곳을 돌아다니며 낚시꾼들의 얼굴을 확인하고 있었던 것이다.

조용한 공간과 순간을 찾아 먼 길을 온 낚시꾼들은 당황한 표정으로 장 형사를 바라보았다. 그러나 장 형사는 신경 쓰지 않고 낚시꾼들의 얼굴을 하나하나 확인해 나갔다. 그러나 이곳에도 이동일은 없었다.

장 형사는 뉴코란도 보닛 위에다 지도를 펼치고, 지금 확인한 저수지에 X표를 그렸다. 지도에는 벌써 수백 개의 X표가 그려져 있었다. 일주일째 전국의 낚시터를 뒤지고 있었다. 하지만 전북 지역의 낚시터 반도 다 확인하지 못했다. 저수지, 유료 낚시터 그리고 강과 댐. 확인해야 할 낚시터가 엄청났다. 전라북도의 저수지부터 확인하고 있는 것은 인간의 심리상 고향과 가까운 곳에 있을 것이라는 장 형사의 추리 때문이었다. 장 형사의 경험으로도 숨어 있는 사람들은 의외로 고향과 가까운 곳에 숨어 있다. 심리적으로 쫓기는 도주 생활에서 공간이 심리적으로 주는 안정감을 위해 도망자들은 대체로 자신이 익숙한 공간 주변을 맴돌기 마련이다.

그래서 장 형사는 전주부터 시작해서 전라북도 구석구석 낚시터들을 일일이 다 확인하고 있었던 것이다. 그리고 그 일은 끝이 없었다. 하지만 다른 방법이 없었다. 이동일의 행방은 묘연했고, 핸드폰은 꺼져 있었다.

남아 있는 단서 하나는 그가 낚시를 좋아한다는 것.

그 단서에 의지할 수밖에 없었다. 젊은 형사 같으면 벌써 포기했을지도 모를 일이다. 그러나 장 형사는 이렇게 막막하지만 집요한 추적이 진짜 수사라고 생각하고 있었다. 과학수사도 좋지만 장 형사는 기다리고, 추적하고, 잠복하는 그 땀내 나는 과정을 기꺼이 받아들이고 있었다.

이동일은 정말 어디로 숨어버린 것일까? 그가 정말 도주한 것일까? 혹시 그가 송엔터의 사주를 받고 그들의 보호하에 다른 곳에 숨어 있는 것은 아닐까? 아니다. 만약 그런 것이라면 그렇게 급하게 집을 뺄 이유가 없었다. 그는 분명 결정적인 증거인 장영미의 일기를 가지고 숨어버린 것이다. 그렇다면 왜 일기장을 가지고 경찰이나 검찰 혹은 언론에 가지 않는 것일까? 한국에서 가장 강력하다는 언론까지 믿지 못할 만큼 강력한 상대가 이번 사건의 뒤에 있다는 뜻인가? 그런 생각을 할수록 장 형사는 이동일을 만나고 싶다는 마음이 커졌다. 그에게 묻고 싶은 것이 많았다. 장 형사는 그렇게 점점 더 사건 속으로 빨려 들어가고 있었다.

그의 낡은 뉴코란도가 다음 저수지를 향해 산길을 빠르게 내려가고 있었다.

오상국은 태산전자 반도체 생산 라인에서 일한 지 10년이 넘은 베테랑 관리자였다. 고등학교 졸업 후 바로 태산에 입사했고, 지금은 대학 나온 친구들 부럽지 않은 연봉을 받으며 일하고 있었다. 비싼 등록금을 낸 친구들이 직장을 잡지 못해 허우적거릴 때 상국은 벌써 꽤 많은 돈을 모았다. 하지만 상국은 그 돈을 허투루 쓰지 않고 고이 간직해 두었다. 그 돈은 결혼 자금으로 쓸 예정이었다. 이제 서른이 넘은 상국은 슬슬 결혼을 해야겠다고 생각하고 있었다. 돈도 제법 모았고, 직장에서도 신임을 받고 자리를 잡았다. 얼마 전 비록 야간이지만 대학도 졸업했고, 반도체와 관련해서 꾸준히 공부도 했다. 직장에서 그런 성실함이 인정을 받았고 앞으로 승진해서 공장 최고 관리자가 되는 것이 그의 목표였다. 점점 학력 파괴가 이루어지면서 보수적인 태산에서도 고졸 출신으로 임원이 되는 경우가 생겨났다. 서른에 돈도 꽤 있었고, 전망도 밝았다. 좋은 여자 만나서 아이 낳고 행복하게 살아갈 일만 남은 것이다.

주변의 소개로 여러 번 선도 보았지만 마음에 들지 않았다. 그러던 와중에 지선이 입사했다. 처음에는 그냥 어린 애라고 생각했는데 시간이 지날수록 지선에게 마음이 쓰였다. 힘든 새벽 근무를 마치고 나서도 해맑게 웃으며 '수고하셨습니다'라고 말하는 그녀를 보며 상국은 설레었다. 사랑이었다.

그렇게 3년이 지나고 상국은 지선에게 은근히 마음을 표현했지만 지선은 상국의 마음을 받아들이지 않았다.

"해보고 싶은 게 너무 많아요. 이제 22살인데 결혼이라뇨."

8살의 나이 차가 크게 느껴졌다. 처음부터 결혼 이야기 꺼내며 접근한 게 실수였다. 천천히 부담 없이 접근했어야 했다. 상국은 잠시 후퇴를 선택했다. 그러고 나서 평소처럼 대했다. 편안하게. 좋은 직장 상사로. 그러자 상국을 불편해하던 표정이 사라졌고 평소처럼 잘 웃어주었다. 상국은 지선의 그런 표정이 좋았다. 두 사람은 부담 없는 사이가 되어 가끔 농담을 주고받았고, 그 농담 위로 설레는 마음이 오갔다.

잘될 것 같았다. 천천히. 그렇게 마음을 열어가고 있었다. 그런데 지선이 회사를 떠났다. 피부암. 상상도 하지 못한 일이었다.

상국은 안타까움과 불안에 몸을 떨었다. 벌써 몇 명째인가. 피부암, 폐암, 백혈병, 골수종, 희귀암.

그냥 우연이라고 생각했다. 그런데 지선까지.

상국은 라인 책임자를 찾아간다.

"그냥 우연이 아닌 거 같습니다."

책임자가 상국을 본다.

"벌써 몇 명쨌는데 뭔가 회사 차원에서 조사해 봐야 되지 않겠습니까?"

책임자가 상국을 재밌다는 표정으로 바라본다.

"오상국 씨."

"네."

"회사 그만 다니고 싶어요?"

"네?"

"우리 회사는 아무런 문제가 없습니다."

"!!!"

"절대로."

"이 이야기 서인이한테 절대 안 하실 거죠?"

서울 강서에 위치한 현진여자고등학교에 도착한 것은 오전 11시경이었다. 장명강이 근무하던 학교였다. 장현진 이사장의 지시로 미리 준비된 학생들과 선생들을 만나보았다. 하지만 지나칠 정도로 장명강의 편을 드는 쪽 이야기였다. 장현진 이사장의 입김과 영향력이 느껴졌다. 그러나 검찰 측에서 어떤 카드를 준비하고 있는지 알 수 없다.

"최서인 학생과 친했던 아이들을 좀 만나보고 싶은데요."

담당 선생이 난감한 표정을 짓는다.

"그 아이들은 왜?"

"한쪽 말만 들어서 알 수가 있나요? 양쪽 말을 다 들어봐야지. 그게 송사의 기본이지."

선생은 망설이는 표정이었다.

"이사장님 땜에?"

선생이 비굴한 웃음을 짓는다.

"워낙에."

"워낙에 대단하시죠? 근데 그쪽은 내가 카바 칠게요. 근데 선생님. 이러다 재판에 지게 되면 선생님한테 더 위험하지 않을까요?"

결국 선생은 최서인과 친하게 지냈던 아이 한 명을 데려왔다. 여러 번 염색을 거친 머리칼이 거칠어 보였다. 귀에는 막혀버린 구멍이 열 개도 넘어 보였다. 아이는 다소 기가 죽은 표정으로 다른 곳을 보고 있었다.

322

"이름이 뭐니?"

"강모선인데요."

"이름 이쁘네. 모선이."

"치. 아닌데요. 안 이쁜데요."

"그래, 그럼 그렇게 생각하고. 너 서인이랑 친했냐?"

"네."

"언제부터."

"중학교 때부터요."

"같은 중학교?"

"아니요."

"그럼 어떻게 알게 됐니?"

"동네에서 놀다가요."

놀다가 만났다?

"너희들 좀 놀았구나?"

"그냥 좀요."

"그냥 좀이면 어느 정도니?"

"저는 그냥 뭐……."

"서인이는?"

"……."

"말해 봐."

"서인이가 자기 이야기한 거 알면 저 죽일지도 몰라요."

"절대 비밀로 할게. 걱정하지 마라."

"아저씨를 어떻게 믿는데요?"

"내 눈을 봐라. 아저씨가 거짓말할 얼굴로 보이니? 이 잘생긴 얼굴이?"

피식. 모선이 웃는다. 목소리를 더 깔고 웃으며 감아든다.

"모선아. 걱정하지 마. 아저씨는 시시한 니네 학교 선생들하고 달라. 변호사야. 겁나는 게 없는 사람이지. 응?"

웃는다. 넘어왔다.

"자, 서인이에 대해서 말해 봐."

"서인이는 잘나갔는데요."

"잘나간다? 얼마나 잘나갔는데?"

"우리 동네 이천일 년생 중에는 제일 잘나갔어요. 아는 오빠들도 많았고."

"그럼 서인이가 짱이었다는 말이네?"

"네. 가출도 두 번 했고, 서인이가 잘나가는 오빠들 정말 많이 알았거든요."

"잘나가는 오빠들? 그 오빠들은 어떻게 잘나가는데?"

"오토바이 타고 돈도 많고 애들 많이 데리고 다니고 그랬어요. 그중에 한 오빠는 차 탔어요. 독일 차요."

"그 오빠는 몇 살인데?"

"스무 살요."

상상한 이상의 아이다, 서인이는.

"서인이가 혹시 장명강 선생님 이야기한 적 있니?"

"네."

"뭐라고 했니?"

"자기를 좋아하는 거 같다고?"

"그리고?"

"그냥 그 정도요. 서인이도 싫지는 않다고 했어요. 쌤이 착하다고."

"그다음에는?"

"그냥 그렇게만 말했어요. 명강 쌤이 진짜 착했거든요. 애들한테 정말 잘해줬어요. 차별도 안 하고요."

"사건 이후로 서인이 만나봤니?"

"아니요."

"연락은 되지?"

"……."

"응?"

태경이 눈을 맞추며 추궁한다.

"연락이 되는 거지?"

"네."

"나하고 만나게 해줄 수 있니?"

"아뇨. 저 죽일지도 몰라요."

이 아이를 통해서 만나는 건 오히려 문제를 크게 만들 수도 있다. 조용히 그 아이를 살펴봐야 한다.

"……그럼 서인이 집이 어디에 있니?"

스폰서

　토요일 오전. 준미가 밀린 사건들을 들여다보고 있었다. 최근 준미는 거의 초인적인 힘을 발휘하며 사건 처리에 매달리고 있었다. 주말도 예외 없이 출근해서 밀린 사건을 처리하고 최소한의 수면만 유지하면서 장영미와 양철기 사건에 집중했다. 그때 가벼운 운동복 차림의 진태가 사무실 안으로 들어온다. 손에는 테니스 채가 들려 있다.

　"테니스 좋아하세요?"

　"예전에 모시던 검사님이 좋아하셨죠. 오늘 들고 나온 건 토요일 오전부터 나오려니까 아내한테 할 말이 없어서요. 검사님이 테니스광인 걸로 해뒀어요."

　준미가 미안함에 웃어 보인다.

　"양철기는 어떤 것 같으세요?"

"평정심을 유지하려고 애는 쓰겠지만 조금씩 말리기 시작할 겁니다. 성공한 깡패들이 가족은 엄청 챙기거든요. 몰아붙이면 결국 자기는 살아야겠다는 생각을 할 겁니다. 다만……."

"다만?"

"더 이상 물적 증거 없이 말로만 밀어붙이는 건 큰 효과가 없을 겁니다. 눈치챌 겁니다. 이 사람들이 아무런 증거도 가지고 있지 않구나. 그냥 공갈포구나. 그렇게 생각하는 순간 오히려 입을 열기가 더 어려워질 겁니다."

"그렇죠. 이제 증거로 압박할 타이밍이죠. 하기야 현 회장 같은 인물을 배신한다는 건 쉬운 일이 아니죠."

"맞아요. 현 회장이 구속된다는 확신이 있어야 양철기를 움직일 수 있습니다."

"실마리가 좀 보이던가요?"

진태가 담담하게 입을 열었다.

"사실 현 회장 주변에서 일어난 형사사건들은 제대로 수사 받은 적이 없어요. 현 회장 주변에서 음침한 사건들이 많이 일어났거든요. 하지만 누구도 그 부분을 제대로 수사한 적이 없어요."

"음침한 일?"

"폭력과 살인이죠."

피 묻은 형사사건.

"현 회장과 이권으로 다투던 사람들 몇몇이 실종됐습니다. 하지만 아무런 증거도 없고 흔적도 없어요. 치밀하게 제거한 것이죠."

"그 사건들에 양철기가 관련되어 있을 가능성이 높구요."

"행동 대장이었으니까요. 살인이나 암매장 같은 건이 걸려 나온다면 양철기도 그대로 혼자 덮어쓰지만은 않을 겁니다."

"증거가 남아 있을까요?"

"찾아야죠. 흔적이 없는 사건은 없으니까요."

"실마리가 될 만한 사건이 있을까요?"

"준현건설."

"오준현 사장."

"가장 최근 사건이고."

"오준현 사장의 치밀한 성격 때문에 가장 고생했을 것이고."

"가족들이 아직까지도 수사를 요구하고 있죠. 역시 검사님도 파악하고 계셨군요."

"직접 하셔야겠죠?"

"네, 검사님. 다만 하루나 이틀이 필요합니다. 현장을 직접 봐야 하니까요."

"네. 당연히 그러셔야죠."

"휴가로 처리하겠습니다."

"아뇨. 업무상 출장입니다. 휴가는 가족과 함께."

웃는다.

"시작하자구요."

"네."

그때 진태의 어린 딸에게서 전화가 걸려온다.

"아빠 언제 와."

그렇게 진태가 나가고 난 후 준미는 다시 혼자 남겨진다.

그리고 다시 서류 속으로 들어간다.

효림은 3년 전 실종된 송엔터 소속 배우 김민지의 주변을 조사하고 있었다. 민지의 가족은 거의 포기를 하고 있는 것처럼 보였다. 3년이란 시간은 그러기에 충분하고도 남았다. 특히 실종의 경우 가족을 희망 고문이라는 극한의 고통으로 몰아넣었다. 특별한 이유도 없이 사라진 사람들. 가족들은 기다린다. 포기할 수 없다. 포기하려는 마음을 먹는 순간 죄책감이 밀려든다. 어디서 무슨 끔찍한 일을 당하고 있는 것은 아닐까 하는 괴로운 상상까지⋯⋯. 하지만 구체적으로 할 수 있는 것은 없다. 그렇게 지쳐간다. 그리고 시간은 결국 그런 감정들을 둔하게 만들고 포기를 강요한다. 살아도 살아가는 것이 아닌 시간들. 실종자 가족들.

그런 가족들에게 효림의 갑작스러운 방문은 별다른 소득 없이 잊혀가는 상처를 헤집어놓은 것이나 다름없었다. 김민지의 어머니는 나가려는 효림을 보며 묻는다.

"돌아올 수 있을까요?"

효림은 그 눈을 본다. 무슨 말을 해야 할까? 효림은 고개 숙여 인사한 후 돌아섰다.

'더 이상 희망 고문을 할 수는 없다.'

뒤에서 울음소리가 들렸다. 울음은 아팠다. 우는 사람도. 듣는 사람도.

가족에게 들은 정보는 별로 없었다. 김민지는 성인이 된 후 줄곧 나가서 생활을 했고, 가족은 그 내밀한 상황에 대해서 별다른 정보가 없었다. 김민지의 어머니로부터 가장 친했다는 고등학교 친구의 연락처를 얻어 톡을 보내 만남을 청했고 상대는 흔쾌히 응해 주었다. 하지만 별다른 정보를 얻을 수는 없었다.

"그냥 가끔씩 안부 주고받고 단톡에서 이야기하고 그게 전부였어요. 쉽게 자기 이야기 털어놓고 그런 편이 아니었거든요. 그리고 애들하고 놀러 가고 모이고 그런 데도 잘 안 나왔어요. 그러니까 친하고 좋은 친구지만 막 살갑고 붙어 다니고…… 그러진 않았어요."

"혹시 그런 친구가 있을까요? 아는 사람 중에?"

"아뇨. 그나마 고등학교 친구들 중에는 제가 가장 가까운 사람이었을 거예요."

다른 친구들도 만나보았지만 반응은 마찬가지였다. 전화를 피하거나 별로 할 말이 없다는 것이 대부분 비슷했다. 만남이나 대화 자체를 피한다는 느낌이었다. 뭔가 숨기기 위해서가 아니라 귀찮게 여긴다는 느낌이 컸다. 그러나 계속해서 수소문했고, 그러다 내밀한 이야기를 주고받는 김민지의 친구 이선주를 만날 수 있었다. 의외로 이선주는 김민지와 고객과 손님으로 친해진 사이였다. 효림은 관계의 친밀도가 꼭 시간과 비례하지 않을 수도 있다는 생각을 했다.

이선주는 피부 관리사로 일하고 있었고, 토요일에도 출근해서 저녁 무렵 그녀의 직장 근처에서 만나게 되었다. 무척 귀여운 인상을 가진 이십 대 중반의 여성이었다.

"벌써 3년 전이네요."

"친하게 지내셨나 봐요?"

"네. 만난 지 얼마 되지 않았지만 이상하게 죽이 잘 맞았어요."

선주는 잠시 회상에 잠겼다.

"민지 씨는 어떤 사람이었나요?"

"굉장히 예민한 친구였어요. 관계에 대한 고민도 많고, 그래서 오히려 저하고 친했는지 몰라요. 주변에 엮이는 사람 없이 우리 둘은 아무 말이나 할 수 있었으니까요."

예민하고 상처받기 쉬운 사람. 그래서 모임이나 단체를 갈수록 피하는 사람. 효림은 민지를 상상해 본다. 자 이제 본론으로 들어갈 시간이다.

"혹시 사라지기 전에 뭔가 이상한 말을 한 적이 없었나요?"

"이상한 말이라면?"

"그러니까 뭐 때문에 힘들다던가 하는?"

"그런데 그 전에 검찰에서 3년 전 사건을 다시 수사하는 이유가 뭔가요? 민지의 사건에 뭔가가 있나요?"

"최근 민지 씨의 소속사에 있던 여배우가 다시 실종됐습니다."

"!!!"

"우리는 그 사건에 의문을 품고 있어요. 그래서 이번 사건까지 뒤지게 된 겁니다. 민지 씨가 사라지기 전에 남긴 말이 없었나요?"

이선주는 생각에 잠긴다. 뭔가를 고민하는 표정이었다. 뭔가를 알고 있다! 뭔가를 건질지도 모른다.

"말씀하세요. 절대 피해 가게 하는 일 없을 거예요."

"원하지 않는 사람들을 만나야 한다고 했어요."

"원하지 않는 사람들?"

"네. 민지 말로는 굉장히 힘 있는 사람들이라고 했어요. 그 사람들을 만나는데…… 그게……."

효림은 긴장하고 기다린다. 드디어 뭔가가 걸려 나오기 직전이다.

"그 사람들하고 거래를 하게 될 것 같다고 했어요."

"거래?"

"그 사람들과 함께 지내게 되면 배역도 얻고 광고도 찍게 될 거라고."

"그럼?"

"스폰서를 만나고 있었어요, 민지는."

"!!!"

걸려 나온 것은 생각보다 더 지저분한 것이었다.

송 대표는 연습실 앞에 서 있었다. 아마도 계속해서 혜진의 연습을 지켜보았던 모양이다. 혜진은 숨을 몰아쉬며 공손하게 인사한다. 회사에 들어오면서 가장 먼저 배운 것이 인사다. 송엔터는 예의를 중요시했다.

"열심히 하는구나."

송 대표가 인자한 표정으로 혜진을 보며 웃는다.

"네."

"집이 어디니?"

"자양동요."

"가는 길이니 내려줄게. 가자."

"네?"

"태워준다고. 준비해서 로비로 와."

"아…… 네."

어색했다. 평소에는 얼굴조차 보기 힘든 대표가 직접 태워준다 니 이상한 일이었다. 하지만 거절하는 건 더 이상한 것 같아 그냥 타고 가기로 한다. 간단하게 땀을 닦고 옷을 갈아입은 후 로비로 내려가자 송 대표의 차가 기다리고 있었다.

차에 올라타자 어색함에 긴장한다.

"무용 연습 자주 하나 봐?"

"네."

"그래, 배우는 선이 중요해. 안 그래도 니가 열심히 한다는 이야 기는 들었다. 할 만하냐?"

"네."

불편하다. 어색함이 사라지지 않는다. 꼭 나이 차 때문은 아니 었다. 송 대표는 어딘가 모르게 무섭게 느껴지는 사람이었다. 특히 송 대표의 고급 승용차 안은 숨 막힐 듯이 조용했다. 외부 소음이 거의 차단된 것이 단둘이 함께 있다는 것을 수시로 깨닫게 만들어 불편함을 더했다.

"니가 몇 살이지?"

"스무 살요."

"그래. 얼른 데뷔하고 얼굴 알려야지."

"네. 저도 그러고 싶어요."

"그래. 말만 잘 들으면 곧 그렇게 될 거야. 그치?"

"아…… 네."

차가 그사이 잠실대교를 지나 자양동 사거리에 다다른다. 혜진 의 집 부근이다.

"아, 저기서 세워주세요."

"골목까지 들어가줄게."

"아니, 괜찮은데."

"위험해. 특히 너같이 이쁜 애들은."

이런 말 불편하다.

"괜찮은데."

"누가 잡아가면 어떡해. 그럼 내가 손해가 얼만지 알아?"

"……."

"집 앞까지 데려다줄게."

불편하다. 특히 송 대표에게 사는 집을 보여주고 싶지가 않았다. 하지만 송 대표는 골목 구석 끝까지 들어가서 차를 세운다.

"고맙습니다."

"그래. 혼자 사니?"

"네."

"……."

"감사합니다. 조심해서 들어가세요."

혜진은 차에서 내려서 빌라 안으로 들어간다. 혜진은 돌아본다. 송 대표의 차가 그대로 서 있다. 담뱃불이 빛난다. 혜진은 건물 안으로 들어가기 위해 번호를 누른다.

송 대표는 그런 혜진의 뒷모습을 바라본다.

선이 곱고 여성스럽다. 분위기나 느낌이 좋다. 자기만의 고집이나 욕심이 있다.

쉬운 아이가 아니다.

그래, 그가 좋아할 스타일이다.

그래, 다음은 너다.

진태는 오준현 사장의 실종지인 충북 진천에 있는 작은 암자로 향했다. 평일이라 막히지 않고 달렸다. 2시간이 채 못 되어 목적지에 도착했다. 더 올라갈 수 있는 산악 도로가 있었지만 일부러 산 입구 쪽 길가에 차를 세웠다. 두 발로 밟아가며 확인해 보고 싶었다. 차를 세우고 나서 혹시나 농기구나 차의 이동을 막는 것이 아닌가 확인해 본다. 트럭까지 지나다닐 수 있게 넉넉한 빈 공간이 남는다. 공무원이 되고부터 작은 시비에도 휘말리지 않기 위해 세심하게 신경 써온 부분들이었다. 진태는 암자를 향해 걸어 올라가기 시작했다. 오준현 사장이 실종 당시 밟았던 코스를 그대로 따라가며 당시 상황을 이해하기 위해 최대한 노력했다.

오준현 사장의 실종 사건은 3년째 미해결 상태로 남아 있었다. 실종 당시 혼자서 차를 몰고 평소 다니던 암자에 다녀오는 길에 흔적도 없이 사라진 것이다. 경찰은 당시 사건 정황을 분석했지만 아무런 증거도 찾지 못했다. 공개 수배로 전환했지만 그마저도 특별한 성과를 남기지 못했다.

당시 경찰은 오준현 사장의 원한 관계에 대해서 조사했다. 하지만 건설업을 하는 사업가의 특성상 이곳저곳에 여러 가지 방식으로 이권이 얽혀 있어서 범인을 특정하기가 어려운 측면이 있었다. 집안에서도 사소한 갈등은 있었지만 가출할 만한 상황은 아니었다. 불교 신자인 한 형사는 모든 것을 단절하고 불교에 귀의한 것이 아닌가 하는 의문을 제시하면서 숨겨진 암자를 뒤져볼 것을 제의했지만 별다른 반응을 이끌어내지 못했다. 실제로 오준현 사장은 수시로 암자를 찾는 독실한 불교 신자였다. 회사 직원들은 속을 알 수 없는 사람이긴 했지만 합리적이고 남에게 피해를 끼치지 않는 성격이었다고 진술했다.

별다른 성과 없이 시간이 지나갔고 모든 실종 사건이 그렇듯이 그렇게 수사는 미해결 상태에서 끝을 맺었다. 성인 실종의 경우 특정한 원한 관계나 범인으로 추정할 만한 상황이 나오기 전까지는 수사가 집중되지 않는다. 그렇게 3년의 시간이 흘렀고, 이제 오준현 사장은 사람들의 뇌리에서 잊혀갔다.

진태가 지금 다시 그 사건을 끄집어내려는 것이다. 당장 특별한 성과를 기대하는 것은 아니었다. 다만 서류로 볼 때 절대 알 수 없는 것을 현장에서 확인했을 때 또 다른 시야가 열리는 경우가 자주 있었다. 그것은 현장이 주는 힘이었다. 당시의 분위기와 정황이 감각과 경험으로 이해될 때 전혀 생각지도 못했던 방향으로 사건을 해결해 내는 경우를 진태는 많이 보았다. 작가들이 리얼한 작품을 쓰기 위해 조사를 하고 현장을 방문하듯이 검찰 수사관도 사건을 최대한 밀착해서 이해하기 위해 현장을 찾는 것이다.

진태는 오준현 사장이 실종된 산길에 멈춰 서서 숨을 몰아쉬었다. 공터가 보였고 그 이후부터는 도로가 급격하게 좁아지고 있었다. 오준현 사장도 산 중턱에 있는 이 공터에 차를 세워놓고 다시 삼십 분 정도를 걸어 올라갔을 것이다. 여기서부터 도로가 끊겨 산길만 남아 있기 때문이다. 요즘은 찾아보기 힘든 외진 암자였다.

진태는 숨을 몰아쉬며 주변을 살핀다. 증거가 남아 있을 리 없었다. 올라오면서도 특별한 것이 있는지 살펴보았지만 시멘트로 포장되어 있는 흔한 산악 도로였다. 당시의 상황을 추측할 만한 것은 그 무엇도 없었다. 호흡이 편해지자 암자로 가는 산길을 걸었다.

외진 길이 이어지고 산세는 점점 더 험해지고 있었다. 그렇게 삼십 분을 올라가자 정상이 가까운 곳에 있는 큰 바위 사이에 작은 암자가 있었다. 초탈한 것으로 보이는 노승이 조용히 지나갔다. 진태는 호흡을 고르며 암자 주변을 살핀다. 암자는 아름다웠다. 하지만 지금 그 아름다움이 진태의 눈에는 들어오지 않았다. 진태는 다시 오준현의 동선을 떠올리며 천천히 올라왔던 길을 내려간다. 내려가면서는 좀 더 명징한 사고를 할 수 있을 것 같았다. 내려가는 길의 호흡과 진태의 사고의 리듬이 맞았다. 추리를 시작했다. 오준현 사장이 사라진 방법에 대해 생각했다. 만약 양철기가 노렸다면 어디쯤이었을까? 차가 주차된 산 중턱에서 암자까지 이어지는 산길일 가능성이 높다. 목격자가 나타날 가능성도 낮고 재빨리 숨을 수 있는 공간도 많았다. 그렇게 산길에서 오준현을 납치 살해한 후 차가 있는 중턱으로 이동해 사체를 차에 실어 제3의 장소로 이동한 후 유기했을 것이다. 그 과정에서 사람을 만날 가능성은 지극히 낮았다. 고립된 상황에서 일을 처리하는 것이 수월했을 것이다.

범죄의 방식에 대해서 대략 짐작이 가지만 누가 그랬는지 왜 그랬는지에 대해서는 여전히 아무것도 알 수 없었다. 다시 관련된 사람들을 만나고 조사해 봐야겠지만 새로운 이야기가 나올 가능성은 극히 낮았다.

사실상 추적이 불가능하다.

답답했다. 여기서 접히는 것일까?

그때 부스럭하며 나뭇가지 밟는 소리가 들린다. 주변을 살펴본다. 고라니? 멧돼지? 하지만 정작 눈앞에 나타난 것은 흰옷을 입은 소녀였다. 소녀는 흰색 한복을 곱게 차려입었는데 그 모습이 기이해 보였다. 소녀는 해맑게 웃고 있었다.

"여서 뭐 해유?"

"뭐?"

"히히히……. 중들 보러 왔나유?"

그리고 뒤에 지게를 진 남자와 화려한 한복을 차려입은 여자가 보였다. 여자의 옷차림과 지게 뒤에 담긴 돼지머리와 한과 등으로 보아 무당인 듯했다. 주변에서 치성을 드리는 것으로 보였다. 무당으로 보이는 여자가 조용히 지나가려 했다. 그 뒤로 지게를 진 남자가 다가오자 진태는 자리를 비켜주었다. 하지만 흰옷을 입은 소녀는 여전히 히죽 웃으며 진태를 본다.

"조심혀야 혀. 안 그라다가는 니도 끌리가서 죽어."

"!!! 잠깐만요! 그게 무슨 소리죠?"

세 사람이 멈춰 선다. 지게 진 남자가 소녀에게 소리친다.

"니 쓸데없는 소리 하지 마라!"

소녀가 기가 죽는다. 남자가 진태를 노려본다. 진태는 검찰 수사관 신분증을 꺼낸다.

"검찰 수사관입니다. 이곳에서 실종된 사람을 찾고 있습니다."

세 사람은 고요한 표정이 되어 진태를 바라보았다. 남자가 주저앉아 지게를 내려놓았다. 남자는 지게에 걸린 수건으로 땀을 닦아내고는 진태를 본다. 남자의 지게에 꽂혀 있는 낫을 본다. 날카롭다. 주변에는 아무도 없다. 소리쳐도 들리지 않는다. 영화나 드라마에서처럼 격투 끝에 제압하면 좋겠지만 10년 동안 운동이라고는 하지 않았다.

'도망가야 하나.'

하지만 그 순간 남자가 낫을 드는 대신 입을 열었다.

"야 말을 전부 믿으마 안 돼유. 대부분이 헛소린데."

진태는 숨을 고른다.

"네. 혹시나 아는 게 있는지 보려고 하는 겁니다."

진태는 오준현의 사진을 꺼내서 소녀에게 내민다.

"사라진 남자야. 잘 봐. 이 남자 알겠어?"

소녀와 나머지 두 사람은 사진을 바라본다. 소녀는 말도 없이 한참을 바라본다. 그러더니 진태를 본다. 소녀의 눈빛. 진태는 뒷걸음질 칠 뻔한다. 소녀의 눈빛이 불처럼 일렁거린다.

"불쌍한 영혼이 구천을 떠돌고 있어."

"뭐?"

진태가 소녀를 바라보지만 표정을 읽을 수 없다. 진태가 겨우 소녀와 눈을 맞춘다. 그리고 소녀에게 묻는다.

"이 사람 알아?"

"알지. 지금 니 뒤에 서 있어."

언니

밖은 늦봄에서 초여름으로 이어지는 아름다운 계절 특유의 싱그러움으로 모든 것이 물이 오르고 있었다. 사람들 특히 젊은 여성들의 옷은 점점 짧아지고 얇아졌다. 아름답다는 것을 그리고 젊다는 것을 과시하고 있었다. 하지만 한 젊은 여성은 그 모든 것을 잃고 좁은 병실 창밖으로 자신과 무관한 그 싱그러움을 바라보고 있었다.

지선은 항암 치료를 시작했다. 머리가 빠졌고, 음식을 잘 삼키지 못해 점점 말라가기 시작했다. 싱그럽던 젊은 피부는 꺼칠해지고 반점과 결절이 점점 늘어갔다. 수시로 구역질이 올라왔고, 머리는 멍했다. 청춘은 사그라들었다. 암세포는 집요했다. 그리고 지선은 그 싸움에서 점점 지쳐가고 있었다. 이대로 끝나는 걸까? 그냥 이대로 사라지는 것일까?

창밖을 본다. 푸른 잎이 달리기 시작하는 나무가 이토록 아름다운 것을 왜 몰랐을까? 좀 더 밖으로 돌아다닐걸 그랬다는 뒤늦은 후회를 한다. 하지만 저 나무도 언젠가는 저 잎을 잃고 사라질 것이다. 언젠가는. 그래 그 언젠가는 모두가 죽는다. 이 모든 것들도 언젠가는 사라질 것이다.

병원비, 소모적인 고통. 끝낼 수 있다면. 이대로 끝낼 수만 있다면.

그러나 23살.

여름으로 접어드는 이 풍경 앞에서 지선은 생각한다.

살고 싶다.

유정은 거울을 들여다보며 세수를 마친 자신의 얼굴을 들여다보고 있었다. 그러다가도 갑자기 눈물이 흘러내렸다. 병원에서 본 지선은 자신이 알던 지선이 아니었다. 그녀는 점점 더 사그라들고 있었다. 작아지고 있었다. 말라가고 있었다. 그 모습이 지워지지 않는다.

함께 공장에서 일하며 웃고 떠들던 생각에 눈물은 멈추지 않는다. 벌써 몇 번째 세수인가. 이 눈물이 멈추면 스킨을 발라야지 하면서 계속 눈에 물을 끼얹는다.

공장 일은 힘들다. 하지만 지선 언니와 함께라서 버틸 수 있었다. 갓 고등학교를 졸업하고 공장으로 들어온 유정은 초반에 너무 힘들어 많이 울었다. 야간 근무조 때는 생리를 거르는 일도 있었다. 엄마가 보고 싶었다.

하지만 무엇보다 서러웠다. 대학에 간 친구들의 대화나 메시지가 단톡방에 오를 때마다 유정은 눈물이 났다. 소개팅, MT, 동아리, 과방. 그러나 유정이 가장 부러운 것은 바로 수업이었다.

'나 수업 간다.'

'수업 시작.'

'미안 수업.'

'수업 끝.'

수업. 수업. 수업.

그렇게 올라오는 메시지를 볼 때마다 설레고 아팠다. 수업이 듣고 싶었다. 공부가 하고 싶었다. 뭐라도 좋으니 앉아서 듣고 받아 적고 싶었다. 그래서 다른 것을 꿈꾸고 싶었다. 달라질 거야……. 나아질 거야……. 나는 무엇을 할 거야. 그렇게 꿈꾸고 싶었다.

하지만 눈앞에는 미세한 반도체들이 쉴 새 없이 쏟아지고 있었고, 20살의 청춘은 그렇게 방진복에 갇혀 있었다. 물론 공장이 괴로운 것만은 아니다. 일도 익숙해지면 할 만하고 이곳에서도 인간관계가 있고, 사회생활이 있다. 재미있다.

하지만 대학.

그 이름이 그렇게 마음을 울릴지는 몰랐다.

대학에 가본 적은 없지만 상상해 본다.

고풍스러운 건물, TV나 드라마에서 보던 잔디밭이 있는 캠퍼스, 창밖으로 보이는 풍경, 뿔테 안경을 쓴 지적인 교수님.

가지지 못한 것을 그리워하는 것이 인간일까.

그렇게 그게 가지고 싶었다.

대학.

그 마음에 모든 것이 서러워서 엉엉 울었다. 들킬까 봐 베개에 얼굴을 묻고 소리를 죽인다.

서러워서 자신이 불쌍해서 운다.

엉엉 운다.

그때 위층 침대에서 지선이 내려와서 유정의 머리를 쓰다듬어 준다.

"괜찮아……. 괜찮아……."

순간 서러움이 폭발해 그대로 지선의 품에 안겨 운다.

"언니……."

"유정아. 괜찮아……. 조금만 지나면 괜찮아……. 다 지나갈 거야."

그렇게 한참을 운다.

그렇게 안아준 언니의 품은 참 아늑하고 따뜻했다.

언니였다. 지선은 그런 언니였다.

유정은 더 이상 울지 않기로 한다. 언니에게 작은 힘이라도 보태야겠다고 생각한다. 엄청난 병원비.

봉투를 열고 오십만 원을 넣는다. 그러나…… 다시 이십만 원을 뺀다. 순간 다시 십만 원을 더 넣었다가…… 다시 고민한다. 그러다 주저앉는다.

치사해서……. 이런 상황에서도 십만 원 이십만 원 차이를 고민하는 스스로가 치사해서 유정은 운다.

가난하다는 것은 사람을 이토록 힘들고 치사하게 만드는 일이었구나.

친언니처럼 생각하는 사람의 죽음 앞에서 십만 원 이십만 원의 차이를 생각하는 그 냉정함과 잔혹함에 아파서 운다.

슬퍼서 운다.

그리고 결국 오십만 원을 봉투에 넣는다.

'그래. 힘들 때 서로 돕자. 지선이 언니가 얼마나 잘해줬어. 아까워하지 말자. 언니에게 주자.'

그렇게 마지막 세수를 하고, 얼굴을 닦고 스킨을 얼굴에 바르고 두드린다. 눈 밑에 다크서클에 속상해하며 스킨을 바르다 문득 반팔 셔츠 아래로 드러난 팔뚝을 본다. 가만히 본다.

작은 반점.

속상하다.

그런데 이상하다.

팔을 걷는다.

어깨와 팔 부위로 십여 개의 반점과 결절이 오돌토돌하게 돋아 있었다.

유정은 그날 밤 울음을 멈출 수가 없었다.

⚖

태경은 최서인의 집 앞에 차를 주차했다. 그 앞에서 기다리기로 한다. 다들 태경의 변호를 말뿐이라고 생각하지만 그 말이란 것이 수돗물처럼 튼다고 그냥 좔좔좔 흘러나오는 것은 아니다. 그동안의 다양한 사회 경험과 그것을 통한 깨우침을 기본으로 한다. 그리고 무엇보다 사건을 맡게 되면 그 사건을 집요하게 파고든다. 작은 디테일이나 팩트조차 놓치지 않는다. 그 사소한 것들이 결국 흐름을 바꾼다. 재판은 기본적으로 물적 증거와 법리의 다툼이다. 그러나 그것은 기본적으로 애매모호함을 포함한다. 어떤 시각으로 바라보느냐에 따라 다를 수 있다. 만약 모든 것이 객관적이라면 왜 판사가 필요하고 국민 참여 재판이 필요하겠는가? 결국 작은 차이 미묘한 뉘앙스와 느낌을 자기 쪽으로 끌어오는 변호사가 승리한다.

유선희의 재판이 끝나고 다들 물었다. 어떻게 유선희가 빅토리아 시크릿 속옷을 구매한 것을 알아냈느냐고.

간단하다. 그녀의 집 앞에서 잠복을 하며 그녀가 버리는 일반 쓰레기와 재활용 쓰레기를 뒤졌다. 그녀가 버리는 쓰레기를 뒤지며 그 사람의 캐릭터를 생각한다. 어떤 약점을 가지고 있는지, 어떤 것에 흔들릴지 생각한다. 유선희의 경우도 재활용 쓰레기 속에서 빅토리아 시크릿 속옷 포장과 영수증을 발견했다. 사소한 디테일이지만 흐름을 바꾼 결정적인 요소였다.

태경은 차에 멍하니 앉아서 최서인의 집을 바라본다. 낡은 다세대 주택의 반지하. 빛조차 잘 들지 않는 집. 어린 최서인은 그 집 안에서 무슨 생각을 할까? 이 동네에서 잘나간다는 소녀, 오토바이와 독일 차를 타는 멋진 오빠들과 어울리는 소녀. 그러나 그 잘나가는 소녀의 집은 빛조차 들어오지 않는다.

그냥 소녀는 이 빛이 들지 않는 집이 싫었던 것이 아닐까?

그때 오토바이 한 대가 도착한다. 뒷좌석에서 머리를 염색하고 아찔하게 짧은 미니스커트를 입은 서인이 내린다. 오토바이 남자와 서인이 담배를 꺼내서 피운다. 한두 번 피워본 솜씨가 아니다. 태경은 그 모습을 가만히 바라본다. 오토바이가 떠나가고 서인이 혼자 남는다. 끝까지 담배를 빨아 당긴다. 그 담뱃불에 비치는 서인의 얼굴. 어딘가 쓸쓸하고 슬퍼 보인다.

그녀가 담배를 던지고 집 안으로 들어간다.

하지만 집으로 들어가자마자 집 안에서 싸우는 소리가 들려온다. 태경이 자세히 듣기 위해 창문을 연다. 거친 남자의 목소리에 한마디도 지지 않고 바락바락 대드는 서인의 목소리가 들려온다.

쌍년, 개 같은 년. 그보다 더 심한 이야기를 딸에게 쏟아붓는다. 서인은 지지 않고 대든다. 개새끼 니가 해준 게 뭐야? 거지 같은 집구석 나갈 거야! 붙잡는 아버지. 아버지? 아무튼 서인을 낳은 남자. 재판 앞두고 조심해! 일 그르치고 싶어? 으아아아!!! 서인의 비명 소리. 잠시 후 서인이 밖으로 나온다.

눈물, 서러움이 북받치는 눈물. 그렇게 울다가 아버지가 따라 나오자 달려간다. 허름한 추리닝의 중년 남자가 그런 서인의 뒤에서 소리친다. 지 애미 닮아서 썩을 년이 집 나가는 건 잘해. 그러면서 게슴츠레한 눈으로 담배를 피워 문다.

태경이 차를 몰아 서인을 따라간다. 빠르다.

그런 그녀는 동네 놀이터로 간다. 놀이터 부근에 차를 세우고 계속 그녀를 관찰한다.

서인은 한참 동안 계속 담배를 피운다. 그리고 계속 스마트폰으로 연락을 취한다. 스마트폰 불빛에 서인의 얼굴이 비친다. 눈물이 뒤범벅된 아이는 계속 훌쩍이며 바쁘게 손을 움직인다.

태경은 문득 애처롭다는 생각을 한다. 훌쩍이는 모습을 보니 그냥 아이 같다. 잠시 후 놀이터 앞으로 차가 한 대 도착한다. 창문을 내리고 클랙슨을 누른다. 그러자 서인이 그쪽으로 다가가서 몇 마디 이야기를 나누더니 차에 오른다. 창문에 비친 남자는 태경 또래로 보였다. 차가 떠나자 태경이 그 차를 따라간다. 그리고 유흥가 쪽으로 들어가더니 그 차는 모텔 주차장 안으로 들어간다. 태경은 그 앞에 차를 세우고 멈춰 선다.

잠시 가만히 앉아 있는다.

머리가 하얗게 변한다.

순간 자신이 어디에 있는지를 생각한다.

이것이 현실인지도.

아버지에게 혼나서 훌쩍이던 소녀가 잠시 후 아버지 또래의 남자와 모텔로 온다.

이런 개 같은.

태경은 차에서 내린다. 어쨌든 다른 건 다음에 생각하자.

딸 같은 애를 데리고 모텔로 오는 저 짐승부터 처리하자.

모텔 로비로 들어가는데 십 대 후반 이십 대 초반의 남자 아이들이 우르르 몰려 모텔로 들어간다.

모텔 주인이 방 번호를 알려준다.

아이들이 올라가는 곳을 태경이 따라간다.

그리고 잠시 후 모텔 복도에서 서인을 데리고 올라갔던 남자가 옷이 벗겨진 채 복도로 끌려나온다.

그 남자 주변을 둘러싸는 아이들.

위협하며 남자를 방으로 다시 끌고 들어가는 아이들.

남자는 살려달라고 다급하게 소리친다.

얼마나 지났을까?

남자아이 하나가 방을 나와서 모텔 밖으로 나간다. 5분 정도 지나자 봉투를 하나 들고 다시 방으로 들어간다. 잠시 후 서인이 나와서 한 뭉텅이의 돈을 헤아리더니 주머니 속에 넣고는 태경을 스쳐 지나간다.

17살.

최서인.

이번 사건의 피해자였다.

이민수 부회장은 드디어 집에 도착했다. 일하는 사람들이 입구에 도열해 서 있다.

"이제 이런 거 그만들 하시라니까요."

아무리 말해도 듣지 않는다. 할아버지와 아버지가 만들어놓은 가풍이었다. 밖으로 나갔다 올 때마다 집 안 사람들을 도열하게 하는 것. 민수는 그것이 전근대적이라고 생각했다. 시대에 맞지 않다. 하지만 할아버지가 살던 이 오래된 집에서 오랫동안 일한 사람들은 민수의 말을 듣지 않는다. 자기 고집대로 움직인다. 민수의 할아버지뻘인 집사는 여전히 민수를 '도련님'이라고 부른다.

"아니 옥천 할아버지, 그렇게 부르지 좀 마세요. 그냥 민수라고 부르세요."

"아니 어떻게 감히! 그런 말씀 마세요."

"그럼 그냥 부회장님이라고 부르세요. 도련님이 뭐예요. 진짜 닭살 오르게."

"네, 도련님."

고집쟁이 영감.

민수가 집 안으로 들어가자 하얀 털의 강아지가 달려와서 민수에게 안긴다. 민수가 환한 표정으로 강아지를 안아 들고 부빈다. 격렬하게 사랑스럽게.

"니가 얼마나 보고 싶었는지 알아! 이 녀석아!"

3년째 청소 일을 하고 있는 은미는 그런 민수를 보면 웃음이 나왔다. 역시 개를 좋아하는 그녀는 민수처럼 애완견을 좋아하는 사람을 보지 못했다. 그녀는 동물을 대하는 태도에서 그 사람의 인격과 품격이 나온다고 생각하는 편이다. 그런 면에서 민수는 은미가 본 최고의 인격자였다. 따뜻한 사람이었다. 집에서 일하는 십여 명을 대하는 태도가 한결같이 공손하고 따뜻했다.

"많이 드세요."

민수가 식탁에 앉자 따뜻한 밥과 나물국, 생선, 채소무침 등이 놓여 있다.

"이야! 이 고사리나물 진짜 맛있네요!"

"많이 드세요. 집밥 오랜만에 드시는 건데."

"고마워요. 안동 할매."

"네. 얼른 드세요. 천천히."

안동 할매가 그런 민수를 흐뭇하게 바라본다. 오랜만에 안동 할매의 손맛을 보는 민수는 두 그릇을 비우고 나서야 일어서서 자신이 묵는 본채로 옮긴다. 성북동에 있는 이 오래된 저택은 일제 시대에 지어진 집으로 견고한 대리석으로 만든 집이다. 원래 총독부 고위 관료가 묵던 집으로 주인이 살던 본채와 일하는 사람들이 사는 별채로 구분된다. 민수의 할아버지가 전쟁이 끝난 직후 이 집을 샀고, 민수가 바로 이어받았다. 민수는 대대적으로 집을 수리했다. 겉으로 보면 고풍스러운 저택이지만 실내는 최신식 시설로 되어 있다. 민수는 본채로 건너왔다. 본채에는 민수 혼자뿐이다. 철저히 고립되어 있다.

민수는 이제야 편안한 마음으로 음악을 틀었다. 스트라빈스키. 음악을 들으며 좋아하는 와인 한 병을 꺼냈다.

그리고 드디어 긴장을 풀었다.

"스폰서요?"

"네. 분명히 그렇게 말했어요."

효림의 말에 준미는 잠시 호흡을 가다듬는다. 예상 못 한 것은 아니다. 어린 여배우와 조폭 출신의 기업가가 연결되었을 때 직감적으로 스폰서와 관련된 지저분한 사건일 수 있겠다는 생각을 했다. 그러나 그 후로 의식적으로 그런 생각들을 밀쳐두고 있었다. 그런 단정적인 사고가 사건 해결을 가로막을 수 있다는 가장 원론적인 생각도 있었지만 동시에 아니길 바랐다. 돈과 힘이 있는 남자가 자신의 욕구를 위해서 어린 여자들의 꿈을 이용하는 그 치졸하고 더러운 사건에 장영미가 얽히지 않았기를 바라는 마음이 있었다.

하지만 이 사건은 그 더럽고 뻔한 패턴으로 준미를 데려간다. 현 회장도 창의적인 악당은 못 된다는 생각을 한다.

"연결이 되네요."

"어떤 연결요?"

"동부지검에서 현 회장을 수사할 때 궁금했었거든요. 현 회장이 어떻게 이렇게 많은 권력자들을 손아귀에 넣고 마음껏 주무를 수 있었는지요."

준미가 효림의 눈을 보며 차분하게 설명을 시작해 나간다.

"보통 특수부 사건에서 권력자들은 뇌물 문제와 연결되면 수사 대상이 된 기업가와 관계를 부정하고 연결 고리를 끊어내기 바빠요. 만난 적이 없다. 모르는 사람이다. 그렇게 뻔한 변명을 해요."

"그런데요?"

"현 회장과 연결된 사람들은 달랐어요. 부정하지 않았어요. 그리고 필사적으로 그를 보호했죠. 자신의 모든 걸 걸고."

"그래서 수사가 좌절된 거군요."

"맞아요."

"그들은 왜 그렇게 현 회장을 보호했을까요? 꼬리를 자르는 게 편했을 텐데."

"현 회장이 뭔가를 쥐고 있었던 거죠."

"그 뭔가가 뭘까요?"

"이동일이 들고 사라진 일기에 적힌 내용이 아닐까요?"

"!!!"

"동영상일 수도 있고, 사진일 수도 있겠죠."

"점점 지저분해지는군요."

"이제 현 회장을 필사적으로 보호하던 그 사람들이 이해가 되네요. 그들에게 현 회장은 강자였던 겁니다. 자신의 운명을 좌우할. 자료 하나로 자신들을 파괴할 수 있는 그런 사람이었던 거죠."

효림은 긴 한숨을 내쉰다.

"이제 어떻게 해야 할까요?"

"이동일을 찾아야죠. 그게 가장 중요합니다."

결국 그것뿐인가?

"그리고……."

"그리고?"

"우리가 찾아야겠죠. 희생당했던 여자들, 혹은 희생당하고 있는 여자들."

"스폰서에게."

"송엔터의 여배우들에게 접근해야겠어요."

뽀삐

태경은 모텔을 빠져나온 서인을 따라간다. 모텔에서 같이 빠져
나온 남자아이와 잠시 길을 걸으며 끊임없이 핸드폰을 만진다. 그
리고 거리에서 다시 또래의 몇몇 아이들을 만난다. 잠시 후 아이들
은 편의점으로 가서 술과 담배를 사서 나온다. 그리고 한참을 걸
어 한적한 놀이터로 자리를 옮긴다. 그곳에서 아이들은 소리치며
술판을 벌인다. 담배를 피우며 끊임없이 소리를 지른다. 태경이 조
금 떨어진 곳에서 그 모습을 지켜본다. 뭐라고 하는 사람은 없다.
워낙 외진 곳이다. 잠시 후 아이들이 하나둘 흩어진다. 그렇게 시
간이 지나고 새벽 1시를 넘어갈 즈음해서 놀이터에 남은 것은 서
인이 혼자뿐이다. 중간중간 가는 아이들을 서인이 붙잡았지만 아
이들은 모두 사라진다.

"안 돼! 엄마가 존나 찾아 지금."

"전화 계속 와."

"야 나 담배 냄새 나?"

"나 얼굴 빨개?"

어쨌든 돌아갈 곳이 있는 아이들. 서인만 남겨진다.

끼익— 끼익—.

녹슨 그네는 서인을 태우고 움직인다.

태경은 그런 서인을 바라본다.

외로운 아이.

그네를 타는 서인이 하늘을 올려다본다. 한숨을 내쉰다.

"시발 짜증 나!!!"

그렇게 소리친다.

"시발 더러워!!!"

또다시 소리친다. 하지만 듣는 사람은 아무도 없다.

끼익— 끼익—.

서인이 고개를 숙이고 그네를 한참 탄다. 그러다 그네의 반동이
멈춘다.

조용한 놀이터.

그 가운데 들려오는 것은 서인의 울음소리였다.

17살.

갈 곳 없는 아이가 울고 있었다.

진태는 섬찟해진 표정으로 소녀를 바라본다.

"너 그게 무슨 소리야?"

하지만 소녀는 피식 웃는다. 뒤에서 남자가 다가온다.

"야 말 다 듣지 마셔유, 야가 가끔씩 이래 이상한 소리를 해유."

소녀는 웃는다. 하지만…… 뭔가 이상하다. 좀 더 물어보자.

"정말 이 사람 알아?"

진태가 소녀에게 사진을 가까이 대고 묻는다.

"알지. 크크크."

소녀는 혼자 웃다가 다시 진지해져서 태경을 본다.

"아직도 억울하고 원통해서 저승으로 못 가고 여서 저서 떠돌고 있다고."

"무슨 소리야!? 뭐가 원통한데?"

"히히."

"왜? 왜 원통한데?"

웃다가 다시 바라보는 소녀.

"억울하게 죽어부러서."

"!!!"

"억울하게 죽었어?"

"옹. 내가 봤어."

"!!!"

"뭐를 봤어?"

"이 남자. 죽는 거."

무당이 달려와서 소녀를 잡는다.

"이노무 가시내야, 되도 않은 소리 하덜 말어!"

진태가 그녀를 막고 소녀에게 바짝 다가선다.

"정말 봤어?"

"응. 여서부터 저짝까지 끌리가는 걸 내가 봤지."

"!!! 그래서?"

"히히…… 그놈들이 저짝으로 끌고 가서 죽여버렸어! 목을 콱 졸라서."

무당이 다가와서 막는다.

"야가 오락가락하는 애유. 자꾸 묻지 마셔유!"

진태가 무당의 너머로 소녀를 본다. 그리고 묻는다.

"그 사람들…… 끌고 간 사람들 얼굴 봤어?"

"그럼 봤지."

진태는 서류를 뒤진다. 손이 떨린다. 그리고 양철기의 사진을 꺼내서 소녀의 얼굴 앞에 내민다. 소녀가 사진을 들여다본다. 묘한 표정. 그러다

"히히."

웃는다.

"그놈이다."

소녀가 진태를 보고 웃는다.

"그놈들 중 한 놈이유."

진태는 두려움에 떨고 있었다. 소녀의 그 눈. 깊이를 알 수 없는 형형한 그 눈. 그러나 소녀의 눈을 피할 수가 없다. 마치 잡힌 듯이 끌려 들어간다.

"그놈들이 저기 용마루서 기다리다가 내려가는 이 남자를 잡아…… 그러고는 목을 조르지유……. 이 남자가 살라꼬 살라꼬 발버둥을 치는데도…… 용서를 안 해유……. 세 명이서……잡고 조르는 거유…… 막막……. 남자 얼굴이 시뻘게지민서 죽어가……. 그 눈이 점점 핏줄이 터짐스로 뻘게져."

덜덜덜.

"내가 바위 뒤에서 숨어서 봤어……. 그 남자 죽어가는 걸. 그 시뻘건 눈을 다 봤어. 내가 다 봤어. 히히."

소녀의 눈.

덜덜덜.

소녀는 마치 다른 사람이 된 것처럼 그 순간을 떠올린다. 그러다 갑자기 소녀가 헤시시 웃는다. 진태가 최대한 정신을 추슬러 묻는다.

"그리고?"

"그리고 데리고 내려갔어. 한 놈이 먼저 내려가고…… 나머지 두 놈이 끌고 내려가고……. 그러더니만 저기 공터 주차장에서 차 타고 가버리더라고."

진태의 추리와 일치한다. 소녀가 웃으며 진태를 본다.

"그거 알아? 죽은 오준현이는 아직도 여를 떠나지 못하고 있어. 억울하고 원통해서."

덜덜덜.

너 이름을 어떻게 알았어?

그 말을 차마 하지 못한다.

떨려서.

덜덜덜.

유정은 아무에게도 말하지 않고 서림대학병원을 찾아 검사를 받았다. 의사는 심각한 표정이었고 자세한 이야기는 검사 결과를 보고 하자고 했다. 시간이 초 단위까지 느껴졌다. 1초 1초가 불행한 결말을 향해 전진해 나가는 것 같았다. 피할 수 없이 예정된 결말로.

멍하니 해야 할 일만 했다. 아무 생각도 할 수가 없었다. 몸 전체가 진공 상태가 되어버린 것처럼 텅 비어 있었다. 이상한 곳에 와 있는 느낌이었다. 그렇게 지독한 시간이 흐르고 검사 결과가 나왔다.

피부암이었다.

피부암이라는 의사의 진단을 듣는 순간 그녀는 저 아래로 깊이 떨어지는 듯한 기분이었다. 그 이후로 이어지는 의사의 말은 잘 들리지 않았다. 윙 하는 이명이 귀에서부터 뇌까지 파고들었다. 그리고 그 이명은 점점 커져갔고, 의사의 말들은 머릿속에서 흩어져버렸다.

"유정 씨. 최유정 씨?"

의사가 유정을 바라본다. 이명이 서서히 사라진다. 그리고 현실과 마주한다. 그래 피부암이었다.

'나는 피부암에 걸렸다.'

그동안 피부암에 걸린 지선을 바라볼 때 안타깝고 마음 아팠지만 그것이 자신의 일로 다가왔을 때 그건 전혀 다른 문제였다. 온갖 감정들이 폭풍처럼 휘몰아쳤다. 분노, 좌절, 신에 대한 원망, 한탄, 그리고 체념. 하지만 다시 분노가 시작되고, 다시 체념하기까지, 그 과정을 끝없이 반복했다. 그러다 어느 순간 멍해진다. 그 끝없는 감정 반복의 허망함을 알게 되고 드디어 인정하게 된다.

피부암.

하지만 다행히도 초기라서 통원 치료가 가능하다고 했다. 하지만 그러고 나서 다가오는 현실적인 문제들. 수술, 입원 그리고 돈. 얼마 되지 않는 통장 잔고. 그때 떠오르는 엄마의 얼굴. 군대에 있는 동생. 아픈 그 이름 가족.

어떻게 해야 할까?

엄마의 월급으로는 병원비를 감당할 수 없을 것이다. 보험 하나 들어놓지 못한 자신의 처지가 원망스럽다. 다시 시작된다. 원망, 분노.

그러다가 생각하게 된다. 자신에게 도대체 왜 이런 일이 생겨야 하는지. 도대체 왜?

그런데 그때 지선의 얼굴이 떠오른다. 함께 일한 언니. 같은 공장 같은 라인. 같은 방. 그리고 같은 병.

이상했다. 정말 이상했다. 피부암은 감기가 아니다. 같은 공간에 있었다고 감염되는 병이 아니다. 거기다 누구나 한 번씩 걸리는 흔한 병도 아니다. 그렇다면 왜 둘 다 같은 병에 걸린 것일까?

그녀는 재빨리 태산전자에 입사할 때 받은 업무 수첩과 연수 과정 중에 공부한 책들을 꺼낸다. 반도체 제조 과정에 대해서 훑어보기 시작한다. 어려운 화학 약품들과 복잡한 반도체 제조 과정들이 이어진다.

벤젠, 산화에틸렌, 실리콘 웨이퍼, 산화막, 감광액.

인터넷을 켜고 약품과 반도체 제조 과정을 검색한다. 해석하기 어려운 외국의 논문들이 펼쳐진다. 엄두가 나지 않는다. 하지만 그녀는 영어 단어를 검색해 가며 필사적으로 매달린다. 복잡하고 해석 불가능한 고급 영어들이 계속 이어지지만 유정은 포기하지 않는다. 그리고 한참이 지난 후 그토록 찾아 헤맨 하나의 단어가 그녀의 눈으로 파고든다.

cancer.

논문의 소제목을 확인한다. 반도체 제조 과정에 나타날 수 있는 부작용에 관한 단락. 그 단락에서는 암과 백혈병 그리고 유산, 림프종 암 등 반도체 제조 과정에서 나타날 수 있는 각종 질환에 대해 언급하고 있었다.

직감은 점점 더 확신이 되어간다. 논문을 정확히 해석할 수는 없지만 부작용에 언급되는 질환들 중에 분명 암이 있다.

게다가 젊고 건강한 두 여성이 한 공장에서 일하다 같은 병이 걸렸다. 그 이상의 확실한 증거는 없다.

'우리의 병은 우연이 아니다. 이건…… 산업재해다!!'

혜진을 집으로 데려다준 며칠 후. 송 대표는 자신의 방으로 그녀를 불렀다.

"너 오디션 보면 늘 떨어지지?"

"네."

"그거 왜 그런 줄 아나?"

"제가 부족해서."

"그런 순진한 생각으로 맨날 틀어박혀서 무용하고 그런다고 되는 게 아니야. 이 바닥은."

"그럼……."

"한국 사회 다 인맥이거든."

"인맥요?"

"그래 인맥. 우리가 다 전통적으로다가 정을 중시하고 지연 학연 이딴 거를 졸라 중요하게 생각을 해요. 쉽게 말해서 내가 알고 나한테 잘하는 사람 땡겨다 쓰겠다는 거지."

"아……."

납득이 된다. 그런 생각 한 적이 있다. 유명한 배우나 감독 한 명이 가족이라면, 아니 알고 만날 기회라도 있다면 기회를 잡을 수도 있을 텐데, 라고.

"너 우리 회사가 갑자기 성장한 이유도 다 그런 데 있는 거야. 내가 죽어라고 사람들 만나고 너희들 프로필 들이밀면서 서포트하니까 이렇게 된 거라고."

"아 감사합니다."

"그런데 말이야……."

"네."

"잘된 애들 있지?"

"네."

"걔네들이 다 열심히 하고 싹수가 있었던 것도 사실이지만 한 가지 특별한 노력을 더 했어."

"어떻게요?"

"궁금하지? ……궁금할 거야."

"네. 알려주세요."

"바로 사람에 대한 관리야. 걔네들은 나 따라다니면서 미리 사람들 안면을 텄거든. 그렇게 안면 트고 인맥 쌓고 하다가 빵! 터진 거지."

"아……."

"너도 좀 그런 게 필요해. 가서 이야기도 하고 세상 돌아가는 것도 듣고, 응? 그렇게 친해지면 그 사람들이 기회가 있을 때 반드시 너를 땡겨주게 돼 있어. 세상의 이치란 것이 그래."

"아…… 네."

별로 내키지 않는 일이다. 성격상 누구 비위 맞추고 그런 일 잘하지 못한다.

"오늘 지금 업계 관계자들하고 자리가 있는데 가서 인사하고 안면 좀 터볼래?"

별로 하고 싶지 않다. 일단 송 대표하고 있는 자리가 그리 편하지 않다. 집에 가서 따뜻한 물에 샤워를 하고, 차 한잔 마시고, 핸드폰 만지며 쉬고 싶은 마음이 간절했다.

"저는 다음에……."

송 대표가 굳은 표정으로 혜진을 본다.

"너 아직 간절하지가 않구나."

"아니요. 그런 거 아니에요."

"니가 이 바닥이 얼마나 치열한지 모르지?"

"알아요. 오디션만 가봐도 수천 명이 있는데요."

"아는데 그래? 너 세상일이라는 게 말이다. 다 사람에서 사람으로 풀리는 거야."

"열심히 할게요. 많이 도와주세요."

"니가 도와줄 수 없게 만들잖아."

송 대표의 낮고 굵직한 목소리가 위압적으로 실내를 가득 채운다.

"이게 소속사만 열심히 한다고 되는 일이냐? 응? 인사하고, 사람들 만나고 하는 일도 다 니가 할 일이야!"

"그럼 낮에……."

"야, 엔터 하는 사람들이 누가 낮에 만나. 다 밤에 만나서 비즈니스하지."

"……."

"싫으면 관둬."

송 대표가 화난 표정으로 자리에서 일어난다.

혜진은 고민에 빠진다. 송 대표의 제안에는 뭔가 불길한 그리고 불온한 느낌이 묻어났다. 그걸 느낄 수 있다. 정확히 무엇인지는 모르겠지만 그것이 그리 적절해 보이지 않는다는 것은 직감적으로 알 수 있었다. 하지만 정말 만약 이것이 데뷔를 위한 것이라면. 이렇게 사람을 만나서 스타로 성장해 나갈 수 있다면. 그럴 수 있다면. 순간 카메라 앞에 서 있던 그 친구를 떠올린다. 수백 명의 스태프의 헌신 속에 카메라 앞에 서 있던 친구. 모두가 친구만을 바라본다. 그렇게 되고 싶다. 무슨 희생을 치르더라도.

"대표님."

"왜?"

"저도 가볼게요. 가서 간단하게 인사만."

송 대표의 표정이 밝아진다.

"그래, 그렇게 해볼래?"

그렇게 시작되었다.

영미는 문 앞에 서 있는 그 남자를 바라보았다. 어둠 속에 잠겨 있는 남자. 얼굴을 알아볼 수가 없다. 그 남자가 천천히 어둠 속에서 얼굴을 드러냈다.

그리고 영미는 그 남자를 알아보았다.

그 남자다.

영미의 몸은 부들부들 떨리고 있었다. 이까지 떨려서 듣기 흉한 소리가 났지만 영미는 멈출 수가 없었다.

그리고 기억이 났다. 파편처럼 흩어지던 기억들이 맞춰지기 시작한다.

직소 퍼즐이 맞춰지는 순간처럼 그 남자와의 기억이 영미의 머릿속에서 빠르게 재생된다. 그렇게 순식간에 하나의 그림이 맞춰진다.

그 남자.

그 남자를 만나기 위해 은밀하게 어두운 방으로 들어가던 기억.

어디인지 알 수 없게 그곳으로 갔다.

안대로 눈을 가려 그 남자가 있는 곳까지 갔다.

절대 그 남자의 존재가 알려져서는 안 된다.

어둠 속에 가려진 그곳에서 그 남자를 만났다.

어둠 속에서 천천히 걸어 나와 영미를 만지던 그 남자.

사디스트.

잔혹한 사디스트.

웃는 남자. 그 남자의 웃음.

상대가 고통스러워하고 괴로워할수록 그 남자의 웃음은 더욱 진해졌다.

그때부터가 시작이었다.

온갖 잔인한 방법으로 괴롭히던 그 남자.

지옥 같던 그 시간.

목을 조르던 그 남자.

남자의 속삭임. 그건 악마의 속삭임.

"너를 가지고 싶어. 영원히. 아무도 몰래. 나만 너를 볼 거야."

그 남자는 속삭인다. 목을 조른다.

영미는 소리친다. 살려주세요. 제발. 그렇게 울부짖는다.

남자가 웃는다. 키득키득. 정말 재미있다는 남자의 웃음소리.

그리고 속삭인다. 더 비명을 질러봐. 살려달라고 애원해 봐. 응?

하지만 말을 할 수가 없다.

영미의 목을 조르는 남자의 손에 힘이 더 들어간다.

정신이 희미해진다.

제발…… 제발…… 제발.

그렇게 기억이 끊어졌었다.

그리고 깨어난 곳은 바로 이곳 감금방이었다.

그래 이제 기억이 난다.

그 남자.

지금 그 남자가 영미를 보며 웃고 있었다.

남자 뒤로 문이 잠긴다. 전자음 소리를 내며 닫히는 문. 남자만
이 열 수 있는 문.

그래 저 남자가 가둔 것이다.

그 말이 사실이었다. 아무도 모르게 자기만 보겠다는 그 말.

남자가 웃으면서 천천히 영미에게 다가온다.

덜덜덜.

남자는 떨고 있는 영미를 보며 말한다.

"떨지 마."

그러나 떨림이 멈추질 않는다. 저 눈. 저 웃음. 남자의 깨끗함. 하얗다 못해 눈부신 저 이.

덜덜덜.

그 남자가 웃으면서 다가온다.

영미가 뒷걸음질 친다.

남자가 멈춘다.

그리고 웃는다.

"왜 그래?"

"살려주세요."

"나는 너를 죽이지 않아."

웃는다.

"그렇게 빨리는."

"제발요."

울먹인다.

"제발 살려주세요."

서럽게 운다. 두려워서 우는 것인지 분해서 우는 것인지 알 수 없다. 하지만 혹시 매달리면 절박하게 매달리면 살려줄지도 모른다.

영미는 남자의 발을 잡고 매달린다.

"제발 제발 살려주세요. 제발요. 절 내보내주세요. 나가면 아무한테도 이야기 안 할게요. 쥐 죽은 듯이 살게요. 남들 몰래 숨어서 죽을 때까지 비밀을 지키면서 조용히 살아갈게요. 그러니까 제발 살려주세요. 네?"

절박한 호소. 그때 뭔가 남자가 들썩인다. 남자가 마음을 움직인 걸까? 올려다보는데…….

키득키득.

웃고 있다. 아이처럼. 해맑게. 정말 재미있는 장난감을 발견한 아이처럼 해맑게. 남자가 웃음을 멈춘다.

"자, 그럼 이제 누가 니 주인인지 알겠지?"

주인.

해맑고 싸늘한 저 미소. 진저리 나는 저 미소. 영미가 두려움에 눈물을 터트린다.

남자가 웃으면서 말한다.

"뽀삐. 울지 마."

목격자

　민수는 뽀삐를 사랑했다. 하얗고 보드라운 털을 가진 강아지 뽀삐. 집사가 들고 들어온 그 강아지를 보는 순간 마음이 두근거렸다. 그 형태며 털의 촉감까지 너무나 사랑스러웠다. 어디든지 데리고 다녔다. 짧은 다리로 뛰어다니는 그 강아지를 보며 알 수 없는 기분에 휩싸이고는 했다. 아찔한 기분이었다.

　그날은 햇살이 강한 초여름 날이었다. 뽀삐를 데리고 뒷동산에 갔다. 해가 내리쬐는 동산 잔디밭에 앉아서 뽀삐를 바라보았다.

　앙증맞게 장난치고 있던 뽀삐.

　민수는 뽀삐를 들어 올렸다. 뽀삐는 몸부림치며 혀를 날름거린다. 사랑해 달라고 그렇게 몸부림친다. 손에서 뽀삐의 심장 박동이 느껴진다. 그리고 그 해맑은 눈.

　순간 민수는 자신이 뽀삐를 마음대로 할 수 있는 사람이라는 생각을 한다. 아무도 보는 사람이 없다.

뽀삐.

민수는 천천히 손에 힘을 준다. 뽀삐의 목뼈가 느껴진다. 뽀삐가 소리를 지른다. 깽깽. 그렇게 발버둥 친다. 그때의 희열. 재밌다. 나는 절대자. 너의 주인. 더 힘을 주자. 뽀삐가 발버둥 친다. 키키. 그 반응이 재밌다. 뽀삐는 측은한 표정으로 민수를 본다. 민수는 갑자기 힘을 꽉 준다. 뽀삐가 발버둥 치면서 민수의 손을 벗어난다. 그러면서 민수의 손을 할퀸다. 그 재밌는 장난이 분노로 바뀐 것은 그 순간이다.

감히. 내 손을.

민수는 뽀삐를 따라간다. 겁에 질린 뽀삐는 달아난다. 하지만 곧 민수에게 잡혀 들어 올려진다. 이 개새끼가. 뽀삐가 글썽거리는 눈으로 발버둥 친다. 바둥바둥. 깽깽. 하지만 그럴수록 그렇게 발버둥 칠수록 민수는 더욱 참을 수가 없다. 민수의 손힘이 강해질수록 뽀삐는 서서히 늘어지기 시작한다. 그 뽀삐의 축 늘어져가는 몸이 손바닥 전체를 통해 느껴진다. 그 순간 민수는 몸을 떨었다. 아 그 순간. 그 기쁨. 그 희열.

참을 수 없어서, 더 이상 참을 수 없어서 민수는 손에 더욱 힘을 준다. 꽈악. 그러자 미세하게나마 느껴지던 뽀삐의 생동감이 흩어지듯이 사라진다. 뽀삐의 몸은 뭔가가 빠져나가버린 듯 축 늘어진다. 민수는 한동안 가만히 앉아 있는다.

너무나 황홀한 경험. 손안에서 여전히 뽀삐의 그 감촉이 느껴지는 듯했다. 하지만 지금은 축 늘어진 뽀삐뿐. 민수는 주변을 살피고 땅을 파서 뽀삐를 묻는다. 그 후 평소처럼 아버지와 할아버지가 시키는 대로 성실하게 생활해 나갔지만 민수는 그때부터 단 한 순간도 손바닥에서 죽어가던 뽀삐의 감촉을 잊지 못했다. 뽀삐, 나의 뽀삐. 그렇게 기회가 닿을 때마다 새로운 뽀삐를 데리고 뒷동산을 찾았다. 들키지 않게 은밀하게. 너무 자주 하다가 사람들이 눈치챌 수도 있다. 그러니까 조심스럽게.

그러다 어느 순간 더 이상 재미가 없어진다. 다른 것을 느끼고 싶다. 더 짜릿한 것을 하고 싶다.

사람의 목을 조르고 싶다.

그때부터 그러한 열망에 휩싸였다. 그 열망은 사그라들지 않는다.

그때부터 여자의 목을 바라본다. 색이 짙고 짧은 목은 싫다. 부드럽게 뻗은 하얗고 아름다운 여자의 목을 볼 때마다 민수는 조르고 싶고 손바닥으로 그 뼈를 느끼고 싶은 열망에 휩싸였다. 단번에는 싫다. 그 여자를 알고, 내 것으로 만들고, 그 여자를 복종하게 해서 완전히 내 것으로 만들고 나서 천천히 서서히 그 여자의 목을 조른다. 민수는 매일 밤 그런 상상을 한다. 매일 밤 그것을 꿈꾸었다. 매일 밤이었다.

별채와 본채로 통하는 문을 잠근다. 이제 아무도 본채로 들어올 수가 없다. 민수는 그동안 그토록 기다려오고 꿈꾸어온 순간을 만끽하기로 한다. 특히 이번 뽀삐는 사람을 자극시키는 뭔가 특별한 것을 가지고 있다. 그 뽀삐를 마음껏 사랑해 주기로 한다.

처음 할아버지가 죽고 이 집을 대대적으로 수리했을 때 민수는 본채 할아버지 침실 구석에서 비밀 통로 하나를 발견했다. 좁은 통로를 지나 안으로 들어가자 넓은 지하 공간이 나타났다. 그곳은 보물 창고였다. 은밀하게 만들어진 그곳에는 할아버지가 평생을 모아온 금괴와 보물 들이 가득했다.

'저승에 짊어지고 갈 수 있다고 생각했나 보지? 미련한 영감.'

그 비밀 창고는 쉽게 발견할 수 없도록 정교하게 만들어져 있었다. 민수는 그 공간을 보고 환호성을 질렀다. 역시 할아버지의 집을 물려받고 살기로 한 결정은 정말 잘한 일이었다고 생각했다. 외부인은 쉽게 이 집으로 들어올 수 없다. 특히 이곳 본채는 일하는 사람들조차 쉽게 접근하고 알아낼 수 없는 곳이었다. 민수는 그동안 마음속으로 가져온 환상을 실현할 수 있을 공간을 가지게 되었다. 그때부터가 시작이었다.

민수는 책장을 밀어내고 비밀번호를 누른다. 철문이 열린다.

민수는 천천히 좁은 통로를 걸어 들어간다. 그리고 드디어 도착한 곳에서 비밀번호를 누르고 문을 열었다.

그곳에 그것이 있었다. 민수는 그것의 이름을 불렀다.

"뽀삐."

영미는 현실감이 느껴지지 않아 그저 눈앞에 서 있는 민수를 바라본다. 그가 왜 자기를 뽀삐라고 부르는지 이해가 되지 않았다.

"잘 있었어? 뽀삐."

"난 뽀삐가 아니에요."

"넌 뽀삐야. 착하지 이리 와. 웅? 쭈쭈쭈."

"난 뽀삐가 아니라구요!!"

오랫동안 참았던 영미의 분노가 폭발한다. 민수가 한 걸음 물러선다. 차분한 미소를 지으며 민수가 다시 영미에게 다가간다.

"어 뽀삐. 화내면 안 되지. 그치? 착하지?"

"지금 뭐 하는 거냐고!!! 왜 나를 여기 데려왔냐구요!!"

영미가 다시 폭발하자 민수가 싸늘하게 굳는다.

"실망인데 뽀삐. 나는 밖에 있는 동안 줄곧 너를 생각해 왔어."

"말해요. 왜 날 여기에 가뒀는지."

"뽀삐. 나는 니 주인이야. 그런 걸 설명할 필요가 없어."

"주인? 당신은 내 주인이 아니야! 내 주인은 나야!! 여기서 날 내보내주면 그냥 아무 일도 없던 걸로 할게요. 여기에 대해서 아무 말도 안 할게요. 그러니까…… 내보내줘요."

"뽀삐는 여기서 나갈 수 없어."

"뽀삐라고 부르지 마! ……난 강아지가 아니야!"

영미가 소리치고 숨을 몰아쉰다. 내친 김에 영미가 몰아친다.

"나를 그만큼 가지고 놀았으면 됐잖아. 나한테!! 그렇게까지 지독하게 했으면 당신도 해볼 만큼 한 거잖아. 그런데 왜 이런 짓까지 하냐고!?"

"아니야. 난 아직 시작도 안 했어. 이제부터가 진짜지."

"왜 이러는 거죠? 나한테?"

"나는 니가 너무 좋아."

"당신 정도면 나 정도 여자는 얼마든지 가질 수 있잖아!"

"아니야. 너는 특별해. 보는 순간 느꼈어. 너의 그 하얗고 긴 목. 아름다워. 모딜리아니가 감탄할 거야. 니 목에."

"이러지 말아요. 당신 같은 사람이 이러는 게 이해가 안 돼!"

"음, 너는 곧 이해하게 될 거야. 내 사랑을 알게 될 거야. 앞으로 너는 나하고 재밌는 놀이를 많이 하게 될 거야. 너는 날 재밌게 해 줘야 해."

"그만해! 이 개새끼야!"

영미가 달려든다. 그러나 민수가 단숨에 영미를 제압한다.

영미가 주저앉아서 민수를 본다.

"너는 뽀삐야."

영미의 몸이 싸늘하게 굳는다. 장난이 아니다. 그의 표정. 눈빛. 진지하다.

"말도 안 돼……"

"알아. 다들 그랬으니까…… 받아들이기 쉽지 않을 거야. 하지만 내가 그렇게 만들어나갈 거야."

"나는 사람이라고! 내 이름은 장영미!! 서울시 은평구 신사동 7-15번지! 날 집으로 보내줘. 집에서 할머니와 엄마가 기다리고 있어."

그러나 결국 영미의 외침이 울음으로 변한다.

"살려줘요…… 제발……. 나가고 싶어요. 제발……."

"키키키."

영미는 순간 잘못 들은 거라고 생각했다. 그 소름 끼치는 웃음소리. 그 웃음이 정말 사람의 웃음소리일까. 영미가 고개를 들자 이민수가 진짜로 웃고 있었다. 정말 재미있다는 듯이.

"키키키."

"왜 웃어요?"

"재미있어서. 계속해 봐."

장명강의 재판을 앞두고 태경은 법정으로 향했다. 너무나 쉬운 재판이었다. 평판이 좋은 선생님. 일방적으로 유리한 증인들. 거기다 의도가 의심스러운 피해자. 하지만 찜찜했다. 새벽 놀이터에서 들었던 그 아이의 울음소리 때문이었을까? 이래서 감정이입은 위험하다. 냉정해지기로 한다. 현 회장이 부탁한 사건이다. 하지만…… 아버지에게 학대받고 있는 어린 소녀를 몰아세워야 한다. 그러나 장명강을 생각한다. 그는 억울한 누명을 쓰고 있다. 그는 좋은 교사였다. 다만 감정적으로 미숙한 아이와 그 아이를 이용하려는 아버지 때문에 겪지 않아도 될 고통을 겪고 있을 뿐이다. 그래 나이가 어리다고 환경이 불우하다고 해서 그런 행동들까지 용서되는 것은 아니다. 태경은 마음을 단단히 먹고 재판정 안으로 들어간다.

사실 확인이 끝나고 검찰 측의 신문이 시작되었다. 검찰 측은 장명강을 거세게 몰아세웠지만 특별히 더 나올 만한 것이 없었다. 성폭행 관련 사건이 대부분 그렇듯이 피해자의 증언에 의존해야 했다. 때문에 피해자와 피고인의 인격과 전과, 태도 등이 매우 중요하게 작용했다. 그런 면에서 장명강은 유리했다. 그의 배경과 행동, 평판은 너무나 준수했다. 반면 최서인에 대해서는 부정적인 증언들이 쏟아져 나왔다. 교사에게 욕설을 하고, 친구들을 괴롭히고, 수차례 가출을 했다. 거기다 원조 교제를 빌미로 성인 남성을 유인해 친구들과 함께 돈을 갈취한 죄로 이미 한 차례 입건된 적이 있었다.

그러나 알 수 없는 재판이었다. 상대는 어디까지나 17살 소녀였다. 서인의 증언이 어떻게 진행되느냐에 따라 모든 것이 달라질 수 있다. 구체적이고 명확한 진술이 나온다면 유죄가 나올 가능성도 많았다. 상대가 미성년자라는 것이 재판의 위험성을 높이고 있었다.

검찰이 신문을 시작했다. 태경은 긴장한 채 검찰 측 신문을 지켜보았다.

"자, 서인 양. 고통스럽겠지만 당시 상황을 자세히 설명해 볼래요?"

서인은 다소 무덤덤한 표정으로 한숨을 내뱉었다. 옆에서 장명강이 다소 긴장한 표정으로 앉아 있다. 그의 손이 떨린다.

서인이 이야기를 시작했다.

"장명강 선생님하고는 친하게 지냈어요. 힘들 때마다 자기를 찾아오라고 했어요. 그날 아빠한테 두들겨 맞고 학교도 못 가고 PC방에 있다 돌아버릴 거 같아서 장명강 선생님한테 갔어요……."

서인은 이야기를 멈추고 잠시 고개를 돌려 허공을 본다. 태경은 그런 서인을 본다. 장명강이 유독 긴장한다.

임여진 검사가 그런 서인을 보며 부드러운 목소리로 말한다.

"힘든 거 알아요. 천천히 준비되면 이야기해요."

임여진 검사는 차분하게 눈빛으로 서인을 다독인다. 서인이 고개를 돌려 장명강을 똑바로 쳐다본다. 눈물이 고인 눈. 장명강이 긴장이 되는지 손을 떤다. 눈에 띄게.

서인이 이야기를 이어나갔다.

"그날은 비가 왔어요. 아버지하고 싸우고 나서 우산도 안 가지고 나왔단 말이에요. 그래서 쫄딱 젖었어요. 그 상태에서 학교로 갔어요. 수업이 일찍 끝나는 날이라서 애들하고는 안 마주칠 수 있었어요. 그리고 교무실로 가서 장명강 선생님을 불렀어요. 선생님이 큰 수건도 주고 체육복도 줘서 갈아입었어요. 그리고 나서 빈 교실로 갔죠. 거기서 한참 이야기했어요."

서인의 눈이 충혈되면서 감정이 격해진다. 그리고 장명강을 노려보며 이야기를 계속해 나간다.

"내가 추워서 좀 떨었는데 선생님이 나를 안았어요. 나는 이상해서 몸을 빼는데 선생님이 힘을 줘서 나를 당겼어요. 그리고⋯⋯
내 귀를 물었어요."

서인이 점점 더 격해진다.

"입에 넣고⋯⋯."

울먹인다.

"그리고 체육복 바지 속으로 손을 넣어서⋯⋯ 그 손으로 내⋯⋯."

그때 태경이 무심코 장명강을 본다.

그런데 서인의 이야기 속으로 빨려 들어간 장명강. 그때를 회상하듯이.

그리고 그의 손.

마치 그때를 되새기듯이 서인의 이야기에 맞춰서 손이 아래로 내려가 부드럽게 움직인다.

장명강이 순간 태경을 본다.

떨리는 그의 눈.

히죽 웃는 장명강.

이 개새끼.

진태는 소녀의 정체를 정확히 파악하기 위해 산신제를 지내는 무당이 끝나길 기다렸다가 같이 산을 내려왔다. 무당은 진천군 덕산면 부근에 위치한 산 아래 외진 마을에 거주하고 있었다. 본명은 이선녀. 지게를 진 사람은 남편으로 오상군이었다. 소녀는 두사람의 딸로 오지민이었다.

"내 팔자가 쎄서 야는 평범하게 자라라구 최대한 평범한 이름으로 지었어유……. 근데 이래 신기가 있어서 저래 왔다 갔다 해유. 평소에는 괜찮다가 아무렇지도 않다가 저래 때가 되면 산으로 지 혼자 쫓아다니고 흰소리를 해 싸유. 긍게 너무 귀담아듣지 않는 게 좋아유."

이선녀 씨는 한숨을 길게 내쉬었다. 진태는 사실 무당이라면 뭔가 기가 세고 요사스러운 면이 있다고 생각했었는데 막상 선녀의 너무나 평범하고 순박한 모습에 놀랐다.

"중요한 사건입니다. 좀 전에 내려온 그곳에서 3년 전에 한 남자가 실종됐습니다. 따님이 그 사건을 목격한 것 같아요."

"3년 전이면 자가 한참 미쳐서 돌아다닐 때니까…… 더 믿을 수가 없어요."

"하지만 아까 지민이가 한 말은 도저히 직접 목격하지 않고는 할 수 없는 말들이에요."

"……."

"중요한 사건입니다. 목격자가 꼭 필요하구요."

"예. 수사관님. 근데유……."

"네"

"사람들이 자 말을 믿을까유?"

"!!!"

"자가 친구들하고 놀 때는 남들하고 똑같아 보이는데유……. 저런 이야기를 할 때는 아까 보셨잖유……. 그걸 사람들이 믿겠냐 그 말이에유."

맞는 말이다. 그런 모습으로 법정에 세울 수는 없다.

"사실 자가 진짜 본 걸 말하는 건지 아니면 신령님이 알려주는 걸 지가 말하는 건지 그것도 잘 모르겠씨유 저는. 그걸 가지고 수사를 할 수 있겠냐는 거예유 지 말은."

옆에 앉은 오상군 씨도 눈만 껌벅인다. 선녀가 말을 이어간다.

"세상 밖으로 나가면 아무도 우리 말은 안 믿어유. 지도 그렇게 재판 같은데 휘말려서 증인 뭐 그런 걸 한 적이 있는데유……. 정말로 우리 말은 잘 안 믿어유."

"일단 서울로 가서……."

"가서 정신 감정 받고 그러잔 말이잖아유. 그라고 재판에서도 야가 맨정신으로 하는 이야긴지 변호사한테 공격받아야 하구. 맞쥬?"

"!!!"

진태는 이선녀가 심각한 사건에 휘말린 적이 있다는 걸 알 수 있었다.

"수사관님이……. 저는 반대예유……. 우리 딸이 거기 나가는 거. 동물원 원숭이처럼 구경시키고 싶지 않아유."

진태는 입이 떨어지지 않는다.

집 앞 평상에서 햇빛을 쬐고 있는 소녀, 아니 지민을 바라본다.

유일한 목격자.

하지만 세상이 믿지 않는 목격자.

진태가 지민의 앞으로 간다.

지민이 웃으며 태경을 본다. 지금은 평범한 소녀다.

"아까 한 말 다 기억해?"

"그런 것도 있고, 아닌 것도 있어유."

"한 가지만 물어볼게. 그 실종된 사람……. 그 사람 이름은 어떻게 알았어?"

"오준현?"

"응."

"따라와유."

지민이 진태를 데려간 곳은 집 뒤편 창고. 지민이 구석에서 상자를 꺼낸다. 그리고 그 안에서 지갑을 꺼내준다. 진태가 손수건을 꺼내서 지갑을 잡고 열어본다.

신분증이 보인다.

오준현!

지민을 본다.

"이거 어디서 났어?"

"아까 그 산에서유."

"떨어져 있는 걸 주웠어?"

"아뇨."

"그럼?"

"오준현 그 사람을 죽인 사람이 그걸 절벽으로 던져버리더라고유."

"!!!"

"그래서 내가 그걸 주워다 놨어유."

진태가 지민을 본다.

"니가 이야기한 거 정말 본 거야?"

"그럼유."

"내 뒤에 오준현이 있다는 그것도 정말 본 거야?"

"그럼유. 그것도 봤어유."

"정말?"

지민이 웃는다. 그리고 알 수 없는 표정이 되어 진태를 바라본다.

"왜 못 믿겠어?"

"!!!"

지민이 다시 조용한 표정으로 다른 곳을 본다.

"불쌍해유. 자꾸 울고 있어유."

진태는 자기도 모르게 뒷걸음질 쳤다.

지민은 웃고 있었다.

누구의 웃음이었을까?

미궁

　태산 그룹 이민수 부회장은 입국장을 빠져나오고 있었다. 간단한 캐리어 가방 하나만 들었을 뿐이다. 기자들 몇 명이 그런 이민수의 사진을 찍는다. 수많은 경호원을 대동하고 전세기를 띄우던 아버지 때와 달리 이민수 회장은 단출하게 수행원도 없이 국적기 1등석을 타고 해외 출장을 다녀오는 길이었다. 민수는 재계에서 가장 젊은 회장답게 신선한 행보를 선보였다. 내일 아침 신문과 포털에 그런 이민수 부회장의 입국 모습과 공항 패션이 실릴 것이다. 사실 비서실에서 제시한 이미지 마케팅의 일환이었다.

　그는 대기 중이던 차에 올랐다. 차는 곧바로 공항을 빠져나가 태산병원으로 달렸다. 아버지이자 태산 그룹 회장인 이현석을 보러 가는 것이다. 2대 회장인 이현석은 태산 그룹을 국제적인 글로벌 기업으로 성장시킨 인물이었다. 다른 재벌 총수들에 비해서 사회

사업에 많이 투자했기 때문에 이미지도 좋은 편이었다. 다소 강압적인 태도의 보스 기질과 거칠고 직설적인 언변은 거부감보다는 카리스마로 비쳤다.

건강하던 이현석 회장은 6년 전부터 갑자기 쓰러지고 깨어나기를 반복했다. 최근 이현석 회장은 큰 차도를 보이며 회복하고 있었다. 태산병원이 가진 최첨단 의료 기술이 집중적으로 투여된 덕분이었다. 이현석 회장은 열정적으로 재활 치료에 임했다. 워낙 기가 세고 집요한 인물이었다.

"내가 내 회사 두고 그냥 이대로 죽을 거 같아?"

그가 곧 경영 일선에 복귀할 것이란 이야기가 들려왔다.

민수는 자동차 뒷좌석에 가만히 앉아 창밖을 바라보고 있었다. 창밖에는 어둠이 짙었다. 민수는 그런 어둠 속을 뭔가를 찾는 듯한 표정으로 계속 응시하고 있었다. 차는 태산병원으로 미끄러지듯 들어갔다. 이미 모든 통제가 이루어진 상태에서 그는 어떤 방해도 받지 않고 병원 안으로 들어왔다. 그리고 바로 VIP 전용 병동으로 직행하는 엘리베이터에 올라탔다. 엘리베이터의 버튼은 단 하나뿐이었다. 고속 엘리베이터는 엄청난 속도로 최고층을 향해 솟구쳤다. 눈앞에 서울의 화려한 야경이 펼쳐졌고, 이민수는 그러한 풍경을 다소 무심한 표정으로 바라보고 있었다. 곧 최고층 VIP 병동에 도착했다.

"다행하게도 빠른 속도로 회복하고 계십니다. 물론 몸의 불편함이 조금 남겠지만 아마도 정신이나 기본적인 활동에는 아무 문제가 없을 겁니다."

태산병원의 회장 주치의가 공손하고 차분한 어조로 말한다.

"감사합니다. 고생 많으셨습니다."

"아닙니다. 제 책임을 다했을 뿐입니다."

"그럼 아버님을 뵙겠습니다."

주치의가 따르려는데 민수가 미소를 지으며 말한다.

"혼자서 뵙겠습니다."

"네. 그러시죠. 밖에서 대기하고 있겠습니다. 필요하시면 말씀해 주십시오."

"그러죠."

민수는 공손한 태도로 인사하고 돌아서서 아버지의 병실로 들어갔다.

민수는 병실에 누워 있는 아버지를 내려다보았다. 곤히 잠들어 있었다. 학창 시절 유도 선수였던 이현석 회장은 병으로 많이 줄었지만 여전히 대단한 덩치를 자랑하고 있었다. 이민수는 어릴 적부터 그런 아버지 앞에 서면 어쩐지 웃음이 났다. 커다란 덩치에서 뿜어져 나오는 걸쭉한 음성으로 거침없이 사람들을 압도하는 그를 보면서 늘 뭔가 우습다고 생각했다. 그것은 웃기고 재밌는 연극이었다. 이현석은 소리치고 물건을 던지고 부하 직원들은 쩔쩔매며 목숨이라도 내어놓겠다는 태도로 온몸으로 충성을 표현했다. 이민수는 그런 행동들이 처음부터 우스웠다. 아주 어렸을 적 한번 그 모습을 보고 키득거렸다가 아버지에게 뺨을 세차게 맞았다. 그때부터 대놓고 웃진 않았지만 그는 여전히 속으로 웃고 있었다.

'멍청한 것들.'

우습다. 저런 식으로 사람을 장악하는 저 덩치 큰 바보도 우습고, 그 밑에서 설설 기며 돈을 받아가는 저것들도 우습다. 날파리 같은 것들. 날파리와 조금도 다름없지 않은가? 본능대로 살기 위해서 그저 날아다니고 있다. 혹은 돼지? 주는 사료를 먹기 위해서 끊임없이 꿀꿀대고 있다. 지겹고, 우습다. 바닥에다 눕혀놓고 짓이기고 싶다. 실컷 조롱하고 침을 뱉고 싶다.

어른들에게 하지 못하니 정원사의 아들을 바닥에 눕혀놓고 그렇게 했다. 순수한 재미였다. 사람을 그렇게 눕혀놓고 내려다보는 게 좋았다. 발로 목을 밟고 숨을 쉬기 위해서 발버둥 치는 걸 보는 게 재미있었다. 킥킥거리는 모습을 지켜보다 보면 그냥 그것을 없애버리고 싶은 마음뿐이었다. 이런 것들 하나 없어져도 세상은 아무 문제 없이 돌아갈 것이다.

크크크. 힘들어? 숨 쉬어봐? 날파리 같은 것들!

그때였다. 또다시 뒤통수로 주먹이 날아들었다. 그렇게 자신을 때릴 수 있는 단 한 사람. 이현석이었다. 돌아보니 옆에서 정원사가 자기 아들을 흔들어 깨우며 울고 있었다. 이현석은 사정없이 민수를 후려 팼다.

"이 개만도 못한 새끼!"

할머니와 엄마가 달려와 계속 맞고 있는 민수를 몸으로 감싼다. 그제야 폭행이 멈춰진다. 두 여자는 피 흘리는 민수를 안고 울면서 피를 닦아낸다. 그러나 민수는 그것이 성가시다.

'대체 왜 이렇게 난리 치는 거야. 성가시다. 너무 꽉 안지 마. 답답해. 울지 마. 눈물이 묻잖아.'

정원사의 아들이 정신을 차린다. 조금 힘이 모자랐나? 그 생각을 한다. 이현석은 두 여자를 밀쳐내고 민수를 끌고 서재로 들어가 문을 잠근다. 밖에서는 두 여자가 문을 두드린다.

이현석이 묻는다.

"왜 그랬냐?"

"……나를 보고 멍청하다고 해서요."

물론 거짓말이었다. 그냥 아무 이유 없이 밟고 싶었다. 조롱하고 싶었다. 죽이고 싶었다. 아주 자연스럽게 그냥 그러고 싶었을 뿐이다. 아무도 보는 사람이 없었다. 재수 없게 들킨 거다.

이현석 회장은 뚫어져라 아들을 바라본다. 읽을 수 없다. 눈빛을 읽을 수 없다.

이현석 회장은 문득 아들이 낯설게 느껴진다. 그리고 무섭다. 이 아이! 내게서 태어난 이 아이!

"절대 사람을 때려서는 안 된다. 알겠냐? 앞으로도. 알겠어?"

"알겠어요."

하지만 내면의 분노는 사그라들지 않는다.

'지가 뭔데. 고약한 인간. 감히 나를 때려?'

아버지란 저 인간만 없다면 나를 아무도 건들 수 없다. 할머니와 엄마라는 두 여자는 맹목적이었고, 나머지 인간들도 원하는 대로 움직여주었다. 하지만 이현석 그 인간만은 자신을 꿰뚫고 있다는 느낌이었다. 뭔가 들여다보고 있었다. 아직은 안 된다. 지금은 그의 말에 따라주자. 니 뜻대로 해주마.

민수는 그때부터 남들을 속이기 시작했다. 이현석이 지시하는 대로 공손히 했으며, 공부만 했다. 사실 그에게 공부는 어려운 일이 아니었다. 사람들을 죽도록 증오하고 때려눕히고 조롱하고 싶었지만 참았다. 아니 다른 방법을 개발했다고 하는 것이 맞을 것이다. 남들 앞에서 대놓고 하는 대신 교묘하게 괴롭히는 쪽을 택했다. 은밀하게 조롱하고, 조종하고, 파괴한다. 들키지 않게, 흔적을 남기지 않게.

너 이거 갖고 싶지? 우리 집에 갈래? 엄마, 친구 왔어요. 네. 우리 방으로 가자. 너희 아버지는 뭐 하시니? 그래? 그런 일 하면서 힘들겠다. 너 왜 산다고 생각해. 그렇게 남의 밑에서 일하고 주는 월급으로 살아간다는 건 어떤 의미일까. 자유라는 것이 없잖아. 남의 눈치를 봐야 하고. 너희 아버지의 인생에 대해 생각해 봤니. 그것이 가치가 있다고 생각해? 너희 아버지는 어쩌면 돼지하고 다를 바가 없지 않아? 우리 아버지가 주는 밥이나 먹고 꿀꿀거리잖아! 응? 그렇지 않아? 살 필요가 없어. 너는 그런 남자의 아들이야. 너도…… 살 가치가 있을까? 그냥…… 죽는 게 낫지 않아? 크크크.

하지만 그 와중에 아버지의 감시는 심해졌다. 민수는 매일 아버지에게 불려가 인성 교육이란 명목으로 훈계를 들어야 했다. 그때마다 아버지는 뚫어질 듯 민수를 노려보았다. 그 눈빛!

그러면서 민수의 내면 속에 아버지란 인간은 점점 더 커졌다. 벗어나야 했다. 떨쳐버려야 했다. 그러나 그 인간은 끈질기게 살아남았다. 아니 점점 더 커져서 민수를 통제하고 있었다. 무슨 짓을 해도 그가 보고 있는 것 같았다. 나타나서 후려칠 것만 같았다.

"개 같은 새끼."

자유로워져야 한다. 이 인간, 이 거대하고 늙고 무식한 인간을 처리해야 한다. 이 인간이 살아남아서 내면에서 계속해서 커지는 일을 막아야 한다.

민수는 주변을 살핀다. 아무도 없다. 이 병동에는 어떤 CCTV도 없다. 이현석 회장의 지시였다. 민수는 손수건을 꺼내 조용히 물에 적신다. 그리고 그것을 이현석 회장의 얼굴에 올려놓는다. 한 장…… 그리고 다시 한 장. 조용히 있던 이현석 회장이 버둥거린다. 눈을 뜬다. 그가 이민수를 바라본다. 웃어준다. 이현석은 눈을 부릅뜨고 민수를 본다. 민수가 웃는다.

"잘 가. 영감."

이현석의 손은 아직 자유롭지 않다. 그가 그나마 움직일 수 있는 오른손으로 얼굴을 막은 손수건을 벗겨보려 하지만 잘 움직여지지 않는다.

"키키키…… 버둥거리기는. 지금 니 꼴이 얼마나 우스운지 알아?"

눈을 부릅뜬 이현석 회장이 버둥거리다가 서서히 의식을 잃어간다.

이민수가 그의 귀에 속삭인다.

"지옥으로 꺼져!"

이현석 회장은 눈을 감는다.

아쉽다. 마음 같아서는 좀 더 조롱하고 즐기고 싶었지만 그래서는 안 된다. 손수건을 걷어서 조용히 품 안에 넣는다. 얼굴이 마를 때까지 기다린다. 조용히 앉는다. 어떤 장면을 연출할까 싶다. 그리고 소파에 앉아서 잠을 청한다. 간호하다 잠든 사이 죽는다. 나쁘지 않은 그림이다.

민수는 오랜만에 편안하고 안락하게 잠든다.

이제 영감은 없다.

⚖

증인석에서 증언을 이어가던 서인의 감정이 너무 격해져서 재판은 잠시 휴정하게 되었다. 태경은 장명강을 끌고 밖으로 나간다. 아무도 없는 구석으로 끌고 가서 장명강을 벽으로 몰아세웠다.

"당신 내 눈을 똑바로 봐."

장명강이 눈을 피한다. 태경이 벽을 때린다.

"내 눈! 똑바로 봐."

장명강이 조심스럽게 고개를 돌려 태경을 본다. 갑자기 비굴해진 눈빛. 거짓말을 하다 들킨 아이의 표정. 그러나 죄책감이 없는.

"당신 그날 일에 대해서 나에게 말한 게 정말 사실이야?"

"사실이에요."

"그런데 왜 최서인의 증언에 니 몸이 반응할까?"

"말도 안 돼!"

"말이 안 돼?"

태경이 장명강의 손을 움켜쥔다.

"니 손! 떨리는 니 손! 손은 그 일을 기억하고 있었지? 그렇지?"

"아니야!"

장명강이 태경의 손을 뿌리친다.

"당신 미쳤어?"

"아니 미치지 않았어. 좋았을 거야, 그렇지?"

"뭐?"

"비가 내리고 아무도 없는 학교에 넌 그 아이와 둘이 있었던 거야. 빗소리가 요란했겠지. 그치? 마치 세상에서 고립된 것 같았겠지. 단둘밖에 없는 것처럼 느껴졌겠지. 그 아이의 머리카락은 젖었을 테고 그게 너를 더욱 자극했겠지? 그 아이의 하얀 피부. 넌 늘 궁금했을 거야? 그렇지? 응? 그리고 너에게 기회가 온 거야. 얼마나 기다렸을까? 얼마나 꿈꿔온 순간이었을까? 니가 그 아이의 체육복 속으로 손을 밀어 넣는 그 순간을!"

태경이 장명강의 턱을 잡아 눈을 맞춘다. 장명강이 피하지 못한다.

"넌 그 아이를 건드린 거야. 그렇지?"

장명강이 부들부들 떤다. 부정하지 못한다.

"그렇지?"

"……."

"대답해, 이 새끼야!"

"그래! 내가 건드렸다. 그 애를 내가 건드렸어. 왜 내가 건드리면 안 돼?"

"이 개새끼!"

장명강이 웃는다.

"그래. 난 그 순간만을 기다렸어. 그 아이와 그런 상황에 놓이게 되는 그 순간? 더 알고 싶은 게 뭐야? 내가 어떻게 했는지 하나하나 말해 줘?"

태경의 손이 부들부들 떨린다.

"죽여버리겠어."

"아니. 넌 날 죽이지 못해."

소심하고 수줍어하던 장명강은 더 이상 없다.

"넌 날 구해내야 해."

"뭐?"

"나의 무죄를 증명하고 저 배은망덕한 년을 짓밟아버려. 넌 그래야만 해!"

"내가 왜? 내가 왜 너 같은 놈을 구해야 하지?"

장명강이 피식 웃는다.

"나는 장현진의 아들이니까."

진태는 지민으로부터 받은 그 지갑을 비닐 봉투 속에 밀폐한 채 서울로 올라왔다. 진태는 마음이 급했다. 만약 지갑에서 무언가를 건질 수 있다면. 사건은 급물살을 탈 수 있다. 진태는 급한 마음에 고속도로 위에서 속도를 올리다 앞서가던 차와 아찔한 순간을 겪자 다시 속도를 늦춘다. 급할수록 천천히. 치밀하게. 실수 없이. 호흡을 고른다.

세상의 편견 때문에 지민을 법정에 세우는 것이 어렵다. 지민의 부모도 그것을 원하지 않는다. 하지만 진태는 지민의 진술을 통해서 사건 당시의 세밀한 정황까지 들었다. 이제 양철기를 좀 더 밀도 있게 압박할 수 있다. 그리고 무엇보다 이 지갑. 여기서 양철기의 지문만 나와준다면! 게임 끝이다.

서울로 올라오는 길목에서 차가 막히기 시작한다. 저녁 퇴근 시간대와 겹치면서 고속도로도 몸살을 앓았다. 진태는 차분히 기다리면서 생각에 잠긴다. 아직 5시 반. 혹시 바로 감식 받을 수 있지 않을까? 진태는 평소 안면이 있는 서초경찰서 형사과장에게 전화를 걸었다. 그가 곧 전화를 받았다.

"어이, 국 계장. 뭐야?"

"예, 과장님. 개인적으로 부탁할 게 있어서요."

"뭔데?"

"증거물 하나 지문 조회만 좀 해주세요."

"언제?"

"가능하면 빨리요. 지금 양재동입니다."

"뭐야, 모시는 영감이 유별나다더니 퇴근 시간 다 돼서. 알았어. 일단 감식반에 이야기해 놓을게."

"감사합니다."

"근데 뭐야? 뭐 큰 거야?"

"가서 말씀드리겠습니다."

꽉 막힌 도로 위에서 진태는 초조하게 핸들을 두드린다. 6시가 넘어서 서초경찰서에 도착한다. 형사 반장의 지시로 감식반으로 직행할 수 있었다. 퇴근이 늦어진 감식반장이 무뚝뚝하게 증거를 받아간다. 진태는 복도에서 초조한 마음으로 기다린다.

'저 증거에 이번 사건의 운명이 걸려 있다.'

진태는 다른 생각 하나 하지 못하고 오직 결과만 생각하며 기다린다.

한 시간 남짓 지나서 밀폐된 지갑과 종이 한 장을 들고 감식반장이 걸어 나온다.

"뭐 나왔습니까?"

"지문이 여러 개 나왔는데 그중 하나가 실종 신고가 되어 있어."

"네!? 실종 신고요. 누굽니까?"

"김민지."

"!!!"

"3년 전에 실종 신고 돼 있네."

김민지. 송엔터에서 실종됐던 여배우. 그녀가 오준현과 연결되어 있다!

사건이 점점 더 깊은 미궁 속으로 들어가고 있었다.

그 깊은 미궁 속에 진태가 서 있었다.

진태는 사건 속에서 길을 잃었다.

우리 회사

"당신은 나를 구해야 해. 나는 장현진의 아들이니까."

그 말. 더러운 말. 그러나 떨칠 수 없는 그 말. 더럽게 들러붙는다.

태경은 재판이 다시 시작되는 지금까지도 결정하지 못했다. 이 재판을 어떻게 해야 하는가? 장명강을 버려야 한다. 여기서 그의 유죄를 실토하게 만들어야 한다. 아니 최소한 재판에서 지게 만들어야 한다.

그게 정의다.

정의?

언제부터?

그래도 최소한 선은 지켜야 하지 않나?

그래 마지노선. 어린 소녀. 그 소녀를 가지고 논 재벌 2세.

그래 가자.

하지만…….

그래, 그는 장현진의 아들.

장현진은 현 회장의 지인.

이번에 실수를 하게 되면 현 회장은 어떻게 나올까?

최소한 현 회장 옆에서 살아 있어야 준미에게 최악의 짓을 저지르는 걸 막을 수 있다.

그래, 준미를 지켜야 한다.

그러기 위해서는 장명강을 구해내야 한다.

눈앞에 있는 17살 서인은 술주정뱅이 아버지를 둔 죄로 여기서 주저앉아야 한다.

놀이터에서 눈물짓던 그 아이는 미안하지만 여기서 무너져야 한다.

재판이 속개된다.

태경은 여전히 움직이지 않는다.

'왜 그래? 뭘 망설이는 거야? 지금까지 많이 밟아왔잖아. 응?'

저 아이. 저 아이의 울음소리. 저 아이의 외로움. 고통.

밟아야 한다.

하지만…….

"변호인."

"……."

"변호인? 변호인!"

"네."

"증인신문 하세요."

태경이 일어선다. 천천히 일어서서 법정 중앙으로 걸어 나가 증인석에 앉아 있는 서인을 바라본다.

17살.

놀이터에 혼자 남는 소녀.

엄마가 집을 나가고 아버지에게 맞는 소녀.

우는 소녀.

태경이 신문을 시작했다.

양철기는 면회실에 윤정과 마주 앉아 있었다. 윤정은 화장기 하나 없는 얼굴에 청바지와 흰색 셔츠를 입고 나타났다. 철기는 윤정의 그런 수수한 모습이 더 아름답다고 생각한다. 말없이 철기를 보던 윤정의 눈에서 눈물이 주르륵 흘러내린다. 철기는 가슴이 저렸다. 하지만 약해져선 안 된다.

'시발…… 깡패 새끼가 무슨 사랑이야.'

"야, 시발. 울지 마."

그러나 윤정의 눈에서 눈물이 멈추지 않는다. 양철기는 흔들린다. 따뜻한 말 한마디 건네고 싶다. 하지만 그렇게 살아오지 않았다. 약해질 때마다 그 모습을 가리기 위해 더 세게 나간다. 그게 습성이 되어버렸다.

"미친년아 울지 마. 재수 없게."

"나쁜 새끼. 내가 이래서 깡패 새끼 피하고 싶었던 거야."

"술집 년 주제에. 가서 그냥 옛날처럼 살아. 너 남자 좋아하잖아?"

윤정의 얼굴이 굳어진다. 눈물을 훔치더니 일어선다.

"알았어. 꺼져줄게. 깡패 새끼야."

그 말과 함께 윤정이 돌아선다.

"기다려!!"

윤정이 멈춰 선다.

"앉아. 성격하고는."

윤정이 돌아서서 철기를 본다.

"이게 좋으니? 그렇게 말하면 좋아?"

"……"

"그렇게 안에 들어가 있으니 좋냐고? 난 정말 지겨워. 그래서 내가 깡패 그만 만나고 싶었던 거야. 근데 걸려도 꼭 너 같은 놈이 걸려. 그냥 난 이제…… 남들처럼 살고 싶어. 보통처럼. 평범하게. 그게 얼마나 소중하고 좋은 건지 이제 알겠어."

윤정은 돌아서서 나가버린다. 철기는 혼자 남겨진다.

"……"

가슴 한구석이 텅 비어버린 것 같다. 왜 여기에 있는지…… 도대체 왜 이러고 있는지 모르겠다. 개같이 가난한 집구석에 태어나서 그가 바란 건 딱 하나였다. 돈. 그 돈 벌어서 불쌍한 동생들 남들처럼 살게 하고 싶었다. 평생 고생만 한 부모님도 좀 편하게……. 그렇게 하기 위해서 누구보다 잔인해져야 했다. 때리고, 또 때렸다. 그러다가 죽였다. 그렇게 점점 더 깊이. 그리고 그것이 습성이 되어버렸다. 하지만 지금 이 순간, 그가 진짜로 원하는 건 단 하나였다.

'저 여자랑 살고 싶다.'

진태가 감식반장의 입에서 기대한 이름은 양철기였다. 하지만 그의 입에서 나온 이름은 전혀 생각지도 못한 이름이었다.

'김민지.'

3년 전 실종된 송엔터의 여배우.

왜 그녀의 지문이 사라진 사업가 오준현의 지갑에 묻어 있는 것이었을까?

그때 알람이 울린다. 새벽 6시. 밤새 한숨도 자지 못했다.

출근 준비를 해야 한다. 하지만 몸을 움직일 수 없다. 진즉부터 깨어 있었지만 무력함에 손가락 하나 움직일 수 없다. 진태는 멍하니 누워서 허공을 바라본다. 얼마나 지났을까? 옆에서 부인이 뒤척이는 소리에 시계를 본다. 30분이나 지나 있다. 이제 일어나서 식사도 준비하고 아이 유치원 보낼 준비도 해야 한다. 일어나는데 휘청거려 다시 침대에 주저앉는다. 옆에서 부인이 일어난다.

"왜 그래? 밤새 뒤척이고."

"아니야."

"조금이라도 자. 아침 내가 준비할게."

진태는 잠시 침대에 걸터앉는다.

도무지 납득이 되지 않았다.

도대체 왜?

출근해서 진태가 멍하니 앉아 있는데 준미가 다가온다.

"괜찮으세요?"

"아, 네. 검사님."

준미가 진태의 얼굴을 잠시 들여다보더니 걱정스러운 눈빛이 된다.

"잠시 나가실까요?"

준미와 진태가 함께 나간다. 그렇게 나가는 두 사람의 모습을 민진이 바라본다. 그런 민진의 모습을 효림이 바라본다. 그러다 두 사람 눈이 마주친다. 효림이 웃는다. 민진도 웃는다. 그리고 다시 자신의 책상 앞 모니터를 바라본다. 싸늘하다.

준미와 진태는 잠시 걸어 중앙지검 뒤편에 있는 서리풀 공원으로 간다.

"많이 피곤해 보이세요."

"네. 사실 한숨도 못 잤습니다."

"왜요?"

진태는 준미에게 어제의 일을 간단하게 보고한다.

"오준현과 김민지가 연결되다니요. 정말 상상하지도 못한 일입니다."

하지만 준미는 차분히 듣고 있다.

"검사님. 정말 우리가 쫓고 있는 것이 맞을까요? 아니면 처음부터 뭔가 잘못된 게 아닐까요? 제가 서류를 파악한 부분에서 오류가……."

"계장님. 그 소녀의 진술에 의하면 양철기가 지갑을 절벽으로 던졌다고 했죠?"

"네."

"왜 그랬을까요?"

"네?"

"그냥 가져가버리거나 없애버리면 뒤탈도 없고 깔끔해요. 그걸 양철기가 모를 리 없습니다. 그런데! 왜? 거기 버렸냐는 거죠?"

"그건…… 설마?"

"일부러 버린 겁니다!"

"!!!"

"오준현의 수사가 다시 시작됐을 때를 대비해 만든 교묘한 덫이란 겁니다."

사업가와 무명 여배우의 실종. 둘의 연결. 불륜. 수사 종결.

덫이다!

하지만…….

"실제로 오준현과 김민지가 관련이 있다면요?"

준미는 잠시 진태를 본다.

고지식한 사람. 서류와 패턴, 매뉴얼, 프로세스에 강하지만 그걸 벗어나는 걸 못 견딘다. 그 순간 혼돈을 느낀다. 주어진 증거와 정보가 아귀가 딱 맞아떨어지는 것에 집착한다. 강점이 약점이 되기도 한다. 준미가 웃으면 진태를 본다.

"계장님. 표면적 의미보다는 그 의도를 읽어야 합니다. 이 증거들은 우리에게 사기를 치고 있습니다."

"……."

준미가 웃으면서 진태를 본다.

"계장님 상대가 교묘하게 아귀를 맞춘 정보에 놀아나서는 안 돼요. 네?"

대단하다. 열 살이나 어리지만 상황을 보는 시야의 클래스가 다르다. 상대의 의도를 정확히 꿰뚫고 들어간다.

"파고들면 증거들이 더 나올 겁니다. 오준현과 김민지가 서로 연결되는 증거겠죠. 교묘한 덫입니다. 들어가면 안 돼요. 혹시 거기서 증거를 잡는다고 해도 현 회장까지 갈 수 없어요. 모든 책임은 송대기가 지게 될 겁니다. 송대기를 잡는다고 해도 입을 열지 않는 이상 황룡과 현 회장까지 연결 지을 고리는 없어요."

"송대기가 입을 열 가능성은요?"

"살인 사건이 아닙니다. 송대기도 기껏해야 여배우와 스폰서를 연결한 부분만 책임지게 되겠죠. 기껏해야 2년? 절대 입을 열지 않습니다. 그곳은 파봐야 더 깊은 늪입니다."

진태가 다시 초조함을 드러낸다.

"양철기를 빨리 족쳐야 하는데……. 아니면 그 새끼가 더 뻗대고 나올 텐데……. 그럼 그 새끼가 입을 닫아버릴지도 몰라요. 눈치채고 우리가 아무것도 쥐고 있지 않다는 걸 알게 되면……. 이제 어떻게 해야 합니까?"

준미가 웃으면서 진태를 본다.

"계장님. 사우나라도 다녀오세요."

준미는 진태를 보며 웃고는 돌아서서 지검 쪽으로 걸어간다.

진태만 남겨진다.

혼자 서서 자신을 들여다본다. 사건의 늪 속에서 허우적대고 있었다. 스스로가 굉장히 객관적이고 강하다고 생각했었다. 하지만 막상 수사가 시작되자 길을 잃었다. 사건의 늪으로 빨려 들어가고 있었던 것이다. 수만 장의 자료들, 증거들, 증언. 그것들 하나하나가 모두 끈적한 늪이 되어 진태를 끌어들이고 있었다. 그렇게 늪으로 빨려 들어가던 진태를 끄집어낸 것은 준미였다.

준미가 걸어간다. 진태는 그녀의 뒷모습을 바라본다. 어떤 상황에서도 평정을 잃지 않는다. 자신의 페이스를 잃지 않는다.

그녀의 뒷모습이 유난히 조용해 보였다.

지선의 아버지 준철과 유정은 태산전자 본사 인사팀 앞에서 두 시간째 기다리고 있었다. 복도로 수많은 본사 직원들이 지나다니고 있었다. 두 사람은 복도에 있는 의자에 앉아서 지나가는 사람들을 바라본다. 그 앞으로 인사팀 직원들이 수십 번은 지나다녔지만 누구 하나 눈길조차 보내지 않았다. 이곳 본사 인사팀으로 오기까지 십여 군데를 거쳤다. 처음 찾아간 공장장은 유정의 주장을 말도 안 되는 이야기라고 되받았다.

"산업재해? 장난해? 여기 태산이야! 태산! 그딴 일이 있을 거 같아? 태산 못 믿어?"

하지만 유정은 포기하지 않고, 계속 문을 두드렸다. 공장 안전팀, 공장 설비팀, 태산전자 안전관리팀, 태산전자 홍보팀. 하지만 모두 다 말도 안 되는 이야기라고 유정을 돌려보낸다.

단지 알고 싶을 뿐이다. 왜 병에 걸렸는지. 아니라면 그 명확한 근거를 알고 싶었다. 하지만 그 누구도 답하지 못했다.

사실 처음에는 지선도 믿지 않았다. 병색이 완연한 지선이 유정을 보고 말했다.

"정말 공장에서 생긴 문제 때문일까?"

"언니. 그럼 우리 둘이서 같은 병에 걸린다는 게 말이 돼? 감기도 아니고!"

듣고 있던 지선의 아버지 준철이 나선다.

"그래, 회사에 물어는 봐야 할 거 아니냐. 만약에 맞다면 너희들을 이렇게 내버려두면 안 되지!"

그렇게 유정과 준철은 회사를 찾아갔지만 그들은 모두 자신의 소관이 아니란 말만 반복했다. 그리고 이 부서로 저 부서로 자신들을 떠넘겼다. 그리고 꼭 한마디씩 보탠다.

"병에 걸린 건 안됐지만 그건 회사하고 상관없는 일이야!"

"회사 차원에서 위로비 정도는 생각해 볼 수 있어요."

"너 어디서 사주받고 이러는 거야?"

……

하지만 유정은 포기하지 않고 계속 두드렸다. 본사 게시판에 의문을 제기하고, 본사 홍보팀과 인사팀, 안전팀에 끊임없이 메일을 보냈다. 주변에서는 언론과 접촉해 보라는 말까지 했지만 유정은 그러고 싶지 않았다. 자기는 어쨌든 태산전자 직원이다. 태산의 사람이다. 그리고 모든 문제는 태산 안에서 해결하고 싶었다. 병에 걸린 원인을 진단받고, 그에 따른 도움을 받고 싶었다. 그리고 가능하다면 국내 최고라는 태산병원에 입원해서 치료를 받고 싶었다. 그런 마음이었다. 유정의 의지는 확실했다. 태산을 비난하고 싶은 것이 아니다. 다만 위험하다면 그걸 알리고 지금 일하고 있는 자신의 동료들이 자신과 같은 일을 겪지 않기를 바라는 것이다. 그것뿐이었다.

하지만 유정은 점점 지쳐가고 있었다. 태산은 폭탄 돌리듯이 유정과 준철을 이곳저곳으로 돌리고 있었다. 이곳으로 가세요. 저곳으로 가세요. 다들 무심하게. 남 일처럼. 아무도 이야기를 들어주지 않는다. 유정은 소리치고 싶었다.

'나도 태산 사람이에요! 가족이라구요.'

하지만 한국에서 가장 완벽하다는 이 조직에서 이 문제를 해결해 줄 곳은 아무 데도 없어 보였다.

세 시간 가까이 기다린 후에야 두 사람은 인사팀장을 면담할 수 있었다.

"그러니까 두 분은 우리 공장에서 일한 것 때문에 피부암이 생겼다는 거네요?"

"아니 꼭 그런 게 아니라…… 그럴 가능성에 대해서 조사해 달라는 겁니다."

"증거 있어요?"

유정이 준비한 논문을 펼친다. 영문과 대학원생에게 장당 5만 원을 주고 해석을 부탁한 논문 발췌록을 내민다. 인사팀장이 그 발췌록을 획획 넘겨본다.

"이런 거 말고…… 정확한 증거요."

"그걸 지금부터 찾아야죠."

"누가요?"

"그건…… 당연히 회사가요."

"회사가 왜 그래야 되는데요?"

참다못한 준철이 나선다.

"꽃 같은 아이 두 명이 공장에서 일하다 같은 병에 걸렸습니다. 조사해 봐야 하는 거 아닙니까?"

"만약 두 사람 말대로 공장에서 일하는 거 때문에 걸렸다면 다 걸려야지 왜 두 사람만 걸리나요?"

"네? 그건……."

"이렇게 억울하다고 막무가내로 회사 탓하면 안 되죠."

"아니 팀장님, 막무가내가 아니라 알고 싶어요. 왜 이렇게 됐는지."

"그러니까 왜 그걸 회사가 해야 하냐구요?"

"태산이니까요! 우리는 태산 직원이었으니까요! 우리 회사니까요!!"

"우리 회사?"

인사팀장은 피식 웃는다.

"됐구요. 정 그러시면 총무팀으로 가보세요. 사실 이건 인사팀하고 전혀 상관없는 일인데……."

"이봐요! 팀장님!"

"네?"

"벌써 여기가 열 번째예요. 도대체 또 어디로 가란 말입니까?"

"우리가 직접적으로 할 수 있는 부분이 없으니까 그러죠. 우리 소관이 아닙니다."

"그럼 대체 누구 소관입니까?"

"그걸 총무팀에 가서 알아보시란 겁니다."

"그만! 그만!"

유정이 소리친다. 인사팀 사람들이 모두 놀라 유정을 바라본다. 유정은 눈물을 흘리며 인사팀장을 본다.

"그만하세요."

유정이 일어서서 준철의 팔을 잡는다.

"아저씨, 그만 가요."

"유정아."

"아저씨 모르시겠어요? 이 사람들 일부러 이러는 거예요. 우리 지치라고."

준철이 인사팀장을 보는데 말이 없다. 두 사람은 허탈하게 돌아선다. 회사 문 앞을 나서는데 거대하고 웅장한 태산 그룹 본사 건물이 더욱 차갑게 느껴진다. 그 거대한 성에 유정의 자리는 없었다.

우리 회사는 없었다.

외진 산속에 있는 저수지는 고즈넉하고 조용했다. 그곳에 한 남자가 조용히 낚싯대를 드리우고 있었다. 일주일이나 있었지만 한두 명의 낚시꾼들이 다녀갈 뿐이었다. 아늑하고 조용한 곳이었다. 수초도 제법 무성하게 자라서 붕어 낚시를 하기에는 제격이었다.

한낮이 되자 저수지 수면이 산을 담고 있었다. 남자는 저수지에 담긴 그 산을 조용히 응시했다. 마음이 편안했다.

그러다 문득 다시 지난 5년간의 기억이 떠오른다.

남자는 눈을 감았다. 마음속 깊은 곳으로부터 수치심과 고통이 떠올랐다.

그가 태웠던 여배우들. 안가로 혹은 별장으로.

그 안에서 벌어졌던 일들.

끝나고 돌아오던 차에서 울던 그녀들.

그 울음이 귓가를 맴돈다.

'내가 뭘 할 수 있었겠어! 나도 그냥 먹고살려고 한 짓이었어!'

…….

그걸 보지 말았어야 했다. 그날 일만 아니었다면 그냥 살아갈 수 있었을 것이다.

영미를 올려 보내고 올라간 그곳에서!!

으악!!!

그 순간 모든 것을 알게 되었다. 3년 전 김민지가 어디로 사라졌는지!!

숨을 쉴 수가 없다. 서 있을 수조차 없다. 그대로 멈춰 서 있는다. 약병을 뒤지는데 비어 있다. 병원에 가서 처방전을 받아야 한다. 더 심해지기 전에.

남자는 얼른 짐을 챙겨 차에 실었다. 그리고 저수지를 빠져나온다. 빠져나오는 산길에서 올라오는 차와 마주친다. 낡은 뉴코란도.

뉴코란도가 스쳐 지나간다.

남자는 곧바로 산길을 달려 내려간다.

이동일은 그렇게 낚시터를 떠났다.

잠시 후 낚시터에 내린 장 형사는 서너 명의 낚시꾼들을 살펴보았다. 그러나 그곳에도 이동일은 없었다. 지도를 펼쳤다. 지도에 빼꼭히 그려진 X 표시들.

장 형사는 긴 한숨을 내쉬었다.

해운대 모래사장에 떨어진 바늘은 쉽게 발견되지 않았다.

〈2권에 계속〉

저스티스 1

초판 1쇄 2019년 7월 15일

지은이 | 장호
펴낸이 | 송영석

주간 | 이진숙 · 이혜진
기획편집 | 박신애 · 정다움 · 김단비 · 심슬기
외서기획편집 | 정혜경
디자인 | 박윤정 · 김현철
마케팅 | 이종우 · 김유종 · 한승민
관리 | 송우석 · 황규성 · 전지연 · 채경민

펴낸곳 | (株)해냄출판사
등록번호 | 제10-229호
등록일자 | 1988년 5월 11일(설립일자 | 1983년 6월 24일)

04042 서울시 마포구 잔다리로 30 해냄빌딩 5 · 6층
대표전화 | 326-1600 **팩스** | 326-1624
홈페이지 | www.hainaim.com

ISBN 978-89-6574-952-3
ISBN 978-89-6574-951-6(세트)

파본은 본사나 구입하신 서점에서 교환하여 드립니다.

이 도서의 국립중앙도서관 출판예정도서목록(CIP)은 서지정보유통지원시스템 홈페이지(http://seoji.nl.go.kr)와
국가자료공동목록시스템(http://www.nl.go.kr/kolisnet)에서 이용하실 수 있습니다.(CIP제어번호:2019025172)